MARCUS IMBSWEILER
Altstadtfest

FALSCHE FÄHRTEN Das Heidelberger Altstadtfest. Tausende drängen sich durch die Straßen des historischen Zentrums. Plötzlich fallen Schüsse auf dem Uniplatz, es gibt etliche Tote und Verletzte. Der Täter flüchtet unerkannt.

Der Amoklauf eines Verwirrten? Ein Terroranschlag? Oder die Tat von Rechtsradikalen? Fieberhaft ermitteln Polizei und Geheimdienste. Und auch Privatdetektiv Max Koller wird in den Fall hineingezogen: Flavio Petazzi, italienischer Politiker und Vater eines der Opfer, betraut ihn mit eigenen Nachforschungen. Er soll Belege dafür finden, dass allein Petazzis Tochter Ziel des Anschlags war. Gegen seine Überzeugung nimmt Koller den Auftrag an. Und kommt am Ende zu einer unerwarteten Lösung ...

Marcus Imbsweiler, geboren 1967 in Saarbrücken, lebt seit 1990 in Heidelberg. Er studierte Musikwissenschaft und Germanistik und veröffentlicht regelmäßig Artikel im Bereich Feuilleton. Im Herbst 2007 gab er mit dem Roman »Bergfriedhof«, dem ersten Fall des Heidelberger Privatdetektivs Max Koller, sein sehr erfolgreiches Krimidebüt. 2008 folgte dessen Fortsetzung unter dem Titel »Schlussakt«; »Altstadtfest« ist der dritte Teil der Serie.

Bisherige Veröffentlichungen im Gmeiner-Verlag:
Schlussakt (2008)
Bergfriedhof (2007)

MARCUS IMBSWEILER
Altstadtfest

Kollers dritter Fall

GMEINER *Original*

Besuchen Sie uns im Internet:
www.gmeiner-verlag.de

© 2009 – Gmeiner-Verlag GmbH
Im Ehnried 5, 88605 Meßkirch
Telefon 0 75 75/20 95-0
info@gmeiner-verlag.de
Alle Rechte vorbehalten
1. Auflage 2009

Lektorat: Claudia Senghaas, Kirchardt
Herstellung: Katja Ernst
Umschlaggestaltung: U.O.R.G. Lutz Eberle, Stuttgart
unter Verwendung eines Fotos von: © elfefee / photocase.com
Druck: Fuldaer Verlagsanstalt, Fulda
Printed in Germany
ISBN 978-3-8392-1001-7

Personen und Handlung sind frei erfunden.

PROLOG

Als dieser Verrückte auf dem Uniplatz um sich ballerte, stand mit einem Schlag das öffentliche Leben still. Die Würstchenbräter erstarrten hinter ihren Rosten, die Zuckerwatteverkäufer hielten im Zuckerwatteverkaufen inne, die Biertrinker setzten ihre Plastikbecher ab, und die guten Bekannten, die man nicht hatte treffen wollen, stoppten ihren Redefluss mitten in der Silbe. Auch die Musik verstummte. Drüben, auf der Bühne vor der Neuen Aula, blieben der Sängerin einer Volksmusikgruppe die Töne im Hals stecken. Die Gruppe nannte sich die Fidelen Odenthäler, und nie war ihr Name so unpassend wie in diesem Moment. Mitten unter ihnen stand der Attentäter, MP im Anschlag.

Ohne Musik keine Sicherheit. Als sie aussetzte, brach den Feiernden eine Stütze weg, eine Wand, an die sie sich, ohne es zu merken, gelehnt hatten. Statt ihrer breitete sich Stille aus: die Druckwelle einer tonlosen Explosion. Eine Sekunde lang war kein Laut zu hören. Ringsum sahen sich die Leute betroffen an. Waren das nicht Schüsse, die gerade …?

Ja, es waren Schüsse, und vor allen anderen hatten die Spatzen und Tauben des Uniplatzes ihre Botschaft verstanden. Mit dem Einsetzen der Salve stoben sie in die Höhe, über die Baumkronen, die Dächer der Altstadt, waren längst in die Dämmerung geflattert, als unter ihnen das Chaos losbrach.

War es so?

Beschwören kann ich es nicht, schließlich glänzte ich an diesem Abend durch Abwesenheit. Aber es gab Berichte, Interviews, Erzählungen, ich sprach mit Menschen, die vor

Ort gewesen waren, und am Ende bekam ich sogar eine Filmvorführung, die mich mittelbar zum Augenzeugen des Anschlags machte. Für die Opfer spielte der exakte Ablauf im Übrigen keine Rolle, ihnen war egal, wer wo gestanden, eine Weinschorle gekippt oder eine Wurstsemmel in der Hand gehalten hatte. Jeder Besucher des Heidelberger Herbstes hatte seine eigene Version zu berichten, hatte sein persönliches Attentat erlebt. Es gab Hunderte Geschichten, die sich widersprachen, die von hundert verschiedenen Attentaten erzählten, und alle stimmten sie. Also lassen wir die Würstchenbräter und Zuckerwatteverkäufer an ihrem Ort, auch wenn ich gar nicht weiß, ob beim Heidelberger Herbst Zuckerwatte verkauft wird, und lassen wir das Chaos nach der Stille so losbrechen, wie es immer losbricht: Wir hören die Schreie, diese schrillen, der Todesangst geschuldeten Tierlaute, wir sehen Fluchtbewegungen, weg von der Konzertbühne, rennende, stolpernde, stoßende Menschenmassen, vielköpfige Hilflosigkeit, nackte Panik. Während die Hysterie auf den gesamten Uniplatz übergreift, bleiben auf dem Kopfsteinpflaster vor der Bühne menschliche Leiber liegen, manche reglos, andere zuckend, sich aufbäumend, man krümmt sich, hält sich den Bauch, den Kopf, wimmert, stöhnt, jault. Den Verletzten wird geholfen, aber nicht sofort, nicht in der Minute nach den Schüssen. Auch die Solidarität gehört zu den Opfern des Anschlags. Kinder werden von ihren Vätern aus dem Weg gestoßen, auf einer älteren Dame trampelt man herum, ein Mann bekommt Gulaschsuppe ins Gesicht geschüttet. Nicht zu reden von den Menschen, die sich aus Panik übergeben, denen die Angst in den Darm und von dort in die Unterwäsche schießt, die plötzlich riechen, wie sie noch nie gerochen haben. Nicht zu reden von dem verwirrten alten Herrn, der auf einen Baum klettert und spät in der Nacht von der Feuerwehr in Sicherheit gebracht wird; nicht zu reden von dem Mädchen, das nach seiner Mutter ruft, immer wieder, auch am nächsten Tag noch, nach der Mutter, die vor Jahren bei einem Verkehrsunfall umgekommen ist.

Niemand war auf eine Tragödie dieses Ausmaßes vorbereitet. Höchstens die Wirte. In der Viertelstunde nach dem Anschlag wurde nicht ein einziges Bier auf dem Uniplatz verkauft. In der übernächsten Viertelstunde allerdings mehr als in sämtlichen Viertelstunden zuvor.

So ungefähr wird es gewesen sein, an diesem Abend auf dem Heidelberger Universitätsplatz, auch wenn ich persönlich nicht anwesend war. Auf dem Pflaster vor der Bühne lagen vier Tote und ein Dutzend Verletzte. ›Blutiger Herbst‹, schrie es eine Sonderausgabe der Neckar-Nachrichten noch in derselben Nacht in die Welt hinaus, bevor die Sonntagszeitungen am nächsten Morgen sekundierten: ›Das Attentat von Heidelberg‹ – ›Amok auf dem Uniplatz‹ – ›Massaker in der Idylle‹. Auch bei der Bild-Zeitung ließ man sich nicht lumpen und widmete dem Vierfachmord die Titelseite; dafür rutschte ein zeitgleich im Irak erfolgter Selbstmordanschlag mit 37 Toten in die Rubrik Vermischtes.

Und der Mörder? Von ihm fehlte jede Spur; er blieb unauffindbar, ein Phantom.

Der Heidelberger Herbst, das große Altstadtfest, wurde für beendet erklärt. Bis zum Sonntagabend hätte es noch dauern sollen. Nun strichen Verfassungsschützer durch die Gassen, Politiker aller Couleur legten Kränze am Tatort nieder, sogar der Bundespräsident ließ sich blicken. Es ging ja weniger um die Zahl der Opfer; vier Tote forderte die nahe A 5 fast jeden Monat. Es ging darum, dass sich niemand einen derartigen terroristischen Anschlag hatte vorstellen können, und wenn doch, dann in Berlin, in Ramstein oder am Frankfurter Flughafen. Vielleicht noch in Mannheim.

Aber nicht in Heidelberg, nicht an einem milden Herbstabend, im Herzen der Kurpfalz, auf heiligem deutschem Boden, wo einst Luther und Goethe, Eichendorff und Schumann und wie sie alle hießen ... »Diese Schüsse galten dem ganzen Land«, orakelte der Bundespräsident in jedes Mikro, das ihm vor die Nase gehalten wurde. Er war neben dem Generalbundesanwalt der meistinterviewte Mensch in diesen Tagen und sein Satz der meistzitierte der kommenden Wochen.

Diese Schüsse. Dem ganzen Land.

Je öfter ich sein Mantra vernahm, desto mehr ärgerte ich mich darüber. Ich konnte mir nicht vorstellen, dass die Schüsse jemandem wie mir gegolten haben sollten. Falls doch, gehörte ich zu den 80 Millionen Davongekommenen, und die vier, die es erwischt hatte, waren einfach Pechvögel. Pechvögel unterschiedlicher Herkunft übrigens. Eines der Opfer stammte aus Italien, ein anderes war mit einem Amerikaner verheiratet. Insofern hätte der Bundespräsident ebenso gut behaupten können, das Attentat habe der ganzen Welt gegolten. Was Attentate ja irgendwie immer tun.

Der Anschlag ereignete sich am Samstagabend um Viertel nach acht. Ich selbst genoss das Privileg der Unwissenheit noch bis zum nächsten Morgen, dann informierte mich mein Freund Fatty. Natürlich stellte ich sofort den Fernseher an und zappte durch die Sondersendungen auf allen Kanälen, um die Kommentare von Experten, Politikern und dem Mann auf der Straße in mich aufzusaugen. So verständlich die allgemeine Hilflosigkeit war, so erschreckend war das Geschwätz. Keiner wusste Genaueres, aber alle hatten etwas zu sagen. Der eine verurteilte das Attentat, der andere warnte vor Amokläufern, für den Dritten waren es islamische Terroristen, der Vierte hatte Angst vor einem Weltkrieg. Gesicherte Fakten, Hintergrundinformationen? Fehlanzeige.

Wer sie besaß, hielt sich bedeckt; Polizei, Geheimdienste und Justiz bildeten eine große Koalition des Schweigens. Mit Rücksicht auf die laufenden Ermittlungen, wie es hieß.

Nun, das war sicher vernünftig; hilfreich war es nicht. Nicht für einen Zuschauer, der sich durch das Geschehen in irgendeiner Form getroffen fühlte – und wer tat das nicht? –, den angesichts von vier Toten die eine Frage umtrieb: warum? Warum dieses sinnlose Sterben von Menschen, die keinem etwas Böses getan hatten, die kein Land überfallen, keine Minderheit unterdrückt hatten? Als ich vormittags zum Bäcker ging, um ein paar Laugenbrötchen zu kaufen, stand den Leuten genau diese Frage ins Gesicht geschrieben. Ihre Mimik sprach Bände. All der Fassungslosigkeit, des Kopfschüttelns und der betretenen Floskeln hätte es gar nicht bedurft. Die Leute wollten wissen, was passiert war. Und vor allem, warum.

Die Bild-Zeitung hatte jede Menge Antworten parat, man musste sich nur eine aussuchen. Ich blätterte sie kurz durch, ohne sie vom Stapel zu nehmen. Anschließend überkam mich das dringende Bedürfnis, mir die Finger zu waschen.

Warum? Diese Frage stellten sie sich in Bagdad seit Jahren. Und würden nie eine Erklärung bekommen. Nicht einmal auf Englisch.

Zurück im Haus, schaltete ich den Fernseher wieder ein und ließ mich vom Geschwätz der Nichtwisser einnebeln. Wenn die Informationen im Informationszeitalter aus Nichtinformationen bestehen, implodiert das System irgendwann. Ich merkte, wie Wut auf all die mikrobewaffneten Wichtigtuer in mir aufstieg. Als ich vier von ihnen zusammenhatte, die ich am liebsten umgelegt hätte, drückte ich den Aus-Knopf und stürmte aus der Wohnung.

Mein Rennrad trug mich hoch hinaus in den Odenwald. 300 Meter über dem Niveau des Uniplatzes war die Luft frisch und klar. Niemand sprach, niemand belästigte einen mit Einschätzungen, Mutmaßungen, Spekulationen. Der Wald war wie immer, leer und groß und doch wunderschön. Ich fuhr einsame Wege, ohne Ziel, einfach kreuz und quer unter den Wipfeln hindurch. Laut keckernd warnten Eichelhäher vor mir und meiner Spezies. Wie recht sie hatten! Ich war nicht froh, nicht traurig, einfach nur Hülle für Gedanken und Erinnerungen und bescheidene Zukunftspläne. Heute Abend ein paar Bierchen, eisgekühlt. Schachspielen im Englischen Jäger. Mit Christine ins Kino, sobald sie aus Rom zurück war. Ja, sogar das. Wann meine Exfrau von der Schießerei wohl erfahren würde?

Hinter Heiligkreuzsteinach fuhr ich eine Gruppe von Wanderern fast über den Haufen. Wir entschuldigten uns gegenseitig, ohne uns in die Augen zu sehen. Die Sonne schien kräftig. Bergab summten meine Reifen gut gelaunt.

So verging der Sonntag. Ab und zu das Radio eingeschaltet, durch die TV-Kanäle mäandert. Die islamistische Gefahr. Kampf der Kulturen auf dem Heidelberger Uniplatz. Ein Einzeltäter, geistesgestört. Linksterror, Rechtsterror. Die vielen Gewaltvideos und der Fernsehkonsum. Hollywood hatte Schuld und die Wiedervereinigung und der Verlust der Werte. Das Ganze von vorn.

Um neun brachte das dritte Programm endlich eine akzeptable Sendung. Mit dem Vierfachmord vom Uniplatz hatte sie nur indirekt zu tun. Wenn man, so hatten sich die Redakteure gedacht, ratlos vor den gegenwärtigen Ereignissen stand, lohnte vielleicht ein Blick in die Vergangenheit: auf all die Attentate, die Heidelberg bereits hinter sich hatte. Und das waren nicht wenige. 1972 der Anschlag auf die US-Kasernen in der Südstadt. Drei Soldaten tot, fünf verletzt. 1981 der Beschuss von General Kroesen und seiner Frau, als ihre Limousine aus dem Königstuhltunnel kam. Außerdem

Aktionen der Revolutionären Zellen, Farbbeutelattentate randalierender Studenten, Tomaten- und Eierwürfe. Ja, in Heidelberg war einiges los gewesen früher. Nur zu einem Attentat auf Hitler oder einen seiner Nazibonzen hatte es nie gereicht.

Erschlagen von all den Aufarbeitungen und dem Palaver, fiel ich um elf ins Bett. Ich hatte ein Bier getrunken, ohne darauf zu achten. Die Flasche war plötzlich leer gewesen, einfach so.

Ob der nächste Tag wieder so ein Scheißtag werden würde?

In jedem Fall wurde er anders. Ich stand ungewöhnlich früh auf, hörte beim Kaffeekochen die Acht-Uhr-Nachrichten, und die allererste Meldung ließ mich auf die Straße eilen und im Kiosk an der Ecke ein Exemplar der Neckar-Nachrichten erstehen. Tatsächlich, da stand es, so breit es das Zeitungsformat erlaubte: ›Neonazis laufen Amok‹.

Neonazis? Ich schaute mich um, ob das noch meine Stadt war, mein Land, meine Straße, in der ich wohnte. Es sah alles aus wie sonst. Der Himmel war blau, über mir stritt sich ein Elsterpärchen, die Jungs von der Müllabfuhr sammelten gelbe Wertstoffsäcke ein. Aber irgendwo in einer anderen Straße saß angeblich ein Rudel durchgeknallter Rechtsradikaler und heckte einen Anschlag auf den Heidelberger Herbst aus. Glauben wollte ich das nicht. Auch wenn es in der Zeitung stand. Papier ist schließlich geduldig.

Nein, ich glaubte nicht, was die Neckar-Nachrichten da in die Welt hinausposaunten. Das Ganze war eine Ente, und nicht einmal eine gelungene. Bis zum späten Vormittag dachte ich so. Dann gab es eine Pressekonferenz, bei der ein Sprecher des Generalbundesanwalts mit versteinerter Miene bestätigte: Es waren Neonazis.

Aber ich greife voraus.

1

Als der Verrückte auf dem Uniplatz um sich ballerte, wurde im Englischen Jäger mal wieder die Welt gerettet.

Erst ging es um Außenpolitik, dann um Fußball. Was mitunter dasselbe ist. Wichtige, welterschütternde Themen wurden gewälzt, wie Sisyphos seinen Stein wälzte, immer hoch auf den Heiligenberg und wieder hinunter, und am Ende war jeder von uns ein Philosoph, der steile Theorien aus seinen kleinen grauen Zellen destillierte, bevor sie sich der Alkohol griff. Die Bedeutung Heidelbergs für den Rest der Welt: geklärt. Der 11. September: abgehakt. Ballacks Wade, die Wirtschaftskrise und das neue Stadion in Sinsheim: alle Fragen beantwortet, sämtliche Probleme beseitigt.

»Angriff ist die beste Verteidigung!«, rief einer. »Auch am Hindukusch!«

»Unsinn!«, ein anderer. »Die Null muss stehen. Haste hinten nix, biste vorne nix.«

»Keine Experimente!«

»Elf Freunde müsst ihr sein!«

»Oder zwölf, wenn der Schiedsrichter bestochen ist.«

»Ganz egal, auf die Abwehr kommt es an.«

Wer wollte da widersprechen? Ohne Abwehr lief gar nichts. Das war das Mantra aller gescheiterten Fußballer, und von denen gab es im Englischen Jäger genug. Rumpelfüßler, Kampfschweine, Knochenbrecher, Grasnarbentorpedos. Sie bevölkerten die Kneipe, brüllten ihre Weisheiten heraus und spülten sie mit Bier hinunter. Ich mitten unter ihnen. Nur der schöne Herbert verzog gelangweilt das Gesicht, wenn das Gespräch auf Sport kam, aber was will man von einem Einarmigen auch anderes erwarten.

Irgendwann stand Tischfußball-Kurt auf seinem Stuhl und bat wild fuchtelnd um Ruhe. »Wisst ihr, was mich rasend macht?«, brüllte er. »Na? Die schleichende Merkelisierung der Gesellschaft. Rasend macht mich das!«

»Die was?«, grölten wir.

»Die Merkelisierung unserer Gesellschaft. Steht mir bis hier. Kotzen könnt ich deswegen.«

»Max Merkel?«, fragte der schöne Herbert.

»Angela, du Depp«, fuhr ihn Kurt an und rollte mit den Augen. »Frau Bundeskanzler. Zonen-Angie. Da wächst was heran, ganz heimlich, im Stillen, wie ein Krebsgeschwür, und am Ende kriegen wir die Quittung. Wenn nix mehr zu machen ist. Dann sind wir alle erledigt.«

»Kapiere ich nicht«, sagte ich. »Wieso Merkelisierung?«

»Ist doch klar, Mann! Schau dir das Weib nur an. Wie die auftritt! Außenrum weiblich, betont weiblich, Kostümchen und so, anderer Stil, verstehst du? Aber innen ...«

»Innen nicht weiblich?«

»Doch, auch. Aber hart wie Stein. Granit, klar? Die hat sich durchgesetzt, die steht oben. Jetzt will jeder so sein. Beziehungsweise jede.«

»Wie, jede?«

»Jede Frau natürlich. Die Weiber, alle. Ziehen Kostümchen an und machen einen auf Supermanager. Jungs, ich sage euch, da kommt was auf euch zu.«

»Das stimmt«, rief einer. »Die Weiber!«

»Zieht euch warm an!«

»Lass doch die Frauen, Kurti«, meinte Herbert. »Du findest wieder eine neue.«

»Dich hat keiner gefragt!«, brüllte Kurt von seinem

erhöhten Standpunkt. Seine beiden Dackel kamen unter dem Tisch hervorgeschossen, um kläffend Beistand zu leisten. Herbert schüttelte den Kopf.

»Ist er seine Freundin schon wieder los?«, fragte ich vorsichtig. »Nach acht Wochen?« Tischfußball-Kurt ist eine Seele von Mensch, solange er nicht in Wut gerät. Und das passiert beim geringsten Anlass.

»Ich weiß nicht, von welcher Freundin du sprichst«, gab Herbert leise zurück, »aber die ist er los. Getürmt, was glaubst du.«

»Und was hat er gegen die Merkel?«

»Frag ihn.«

Das ließ ich lieber bleiben. Kurt stand immer noch über uns, wetterte gegen die Verrohung der Sitten und schüttelte beide Fäuste. Maria brachte eine neue Ladung Getränke. Hinten am Stammtisch lachten sie sich schlapp über uns. Der Englische Jäger bebte.

Urplötzlich kehrte Ruhe ein. Leander, der rauschebärtige Philosoph, trat freundlich lächelnd an unseren Tisch. Kurt stieg kommentarlos vom Stuhl, um sich hinter seinem Glas Orangensaft zu verkrümeln. Schluss mit dem Gebrülle.

Herbert und ich sahen uns verwundert an.

»Habt ihr das gehört?«, fragte Leander mit seiner sanften Stimme.

»Was?«

»Draußen, die vielen Lichter und Geräusche.« Er überlegte. »Erst dachte ich, das kommt vom Heidelberger Herbst, aber dann ...«

»Dann?«

»Dachte ich es nicht mehr.«

»Ganz schön was los in der Altstadt, wie?«

Er nickte, holte Luft, als wollte er eine Ergänzung anbringen, schüttelte aber nur den Kopf. Leander ist auf die komplizierten Sachverhalte geeicht. Die einfachen bereiten ihm Schwierigkeiten.

Wir hätten ihn besser fragen sollen, was es mit den Lichtern und dem Lärm auf sich hatte. Oder wir hätten die Fenster öffnen sollen, warm genug war es ja. Dann hätten wir um halb neun eine Kolonne von Notarztwagen hören können, wie sie den Neckar entlangbrauste. Es muss ein infernalischer Lärm gewesen sein, das markerschütternde Geheul eines Chors von Martinshörnern. Alles, was an Nothelfern und Ordnungshütern in der Stadt verfügbar war, wurde wie von magnetischen Fingern auf dem Uniplatz zusammengezogen.

Doch wir öffneten die Fenster nicht. Niemand im Englischen Jäger wäre auf so einen Gedanken gekommen. Lieber die Vorhänge noch ein wenig zuziehen. Man will unter sich sein. Will auf den Grund leerer Schnapsgläser starren, sein Autogramm in Form dunkler Bierränder auf der Tischplatte hinterlassen, ungestört sein für jetzt und immer. Mochten die draußen sich die Köpfe einschlagen; solange hier drin Frieden herrschte, war alles gut. Die Außenwelt hatte Zutrittsverbot im Englischen Jäger.

Auch für den Heidelberger Herbst galt das. Nicht mit uns, liebe Stadtverwaltung! Wer hatte schon Lust, sich Schulter an Schulter mit Pfingstochsen aus dem Kraichgau und aufgehübschten Odenwaldstuten durch die Hauptstraße zu drücken? Um jeden Bierstand zog sich eine Wagenburg von Menschen, und das Bier war teuer. Dreimal so teuer wie im Englischen Jäger. Am Kornmarkt spielten sie Mittelalter, vom Rathausbalkon grüßte der Zwerg Perkeo. Winke winke. Auf den Ehrenplätzen neben dem Herkulesbrunnen schunkelte die Politprominenz. Die restlichen 10.000 Besucher hatten keine Sitzplätze, sie standen immer gerade dort, wo sie die Masse hinschob. Bei Tiefdruck wurde der Sauerstoff knapp, es gab reihenweise Kreislaufzusammenbrüche, aber man fiel wenigstens nicht um. Am Montag konnte man im Lokalteil der Neckar-Nachrichten lesen, die Stimmung sei wieder mal grandios gewesen beim Heidelberger Herbst. Ich brauchte das nicht. Wenn ich in Stimmung kommen wollte, schaltete ich zu Hause das Radio ein. Oder aus, je nachdem.

Außerdem war auch die Stimmung eine Sache der Stadtverwaltung. Punkt elf machten alle Buden dicht, die Bierfässer wurden weggerollt und die Musik abgedreht. So stand es in der Festverordnung. Wer dann noch schunkelte, bekam ein Knöllchen. Um fünf nach elf paradierte die Stadtreinigung durch die sich leerenden Straßen. Normalerweise.

Bloß an diesem Samstag war alles anders.

»Was?«, brüllte mein Freund Fatty in den Telefonhörer, dass die Widerstände ächzten. »Du weißt nichts davon? Es ist Sonntagmorgen neun Uhr, und du hast nichts von dem Amoklauf gehört?«

»Welcher Amoklauf? Hast du zu lange ferngesehen?«

»Max, wach auf! Das hier ist die Realität, 21. Jahrhundert, verstehst du? Gestern Abend hat es ein Massaker auf dem Uniplatz gegeben, einen Amoklauf mit zig Opfern.«

Das Telefon am Ohr, trat ich ans Schlafzimmerfenster, zog den Vorhang beiseite und öffnete es. Die Sonne spielte auf den Dächern, Vögel sangen, das Viertel dämmerte vor sich hin. »Im Ernst?«, fragte ich vorsichtig. Man wusste nie, zu welchen Scherzen ein Friedhelm Sawatzki aufgelegt war.

»Wie oft soll ich es dir noch sagen? Verdammt, du musst doch davon gehört haben! Es ist über zwölf Stunden her.«

»Ich war bei Maria. Wir hatten wichtige Probleme zu lösen. Die letzten Welträtsel sozusagen.«

»Das hätte ich mir denken können. Und Radio hörst du gar nicht mehr?«

»Nicht um diese Zeit. Außerdem habe ich doch dich.«

»Ich fasse es nicht«, stöhnte Fatty. »Wenn sie demnächst dein Nachbarhaus abreißen, kriegst du wenigstens das mit?«

»Nun erzähl schon. Was genau ist gestern passiert?«

Diese Worte wurden zum Schleusenöffner: für einen Katarakt von Bericht. Fatty malte das Attentat in all seinen düsteren Schattierungen aus: von der ausgelassenen Atmosphäre auf dem Uniplatz über das plötzliche Erscheinen des Schützen bis zur Panik danach. Dass er dazu neigte, sich in Erlebnisse anderer hineinzusteigern, wusste ich. Die Intensität jedoch, mit der er es an diesem Morgen tat, war neu. Da wurde jedes Detail beschrieben, jede Szene in ihre Einzelteile zerlegt. Fatty versetzte sich in die Beteiligten, litt und hoffte mit ihnen, lag selbst auf dem Kopfsteinpflaster, wurde gestoßen, getreten, kroch davon, rappelte sich auf, suchte Schutz hinter einer Platane, heulte, bekam Schüttelfrost.

Endlich schwieg er erschöpft.

»Wann hast du davon erfahren?«, wollte ich wissen.

»Gleich am Abend, gegen neun. Ich war bei Eva, als sich deren beste Freundin meldete. Vom Uniplatz.«

Natürlich, das erklärte einiges. Wenn Evas beste Freundin den Heidelberger Herbst besuchte, hätte genauso gut Eva ihn besuchen können. Oder Fatty selbst. Plötzlich waren die Schüsse ganz nahe. Plötzlich zischten sie nur um Haaresbreite an einem vorbei. Es sei denn, man saß im Englischen Jäger und scherte sich einen feuchten Dreck um den Rest der Welt.

»Und? Ist sie verletzt? Ich meine diese Freundin von Eva.«

»Nein, nein. Stand halt unter Schock, die Arme. Eva war auch ziemlich mitgenommen. Das musst du dir mal überlegen: ein Massaker mitten in Heidelberg!«

»Massaker? Ein großes Wort, Fatty.«

»Hast du ein besseres? Wie nennt man das, wenn ein Irrer mitten im Konzert ins Publikum feuert, einfach so, ohne Sinn und Verstand?«

»Amok nennt man das. Oder gibt es einen Bekennerbrief, eine Meldung im Internet?«

»Bisher nicht. Und wenn du mich fragst, wird es das auch nicht geben. Das war ein Verrückter, ein durchgeknallter Militarist. Wie in den USA oder in Finnland.«

»Oder in Winnenden. Hat man ihn schon gefunden?«

»Wie, gefunden?«

»Tot. Erschossen, von eigener Hand gerichtet. So enden sie doch alle, diese Amokläufer. Die wissen genau, was sie tun, und deshalb heben sie die letzte Kugel für sich selbst auf. In der Regel flüchten sie ja nicht einmal.«

»Der schon. Evas Freundin sagt, so schnell, wie er auftauchte, so schnell war er auch wieder verschwunden.«

»Dann wird man demnächst in irgendeiner trostlosen Bude eine Leiche finden, männlich, jung, kontaktscheu, unauffällig, und die fassungslosen Nachbarn werden sagen, das hätten sie nie vermutet, er war doch so ein harmloser Junge. Neben der Leiche ein Abschiedsbrief, im Zimmer ein Regal voll Gewaltvideos, ein Waffenarsenal, eine erschossene Dogge und die gesammelten Schriften eines Weltuntergangspropheten.«

»Hör auf, bitte!«, stöhnte Fatty.

»Und, nicht zu vergessen: eine Botschaft an alle Nachahmer im Internet.«

»Nachahmer? Sag nicht so was!«

»Wusstest du, woher der Begriff Amok stammt? Aus irgendeiner entlegenen Sprache, malaiisch oder mikronesisch, glaube ich. Von wegen Südseeparadies!«

»Trotzdem, wenn man das hört, wäre man lieber auf einer Insel. Weit weg von hier.«

»Auf der Insel der Seligen.«

»Warum nicht?«

Wir schweigen. Die Insel der Seligen. War das nicht unsere Hausadresse gewesen? Weltweit stand eine Stadt wie Heidelberg für die Illusion, das Verbrechen sei abgeschafft. Oder ein Gegenstand universitärer Forschung. Terrorismus gab es nur im Fernsehen, und Amok war eine Erfindung der Südsee. Irgendein Linguist hatte bestimmt seine Magisterarbeit darüber verfasst. Solange uns keine Kokosnuss auf den Kopf fiel, konnte uns nichts passieren. Dachten wir. Nun war die Insel geentert worden, gekapert, über Nacht abgetrieben. In fremde Gewässer. Und wir? Suchten nach Erklärungen.

»Ein gezielter Anschlag war es nicht?«, fragte ich.

»Wo denkst du hin? Der Kerl feuerte wahllos in die Menge. In die erste Reihe vor der Bühne. Magazin leer, Rückzug. Evas Freundin hat es genau gesehen, wie tausend andere Besucher auch.«

»Wahnsinn.«

»Du sagst es. Da traut man sich kaum noch auf die Straße. Wie soll ich das morgen meinen Kleinen erzählen?«

Gute Frage. Ich war der Letzte, der eine Antwort darauf wusste. Wie erklärte man einem Vierjährigen, dass die Welt und das Verbrechen zusammengehörten? Pass auf, Kleiner, es gibt gute Menschen und böse Menschen. Die guten, das sind wir, die bösen die anderen. Reichte das? Für so einen Knirps waren wir zunächst einmal Erwachsene, wir alle. Wir schimpften mit ihm, wenn er die Ellbogen auf den Tisch legte oder zu viele Gummibärchen aß, anschließend kauften wir Waffen und schossen uns gegenseitig tot. Führten Kriege, ließen andere Kinder verhungern. Schöne Vorbilder waren wir! Und am Ende sollten es Erzieher wie Fatty wieder richten.

»Das kriegst du schon hin«, sagte ich. Es war ein alberner Satz, und doch meinte ich ihn ernst. Wenn es Fatty nicht gelang, den Kleinen Fröhlichkeit zu vermitteln, gelang es keinem.

»So einen Anschlag kannst du nicht verheimlichen«, sagte er düster. »Nicht in der heutigen Zeit. Ich sehe meine Zwerge schon vor mir, wie sie auf den Tisch klettern und die Szene nachspielen. Und da lass dir mal eine gescheite Reaktion einfallen.«

»Sehen wir uns heute?«

»Ich bin mit Eva unterwegs. Verwandtschaftsbesuch. Das hätte ich mir auch nicht träumen lassen: dass der Kaffeeklatsch mit ihrer Tante nur das zweitschlimmste Ereignis des Wochenendes sein würde.«

Nach dem Ende unseres Telefonats blieb ich noch einen Moment im Bett liegen. Ich versuchte, mich an den gestrigen Abend zu erinnern, an das, was wir zwischen acht und neun Uhr gesagt und getan hatten. Sinnfreies Zeug natürlich, wie immer. Mir fielen Leanders Worte ein, als er von den Lichtern und dem Aufruhr draußen berichtete. Beziehungsweise nicht berichtete. So nahe waren wir den tödlichen Schüssen gewesen. So nahe und so fern. Kein Gedanke daran, dass etwas Schreckliches passiert sein könnte.

Oder doch? Im Englischen Jäger wurden gerne martialische Reden geschwungen. Auch am gestrigen Abend, an dem es um Fußball ging. Ich erinnerte mich an einen hageren Kerl, dessen linkes Augenlid beim Sprechen zuckte. Sport sei die Fortsetzung des Krieges mit anderen Mitteln, und Fußball sowieso. In Hoffenheim vielleicht nicht, aber sonst. Überall. Tischfußball-Kurt stimmte zu, und er musste es wissen, schließlich forderten die monatlichen Kickerturniere in seinem Hobbykeller mehr Verletzte als ein Spieltag in der Verbandsliga. Ein junger Anarchist berichtete von seinen Erfahrungen mit Mannheimer Ultras, während der Hagere die legendären Glasgower Duelle zwischen den Celtics und den Rangers beschwor.

»Das waren keine Spiele mehr«, rief er, »das waren Schlachten! Ganze Stadtviertel gingen da aufeinander los. Katholiken gegen Protestanten, Irland gegen England. So war das!«

»Irland«, nickte Leander. »Ich fahre da wieder hin. Bald.«

»Und dann kam der Höhepunkt«, wollte der Glasgow-Experte fortfahren, wurde aber unterbrochen.

»Musst du so schreien?«, blaffte ihn Tischfußball-Kurt an.

»Ich schreie nicht.«

»Und ob du schreist. Das geht auch leiser.«

Irritiert beendete der andere seine Erzählung in halber Lautstärke. Sogar sein Lid zuckte nur noch bei jedem zweiten Satz. Maria kam an unseren Tisch, um zu kassieren. Kurt rutschte hinter seinem Orangensaft unruhig hin und her, dann murmelte er: »Sein Zeug geht auf mich.« Dabei zeigte er auf Leander, dessen rauschebärtiges Denkergesicht sich zu einem milden Lächeln verzog. Maria nickte.

»Was ist denn mit dem los?«, flüsterte ich dem schönen Herbert zu. »Der hat noch nie einen spendiert. Niemals.«

Auch Herbert ließ eines seiner seltenen Lächeln sehen. »Aus schlechtem Gewissen. Leanders Lieblingsinsel ist pleite, und Kurt glaubt, er sei daran schuld.«

»Wie bitte?«

»Erinnerst du dich an die Villa, die Kurt vor zwei Jahren von einem Onkel erbte? Er hat sie zu Geld gemacht und das Geld zu Aktien.«

»Und wenn man ihn darauf ansprach, ging er in die Luft.«

»Genau. Hochspekulativ, das Zeug. Kurt war plötzlich an Fonds beteiligt, die auf die verrücktesten Sachen wetteten. Unter anderem auf den Verfall der isländischen Krone. Und weil sie darauf wetteten, rauschte die Währung tatsächlich in den Keller, noch vor der globalen Finanzkrise. Die drei größten isländischen Banken gingen pleite und mit ihnen der Staat.«

»Ach, und daran ist Kurt schuld?«

»So sieht er es. Die Zusammenhänge wurden ihm erst vor Kurzem klar, als sich sein Finanzberater aus dem Staub machte. Jedenfalls ist ihm die Sache vor Leander megapeinlich.«

»Aber was hat Leander mit Island zu tun? Island ist nicht Irland.«

»Details«, sagte Herbert und winkte ab. »Um solchen Kleinkram hat sich Kurt noch nie gekümmert. Und keiner hier, weder Leander noch ich, hat ein Interesse daran, ihn über den Unterschied aufzuklären.«

»Was quatscht ihr da die ganze Zeit?«, herrschte uns Tischfußball-Kurt über den Tisch hinweg an, seine übliche Zornesröte im Gesicht. »Keine Heimlichkeiten, verstanden?«

»Ein bisschen handzahm wäre schon von Vorteil«, murmelte ich. »Er darf nur keine irische Euromünze in die Hand bekommen.«

»Max«, sagte Maria und setzte sich neben mich, den offenen Geldbeutel in der Hand. »Hast du mal Zeit? Muss mit dir rede.«

»Was gibts?«

»Probleme, Max. Große Probleme.« Sie zog ein Papier aus der Tasche und strich es glatt. Ein amtliches Schreiben der Stadt Heidelberg, vom Ordnungsamt. Darin wurde der Wirtin des Gasthauses Zum Englischen Jäger, Frau Maria de' Angeli, mit dem Entzug der Schankerlaubnis gedroht, falls sie nicht in Zukunft die Einhaltung des Rauchverbots in ihren Räumen beachte und ihre Gäste beim Verlassen des Hauses nicht Rücksicht auf die Bedürfnisse der Nachbarn nähmen. So seien nächtliche Ruhestörungen zum wiederholten Male aktenkundig geworden.

»Aber niemand hat beschwert«, sagte Maria. »Keiner von den Nachbarn, die haben noch nie was gesagt oder Anzeige gemacht. Waren andere.«

»Andere? Wer?«

»Gleich. Lies zu Ende, Max.«

Auch das Gesundheitsamt, hieß es weiter, habe jüngst Bedenken gegen sie als Wirtin geäußert. Aus diesem Grund fordere man sie auf, zu den aufgeführten Missständen Stellung zu nehmen und zu erklären, wie sie Abhilfe schaffen wolle. Weitere Schritte behalte man sich vor. Mit freundlichen Grüßen.

»Kam das heute?«, fragte ich.

Sie nickte.

»Ich habs geahnt«, seufzte der schöne Herbert. »Irgendwann machen sie ihn dicht, unseren Garten Eden.«

»So schnell geht das nicht«, wiegelte ich ab. »Das ist ein Serienbrief, den erhält jede zweite Kneipe in Heidelberg.«

»Aber Gesundheitsamt war da«, klagte Maria. »Hat alles auf den Kopf gestellt. Das erste Mal seit 20 Jahr! Die wolle, dass ich das Haus räume.«

»Haben sie was gefunden?«

»No, no, niente. Nur zwei Fliege.«

»In der Suppe?«

»No. In der Küche. Also, ich dachte, sind Fliege. Aber ware Kakerlak.« Und dann verriet sie uns, wer ihrer Meinung nach hinter der Kontrolle und dem Brief steckte. Ein Bauträger, der sich anschickte, das umliegende Karree in eine Wohlfühlwohnlandschaft zu verwandeln. Einige der Nachbarhäuser waren bereits abgerissen, das Innere des Areals wurde von schweren Maschinen durchpflügt. Ich erinnerte mich, von dem Bauvorhaben gelesen zu haben. Es war nicht das einzige in Neuenheim, und es war mindestens so umstritten wie die übrigen. Schicke Hamsterkäfige wurden übereinandergestapelt, alles familienfreundlich, von den Preisen einmal abgesehen. Und wenn die Ausmaße dieser Wohnsilos den gesetzlichen Vorschriften nicht entsprachen, wurden sie eben angepasst. Die Vorschriften, nicht die Ausmaße.

»Sie haben mir Geld versproche, wenn ich wegziehe«, sagte Maria. »Viel Geld, mamma mia!«

»Wer? Leute von der Baugesellschaft?«

»Ja. Ist vorgestern so ein Mann gekomme, hat freundlich getan, aber war nicht freundlich. Hat gesagt, mein Lokal hat keine Zukunft, so nicht oder so nicht, und ich soll das Geld nehme. Aber wo soll ich hin, Max? Was soll ich arbeite?«

»Du hast abgelehnt?«

»Certamente! Was glaubst du? Hat er gesagt, schade, dass ich so stur bin. So dicken Kopf habe. Hat immer gegrinst. An seinem Hals eine dicke, dicke Narbe. Dann hat er gesagt, ich soll in Acht nehme, weil sie hätten auch andere Methoden. Geht auch ohne Geld, hat er gesagt.«

»Und du glaubst, die Baugesellschaft hat dafür gesorgt, dass dir das Gesundheitsamt auf die Pelle rückt?«

»Aber ja! Ist doch klar wie Brühe mit Kloß.«

»Meines Wissens«, mischte sich Herbert ein, »steckt der Bauträger in Schwierigkeiten. Die Arbeiten hier hinterm Haus gehen schon seit Wochen nicht voran. Angeblich springen die Investoren ab, weil sich immer noch Anwohner wehren. Und eine Kneipe wie der Englische Jäger ist nicht gerade das, was man in direkter Nachbarschaft zu Luxuswohnungen haben möchte.«

»Sie möchten uns nicht, wir möchten sie nicht«, sagte ich. »Eigentlich sind alle einer Meinung. Trotzdem gibt es Ärger. Warum?«

Maria schaute unglücklich drein.

»Seid ihr schon wieder am Mauscheln, ihr zwei?«, rief Tischfußball-Kurt wütend. »Immer stecken diese Geheimniskrämer die Köpfe zusammen und drehen ihr eigenes Ding. Jetzt auch noch mit Maria. Lasst uns an euren Weisheiten teilhaben!«

»Okay«, entgegnete ich. »Stell dir mal vor, Kurt, der Englische Jäger würde von heute auf morgen geschlossen. Was würdest du dann tun?«

Er schaute mich an, wie er noch nie geschaut hatte. Seine Augen wurden kreisrund, die Unterlippe sank Richtung Boden. Selbst die Finger seiner rechten Hand lösten sich vom Orangensaftglas, um hilflos auf der Tischplatte herumzuzucken. Coppick und Hansen, Kurts Dackel, waren von der plötzlichen Stille so verstört, dass sie unterm Tisch hervorkrochen und zu winseln begannen.

Auch die übrigen Gäste glotzten mich an. Niemand von denen, die mit uns am Tisch saßen, hatte die leiseste Ahnung, was er ohne diese Kneipe mit seinem Leben anfangen sollte.

2

Die neue Woche begann mit lästigem Kleinkram. Ich spülte das Geschirr, das vom Sonntag herumstand. Ich machte einen Papierflieger aus dem Brief meines Vermieters. Jedes Jahr schrieb er mir, die Nebenkostenvorauszahlungen müssten erhöht werden, und jedes Jahr ignorierte ich ihn. Ich wechselte eine kaputte Glühbirne aus und brachte die leeren Mülltonnen in den Hof zurück. Auf meinem Schreibtisch lag die Ausgabe der Neckar-Nachrichten, die ich mir noch vor dem Frühstück gekauft hatte, und brüstete sich mit ihrem Aufmacher: ›Neonazis laufen Amok‹. Irgendwann deckte ich sie mit dem Telefonbuch ab.

Dann ging ich einkaufen. Ich ließ mir Zeit dabei, wollte mir mit aller Macht etwas Gutes tun, aber eine Idee, was ich kochen sollte, kam mir nicht. Vorm Pasta-Regal meldete sich mein Handy. Die Nummer auf dem Display begann mit 0039. Das passte zwar zu den Nahrungsmitteln, vor denen ich stand, trotzdem hatte ich jetzt keine Lust auf einen Anruf aus Italien. Ich drückte ihn weg.

Aber so leicht ließ sich meine Exfrau nicht abwimmeln. Als ich eine Stunde später, nach einem Umweg über eine Handvoll Geschäfte, in denen ich herumlungerte, ohne etwas zu kaufen, wieder zu Hause war, empfing mich das wütende Blinken meines Anrufbeantworters. Drei Nachrichten, alle von Christine. Warum ich nicht drangänge. Wieso ich sie einfach wegdrückte. Ich hätte doch um diese Zeit nichts vor, das wüsste sie ganz genau. Sie mache sich Sorgen, verdammt noch mal. Den letzten Anruf beendete sie mit tränenerstickter Stimme.

Na warte!

Eine Viertelstunde später meldete sich mein Telefon erneut. Ich ließ es genau einmal läuten, bevor ich den Hörer von der Station riss und sagte: »Ich bin über 18. Um mich braucht sich niemand Sorgen zu machen.«

Stille. Und dann ein erleichterter Seufzer: »Gott sei Dank.«

»Gott sei Dank was?«

»Verdammt, Max, ich bin froh, deine Stimme zu hören! Du gehst nicht ans Telefon, nicht ans Handy, du bist nicht erreichbar, und vorgestern hat es bei euch einen Anschlag gegeben. Da darf man sich doch wohl Sorgen machen.«

»Warum Sorgen, wenn du wusstest, dass ich es war, der deinen Anruf weggedrückt hat?«

»Gehofft habe ich es. Ist schon gut, reg dich nicht auf. Ich bin einfach froh, dich am Telefon zu haben, verstehst du?«

»Wie kommst du auf den Gedanken, ich könnte bei diesem bescheuerten Spektakel gewesen sein?«

»Welches Spektakel meinst du?«

»Den Spießbürgerrummel, den sie Heidelberger Herbst nennen.«

»War dort der Anschlag?«

»Ja.«

»Davon steht nichts in den italienischen Zeitungen. Dort ist nur von vier Toten die Rede, darunter eine Frau aus Florenz, und dass sich die ganze Stadt in Aufruhr befindet.«

»Ja, und die ganze Metropolregion und das ganze Land bis nach Rom hinunter. Max Koller beim Heidelberger Herbst! Schon die Vorstellung bereitet mir Kopfschmerzen.«

»Wie ist bei dir die Verbindung? Kein Rauschen?«

»Überhaupt keins, ich verstehe jedes Wort. Ich höre sogar, wie du die Stirn runzelst, wie sich eine Kummerfalte um deine Augen legt – einfach alles.«

»Manchmal kannst du echt fies sein.«
»Stimmt. Sonst noch was?«
Sie schluckte. Und das konnte ich nun wirklich hören. Bis nach Heidelberg! Ja, ich war fies, aber das hatte sie sich selbst eingebrockt. Sie wusste, dass mich ihre Mütterlichkeit rasend machte. Um mich brauchte sich niemand Sorgen zu machen, auch nicht meine Exgattin. Sie gerade nicht. Ich war doch kein Konfirmand mehr! Angenommen, sie hätte eine kurze Nachricht auf dem Band hinterlassen, mit einer Telefonnummer und der Bitte, mich bei ihr zu melden: Ich hätte es getan. Vielleicht nicht sofort, aber im Laufe des Tages. Oder morgen. Vier Nachrichten waren drei zu viel. Und ihre Schluchzer das Sahnehäubchen auf der Sentimentalitätstorte.

Christines Rührseligkeiten hatten ja nur bedingt mit dem Attentat zu tun. Jedes Mal, wenn sie im Ausland weilte, gingen die Gefühle mit ihr durch, sie stürzte zum Telefon und schmachtete mich über zig Ländergrenzen hinweg an. Ich vermisse dich, Max. Wollen wir nicht was besonders Schönes machen, wenn ich zurück bin? Nur wir zwei. Manchmal denke ich, wir sollten es noch mal ...

Ob es an der Entfernung liegt, dass sie vom Blues gepackt wird, kann ich nicht beurteilen. Vielleicht liegt es auch an ihren Mitreisenden, die sich unter dem Deckmäntelchen einer Bildungstour ins Unbehauste der eigenen Seele aufmachten. Wenn so ein einsamer Wolf spätabends an der Hotelbar seiner Nachbarin mit feuchten Lippen die Olive aus dem Cocktailglas klaubte, war er angekommen. Nicht so Christine. Die merkte plötzlich, in was für einer elenden Gesellschaft sie sich befand, genauer gesagt, merkte sie es nicht, sie verspürte bloß den unwiderstehlichen Drang, ihr Ohr an einen Telefonhörer zu pressen und mit ihrem Ex zu turteln.

So lief es immer, wenn sie unterwegs war, in Andalusien, im Baltikum, in der Westtürkei oder Pompeji. Die Orte wechselten, die Sehnsucht blieb. Mich fragte keiner, was ich davon hielt. Und weil mich keiner fragte, sagte ich es ihr ungefragt, hinterher. Oder gleich am Telefon, wenn sich die Gelegenheit ergab. Heute ergab sie sich.

»Okay«, sagte sie unter Aufbietung all ihrer Selbstbeherrschung. »Du machst also einen auf cool. Bitte, dann erzähl mir ganz cool, was du über Opfer und Täter weißt.«

»So gut wie nichts. Die Namen der vier stehen in der Zeitung, abgekürzt natürlich, und von meinen Bekannten hat sich noch keiner als vermisst gemeldet. Es sind zwei Frauen und zwei Männer, schön gerecht verteilt, eine stammt aus Italien, einer aus dem Odenwald, den Rest habe ich vergessen.«

»Klar. Vergessen.«

»Wenn du eine Zeitung aufschlägst oder den Fernseher einschaltest, wirst du so mit Informationsmüll zugeschmissen, dass du am Schluss überhaupt nichts mehr weißt.«

»Und wer war nun der Amokläufer?«

»Siehst du, das weiß ich nämlich auch nicht: ob der Typ ein Amokläufer war. Gelaufen ist er jedenfalls nicht, sondern er stand am vorderen Rand der Konzertbühne auf dem Uniplatz und feuerte wahllos in die Menge.«

»Eben. Ein Amokschütze.«

»Er war maskiert, heißt es. Anschließend flüchtete er, und zwar so, dass sich keine Spur von ihm fand. Vielleicht hatte er Fluchthelfer, Komplizen. Ziemlich ungewöhnlich für einen Amokschützen.«

»Ekelhaft«, sagte sie nach einer Pause.

»Ja, so sind diese Neonazis.«

»Welche Neonazis?«

»Das musst du die Neckar-Nachrichten fragen. Dort ist heute die Rede von einer rechtsradikalen Splittergruppe, die auf sich aufmerksam machen wollte. Amok statt Aufmarsch. Heiße Geschichte.«

»Wie bitte? Das ist …«

»… das Papier nicht wert, auf dem es gedruckt ist, genau.« Ich zog das Blatt unter dem Telefonbuch hervor. »Umso mehr wert ist diese Ausgabe allerdings unter medialen Gesichtspunkten. Ich möchte nicht wissen, mit was für einer Auflage die heute an den Start gegangen sind.«

»Meinst du, es stimmt?«

»Ach was. Morgen war es eine linke Splittergruppe, übermorgen al-Qaida – Hauptsache, dem bürgerlichen Feindbild ist Genüge getan. Man lehnt sich zurück, wischt sich die Finger ab und ist zufrieden: *Die* also waren es. Hätt ich mir denken können. Hab ich doch immer gesagt! Dann verschärft man die Gesetze, jeder von uns muss eine Speichelprobe abgeben, ein paar Ausländer werden vor die Tür gesetzt, anschließend herrscht Ruhe.«

»Fragt sich, wer da ein Feindbild hat«, murmelte sie.

»Otto Normalbürger erträgt halt die Vorstellung nicht, dass gewisse Dinge nicht erklärt werden können. Egal, wer der Typ war, er war krank. Diese Neonazi-Geschichte ist doch bloß eine Schublade, in der das Amokgespenst für alle Zeit eingeschlossen wird.«

»In den italienischen Nachrichten steht davon nichts. Dort heißt es, man hätte noch keinerlei Anhaltspunkte zu Täter und Motiv.«

»Korrekt.«

»Und was sagen die deutschen?«

»Von den Neckar-Nachrichten abgesehen, das Gleiche. Allerdings auf Deutsch.«

Kurze Pause. »Toll«, sagte sie dann, mit einem Maß an

Verachtung in ihrer Stimme, wie ich es noch nie erlebt hatte. »Du bist wirklich ein toller Hecht, Max Koller. Witzchen im Angesicht der Katastrophe. Warum hast du nicht auf der Titanic angeheuert?«

Dann hörte ich nichts mehr. Nur noch transalpines Rauschen und schließlich, wie eine Erlösung, das Besetztzeichen. Ich legte auf.

Es wurde also doch ein Scheißtag. Ich schrieb den Neckar-Nachrichten einen Leserbrief, in dem ich die Errichtung einer Bürgerwehr verlangte, dazu die Ausweisung aller Rothaarigen, und zeichnete mit dem Namen unseres Oberbürgermeisters. Dann räumte ich die Einkäufe in Kühlschrank und Regale, doch der Appetit war mir vergangen. Ich köpfte eine Bierflasche und flätze mich vor den Fernseher. Es war kurz nach elf. Ich fand einen Sportsender, der sich nicht entblödete, ein Sommerskispringen im Schwarzwald zu wiederholen. Skispringen im September, genau das Richtige für heute. Nur in den Werbepausen schaltete ich um. Und während einer dieser Pausen war es, dass ich mitten in die Heidelberger Pressekonferenz des Generalbundesanwalts platzte. Mir fiel fast das Bier aus der Hand, als der Sprecher dort den Bericht der Neckar-Nachrichten bestätigte.

»Am Abend des Anschlags«, las der Mann mit verkniffenem Gesicht von einem Blatt Papier ab, »erhielt die Polizeidirektion Heidelberg ein Schreiben, in dem sich eine bislang unbekannte nationalradikale Vereinigung zu der Tat bekennt. Das Schreiben wird derzeit noch auf Echtheit geprüft. Weitere Einzelheiten können an dieser Stelle aus ermittlungstaktischen Gründen nicht bekannt gegeben werden. Vielen Dank.«

Das wars. Der Verkniffene ging, Kamerablitze zuckten, ich saß mit offenem Mund da. Was wurde denn hier gespielt? Hielten die uns alle zum Narren? Nein, es war Ernst, in der ARD brachten sie es, im ZDF, es wurde wild spekuliert und fantasiert, aber um eines kam man nicht herum: um die Existenz eines Bekennerbriefs.

Ich schlug die Neckar-Nachrichten auf und sog jedes Wort des Hauptartikels auf. Auch dort mussten sich die Schreiber mit zahlreichen Vielleichts und Angeblichs über Wasser halten, man wusste nicht viel, und das Wenige war verdammt dünn. Trotzdem hatte das Blatt einen Sieg auf ganzer Linie eingefahren, denn es erwähnte das Bekennerschreiben und bezeichnete seinen Absender als paramilitärisch organisierte Gruppe von Neonazis.

»Alles, nur das nicht«, dachte ich und trank mein Bier aus. Eine winzige Hoffnung gab es noch: dass Papier, wie erwähnt, geduldig war und das Bekennerschreiben von ein paar Halbwüchsigen im Partyrausch zusammenbuchstabiert worden war.

Der Tag jedenfalls war gelaufen. Ich hangelte mich trinkend von Stunde zu Stunde, hatte keinen Appetit, ignorierte eingehende Anrufe und schaute gegen Abend im Englischen Jäger vorbei. Von meinen Freunden war nur Leander da, und der starrte schweigend ein Loch in die Luft. Ich setzte mich neben ihn, zerkrümelte ein paar Bierdeckel und schnipste sie in die Ecke. Gegen Mitternacht torkelte ich nach Hause.

Als die Türklingel ging, hatte ich gefühlte fünf Minuten geschlafen. Eine prächtige Morgensonne schien ins Zimmer und traf dort auf einen ebenso prächtigen Pickel an meinem Kinn. Wie er es zwischen all den dicken Bartstoppeln ans Tageslicht geschafft hatte? Großes Rätsel. Dass er da war, spürte ich, bevor ich die Augen aufschlug. Ich spürte auch, dass ich einen steifen Hals hatte und nicht gut roch. Kein Wunder, nach bloß fünfminütigem Schönheitsschlaf. Es läutete wieder.

Ich stand auf, hängte mir etwas über, was einmal eine Art Morgenmantel gewesen war, und schlurfte durch meine

Zweizimmerwohnung zum Eingang. Alle meine Bekannten wissen, dass die Haustür unten nie abgeschlossen wird, es sei denn, unser Vermieter hat seinen Besuch angekündigt. Auch der Briefträger weiß es und der Mann, der den Stromverbrauch abliest. Also stand da unten ein Unbekannter. Der einen um acht Uhr morgens belästigte.

Es dauerte eine Minute, bis ich die Tür erreicht hatte. Nicht weil meine Wohnung so groß, sondern mein Morgenmantel so ausgeleiert war. Beim Versuch, den überlangen Gürtel vorm Bauch zu verknoten, blieb ich mit dem rechten Fuß darin hängen und stürzte in einen Sessel. Als ich endlich vorm Eingang stand und den Türöffner betätigen wollte, hörte ich die Dielen im Treppenhaus knarren.

»Was gibts?«, brummte ich und riss die Tür auf.

Im nächsten Moment fühlte ich mich wie Ödipus.

»Hoppla!«, sagte ein Mann in meinen Schmerzensschrei hinein. Bevor mich das Licht geblendet hatte, hatte ich die Umrisse des Besuchers wahrnehmen können. Oben dunkles Haar, unten Krawatte und dazwischen eine kleine Kamera. Mit einem verflucht grellen Blitz. Schimpfend wie ein Rohrspatz rieb ich mir die Augen.

»Sie funktioniert ja doch«, kam eine Stimme durch die Dunkelheit auf mich zu. »Ich dachte, die Batterie reicht nicht mehr, aber das war wohl falsch gedacht.«

»Verdammt falsch gedacht«, bellte ich, öffnete die Augen kurz, um sie gleich wieder zu schließen. Mit dem Kurier des Zaren hatten sie so was Ähnliches angestellt, und irgendein christlicher Märtyrer war bestimmt auch schon geblendet worden. Zum Teufel mit dieser Ahnenreihe!

»Die Haustür unten stand offen«, sagte der Mann. »Ich habe es erst nach dem zweiten Klingeln gemerkt. Darf ich eintreten?«

»Nein!«, rief ich und wehrte ihn mit ausgestreckter Hand

ab. Ich hielt sie einfach geradeaus, er war ja nicht zu verfehlen. »Was soll der Mist? Was wollen Sie?«

»Das erkläre ich Ihnen gerne. Am besten bei einer Tasse Kaffee. Es muss nicht hier sein, vielleicht darf ich Sie einladen. Um die Ecke habe ich ein kleines Bistro ...«

»Stopp!« Ich versuchte es ein zweites Mal mit meinen Augen. Sie brannten noch immer, aber ich erkannte die Gegenstände um mich herum. Schemenhaft zumindest. Mein Besucher stellte sich als Mann um die 30 heraus. Dunkle, leicht glänzende Locken, braune Augen, Brille, scharf geschnittene Nase und um den Mund herum ein Bärtchen, das immer alberner aussah, je mehr es seine Schemenhaftigkeit verlor.

»Haben Sie schon gefrühstückt?«

»Nein!«, schnauzte ich ihn an. »Tun Sies allein. Ihr Bistro ist teuer und schlecht, außerdem würden sie mich in meinem Zustand dort hochkant rausschmeißen. Kommen Sie in einer Stunde wieder, aber lassen Sie Ihre Kamera hier.«

»Keine Umstände, Herr Koller«, wehrte er ab. »Ich trinke gerne einen Kaffee bei Ihnen. Schließlich habe ich Ihnen etwas mitgebracht.«

»Und das wäre?«

»Einen Auftrag«, grinste er. Und, als ich nicht reagierte: »Max Koller, Ermittlungen aller Art. So steht es an Ihrer Tür. Also los, wir wollen Sie engagieren. Es geht um das Attentat von Samstagabend.«

Stumm musterte ich den Knaben eine Weile. Sein Bart war ein schlechter Witz, er hatte ein Glitzern im Blick, das ebenso Überheblichkeit wie Unsicherheit signalisieren mochte, und er hatte mich fotografiert. Mit Pickel. Ich wollte wissen, warum.

»Kommen Sie rein«, sagte ich und gab den Weg frei.

Zehn Minuten später saßen wir uns gegenüber, jeder einen Becher Kaffee in der Hand. Ich hatte mir das Gesicht gewaschen und die Zähne geputzt, mehr nicht. Immer noch trug ich das Wrack von Morgenmantel, war barfuß, roch nicht besonders. Zu essen gab es nichts.

»Lassen Sie sich von dem Chaos nicht stören«, sagte ich. »Die Putzkolonne streikt, und mein Chauffeur weigert sich, hier sauber zu machen. Ich hätte keine Gewerkschaftsmitglieder nehmen sollen.«

Er schenkte mir ein schwaches Lächeln, bevor er mit gespitzten Lippen in seinen Becher pustete.

»Also, was sollte das mit dem Foto, Sie Paparazzo?«

»Das hat nichts zu bedeuten. Brauchen wir für unsere Akten. Außerdem weiß mein Auftraggeber gerne im Voraus, mit wem er es zu tun hat.«

»Mit einem verkaterten, unrasierten Privatflic. Das hätte ich ihm gleich sagen können. So, und jetzt lassen Sie sich nicht alle Würmer aus der Nase ziehen! Worum geht es? Wer ist Ihr Mann?«

Er setzte den Becher, aus dem er eben trinken wollte, wieder ab, zog eine Visitenkarte aus der Innentasche seines Anzugs und legte sie auf meinen Schreibtisch. Die Bewegung, mit der er das tat, hatte etwas Gespreiztes, Ehrfürchtiges. Aber vielleicht kam mir das nur so vor. »Der Name dürfte Ihnen etwas sagen«, merkte er an.

Ich beugte mich vor, um den Namen auf der Karte zu lesen, ohne sie anfassen zu müssen. Dottore Flavio Petazzi, stand da, umrankt von italienischen Begriffen und Abkürzungen.

»Nö«, machte ich. »Petazzi sagt mir nix. Es gab mal einen Radfahrer, der so ähnlich hieß. Geht es um Doping?«

»Wirklich nie gehört?«, fragte er mit vorwurfsvollem Blick. »Komplett ahnungslos, Herr Koller?« Dann trank er endlich einen Schluck.

Ich zog meine Uhr aus und legte sie vor mir auf den

Schreibtisch. Er reagierte, allerdings anders, als ich erwartet hatte.

»Das ist kein deutscher Kaffee«, sagte er und tippte gegen den Becher.

Ich schüttelte den Kopf.

»Auch kein italienischer.«

»Französischer.«

Er nickte nachdenklich, fast ein wenig anerkennend. Anscheinend war ich gerade mehrere Stufen in seiner Achtung gestiegen. Von unterirdisch bis knapp unter Bodenniveau.

»Okay, jetzt raus mit der Sprache. Was will dieser Petazzi, warum ich, und wer sind Sie überhaupt? Ich habe meine Zeit nicht gestohlen.«

»Gerne.« Geschäftig stellte er den Becher ab, um eine zweite Visitenkarte auf den Tisch zu legen. Der Name auf ihr lautete Dr. Wolfgang C. Nerius, und irgendwie kam sie mir protziger vor als die aus Italien, obwohl weniger draufstand. Vielleicht wegen der verschnörkelten Schrift. »Ich bin ein Freund von Signor Petazzi und unterstütze ihn während seines Aufenthalts in Deutschland. Sie wissen wirklich nicht, um wen es sich handelt?«

Stöhnend sah ich zur Seite.

»In Italien«, fuhr Nerius unbeeindruckt fort, »gehört Signor Petazzi zu den prominentesten Leuten überhaupt. Er ist hochrangiger Politiker, Unternehmer, Mäzen und eine ganze Menge mehr. Florenz, seine Heimatstadt, hat ihn zum Ehrenbürger ernannt. Das ist das eine. Das andere betrifft seinen Besuch in Heidelberg, einen Besuch aus traurigem Anlass.« Wie auf Befehl verdüsterte sich seine Miene. »Signor Petazzis Tochter gehört zu den Toten vom Uniplatz.«

Ich starrte ihn an. Auch wenn es albern war, plötzlich kam ich mir dämlich vor in meinem Penneroutfit und den schlechten Manieren. Aber nur, um mir umgehend selbst zu widersprechen: War es meine Schuld, dass ich frühmorgens aus dem Bett geklingelt wurde, dass man nicht zuvor Telefonkontakt aufnahm, um mir die Gelegenheit zu geben, meinen Pickel auszuquetschen?

»Sie wurde 22«, sagte Nerius. »Kein Alter, um zu sterben.«

»Tut mir leid«, murmelte ich und setzte mich gerade hin.

»Ja, es ist unfassbar. Sie war sein einziges Kind. Und nun sieht er sich in der Pflicht herauszufinden, wer sie ihm genommen hat. Deshalb bin ich hier.«

Wieder starrte ich ihn an, als sei er der Weihnachtsmann. »Verstehe ich nicht«, sagte ich schließlich. »Was hat das mit mir zu tun?«

»Ich weiß, es ist Sache der Polizei und der Geheimdienste, den Mörder zu ermitteln. Wir haben gestern den ganzen Tag mit den Behörden darüber gesprochen, und unser Eindruck ist der, dass sie nicht unbedingt ... Lassen Sie es mich so sagen: Es könnte mehr getan werden.«

»Wie, mehr?«

»Passen Sie auf: Sie kommen heute Mittag um zwei ins Hotel Ambassador, dort wird Ihnen Signor Petazzi erläutern, wie er sich Ihre Ermittlungen vorstellt. Es wird sich alles klären.«

»Ich soll den Amokschützen vom Uniplatz finden? Das ist doch ausgemachter ...«

»Sie sollen dazu beitragen, ihn zu finden. Niemand erwartet Unmögliches von Ihnen. Was Ihre finanziellen Forderungen betrifft, so sehen Sie diese als erfüllt an. Und falls Sie gerade ein Engagement angetreten haben, beenden Sie es. Für sämtliche Regressansprüche wird Signor Petazzi aufkommen.«

»Ich habe jede Menge Engagements. Und sie sind zusammengenommen nicht halb so verrückt wie das, was Sie mir da andienen.«

»14 Uhr im Hotel Ambassador. Bitte seien Sie pünktlich. Für uns zählt jede Minute. Sie wissen, wie Sie hinkommen?«

»Klar, ich diniere jeden zweiten Abend dort.«

»Bestens.« Er stand auf. »Ihr Kaffee hat mich überzeugt. Der im Hotel ist aber auch nicht schlecht. Bis nachher!«

Ich blieb einfach sitzen, bis er zur Tür hinaus war. Er hatte mich überrumpelt, dieser Wolfgang C. Nerius mit seinem Kinnbart, seiner Gespreiztheit und dem verrückten Auftrag. Vor mir auf dem Schreibtisch lag seine Visitenkarte neben der Petazzis.

»Warten Sie!«, rief ich. »Das Foto!« Aber da war er vermutlich schon im Erdgeschoss angelangt.

Ich saß noch eine ganze Weile auf meinem Hintern, leerte langsam den Becher und dachte nach. Mein Kaffee stammte aus einem Supermarktregal in Lauterbourg, ganz unten, wo die Sonderangebote stehen. Aber schlecht war er nicht, das stimmte. Und verdammt stark.

Genau wie ich.

Beflügelt von diesem grandiosen Witz, kam ich schließlich auf die Beine, um mich in Fasson zu bringen. Der Rasierer tat seine Pflicht, ich duschte ausgiebig und schnitt mir sogar ein paar Haare aus den Ohrmuscheln. Man hat nicht alle Tage Gelegenheit, einem italienischen VIP gegenüberzusitzen. Schon gar nicht einem VIP, der gerade sein einziges Kind verloren hat.

Bevor ich die Wohnung verließ, steckte ich mein Handy ein. Dabei fiel mir das gestrige Gespräch mit meiner Exfrau ein.

»Scheiße«, dachte ich.

Auf dem Weg zum Ambassador machte ich Station bei den

Neckar-Nachrichten. Ich traf meinen Journalistenkumpel Marc Covet in seinem Büro, das er sich mit einem dicken Dauergrinser namens Lothar teilte. Lothar sah man den Sportreporter nicht an, dafür grinste er heute kein einziges Mal. Schien eher kurz davor, in Tränen auszubrechen.

»Na, alles klar bei euch beiden?«, rief ich und ließ mich in einen Stuhl fallen.

»Hm«, murmelte Lothar.

»Superklar«, antwortete Covet, ohne von seinem PC aufzusehen. »Was dachtest du denn?«

»Nichts. Dienstags denke ich nie. Trotzdem hat man bei euch im Haus schon bessere Stimmung erlebt.«

Lothar warf mir einen traurigen, stummen Blick zu. Covet tippte ein, zwei Zeilen und beendete alles mit einem energischen Hieb auf die Enter-Taste.

»Nein, wirklich«, fuhr ich fort. »Als ich der Frau unten an der Pforte sagte, ich hätte ein Bekennerschreiben bei dir abzugeben, wollte sie mich nicht reinlassen. Keine Ahnung, warum.«

Covet wandte sich mir zu, indem er eine Vierteldrehung mit seinem Bürostuhl machte. »Wenn du es genau wissen willst: Hier ist Land unter. Höflich formuliert. Seit Samstagabend brennt die Luft. Alle rotieren, sind auf 180, drehen hohl. Ein Irrenhaus! Und jeder hat was zu sagen.«

»Das stimmt«, piepste Lothar.

Ich zuckte mit den Achseln. »Kennt man. Betroffenheitsjournalismus.«

»Eher Wichtigkeitsjournalismus. Keine Information ist belanglos genug, um nicht aufgearbeitet zu werden. Alles muss benannt, interpretiert und ausgeleuchtet werden. Hast du die Kommentare unseres Chefredakteurs gelesen?«

»Nein.«

»Erspare es dir. Er muss einen lebensbedrohlichen Adrenalinschub erlitten haben. Dabei wissen wir gar nichts über das Attentat. Nicht die Bohne.«

»Bitte? Ihr habt doch die Neonazis enttarnt.«

Marc winkte ab. In seiner Ecke lachte Lothar bitter auf. Es klang wie das Glucksen einer defekten Wasserleitung.

»Moment, der Generalbundesanwalt hat es bestätigt, ich war Zeuge.«

»Na und?«, machte Covet. »Trittbrettfahrer. Kann sein, dass es diese Gruppe gibt, kann sein, dass sie das Schreiben abgeschickt hat. Auf ihr Konto gehen die Schüsse trotzdem nicht. Da will sich jemand wichtig machen.«

»Das war auch mein Gedanke. Aber der Begriff Trittbrettfahrer fiel bei der Pressekonferenz nicht ein einziges Mal.«

»Weil sich keiner festlegen wollte. Wenn man nichts sagt, muss man hinterher nichts dementieren. Okay, die beiden Kollegen, die auf die Spur des Bekennerschreibens kamen, behaupten zwar steif und fest, es gäbe eine Verbindung zwischen diesen Nazis und dem Anschlag, aber ich will das nicht glauben. Lieber will ich glauben, dass die beiden an investigativem Größenwahn leiden.«

»Wie kamen sie überhaupt an ihre Informationen?«

»Angeblich ein Leck bei der Polizei. Du kannst dir nicht vorstellen, was hier gestern los war. Wer alles aufmarschiert ist. Leute vom BKA, vom Innenministerium und so weiter. Schreiorgien auf der Chefetage. Dass sich das wieder einrenkt, werde ich wohl nicht mehr erleben.«

»Ich auch nicht«, echote Lothar trübsinnig.

»Uns kann es im Grunde egal sein. Aber weiß man es? Wir sind alle auf ein gutes Verhältnis zu den Behörden angewiesen. Und nur weil zwei scharfe Hunde – Entschuldigung, Lothar! – zwei Wadenbeißer aus meinem Betrieb auf Schlagzeilenjagd sind, will ich nicht für die nächsten Jahre auf Granit beißen, wenn ich Informationen von der Polizei brauche.«

»Aber falls es sich tatsächlich um Trittbrettfahrer handelt ...«

»... sind die Ermittler erst recht die Gelackmeierten. Dann müssen sie zugeben, dass es eine falsche Spur war. Und wenn es doch die richtige Spur war, vermasselt ihnen der Artikel möglicherweise die Tour.« Er schüttelte den Kopf. »Nee, nee, diese Geschichte wird Folgen haben, denk an meine Worte.«

Ich schlug die Beine übereinander und tat ihm den Gefallen: Ich dachte über seine Worte nach.

»Na gut«, murmelte der dicke Sportredakteur derweil und stemmte sich aus seinem Stuhl hoch. »Ich geh dann mal. Cave canem und wie man so sagt.«

Wir sahen ihm nach, bis sich die Tür hinter ihm geschlossen hatte. Dann tippte ich mir an die Stirn. »Was ist denn mit dem los? Macht er eine Lebertrandiät oder was?«

»Du hast gut reden«, seufzte Covet. »Sie haben ihn verdonnert, etwas über den Hund eines der Opfer zu schreiben. Eine Langhaardackel-Homestory, verstehst du? Wie Klein Bello zu Hause in Neulußheim sitzt, das Fressen verweigert und nach seinem toten Herrchen heult. Was fürs Herz.«

»Aber Lothar ist doch Sportredakteur.«

»Und? Was spielt das für eine Rolle in diesen Tagen?« Covet sprang auf und lief mit fuchtelnden Händen durchs Zimmer. »Jetzt ist jeder gefragt, der einen Griffel halten kann. Jeder muss ran, muss die Öffentlichkeit mit Dingen füttern, die keinen interessieren. Was meinst du, was sie mir schon für einen Schmu andrehen wollten? Unser Chef hat eine Task-Force zusammengestellt, eine schnelle Eingreiftruppe für die Frontberichterstattung.«

»Eine was?«

»Eine Task-Force, du hast richtig gehört. Der Herr möge demjenigen verzeihen, der diese Idee hatte. Nein, er wird es nicht tun. Das nicht.« Er hielt inne. »Wolltest du eigentlich etwas Bestimmtes von mir?«

»Nur mit dir quatschen. Allgemeine Situationsanalyse. Und deine Einschätzung, was diese Neonazis betrifft.«

»Wie gesagt, Trittbrettfahrer. Überleg doch mal, wie absurd das ist: eine politische Aktion, die darin besteht, während eines Volksfestes wild um sich zu schießen.«

»Natürlich ist es absurd. Aber weißt du, was in so einem kahl geschorenen Kopf vor sich geht?«

»Das nun auch wieder nicht.« Er kehrte zu seinem Platz zurück. »Und du? Was machst du in diesen Zeiten?«

»Mir einen ansaufen. Das habe ich gestern getan. Heute angele ich mir vielleicht einen Auftrag. Sobald ich ihn habe, erzähle ich dir davon.«

Er nickte abwesend. Dass der Auftrag etwas mit dem Anschlag zu tun haben könnte, kam ihm nicht in den Sinn. Wie auch?

»Schreibst du eigentlich nichts über den Samstagabend?«, fragte ich. »Gestern war jedenfalls kein Artikel von dir drin.«

Er lachte auf. »Ich? Nein, keine Zeile schreibe ich. Und da dürfte ich der einzige Redakteur weit und breit sein. Mein Chef wollte mir die Hunde-Homestory geben, da habe ich ihm Prügel angedroht. Vor versammelter Mannschaft. Seitdem ist Ruhe.«

»Prügel? Du doch nicht, Marc.«

»Worauf du einen lassen kannst. Weißt du, was gestern als Aufmacher im Lokalteil hätte erscheinen sollen? Ein Bericht über diesen jungen Aktienguru aus der Weststadt, dieses Investitionsgenie, vor dem die halbe deutsche Wirtschaft zittert. Und wer hat ihn geschrieben, den Bericht? Ich.« Wütend wischte er seine Computermaus ans andere Ende des Tisches.

»Verstehe. Und nun wird er in vier Wochen erscheinen, auf ein Drittel gekürzt, zwischen goldener Hochzeit und Wettervorhersage. Ist dir das so wichtig?«

»Ja, das ist mir wichtig«, belferte er. »Es war mein bester Artikel seit Langem. Ich habe nichts dagegen, wenn er vier Toten weichen muss. Aber nicht dem Geseire eines aufgescheuchten Kollegen, der auf sämtliche Tränendrüsen drückt, nicht dem Beileidsschreiben der Freiwilligen Feuerwehr Zuzenhausen ...«

»Schon gut.«

»... und nicht der Hundestory aus Neulußheim. Das habe ich nicht verdient, und der Typ hat es auch nicht verdient. Kapiert?«

»Ja, kapiert. Wobei ein Finanzhai mit zweifelhaftem Ruf ...«

»... durchaus ein Recht auf Öffentlichkeit hat. Zu deiner Beruhigung: Ich habe keinen neoliberalen Kotau vor ihm gemacht. Aber auch nicht das Gegenteil. Schließlich gehöre ich zu den Redakteuren, die konträre Meinungen in ihren Texten gelten lassen. Und nicht bloß an den Weichteilen des Lesers herumfummeln. Wau, wau, wau!«

Ich grinste. Er konnte sich wirklich grandios aufregen, mein Freund Marc Covet. Nach seinen Kenntnissen über einen Italiener namens Flavio Petazzi würde ich ihn ein anderes Mal fragen.

3

Von meiner Wohnung zum Hotel Ambassador kann man laufen, wenn man einigermaßen gut zu Fuß ist. Oder man fährt mit dem Rad, einem Rennrad zum Beispiel. Man kann aber auch mit einer alten, klapprigen Mühle vorfahren, die man einst vor dem sicheren Sperrmülltod bewahrt hat, kann das rostige Ding hübsch über den roten Empfangsteppich rollen lassen, um es zuletzt an die spiegelglatte Marmorverkleidung des Hotels zu lehnen. Absperren muss man es nicht, denn die Studenten, die sonst alles mitnehmen, was zwei Räder hat, machen um das Hotel Ambassador einen großen Bogen. Zufrieden mit mir und der Welt, erklomm ich die Stufen zum Eingang.

Dann stand ich in der Halle. Es war eine kühle und dämmrige Halle, Marmor auch hier, und sie war verdammt groß. Groß und hoch, um exakt zu sein, man hätte Basketball spielen können. An den Säulen rechts und links stellte ich mir zwei Körbe vor, machte im Vorbeigehen ein Dunking, klatschte Dirk Nowitzki ab, dann stand ich vor der Rezeption.

»Guten Tag.« Der Empfangschef, Marke deutsche Eiche. Knorrig und kerzengerade. Als er mich ansah, regte sich kein Blättchen.

»Ich möchte zu Herrn Petazzi. Er erwartet mich. Max Koller mein Name.«

»Maiglöckchen-Suite. Dritter Stock.«

»Danke.« Ich nickte dem Prachtkerl zu und ging zum Aufzug. Der schwebte gerade aus luftiger Höhe herab, ein Gong ertönte, und hinter den zurückweichenden Türen kam mein Paparazzofreund zum Vorschein. Rasch formte ich mit Daumen und Zeigefingern beider Hände ein Rechteck und hielt es vor ein Auge.

»Klick!«, machte ich. »Den Blitz müssen Sie sich dazudenken.«

Nerius grinste schwach. »Schön, dass Sie pünktlich sind. Steigen Sie ein!«

»Schön, dass ich überhaupt da bin, meinen Sie wohl. Was ich alles an Terminen absagen musste!« Nerius drückte auf die Taste für den dritten Stock. Während sich der Lift mit einem tiefen Seufzer in Bewegung setzte, brabbelte ich weiter: »Erst mein Steuerberater, und der war schon auf dem Weg von München hierher. Dann der Fall mit der Millionärserbin, die vergessen hat, wo ihr Cadillac geparkt war. Und der Oberbürgermeister war auch nicht gerade amused, als ich ihm sagte, sorry, Eckart, vielleicht nächste Woche.«

Diesen Unsinn nahm der junge Bartträger mit einem Schmunzeln zur Kenntnis, und irgendwie hatte ich den Eindruck, es sei sogar echt. Vielleicht hegte er eine heimliche Sympathie für Quasselstrippen wie mich. »Sie sind wach«, sagte er. »Freut mich.«

»Und rasiert. Was nicht jeder von sich behaupten kann.«

Da verfinsterte sich sein Blick ein wenig. Wir waren angekommen, der Lift spie uns aus. Lange Flure gähnten, alle paar Meter gab es Sitzecken und Fensternischen und Palmen und Aquarelle. Jedes Bild zeigte ein anderes Motiv in einer anderen Maltechnik, damit für jeden Gast etwas dabei war. Sollte sich keiner fremd fühlen. Vor einer zweiflügeligen Tür blieben wir stehen, Nerius klingelte.

»Maiglöckchen sind giftig«, sagte ich. »Eigentlich sollte man eine Suite nicht so nennen. Erinnern Sie sich an den Bärlauchmörder von Heidelberg? Der nahm natürlich keinen Bärlauch, sondern …«

»Nachher«, unterbrach er mich und schlüpfte durch die sich öffnende Tür. Für einen kurzen Augenblick war ein dunkelblauer Anzug zu sehen gewesen, ein Anzug, in dem Nerius und ich problemlos gemeinsam Platz gefunden hätten.

»Okay«, brummte ich. »Dann eben nachher.« Wenn sie mich warten ließen, hatte ich Gelegenheit, die Story vom Bärlauchmörder noch ein wenig auszuschmücken. Ich verschränkte die Hände hinter dem Rücken und ging vor der Tür auf und ab. Wie man das so macht, in stillen Hotelfluren, wenn man zum Warten verdammt ist.

Es dauerte keine Minute, bis Nerius wieder erschien und mich hineinbat.

»Er brauchte natürlich jede Menge Knoblauch«, sagte ich. »Sonst hätten seine Opfer sofort gerochen, dass es sich um Maiglöckchenpesto handelte. Ich meine, sie hätten nichts gerochen, und das wäre ja gerade ...«

»Sind Sie nervös?«, fragte er. »Dazu besteht kein Anlass.«

»Vielleicht liegts am Kaffee. Schön haben Sie es hier. So habe ich früher auch mal gewohnt. Glaube ich.«

Wir hatten einen Raum betreten, der zu klein für einen Saal und zu groß für ein Vorzimmer war. Seine Funktion erschloss sich mir nicht, vielleicht hatte er gar keine. Teppichboden, ein Schrank mit Glastüren, vier Stühle, ein kleiner Tisch: wenig Mobiliar, und das Wenige war geschmackvoll und teuer. Nur authentisch war es nicht, weder alt noch neu, weder streng noch verschnörkelt. Das typische internationale Beliebigkeitsinventar halt.

Eine Seitentür öffnete sich und herein trat der Mann in Dunkelblau, den ich vorhin ausschnittsweise zu Gesicht bekommen hatte. Wenn der Empfangschef unten eine Eiche war, war der hier ein Mammutbaum. Beim Schritt über die Schwelle musste er leicht den Kopf einziehen. Man verstand sofort, warum der Kerl sein Haar reißzweckenkurz trug. Haar und Haupt wurden geschüttelt, neben dem Ohr erschien eine Faust mit abgespreiztem Daumen und kleinem Finger, dann verschwand er wieder.

»Signor Petazzi telefoniert«, erläuterte Nerius überflüssigerweise. »Einen Moment bitte.«

Der Raum war also ein Warteraum. Hätte ich mir denken können. Wir setzten uns an den Miniaturtisch, schlugen die Beine übereinander, falteten die Hände. Nerius schloss die Augen und unterdrückte ein Gähnen. Wie heute Morgen trug er einen schwarzen Anzug mit grauen Silberfäden darin und zur schwarzen Weste eine mattgelbe Krawatte. Wenn er wirklich Petazzis Anlaufstelle in Deutschland war, hatte er seit dessen Ankunft bestimmt keine ruhige Minute mehr gehabt.

Ich fischte seine Visitenkarte aus der Tiefe meiner Hosentasche. »Was machen Sie eigentlich beruflich?«, fragte ich. »Hier steht nur Ihr Name mit Doktortitel. Arzt?«

»Oh, nein.« Lächelnd schlug er die Augen auf. »Ich bin etwas völlig Nutzloses: Kunsthistoriker. Einer der vielen promovierten Kunstgeschichtler, die das Land produziert, aber nicht braucht.«

»Haben Sie keine Stelle?«

»Nein«, sagte er, allen Schmerz der Welt in seinem Blick. »Ich bin arbeitslos.«

»Und wie kommt man da über die Runden?«

»Meine Frau hat eine Galerie. Die natürlich auch nichts einbringt.« Verschwörerisch beugte er sich zu mir herüber: »Bitte erzählen Sie es nicht weiter: Ich arbeite für Petazzi. Er braucht Kontaktleute in Deutschland. Ich übersetze für ihn, dolmetsche, erledige Anfragen und Behördengänge. Vom Aufwand her ein voller Job, glauben Sie mir. Und ich mache es unentgeltlich.«

»Quatsch.«

»Doch, wirklich.«

»Unentgeltlich? Sie haben sich in der Welt geirrt.«

»Signor Petazzi hat mich über Jahre hinweg derart gefördert, dass ich nie auf den Gedanken käme, irgendwelche Forderungen zu erheben. Solange ich keine Arbeit habe, helfe ich ihm gerne.« Er hüstelte. »Dafür unterstützt er die Galerie meiner Frau nach Kräften.«

»Verstehe.« Natürlich, so war allen Seiten geholfen. Nerius' Bezahlung lief über die defizitäre Galerie der Gattin, der Signore konnte seine Zahlungen als Spenden absetzen, und in der Öffentlichkeit warf sich das feine Trio in die kunstbeflissene Brust. Nicht zu vergessen das Arbeitslosengeld, das der Junge kassierte, und die Sozialabgaben, um die sich sein Chef drückte.

»Wir kennen uns seit fast fünfzehn Jahren«, fuhr er fort. »Ich ging als junger Student nach Florenz, machte dort auch meinen Abschluss. Bei einem Symposium, das er finanzierte, wurde er auf mich aufmerksam. Kurz danach begleitete ich ihn auf einer Auslandsreise, und seitdem ging ich ihm immer mal wieder zur Hand. Meine Doktorarbeit schrieb ich über italienische Palazzi aus dem 17. Jahrhundert. In einem von ihnen wohnt Signor Petazzi.«

»In einem Palazzo, nicht schlecht. Und dann so ein deutscher Maiglöckchenmischmasch.«

Nerius zuckte die Achseln. »Es ist ein Hotel, was wollen Sie?«

»Nichts. Seit wann sind Sie wieder in Deutschland?«

»Seit drei Jahren.«

»Und seither Petazzis Außenposten in Germania. Wie würden Sie sich bezeichnen? Als rechte Hand, Sekretär, Generalvertreter, treue Seele?«

»Als Sekretär jedenfalls nicht«, antwortete er stirnrunzelnd. »Und als Vertreter schon mal gar nicht.« Er schien tatsächlich etwas eingeschnappt.

Dann hatte das blaue Naturwunder wieder seinen Auftritt. Die Tür wurde aufgehalten, wir erhoben uns folgsam und trotteten ins Nebenzimmer. Ich zwinkerte dem stummen Kraftprotz zu. Was wohl passierte, wenn man ihm über die Igelfrisur strich? Na, erst mal drankommen!

Signor Flavio Petazzi: Da stand er, mitten im Raum, einem verdammt großen Raum übrigens, er stand da, rührte sich keinen Zentimeter, sondern wartete geduldig, bis wir unseren Weg zurückgelegt und vor ihm Aufstellung genommen hatten. Dann streckte er mir eine Hand entgegen und sagte: »Guten Tag, Herr Koller.«

Ja, so empfängt man Gäste! Das nannte ich Grandezza. In Italien mochte man es anders nennen, aber das war mir egal. Prononciert und mit der korrekten Sprachmelodie verließen die fremden Vokabeln Petazzis Mund, und nur das kaum gehauchte H und das zum Ä geschärfte E verrieten seine Herkunft. Seine Stimme war ungewöhnlich sanft für einen Mann seiner Statur; er überragte mich um einige Zentimeter, bis zur lichten Höhe seines Bodyguards war allerdings noch etwas Luft.

»Buon giorno«, retournierte ich, seinen schlaffen Händedruck erwidernd.

Wir setzten uns, und als wir das taten, merkte ich, warum sich Petazzi nicht von der Stelle gerührt hatte. Jede Bewegung bereitete ihm Schwierigkeiten. Nach einer Stuhllehne greifend, machte er einen, zwei wacklige Schritte, um sich anschließend ungelenk auf den Sitz gleiten zu lassen. Ein leichtes Zittern lief durch seinen Körper. Vielleicht Kinderlähmung. Oder eine Nervenerkrankung. In jedem Fall war Flavio Petazzi aus Florenz ein behinderter Mann.

Aber auch ein stattlicher. Sein Gesicht hätte auf der Titelseite jedes Hochglanzmagazins etwas hergemacht. Volles Haar, ergraute Schläfen, die Kinnpartie breit und kantig, klare braune Augen. Eine Spur George Clooney mit einem Schuss Burt Lancaster. Selbst die kleine Narbe, die seine Oberlippe aufriss, stand ihm vortrefflich.

»Signor Petazzi spricht leider nur wenig Deutsch«, hörte ich Nerius sagen. »Ich werde daher den Dolmetscher spielen, wenn es recht ist.«

»Natürlich ist das recht«, lächelte ich ihn an und verkniff mir, ihm das Knie zu tätscheln.

Petazzi sagte etwas auf Italienisch zu seinem Gorilla, woraufhin der sich schweigend an einem Schrank in der entgegengesetzten Ecke des Raumes zu schaffen machte. Dann erhielt Nerius eine Order, er fragte zurück, und nach zweimaligem Hin und Her eröffnete der Dolmetscher die Unterhaltung.

»Signor Petazzi dankt Ihnen zunächst, dass Sie gekommen sind. Er erhofft sich viel von Ihrem Engagement.«

»Drücken Sie ihm bitte mein Beileid aus.«

Petazzi nahm es nickend zur Kenntnis. Neben uns baute sich der Bretterverschlag von Leibwächter auf, in seiner Pranke ein putziges Gläschen mit einer grünen Flüssigkeit darin. Sobald das Glas auf dem Tisch stand, sah man, dass es Normalgröße hatte. In der Tatze des Kerls hätte ein Baby schlummern können. Anschließend zog er sich in den Hintergrund zurück, stumm wie zuvor, ein Möbelstück unter anderen.

Jetzt wieder Petazzi. Er sprach schnell und lebhaft, wie man es von Italienern gewohnt ist, nur seine Gestik blieb sparsam. Ab und zu fuhr eine Hand durch die Luft, um die Erinnerung an seine verstorbene Tochter zu beschwören.

»Ich habe mehr als nur mein Kind verloren«, tat er kund.

»Ich habe meine Zukunft verloren. Mit mir werden die Petazzis aussterben, werden all die Pläne und Ideen, die ich meiner Tochter weitergeben wollte, untergehen. Ich bin zu alt, um noch einmal Kinder zu bekommen. Insofern trifft mich ihr Tod, als wäre ich selbst von Kugeln durchsiebt worden. Vielleicht kommt Ihnen das egoistisch vor. So ist es aber nicht gemeint, Beatrice würde es verstehen. Für mich war es eine Selbstverständlichkeit, sämtliche Geschäfte in Florenz, so zahlreich sie auch sind, abzubrechen und nach Heidelberg zu kommen.«

»Es sind wirklich viele«, ergänzte Nerius übersetzend. Darauf einen Schluck, dachte ich und kostete das grüne Zeug. Es erwies sich als ein ganz ausgezeichneter Kräuterlikör.

»Ich möchte wissen, wer meiner Tochter das angetan hat«, fuhr Petazzi fort. »Wer dahintersteckt, was seine Motive waren. Das bin ich ihr schuldig. Für ihren Tod gibt es keinen Grund, keine Rechtfertigung, aber vielleicht eine Erklärung. Darum, auch darum bin ich hier. Und nun komme ich zu Ihrem Beitrag, Herr Koller.«

»Ich bin gespannt«, sagte ich und war es wirklich.

»Sonntagabend trafen wir in Heidelberg ein. Der gesamte gestrige Tag war ausgefüllt mit Gesprächen, Verhandlungen, Diskussionen. Als Politiker habe ich in Deutschland eine Menge Freunde und Weggefährten. Ich habe mit dem Innenminister telefoniert, mit Polizeibeamten gesprochen und mit Justizbehörden; nicht, um sie durch meine Anwesenheit unter Druck zu setzen, sondern um mir einen Eindruck von den Ermittlungen zu verschaffen.« Er machte eine kleine Pause, in der ihn Nerius erwartungsvoll anstarrte. »Dieser Eindruck ist verheerend.«

»Wieso verheerend?«

»Ich kenne die Polizei, Herr Koller. Sie ist überall gleich, in Italien wie in Deutschland. Ganz oben stellt man eine Hypothese auf, und gemäß dieser Hypothese wird ganz unten ermittelt. Man schaut nicht nach links, nicht nach rechts, sondern stur geradeaus. Bestätigt sich die Hypothese, regnet es Orden, wird sie widerlegt, kommt sie zu den Akten, und man überlegt sich eine neue. Oder mottet den Fall ein. Die aktuelle Hypothese lautet: Wir haben es mit einem Amokschützen zu tun. Alles andere interessiert die Behörden nicht. Bis sich diese Annahme als falsch herausstellt, ist längst Gras über die Sache gewachsen. Verstehen Sie?«

»Seien Sie mir nicht böse, wenn ich widerspreche«, sagte ich, »aber es gibt ein Bekennerschreiben.«

Petazzi lachte auf. »Ein Bekennerschreiben, ja! So echt wie die Hitler-Tagebücher. Nicht einmal Neonazis sind so geisteskrank, dass sie in eine Menschenmenge feuern, nur um Aufmerksamkeit zu erregen. Das können Sie mir nicht erzählen, Herr Koller.«

»Ich weiß, dass es unwahrscheinlich klingt. Aber denkbar ist es. Wer hat vor 30 Jahren den Bahnhof von Bologna in die Luft gesprengt? Fanatiker vom rechten Rand.«

»Mag sein. Aber im Unterschied zu damals ist heute meine Tochter unter den Opfern.«

Darauf gab es nichts zu sagen. Natürlich, für einen Vater verglühte die gesamte Menschheitsgeschichte mit all ihrem Blutzoll in der einen Sekunde, in der ihm das Kind geraubt wurde. Das verstand sogar ich. Auch Nerius hatte Petazzis Antwort übersetzt, ohne mit der Wimper zu zucken.

Petazzi räusperte sich. »Bitte entschuldigen Sie, Herr Koller, aber was die Polizei denkt und worauf sie sich verhängnisvollerweise versteift, ist Unsinn. Es war kein Einzeltäter. Er handelte auch nicht im Auftrag von Rechtsradikalen. Und schon gar nicht hat er blindlings in die Menge gefeuert. Er hat ganz genau gezielt. Der Anschlag galt meiner Tochter. Und damit mir.«

»Wie bitte?« Ich war so verdattert, dass ich vergaß, den Mund zu schließen. »Sagen Sie das noch mal. – Nein, halt!« Ich griff Nerius, der übersetzen wollte, beim Ärmel. »Er braucht es mir nicht noch einmal zu sagen, ich habe ihn schon verstanden. Akustisch zumindest. Ansonsten nicht. Wie kommt er auf so eine Schnapsidee?«

»Schnapsidee?«, fragte Nerius.

»Dann halt ungewöhnliche Idee. Ich meine, er hat seine Tochter verloren, das ist mir schon klar. Trotzdem, so eine Behauptung ist ungeheuerlich. Wie kommt er darauf?«

Petazzi wollte wissen, was ich gesagt hatte. Nerius übersetzte und wartete auf die Replik. »Herr Koller«, wurde ich belehrt, »ich bin ein erfolgreicher Geschäftsmann. Auch mein Vater war es und mein Großvater. Erfolg schafft Feinde. Es gab schon immer Sabotageakte in unseren Firmen, Anschläge, wilde Streiks. Nicht der Rede wert. Aber seit zehn Jahren mische ich in der Politik mit, und auch das sehr erfolgreich. Politik setzt Emotionen frei, in einem Maße, wie ich es nie für möglich gehalten hätte. Ich war noch keinen Monat im Regionalparlament, als ich zusammengeschlagen wurde. Sie sehen ja, ich kann nicht einmal weglaufen. Ohne Leibwächter verlasse ich mein Haus nicht mehr. Letztes Jahr wurde am Rand einer Wahlkampfkundgebung ein bewaffneter Mann verhaftet. Er sagte, er wolle mich umbringen.«

»Ja, Sie … Aber Ihre Tochter?«

»Seit ich für die Lega Nord kandidiere, gehöre ich zu den bestbewachten Personen Italiens, wenn nicht Europas. Finanziell kann man mir nicht schaden, auch politisch hält uns keiner auf. Es gibt nur einen wunden Punkt in meinem Leben: Beatrice.«

Nach diesen Worten schien ihn so etwas wie Rührung zu übermannen. Während Nerius in gebotener Zurückhaltung dolmetschte, zückte Petazzi ein Stofftaschentuch und schnäuzte dezent hinein.

»Das heißt«, fasste ich zusammen, »Sie glauben, mit dem Tod Ihrer Tochter wollte man ganz persönlich Sie treffen?«

»Richtig.«

Ich warf Nerius einen irritierten Blick zu. Sogar zu der dunkelblauen Masse im Hintergrund schielte ich kurz hinüber. Aber niemand lachte, niemand klatschte fröhlich in die Hände und rief: Na, ist das nicht ein schönes Kasperletheater? Da haben wir dem netten Herrn Koller aber einen dicken Florentiner Bären aufgebunden! Nichts dergleichen tat sich, nur ein Handy klingelte irgendwo. Petazzis Bodyguard nahm das Gespräch flüsternd entgegen.

»Tut mir leid«, sagte ich. »Aber das kann ich mir beim besten Willen nicht vorstellen.«

»Herr Koller!«, brauste Petazzi auf. Gleich darauf hatte er sich wieder im Griff und fuhr mit sanftem Bariton fort: »Sie müssen sich das auch nicht vorstellen können. Sie sollen bloß ermitteln. Verstehen Sie? Bloß ermitteln.« Er hielt inne und schaute zu seinem Leibwächter auf, der, mit dem Handy in der Rechten, auf ihn zukam. Das Ding verlor sich geradezu in der Pranke des Riesen. Es folgte ein gedämpfter Wortwechsel, Signor Petazzi schien wenig erfreut über die Störung, aber am Ende ließ er ein kurzes »Entschuldigung« fallen und stemmte sich aus seinem Stuhl hoch. Gestützt von seinem Mädchen für alles, wackelte er durch den Raum bis zu einem Sekretär, auf dessen Platte ein Laptop stand.

»Dringende Geschäfte«, murmelte Nerius. »In Mailand scheint es Probleme zu geben.«

Ich sah zu dem ungleichen Paar hinüber. Der Koloss hielt seinem Chef das Handy ans Ohr, während Petazzi lauschte, antwortete, wieder lauschte und die Tastatur des Laptops bearbeitete. Sieh an, seine sanfte Stimme konnte ganz schön schroff klingen.

»Diese Mailänder«, sagte ich. »Müssen die immer Probleme machen?«

Nerius schwieg.

Und so warteten wir mal wieder. Der arbeitslose Kunsthistoriker verharrte regungslos in seinem Stuhl, während ich das Likörglas leerte, von der rechten auf die linke Pobacke wechselte, Löcher in die Luft starrte. Derweil verschob Petazzi ein Milliönchen von Florenz nach Mailand. Oder Aktien. Oder Arbeitnehmer. Vielleicht mailte er seinem Geschäftsfreund auch nur ein paar Fotos vom letzten Puffbesuch in Milano. Egal. Unwillkürlich schaute ich an mir herab. Ich habe weder einen Laptop noch eine Million auf dem Konto, aber zwei Beine, auf denen man ohne Gewackel stehen kann. In diesem Moment war ich verdammt froh um sie.

»Möchten Sie noch einen Drink?«, fragte Nerius.

»Gern. Aber nicht allein. Ziehen Sie mit?«

Wortlos stand Nerius auf, ging zur Bar und kam mit der grünen Flasche und einem zweiten Glas zurück. Er schenkte mir ein, er schenkte sich ein, dann trank er. Mechanisch. Leidenschaftslos. Er war überhaupt ein leidenschaftsloser Mensch, treuer Diener seines Herrn und begnadeter Dolmetscher. Mich hätte interessiert, welcher meiner deutschen Sätze einigermaßen ungefiltert an Petazzis Ohr gedrungen war. Wahrscheinlich hatte Nerius in seiner verbindlichen Art überall ein paar Ecken abgeknipst, Kanten weggehobelt, Überstände rundgeschliffen. Schnapsidee wollte er nicht übersetzen. Ich hätte Räuberpistole sagen sollen. Denn eine Räuberpistole war es, was sich Beatrices Vater da zurechtfantasiert hatte. Ein Anschlag auf ihn selbst, mit dem Umweg über seine Tochter – lächerlich!

»Was halten Sie von seiner Theorie?«, fragte ich Nerius.

Er ließ sich Zeit mit der Antwort. Natürlich, bloß keinem zu nahe treten! »Er hat einen grauenhaften Verlust erlitten«, sagte er schließlich. »Das müssen Sie verstehen. Haben Sie Kinder?«

»Nein.«

»Ich habe einen Jungen. Er wird drei. Wenn ich mir vorstelle ...« Er wischte sich mit einer Hand übers Gesicht, als wolle er böse Gedanken vertreiben. »Ich werde ihm seine Idee jedenfalls nicht ausreden. Ich nicht.«

»Nein, Sie nicht, Herr Nerius. Das hätte auch keiner von Ihnen erwartet. Kannten Sie Beatrice?«

Er sah mich direkt an. »Wieso?«

»Wieso nicht? Die Tochter Ihres Mäzens immerhin. Die wie Sie in Heidelberg lebte. Da wird man sich doch gekannt haben, oder?«

»Ja, natürlich.«

»Und weiter?«

»Was weiter?«

»Mein Gott, Sie Kunstgeschichtler, hören Sie auf, den Mann ohne Eigenschaften zu spielen. Ab sofort dürfen Sie wieder auf Individuum umschalten. Erzählen Sie mir von Beatrice, solange Ihr Chef durch die Mailänder Börse surft. Soll ich nun ermitteln oder nicht?«

»Sicher«, entgegnete er mit gequältem Lächeln. »Als Beatrice letztes Jahr nach Heidelberg kam, habe ich mich um sie gekümmert. Nicht lange. Sie ist sehr ... sie war sehr selbstständig.«

»Was hat sie hier gemacht? Studiert?«

»Literaturwissenschaft und Geschichte. Sie wollte Lehrerin werden.«

»Lehrerin. Also nicht in die Fußstapfen ihres Vaters treten?«

»Nein.«

»Und sie war das einzige Kind von Petazzi. Ihre Mutter?«

»Lebt in den USA. Die Ehe ist seit Ewigkeiten geschieden.«

»Keine Kontakte zwischen ihr und ihrem Exmann? Zwischen ihr und ihrer Tochter?«

»Nicht dass ich wüsste. Signor Petazzi erwähnte einmal, dass auch die zweite Ehe seiner Frau gescheitert sei. Er sprach sonst nie über sie.«

Ich ließ die grüne Flüssigkeit in dem Glas kreisen. »Beatrice kam also für einen Auslandsaufenthalt nach Heidelberg. Wo hat sie vorher studiert?«

»In Florenz.«

»Was war sie für ein Mensch?«

»Was für ein Mensch? Gott ja …« Er hob die Schultern. Einmal. Und dann noch mal.

Ich verdrehte die Augen.

»Was gibts?«, fragte er, eine Spur Aggressivität in der Stimme.

»Seit wann sind Sie so aufs Maul gefallen? Ein paar Charakterzüge des Mädchens werden Ihnen doch wohl einfallen. Oder leiden Sie an akuter Adjektivphobie? War sie schüchtern, selbstbewusst, ein Draufgänger, einzelgängerisch, fröhlich, depressiv?«

»Na ja, sie war jung.«

»Und zwar genau 22. Was noch? Weiblich, wenn ich nicht irre.«

»Sie war ein lebensfroher Mensch«, fauchte er. »Ich würde sagen, sie hatte keine Probleme, in Heidelberg Anschluss zu finden. Kontaktfreudig, ja, das war sie. Ein nettes Mädchen halt.«

Ein nettes Mädchen, jung und lebensfroh. Grandios, Dr. Nerius. Entweder hatte der Kunsthistoriker Beatrice als Frau überhaupt nicht wahrgenommen, oder er versuchte gerade zu vertuschen, dass er jeden Abend mit ihr im Bett war. Dem musste man anders kommen.

Ich musterte angelegentlich meine Fingernägel. »Was ist Ihre Frau eigentlich für ein Mensch?«

»Meine Frau?«, fuhr er auf. »Was hat die mit der Sache zu tun?«

»Nichts«, sagte ich unschuldig. Damit ließ er sich also aus der Reserve locken.

»Warum fragen Sie dann?«

»Nur so. Ich dachte, vielleicht fällt Ihnen die Beschreibung Beatrices leichter, wenn Sie sie mit Ihrer Frau vergleichen.«

»Lassen Sie Renate aus dem Spiel! Die gehört absolut nicht hierher.«

»Ihre Frau ist älter als Beatrice?«

»Na und?«

»Schon gut, lassen wir das.« Mit meinem Vorurteil gegen Akademiker lag ich mal wieder richtig. Dottore Nerius war auch so einer, der studiert und studiert hatte, hier mal einen Palazzo, dort mal einen Pinselstrich von Tizian, und am Ende, als ihn keiner haben wollte, kroch er seinem geldschweren Gönner in den Hintern, bis kein Kinnbarthaar mehr zu sehen war. Und warum das Ganze? Damit die liebe Gattin in ihrer drittklassigen Galerie viertklassige Ansichten vom Heidelberger Schloss zeigen konnte. Darüber sollten sie in den Neckar-Nachrichten mal eine rührselige Schoßhündchenstory verfassen!

Seufzend widmete ich mich wieder dem Likör. Der wenigstens war erstklassig.

»Madonna mia!«, rief Petazzi und ließ seinen Ärger an der Tastatur aus. Sein Händedruck war schwach gewesen, aber tippen konnte er wie ein Campeone del mondo. Ich bekam Mitleid mit allen Mailändern dieser Erde.

»Was haben Sie eigentlich studiert?«, fragte mich Nerius unvermittelt.

»Ich? Nichts.«

»Ich hätte geschworen, dass Sie auch mal an der Uni waren. Wegen Ihrer Ausdrucksweise.«

»Was haben Sie gegen meine Ausdrucksweise? Formuliere ich undeutlich?«

»Im Gegenteil. Akute Adjektivphobie, darauf muss man erst einmal kommen. Oder Mann ohne Eigenschaften: Das ist typischer Germanistensprech.«

»Sie halten mich für einen Germanisten? Jetzt hört sich aber alles auf!«

»Ich frage ja nur.«

Unwirsch leerte ich mein Glas und stellte es auf meine Stuhllehne. »Psychologie«, knurrte ich. »Aber verraten Sies nicht weiter. Außerdem nur zwei Semester.«

»Psychologie?« Er fing tatsächlich an zu lachen.

»Hahaha. Kriegen Sie sich wieder ein!«

»Entschuldigung«, schmunzelte er. »Das kam jetzt nur etwas …«, er hüstelte, »etwas unvermittelt.«

»Unvermittelt, ja? Sie haben es wirklich nicht mit den Adjektiven.« Ein Griff nach dem Glas, um den Rest Likör zu trinken, aber es war ja schon leer. Ich saß auf dem Trockenen, und der Schnösel hatte Oberwasser. Natürlich wusste ich ganz genau, was ihn so erheiterte. Max Koller und Psychologie – das klang so überzeugend wie … wie Flavio Petazzi im olympischen Sprintfinale. Wie eine Schneeballschlacht in der Kalahari. Ein klassisches Oxymoron war das, um auf den typischen Germanistensprech zurückzukommen. Vielleicht hätte ich mich von Anfang an bei den Literaturwissenschaftlern einschreiben sollen. Da gab es nicht ganz so viele traurige Existenzen wie in Psychologie, und hin und wieder traf man Frauen vom Schlag Beatrices. Junge, nette, lebensfrohe Damen. Zumindest wirkten sie so, wenn man sie aus der Ferne betrachtete: durch Wolfgang C. Nerius' Unschärfeglas, das sogar aus einem Lega-Nord-Funktionär einen Philanthropen machte. Einen kunstsinnigen Philanthropen, um exakt zu sein.

Nein, es war schon besser, der Heidelberger Alma Mater und all ihren universitären Schicksen rechtzeitig den Rücken gekehrt zu haben. Am Ende wäre ich selbst einer dieser promovierten Nichtstuer geworden, mit einer Galerie und einem Dreijährigen an der Backe, ausgehalten von einem konservativen Geldsack, der sich von der Muse geknutscht glaubte.

Dann lieber nichtpromovierter Nichtstuer. Die hatten im Englischen Jäger unbegrenzten Kredit.

4

Ich wollte mir eben wieder einschenken, als die Lage in Norditalien bereinigt schien. Petazzi zog sich am Arm seines Gorillas in die Höhe und kehrte zu uns zurück, jeder Schritt eine Überwindung. Noch im Gehen schenkte er uns ein Lächeln. Wahrscheinlich stand morgen in der Zeitung, dass Mailand verkauft und ins Portfolio einer Investmentbank übergegangen war.

»Greifen Sie zu«, sagte er und deutete auf den grünen Zaubertrank. Das ließ ich mir nicht dreimal übersetzen.

»Herr Koller«, fuhr er anschließend fort, »ich weiß nicht, ob ich mich vorhin korrekt ausgedrückt habe. Ich möchte Sie nicht engagieren, damit Sie mir den Mörder servieren, wie ein Hund seinem Herrchen apportiert. Dass das nicht möglich ist, weiß ich selbst. Was Sie tun sollen, ist: die Lücken der Polizeiarbeit füllen. Ein Feld beackern, das von den hiesigen Behörden vernachlässigt wird. Sehen Sie, die Gruppe oder die Organisation, die hinter dem Attentat steckt, muss irgendwann einmal Kontakt zu meiner Tochter aufgenommen haben. Über einen Kommilitonen wahrscheinlich. Sie wussten, dass Beatrice das Konzert besuchen würde. Das ist meine Überzeugung, meine These, die von der Polizei ausgeblendet wird. Es soll auch Ihre Ausgangsthese sein; versuchen Sie, Belege dafür zu bringen.«

»Vergessen Sies«, sagte ich und erntete einen strafenden Blick von Nerius.

»Wie bitte?«, fragte Petazzi.

»Sagen wir so: Ich akzeptiere die Theorie vom Attentat

gegen Sie und Ihre Tochter als den Erklärungsversuch eines persönlich Betroffenen. Aber ich teile sie nicht.«

»Das spielt für mich keine Rolle. Um es ganz klar zu sagen: Mir ist egal, was Sie über den Anschlag denken. Ich brauche Ergebnisse, und die sollen Sie liefern. Dabei möchte ich Ihre Dienste komplett in Anspruch nehmen, es geht immerhin um den Mord an meiner Tochter. Finanzielle Einschränkungen bestehen nicht. Falls Sie anderen Klienten Zusagen gemacht haben, verschieben Sie diese Engagements und geben Sie eventuelle Ausgleichsforderungen an uns weiter.«

»Nicht so schnell, Signor Petazzi. Was Sie mir anbieten, klingt gut, das muss ich zugeben. Etwas anderes klingt dafür gar nicht gut. Ihnen ist egal, was ich über den Anschlag denke? Sie sind der Meinung, dass es auf meine Meinung nicht ankommt? Genau da bin ich anderer Meinung. Wissen Sie, ich habe kein Problem damit, mich auf die verrücktesten Aufträge einzulassen. Reizt mich sogar. Aber meinen Grips und meine Urteilsfähigkeit werde ich deswegen nicht einmotten. Ich bin nun mal einer von den Privatflics, die das selbsttätige Denken für keinen Geburtsfehler halten, sondern für ein Privileg. Natürlich kann ich ermitteln, kann versuchen, Ihnen Ergebnisse zu liefern. Aber dabei bleibt mein Verstand eingeschaltet, und wenn ich das Gefühl habe, ich müsste irgendwo meinen Senf dazugeben, werde ich das tun. Verklickern Sie ihm das, Herr Nerius. Es darf ruhig ungehobelt klingen. Hauptsache, alle verstehen, was gemeint ist.«

Nerius warf mir einen spöttischen Blick zu und machte sich an die Übersetzung. Er brauchte etwas länger als sonst. Petazzi schnappte einmal kurz dazwischen, Nerius erläuterte, dann folgte die gemeinsame Presseerklärung: Im Grunde seien unsere Standpunkte nicht weit voneinander entfernt. Es gehe ja nicht darum, mir das Denken zu verbieten, sondern die Ermittlungen auf eine einzige, Erfolg versprechende Spur zu lenken. Natürlich dürfe ich von Petazzis Theorie halten, was ich wollte, nur sollten meine Recherchen davon unbeeinflusst bleiben.

»Und wie soll das funktionieren? Wenn ich Sie richtig verstehe, müsste ich das BKA anzapfen, um herauszufinden, in welcher Richtung dort gerade gedacht wird.«

»Es muss, wie gesagt, eine Verbindung zwischen meiner Tochter und den Attentätern geben. Beatrice hat in einer Wohngemeinschaft gelebt; vielleicht wurde der Kontakt über ihre Kommilitonen hergestellt. Finden Sie heraus, mit wem sie in den letzten Monaten Umgang hatte. Wer ihre Bekanntschaft suchte, wem sie von ihren Plänen erzählte. Sobald Sie auf Italiener stoßen, liefern Sie uns Namen.«

»Sie wird jede Menge italienische Bekannte gehabt haben. Ist doch normal.«

»Mitglieder radikaler Gruppen, Globalisierungsgegner, fanatische Linke: Wenn Sie auf solche Leute aufmerksam werden, informieren Sie uns. Alles Weitere können Sie uns überlassen.«

Ich zögerte mit der Antwort. So formuliert, klang der Auftrag sehr übersichtlich. Ich würde ein wenig im Leben der Ermordeten herumstochern, mich für diese unangenehme Aufgabe fürstlich entlohnen lassen und Petazzis Hirngespinste würden Hirngespinste bleiben. Natürlich konnte ich ihm Namen liefern, jede Menge. Er würde sie mithilfe seines heimatlichen Netzwerks Big-Brother-mäßig durchleuchten lassen, bei dem einen kam was heraus, bei dem anderen nicht. So weit, so schlecht. Aber war das alles? Gab es da nicht noch einen Hintergedanken, den mir das Duo Petazzi-Nerius verschwieg?

»Okay«, sagte ich schließlich. »Dann erklären Sie mir Folgendes: Wie soll ich mir Planung und Ablauf des Anschlags vorstellen? Irgendeine Gruppe, die Ihnen schaden möchte, erfährt, dass Ihre Tochter in Heidelberg studiert. Man beschließt Beatrices Tod, weil man an Sie selbst nicht herankommt. Richtig?«

»Korrekt.«

»Warum dann ein öffentliches Attentat mit vier Opfern? Warum entführt man Beatrice nicht einfach und verlangt Lösegeld?«

»Weil man durch das Attentat die wahren Intentionen verheimlichen kann. Wie es ja auch gelungen ist. Alle Welt, Sie eingeschlossen, geht von einem Amokschützen aus. Wenn dann noch das Bekennerschreiben einer dubiosen Vereinigung ins Spiel kommt, ist die Verwirrung perfekt.«

»Sie glauben also, dieser angebliche Bekennerbrief ist Teil des Arrangements. Pure Ablenkung.«

»Das halte ich für sehr wahrscheinlich.«

»Und wie soll der Anschlag abgelaufen sein, Ihrer Meinung nach? Da wartet dieser Mensch, der Schütze vom Uniplatz, brav hinter der Bühne, bis Beatrice in der ersten Reihe steht, um dann nach vorne zu springen?«

Petazzi nickte.

»Hören Sie, der Typ hatte eine MP. Damit steht man nicht stundenlang in der Gegend herum und wartet auf die Gelegenheit zum Losschlagen.«

»Vielleicht gab es einen Komplizen«, erwiderte Petazzi, der allmählich ungeduldig wurde. »Jemanden, der den Schützen informierte, der ihm im richtigen Moment die Waffe brachte. Denken Sie daran, dass der Mann spurlos verschwinden konnte. Das spricht für ein geplantes Attentat und es spricht für Hintermänner.«

»Ja, möglich.«

»Ansonsten ist es mir zuwider, mich mit Einzelheiten des Anschlags zu beschäftigen. Ich hoffe, Sie haben Verständnis dafür. Wie sieht es nun aus, Herr Koller? Helfen

Sie mir oder nicht? Ich wüsste ganz gerne, wie Sie sich entscheiden. Einzelheiten können Sie immer noch mit Wolfgang besprechen.«

Petazzi sah Nerius bei diesem Satz nicht an, wie er ihn ohnehin kaum eines Blickes würdigte. Im Hintergrund machte sich wieder das Handy bemerkbar. Der Leibwächter ließ ein knappes »Pronto?« hören, danach nur ein einziges »Sì«. Das reichte, um das Gespräch zu beenden.

»Gut«, sagte ich. »Ich will es mal auf den Punkt bringen. Sie haben mir da ein abenteuerliches Szenario aufgetischt, Signor Petazzi. Aber erstens verstehe ich sehr gut, dass Sie nach einer Erklärung für den Tod Ihrer Tochter suchen, und zweitens haben mich abenteuerliche Szenarien noch nie abgeschreckt, im Gegenteil. Der entscheidende Grund für mich, diesen Auftrag anzunehmen, ist allerdings ein anderer: Ich möchte bei der Aufklärung des Attentats mithelfen, und Sie geben mir eine Gelegenheit dazu. Auch wenn mein Beitrag wahrscheinlich nur darin bestehen wird, Ihre Theorie zu widerlegen.«

»Das werden wir sehen.«

»Ja, das werden wir sehen. Wenn Sie akzeptieren, dass ich eine eigene Meinung über die Vorkommnisse habe, sind wir im Geschäft.«

Zu meiner Überraschung wandte sich Petazzi dem Kleiderschrank in Blau zu und fragte ihn etwas auf Italienisch. Der Koloss nickte, da nickte sein Chef auch.

»Einverstanden«, übersetzte Nerius.

»Prost«, sagte ich und hob mein Likörglas.

Das war es also. Ein ziemlich durchgeknallter Auftrag, erteilt von einem Politiker der Lega Nord, einem dubiosen Machtmenschen auf zittrigen Beinen. Irgendwie geriet ich dauernd an reiche Säcke, die Schwierigkeiten mit dem Gehen hatten. Letztes Jahr Frau von Wonnegut mit ihrer Sorge um die Zukunftsmusik der Stadt, heute Flavio Petazzi. Sie schienen mich anzuziehen – oder ich sie.

Ich wollte eben aufstehen, als mir Petazzis Leibwächter einen schweren Ordner in den Schoß drückte.

»Unterlagen für Sie«, erklärte Nerius. »Sie können sie im Vorzimmer durchgehen. Bitte nehmen Sie nichts nach draußen mit; bei Bedarf macht Luigi Ihnen eine Kopie.«

Mit anderen Worten: Die Audienz war zu Ende. Ich schüttelte Petazzi die Hand und ließ mich von Nerius hinausführen. Den Ordner legte ich auf den kleinen Tisch, daneben stellte ich die grüne Flasche, die ich ganz aus Versehen mitgenommen hatte.

»Einen Moment noch«, hielt ich den Kunsthistoriker auf. »Wie kamen Sie ausgerechnet auf mich? Zufall?«

»Sie wurden uns empfohlen. Von einem meiner Studienfreunde: Bernd Nagel, Sie werden ihn noch kennen.«

»Nagel?« Natürlich kannte ich ihn. Einen Mann, den ich letztes Jahr in den Knast gebracht hatte. Und der sollte eine Empfehlung für mich ausgesprochen haben?

»Er hat sich positiv über Sie geäußert.«

»Soso.«

»Im Übrigen sollten Sie nicht davon ausgehen, dass Signor Petazzi in diesem Fall ausschließlich auf Ihre Dienste setzt«, grinste Nerius. »Also, schauen Sie die Papiere durch, und wenn Sie fertig sind, melden Sie sich.« Er dackelte zu seinem Herrchen zurück.

»Um Gottes willen«, stöhnte ich, mit dem Ordner und dem Likör allein. Auf Begegnungen mit der lokalen Konkurrenz hatte ich überhaupt keine Lust. Wie stellte sich Petazzi das vor? Da konnte man ein Zeugengespräch ja gleich zur Pressekonferenz umfunktionieren. Und bei der Tatortbegehung zogen wir Hölzchen, wer als Erster drankam. Ich setzte die Flasche an den Mund – das Glas hatte ich im Nebenraum gelassen – und trank einen kräftigen Schluck. Dann klappte ich den Ordner auf.

Ich brauchte eine halbe Stunde, um das Material zu sichten. Danach war ich klüger, aber nicht sehr. Es war reichlich überflüssiges Papier dabei, eine Kopie von Beatrices Geburtsurkunde zum Beispiel oder ihr Führerschein. Und was sollte ich mit ihrem Heidelberger Semesterticket anfangen? Das Konvolut machte auf mich den Eindruck, als habe es eine Sekretärin ihrem Chef fünf Minuten vor der Aufsichtsratssitzung zusammengeheftet. Frau Schröder, suchen Sie mir bitte alles heraus, was wir zum Vorgang Petazzi, B. haben. Und ein bisschen dalli, meine Liebe!

In diesem Fall dürfte die Sekretärin auf den Namen Wolfgang C. Nerius hören, und die Bitte war auf Italienisch vorgebracht worden.

Also, was hatten wir? Beatrices Immatrikulationsbescheinigung. Ihr Studienbuch, ein benoteter und ein unbenoteter Schein. Für ihr Referat über regionale Organisationsformen von Globalisierungskritikern hatte sie eine Zwei bekommen. PD Dr. Arendt, Hauptseminar »Neue Weltordnung«, Historisches Seminar der Universität Heidelberg. Das war das erste Mal, dass ich stutzte. Hatte ihr Vater nicht etwas von radikalen Globalisierungsgegnern gefaselt, die hinter dem Anschlag stecken könnten? War hier vielleicht ein Ansatz? Ich machte mir eine Notiz und blätterte weiter.

Auch die folgenden Dokumente entstammten Beatrices Unialltag: ein Briefwechsel mit dem Akademischen Auslandsamt, italienische und deutsche Gutachten, Studienunterlagen. Offizieller, unpersönlicher Kram. Ungefähr so ergiebig wie Nerius' Antwort auf meine Frage, was für ein Mensch Beatrice Petazzi gewesen war.

Der nächste Packen enthielt Zeug aus Italien. Beatrices Abiturzeugnis, irgendeine Broschüre, für die sie einen

Artikel verfasst hatte, eine Reihe von Volleyballurkunden, die Bescheinigung eines Deutschsprachkurses in Hintertupfingen, Diplome, Belege, Bescheide. Die meisten davon Originale, der Rest in Kopie. Außerdem Fotos. Sie zeigten Beatrice als Heranwachsende und als junge Frau, mal allein, mal zusammen mit Freunden. Auf einem Foto war sie schick zurechtgemacht, für eine Feier vermutlich, auf einem anderen saß sie ernst, fast traurig da, die Arme verschränkt, den Betrachter mit ihrem dunklen Blick durchbohrend. Das schönste Bild war das, auf dem sie über ein abgeerntetes Feld ritt, ihr Haar schlug wild um die Schultern, im Hintergrund sah man einen ockergelben Kirchturm. Da mochte sie 16 gewesen sein. Sie war schlank, hübsch, ein bisschen unscheinbar vielleicht. Ihrem Vater glich sie nicht. Sie hatte viel hellere Haut als er, war ein gutes Stück kleiner und generell kein südländischer Typ. Vielleicht wollte ich auch nur, dass sie ihm nicht ähnlich sah.

Geboren war sie in Florenz. Aufgewachsen ebenda. Internat in Lucca. Studium der Geschichte und Literaturwissenschaft wieder in Florenz. Im Sommer letzten Jahres zu einem einjährigen Auslandsaufenthalt nach Heidelberg; um ein weiteres Jahr verlängert. So weit die äußeren Daten, die ich teilweise schon kannte. Und sonst? Was teilten mir die Unterlagen dieses Ordners über das Mädchen mit, das vor drei Tagen auf dem Kopfsteinpflaster des Uniplatzes verblutet war? Nichts, überhaupt nichts. Nur die Fotos sprachen ihre eigene Sprache, sie vermittelten mehr als eine Matrikelnummer oder eine Zeugnisnote.

Ich schloss die Augen und lehnte den Kopf in den Nacken. Irgendetwas gefiel mir an der ganzen Sache nicht. Irgendetwas kam mir faul vor. Nicht, dass ich von einem Aktenordner seelische Offenbarungen erwartete. Aber allein die Tatsache, dass mir der Vater einen Ordner vorlegte, anstatt sich über seine Tochter zu äußern – das sprach doch Bände. Ganze Bibliotheken sprach das!

Nicht zu vergessen, wie perfekt die Delegation aus Florenz vorbereitet war. Wann erhielt Petazzi die Nachricht vom Tod Beatrices? Am Sonntagmorgen wahrscheinlich. Am selben Abend traf er in Heidelberg ein, aber nicht Hals über Kopf, nicht als gebrochener Vater, sondern mit einer klaren Idee, wie der Anschlag abgelaufen war, und mit einem sorgfältig zusammengestellten Ordner über das Leben seiner Tochter im Gepäck. Das weitere Vorgehen: generalstabsmäßig. Am Montag wurden die Behörden abgeklappert, und zwar schön auf der Chefebene, am Dienstag wurde das Fußvolk zum Rapport bestellt, Max Koller inklusive. So etwas nannte ich Planungshoheit, da überließ man nichts dem Zufall. Kein Wunder, dass Italien den aktuellen Fußballweltmeister stellte. Leidenschaft und Taktik, Vaterliebe und Buchführung – die ideale Kombination. So ideal, dass ich nicht daran glaubte.

Und warum nicht? Die Vaterliebe war der Schwachpunkt. Ein einziges Mal hatte Petazzi in sein Taschentuch geschnäuzt; ob aus Rührung, stand dahin. Gut, nehmen wir an, es war Rührung. Einen trauernden Vater hatte ich trotzdem nicht erlebt, sondern einen Politiker, der sich über die Verbrechen seiner Gegner empörte. Der die Dreistigkeit besaß, sich selbst zum eigentlichen Anschlagsziel zu erklären. Ja, das war es wohl, was mir die Galle hochkommen ließ: dass sich der Kerl so wichtig nahm. Vier Tote, ein Dutzend Verwundete, zig Traumatisierte? Vergesst sie! Ich bin das Opfer, ich, ich! Aber natürlich, Signor Petazzi, wir tun alles, um diese Unbotmäßigkeit aus der Welt zu schaffen – so winselte der Chor der Lakaien. Und ich, Max Koller, heulte kräftig mit.

»Eine Träne macht noch keine Trauer«, murmelte ich und griff nach der Likörflasche. Ein starker Spruch, dabei war er von mir. Wie auch immer, Trauer stand nicht an erster Stelle von Petazzis Empfindungen. Dann schon eher Rache: die Rachlust eines Egomanen, der sich in seiner Ehre gekränkt fühlt. Den ein Floh in den Schwanz gekniffen hat. Das hätte jetzt ein italienisches Sprichwort sein können. War aber auch von mir.

Ich blätterte den Ordner noch einmal durch. Beatrices Adresse hatte ich mir herausgeschrieben, ebenso die Namen ihrer Mitbewohnerinnen. Das Foto, auf dem sie so traurig dreinschaute, nahm ich aus der Klarsichthülle. Mir fiel auf, dass ihre Mutter mit keinem Wort erwähnt wurde. Seit Ewigkeiten fort, hatte Nerius gesagt. Fort und totgeschwiegen, konnte ich nach Lektüre der Unterlagen hinzufügen.

Unvermittelt wurde die Zwischentür geöffnet, und ein beflissenes Gesicht schaute herein.

»Haben Sie noch Fragen?«, wollte Nerius wissen. »Wir sind nämlich im Aufbruch begriffen.«

»Zurück nach Florenz?«

»Unsinn. Wir fahren in die Galerie meiner Frau, um die Gedenkfeier für Beatrice vorzubereiten. Morgen Abend, kommen Sie doch auch. Wir finden dann schon eine ruhige Minute für eine Lagebesprechung.«

»Wo?«

»Galerie Urban, Bauamtsgasse.«

»Gut. Ein paar Fragen hätte ich tatsächlich noch. An den Signore, wenn es recht ist. Außerdem würde ich gerne das Foto mitnehmen.«

Nerius hielt mir die Tür auf. Im Nebenraum ließ sich Petazzi von seinem Gorilla eine Tablette und ein Glas Wasser reichen. Nerius gab das Foto an den Koloss weiter, der wortlos durch eine andere Tür verschwand.

»Herr Koller?«, sagte Petazzi, wie zuvor auf Deutsch.

»Die Unterlagen in Ihrem Ordner sind ziemlich informativ«, sagte ich und setzte mich neben ihn. »Über Ihre

Tochter weiß ich nun eine ganze Menge. Was ich nicht weiß: Wie war das Verhältnis zwischen ihr und ihrem Vater?«

Nerius übersetzte nach einer winzigen Sekunde des Zögerns. Auch Petazzi ließ sich Zeit mit seiner Antwort.

»Ich verstehe nicht«, lächelte er. »Was hat das mit Ihren Ermittlungen zu tun?«

»Ich recherchiere.«

»Es war ein gutes Verhältnis, ein sehr gutes. Sie war schließlich meine einzige Tochter.«

»Dann waren Sie sicher ab und zu bei ihr in Heidelberg?«

Das Lächeln verschwand. Petazzi starrte mich an. Langsam fuhr seine rechte Hand zum Kinn, strich darüber, verharrte an der Kinnspitze, um zuletzt wieder in den Schoß zu sinken. Der kleine Finger zitterte kaum wahrnehmbar.

»Warum fragen Sie das?«, sagte er. Sein Leibwächter kam zurück, in der Hand drei Farbkopien von Beatrices Foto, die er mir reichte.

»Fragen gehören zu meinen Ermittlungen, Signor Petazzi. Ich möchte mehr über Ihre Tochter wissen. Wenn Sie sie in Heidelberg besucht haben, können Sie mir sicher etwas über ihren Bekanntenkreis berichten, über ihre Hobbys und über das, was sie außerhalb des Studiums unternommen hat.«

Er stand auf, ganz ohne Hilfe, und stellte sich neben seinen Stuhl. Der stumme Gorilla brachte ihm einen leichten Schal, Hut und Gehstock. »Beatrice kam an Weihnachten und an Ostern nach Hause. Wenn Sie mich besser kennen würden, wüssten Sie, dass ich so gut wie keine Gelegenheiten zu privaten Reisen habe.«

»Hat sie von Freundinnen oder Freunden gesprochen, mit denen sie sich in Heidelberg traf? Irgendein Hinweis auf jemanden, mit dem sie ein enges Verhältnis hatte?«

»Sie hat nur sehr allgemein von ihren Bekanntschaften in Deutschland berichtet.«

»Aber sie hat Ihnen doch sicher Briefe geschrieben. Was stand darin? Können Sie sich an Besonderheiten erinnern?«

Nerius schüttelte den Kopf. »Soll ich das wirklich übersetzen?«

»Natürlich.«

Die Antwort war eindeutig: Petazzi lachte auf und rammte sich den Hut auf den Kopf. »Das ist Privatsache!«, knurrte er.

»Ich soll ermitteln«, bohrte ich weiter. »Das tue ich gerade.«

Wortlos setzte er sich in Bewegung. Die rechte Hand krampfte sich um den Knauf seines Gehstocks.

»Hatte sie einen Freund?«

»No!«

»Keinen Freund«, nickte ich. »Gut. Dann erzählen Sie mir bitte, wie sie auf den Gedanken kam, in Deutschland zu studieren?«

Diese Frage beliebte mein Auftraggeber etwas ausführlicher zu beantworten. Im Gehen sang er sogar ein kleines Loblied auf unser Land. Auf unsere Kultur, unsere Lebensart, auf Goethe, Beethoven und Kant, auf unsere schönen Wälder und gastfreundlichen Menschen. Und erst die deutschen Universitäten, ihr Ruf, ihre Geschichtsträchtigkeit! Es gab viele Gründe, in Deutschland zu studieren, und Petazzi war noch nicht fertig mit seiner Aufzählung, als wir den Hotelflur erreicht hatten.

»Verstehe«, stoppte ich seinen Redefluss. »Sie wollte ja auch Deutschlehrerin werden. Wie standen Sie zu dieser Berufswahl?«

»Ich habe ihr nicht vorgeschrieben, welchen Beruf sie ergreifen sollte.«

Wir begegneten einem Hotelangestellten, der sich servil an die Wand drückte, bis wir vorbei waren. Petazzi mit seinem Wackelgang bestimmte das Tempo. Wahrscheinlich verwünschte er in diesem Moment seine Krankheit, die ihm nicht erlaubte, vor meinen Fragen davonzurennen. Mit denen ich im Übrigen keinen besonderen Zweck verfolgte. Bloß ein paar Probebohrungen in unerschlossenem Gelände.

»Und wie sah es umgekehrt aus?«, fuhr ich fort. »Fand Beatrice Ihr Engagement für die Lega Nord gut oder stand sie in Opposition dazu?«

»Politik und Privatleben habe ich immer streng getrennt. Zu Hause wurde so gut wie nie über die Lega oder eine andere Partei gesprochen.«

»Wirklich nicht? Wenn Politik doch Ihr Lebensinhalt ist? Beatrice war erwachsen, da wird sie sich eine eigene Meinung gebildet haben, oder?«

Petazzi schwieg. Wir waren vor dem Hotellift angekommen. Der breite Zeigefinger des Leibwächters legte sich auf den Schalter mit dem Abwärtspfeil. Im Schacht begann die Hydraulik zu arbeiten.

»Okay«, sagte ich, »dann eine andere Frage. Ich bin kein Kenner der italienischen Verhältnisse. Aber wenn ich von einem norditalienischen Politiker und Geschäftsmann höre, der sich als Opfer eines Attentats sieht, dann denke ich sofort an die Mafia. Oder an sonst eine kriminelle Organisation aus dem Süden. Wie sehen Sie das?«

Er lachte. »Sie kennen unsere Verhältnisse wirklich nicht, Herr Koller. Was weniger an Ihnen liegt als an der Tatsache, dass in Italien viele Dinge anders laufen als im Rest der Welt.« Die Fahrstuhltüren öffneten sich, er stieg ein. »Mafia, Cosa nostra, 'Ndrangheta und wie sie alle heißen: Das sind im Prinzip ganz normale, perfekt organisierte Wirtschaftsunternehmen, die sich zweifelhafter Methoden bedienen. Methoden, die ich verabscheue, um es deutlich zu sagen. Aber weil sich diese Unternehmen in Kalabrien und auf Sizilien austoben, kommen wir uns nicht in die Quere. Im Gegenteil, wir verfolgen die gleichen Interessen: Unabhängigkeit von Rom. Mit der Mafia habe ich keine Probleme.« Er drückte den Knopf für die Fahrt ins Erdgeschoss.

Ich wollte zusteigen, aber die Hand des Leibwächters, der auf der Schwelle des Lifts stand, hielt mich zurück.

»Wir nehmen die Treppe«, hörte ich Nerius sagen. »Signor Petazzi fährt nie mit Fremden im Aufzug.«

»Niemals?«

Er schüttelte den Kopf. Der Leibwächter trat zurück, damit sich die Türen schließen konnten. Sanft setzte sich der Lift in Bewegung.

»Bitte«, sagte Nerius und zeigte zur Treppe. »Auf dem Weg nach unten können wir uns über Ihr Honorar verständigen.«

Ich blieb vor dem Aufzug stehen. Mein Blick fiel auf die Kopien von Beatrices Foto, die ich in der Hand hielt.

»Was ist? Wollen Sie hier Wurzeln schlagen?«

Nachdenklich sah ich ihn an. »Kann es sein …?«, begann ich.

»Was?«

»Kann es sein, Herr Nerius, dass es Ihrem Chef um etwas ganz anderes geht als um den Mörder seiner Tochter?«

»Wie meinen Sie das?«

»Ich habe nicht den Eindruck, als ob er viel über Beatrice wüsste. Will er vielleicht durch mich etwas über sie erfahren? Über sie und ihre Pläne, ihre Freunde, ihre Unternehmungen? Soll ich ihm ein Stück ihres Lebens zurückgeben? Ist es das, Herr Nerius?«

»Quatsch«, sagte er rüde und begann, die Treppen hinabzusteigen. »Wie kommen Sie denn darauf?«

Schweigend folgte ich ihm.

5

›Sehr geehrter Verkehrsteilnehmer! Sie parken widerrechtlich auf dem Privatgelände des Romantikhotels Ambassador. Wir möchten Sie bitten, Ihr Fahrzeug umgehend zu entfernen und auf die zahlreichen regulären Stellflächen in Parkhäusern, Tiefgaragen etc. auszuweichen, da Sie andernfalls mit einer Anzeige wegen unerlaubter Nutzung von Privatgrund rechnen müssen. Hochachtungsvoll, Müller. Direktorium Romantikhotel Ambassador‹

Ich knüllte den Zettel, der unter meinem Gepäckträger geklemmt hatte, zusammen und warf ihn in den nächsten Papierkorb. Genau da gehörte er hin: Asche zu Asche, Müller zu Müll. Sollte ich mein Rad in einer Tiefgarage abstellen? Die kamen hinter ihrem Schreibtisch vielleicht auf Ideen. War doch nicht meine Schuld, dass es auf dem Privatgelände des Romantikhotels Ambassador keinen Fahrradständer gab. Ich schwang mich auf meinen Drahtesel, fuhr los und kam geschätzte sieben Meter weit. Dann stoppte mich die eiserne Hand des Gesetzes.

»Aan Momentche, jungä Monn!« Junger Mann? Damit konnte ich nicht gemeint sein. Und meinen Müllermüll hatte ich doch vorschriftsmäßig entsorgt.

»Aan Momentche!« Winkend watschelte sie auf mich zu: eine füllige Lady in der Tracht des Ordnungsamtes, hellblaues Hemd unter kobaltblauem Baumwollpullunder, ein keckes Hütchen obenauf, die Bundfaltenhose lässig um die wabernden Hüften gegürtet, das gewölbte Busenpaar vom Riemen ihres Umhängetäschchens geteilt. Herzstück der Aufmachung aber war, obwohl verschämt auf den Schulterklappen angebracht, der Kurpfalzlöwe. Ein Sticker in Gold und Schwarz, der die Dame heraushob aus der Masse gewöhnlicher Heidelbergerinnen. Der ihr eine Macht verlieh, die in unseren profan demokratischen Tagen ihresgleichen suchte: die Macht, Strafzettel zu verteilen, Nummernschilder zu notieren, Verweise auszusprechen und nicht mehr ganz junge Männer zu jungen Männern zu degradieren.

Aan Momentche ...

Rein dynastisch gesehen, hätte man der blauhütigen Dame allerdings die Hoheit über die Kurfürstenanlage absprechen können, so eindeutig entlarvte ihr Dialekt sie als südhessische Gast-Adlige. Eine Viernheimerin, Heddesheimerin oder Alsbach-Hähnleinerin, die für unsere kurpfälzische Feudalordnung einstand, so weit waren wir schon gekommen! Aber es half nichts, sie trug ihn, jenen Gefolgschaft fordernden Sticker, der sie zur Reichsverweserin über unsere Bürgersteige und Rinnsteine, über unsere Grünanlagen und die Stellflächen für Inhaber des Anwohnerparkausweises B machte.

»Ich werde es nie wieder tun«, versprach ich. »Nie wieder werde ich das Romantikhotel Ambassador durch Anlehnen meines Rades entweihen. Ehrlich!«

»Des Hodell?«, stutzte das wackere Weib. »Naa, desch is net moi Revier. Ihr Rad habb isch im Au. Do, gugge Se, die Lomb is hie.« Sie wies auf mein Vorderlicht. Genauer gesagt, auf die Ruine meines Vorderlichts: ein einsames Kabel, aus rostiger Fassung baumelnd. Sie hatte recht, eine Reparatur war überfällig, vor allem, weil die Fassung beim Fahren klapperte. Wodurch sie andererseits die Klingel ersetzte, die schon seit Jahren kein Geräusch mehr hervorbrachte. Ob die städtische Wappenträgerin für diesen komplizierten Sachverhalt ein offenes Ohr hatte?

»Ja«, sagte ich versöhnlich, »die is hie, die Lomb. Und ich

wollte gerade zum Fahrradladen hie. Um sie wieder hiezukriegen. Is ja kein Zustand, die Lomb.«

»Des hammer gern«, lobte mich die Dame, ihr Hütchen abnehmend. Ihre Topffrisur erinnerte mich an die der jungen Angela Merkel, als sie noch Umweltministerin war und keine Westkostüme trug. Die hatte ja auch keiner ernst genommen, weil sie ohne Sticker herumregierte, und hastdunichtgesehen war sie Bundeskanzlerin. Insofern gebot es sich, der Trottoirgräfin mit dem gebührenden Respekt zu begegnen.

»Wollde Se do des Ricklischt aa glei in Ordnung bringe?«, sagte sie, mein Gefährt sorgfältig inspizierend. »Hätts needisch. Un wo hamm Se eichentlich die Vorderbrems? Is die in die Gangschaldung indegriert?«

Das war ein prima Witz, über den wir beide schallend lachten. Ja, die Gangschaltung! Als die erfunden wurde, hatte mein Rad bereits einige Jährchen auf dem Buckel. Und seitdem die Vorderbremse hopsging, hat sich meine Reaktionsfähigkeit im Straßenverkehr nachhaltig verbessert. Da ich nicht wusste, wie man Reaktionsfähigkeit und Straßenverkehr auf Südhessisch ausspricht, schwieg ich.

»Naa, naa«, lachte Frau Bundeskanzlerin, »so laaft des net. So net, jungä Monn.« Sie schüttelte den Kopf und freute sich über derart viel Beanstandenswertes.

»Ich brings bestimmt in Ordnung«, sagte ich. In Zeiten der Großen Koalition mussten standesübergreifende Bündnisse doch möglich sein.

»Eichentlich«, mahnte die Frau in Blau, »eichentlich misst ich jetz …«

»Ja?«

»Na, denn losse ma noch aamol Gnad vor Rescht ergehe. Es lädschde Mol, net wohr?«

Ich nickte schuldbewusst und trollte mich, mein Rad schiebend. Außer Sichtweite stieg ich wieder auf. Petazzis und Nerius' Kommentare hätten mich interessiert, wenn sie auf meiner Spesenabrechnung ein fettes Knöllchen entdeckt hätten.

Vermutlich wäre es ihnen weniger übel aufgestoßen als das, was ich gleich nach meinem Gastspiel im Ambassador tat: Ich zog Erkundigungen über den Italiener ein. Meine erste Station war die Stadtbücherei, in der ich durchs Internet surfte und Zeitschriften konsultierte. Nerius hatte recht gehabt, Petazzi gehörte zu den bekanntesten Politikern seines Landes. Bekannt und gefürchtet. Sein politischer Werdegang war abenteuerlich: Als junger Mann trat er der DP bei, einer Partei vom linken Rand, Sammelbecken für Kommunisten, Maoisten und andere Radikalinskis. In den späten Achtzigern spaltete sich die DP, zerfiel in Orthodoxe und Liberale, Grüne und Linkskatholiken, Salonsozialisten und Gewerkschafter. Von Petazzi hörte man einige Jahre nichts mehr, er kümmerte sich um die Firmen, die er von seinem Vater geerbt hatte, kaufte neue hinzu, bis er zuletzt ein hübsches kleines Imperium verwaltete: die Petazzi-Gruppe. Die italienische Nachkriegspolitik ist voller verrückter Kehrtwenden, aber selbst die zynischsten Journalisten staunten nicht schlecht, als sich der Namensgeber dieses Mischkonzerns eines Tages an der Seite von Umberto Bossi zeigte, dem Chef der Lega Nord. Dort empfing man ihn mit offenen Armen: einen einflussreichen, redegewandten Unternehmer, dessen angeblich linkes Herz für die Bauern, Gewerbetreibenden und Steuerzahler seiner norditalienischen Heimat schlug. Wer beteiligte seine Angestellten am Betriebsgewinn? Petazzi. Wer gewährte ihnen einen jährlichen Freiflug zu einem Ziel ihrer Wahl? Petazzi. Dass die Arbeiter in seinen ausländischen Niederlassungen unter ganz anderen Bedingungen schufteten, war kein Thema. Wen interessierten schon ein paar Tausend Vietnamesen oder Pakistani? Petazzi jedenfalls nicht. Lieber zog er gegen die Ausländer im eigenen Land vom Leder: gegen Einwanderer, Asylanten und natürlich gegen die aus dem Mezzogiorno. Ausgleichszahlungen für den maroden Süden? Nicht mit dem Signore. In Sachen Autonomie gab er sich moderater als andere, indem er für eine weitgehende Eigenständigkeit Norditaliens ohne Loslösung von Rom plädierte. Für die Berlusconi-Regierung, in der die Lega vier Minister stellte, galt er als gesetzt, zog aber den Verbleib im geliebten Padanien vor, der Region zwischen Turin, Venedig und Florenz. Es wurde spekuliert, dass die amerikanische Regierung auf diesen Verzicht gedrängt habe. Petazzi hasste die USA.

Von alledem hatte mir der Kunsthistoriker mit dem Schablonenbärtchen nichts erzählt. Palazzi aus dem 17. Jahrhundert und eine defizitäre Galerie, weiter reichte der Horizont des Dr. Nerius nicht.

Wieder zu Hause, versuchte ich, Christine telefonisch zu erreichen. Aus dem Versuch wurde eine lustige Konversation mit zwei Hotelangestellten, von denen der eine nur Italienisch, der andere eine Version von Englisch sprach, die ich für Französisch gehalten hätte. Ich selbst kann noch weniger Italienisch als Südhessisch und beneidete für einen langen, schmerzlichen Augenblick das Sprachwunder Nerius.

»Lasciare una notizia«, brüllte ich, als würden meine Vokabeln durch Lautstärke begreiflicher. »Okay? Una notizia per Signora Markwart.«

»Okay!«, kam es zurück. »What? Who?«

»Signora Markwart, Heidelberg. Telefonare a Max Koller. Capisco?«

»Sì, okay! Signora what?«

»Markwart. Mark – wart!«

»Ah, Signora Marchevarte, sì, okay, ciao!«

Ja, ciao. Christine hatte behauptet, in ihrem Hotel sprächen sie Deutsch. So wie sie in Heidelberg Deutsch sprachen wahrscheinlich. Signora Marchevarte – ich musste mir nur vorstellen, dass irgendein Adriano dort unten meine Exfrau so anschmachtete, da ging mir das Messer in der Hosentasche auf.

Interessant. Sollte es Eifersucht gewesen sein, was da eben durch meine Seele zuckte? Ein Hauch von Eifersucht wenigstens? Das wäre mehr als eine Überraschung. Eine Sensation wäre das. Jedenfalls hatte irgendetwas gezwickt, vielleicht bloß ein Bauchmuskel. Keine Ahnung, mit Bauchmuskeln kenne ich mich nicht aus. Und mit Eifersucht erst recht nicht.

Im Liegen dachte ich eine Weile über Christine nach. Es sprach nichts dagegen, beim nächsten Telefonat ein wenig netter zu ihr zu sein. Wir waren schließlich immer noch miteinander befreundet. Abgesehen davon erhoffte ich mir Informationen von ihr. Von ihr und von Kommissar Fischer, meinem ganz persönlichen Lieblingsermittler. Bei dem würde ein bisschen Nettigkeit allerdings nicht reichen, da musste ich schon mit mehr kommen. Ich döste fünf Minuten vor mich hin, dann sprang ich auf und rief Fischer an. Aber auch er ließ sich telefonisch verleugnen; in seinem Büro meldete sich nur der Anrufbeantworter.

Also sattelte ich wieder mal eines meiner Pferdchen und steuerte über Ernst-Walz-Brücke und Hauptbahnhof die Südstadt an. Heidelbergs Mezzogiorno, kam mir in den Sinn, als ich vor den Amibaracken mit ihrem Stacheldraht und den Panzersperren links abbog.

Natürlich stimmte das nicht. Die Südstadt ist weder Armensiedlung noch Reichengetto. Hier reihen sich lauter adrette Häuschen aneinander, die Gärten sind gepflegt, die Zäune frisch gestrichen, und am Wochenende wird gegrillt. Der Bäcker nebenan gehört zwar einer Kette, dafür schließt er am Mittwochnachmittag. Und am frühen Dienstagabend kann es vorkommen, dass es schon vor der Tür eines dieser schmucken Einfamilienhäuschen nach Sauerbraten riecht.

Ich schloss mein Rad ab und legte die paar Schritte bis zum Eingang schnuppernd zurück. Sauerbraten, mit Rotkohl und Klößen wahrscheinlich. Leichte Südstadtkost für einen warmen Septemberabend. Zum Abschluss ein Eis mit viel Sahne und das Ganze in ein obergäriges Dunkelbier eingelegt. Ich läutete. Neben der Klingel stand in verschnörkelter Schrift: FISCHER. Der Hausherr öffnete selbst.

»Ach nein«, machte er. »Was wollen Sie hier?«

»Die Nachbarschaft beschwert sich, Herr Fischer. Es riecht zu gut. Ich soll fragen, ob Sie nicht ein bisschen schlechter kochen können.«

»Um Gottes willen. Sagen Sie das meiner Frau, und Sie werden adoptiert.«

»Im Ernst, ich würde gerne mit Ihnen sprechen. Wenn ich störe, komme ich ein andermal wieder.«

»Hören Sie auf«, knurrte er und ließ mich ein. »Wenn ich jeden rausschmeißen würde, der mich stört, wäre ich ein einsamer Mensch.«

Er führte mich in ein Wohnzimmer, das dem Attribut ›plüschig‹ neue Nahrung gab: rostbraune Teppiche, schwere Gardinen, an der Wand gerahmte Ölbilder und mittendrin eine Couchgarnitur, der selbst die 68er-Revolte nichts hatte anhaben können. Warm und weich wie ein Mutterschoß, dieses Ambiente.

Ein lang gezogenes »Ah!« ertönte hinter uns. »Sie müssen der liebe Herr Keller sein!« Ein kompaktes Persönchen kam auf uns zu: Fischers Frau. Im Gehen trocknete sie ihre Hände an einem Geschirrhandtuch ab, bevor sie meine Rechte kräftig drückte. Dazu schenkte sie mir ein innig mütterliches Strahlen, das von zwei runden Apfelbäckchen flankiert wurde. Obwohl sie an die 60 war, sah sie zum Anbeißen aus; nicht umsonst wehte mit ihr ein Schwall Sauerbratenduft herein.

»Der Mann heißt Koller«, grantelte ihr Mann, »und lieb war er nicht mal als Baby.«

»Achten Sie gar nicht auf ihn«, zwinkerte sie mir zu. »Er erzählt nur das Beste von Ihnen.«

So war sie, die gute Frau Fischer: das menschgewordene Wohnzimmer. Ihr Lächeln eine Einladung, ihre Begrüßung eine Wohltat. Und wenn man nicht aufpasste, drückte sie einen gegen die blumenbeschürzte Brust.

»Wacholder?«, fragte ich und schnupperte wieder.

»Wacholder muss sein. Können Sie sich Rotkohl ohne Wacholderbeeren vorstellen? Ich nicht.«

»Nun ist mal gut«, mischte sich der Kommissar ein. »Ich könnte mir vorstellen, dass sich dieser junge Mann Dinge vorstellen kann, die du dir nicht vorstellen kannst. Und jetzt lass uns bitte allein, es reicht, wenn der Kerl mich belästigt. Unser Abendessen muss ja nicht darunter leiden.«

»Oh, Sie können gerne mitessen«, lächelte sie. »Vorher einen Kaffee, Herr Keller? Man weiß nie, wozu er gut ist.«

»Danke, nein.«

Fischer drängte sie sanft aus dem Zimmer. Seine Feierabendkleidung – Cordhose, Sandalen, Tennissocken, weißes Hemd und Krawatte – ergänzte das altfränkische Inventar aufs Feinste. Fehlte nur noch die Strickjacke. Ächzend ließ er sich in einen Sessel fallen, während ich es mir auf der Couch gemütlich machte. In der Couch, besser gesagt.

Vor uns auf einem niedrigen Glastisch lagen einige aufgeschlagene Ordner, daneben leere Blätter Papier, Bleistifte und Textmarker.

»Home-Office, Herr Kommissar?«, fragte ich. »Und das in diesen hektischen Tagen?«

Fischer warf mir einen scharfen Blick zu. »Heute ist Dienstag. Wären Sie am Dienstag letzter Woche gekommen oder am Mittwoch, Donnerstag, Freitag – ich hätte mir nichts dabei gedacht. Aber da Sie heute vor meiner Haustür stehen, habe ich einen Verdacht. Und der verheißt alles Mögliche. Nur nichts Gutes.«

»Ein Tag, der mit Sauerbraten endet, ist immer ein guter Tag.«

»Also, was wollen Sie mit mir besprechen? Und warum kommen Sie nicht in mein Büro?«

»Ich habe dort angerufen. Keiner da, nicht einmal Ihre beiden bissigen Mitarbeiter.«

»Morgen früh ab acht Uhr sind Besucher herzlich willkommen.«

»Ich dachte, vielleicht ist es sogar von Vorteil, den Kriminalhauptkommissar Fischer privat zu sprechen.«

Seine Miene verfinsterte sich. »Das wird ja immer schlimmer.«

»Überhaupt nicht. Ich wollte unser letztjähriges Kooperationsprojekt wieder aufleben lassen.«

Frau Fischer steckte den Kopf durch die Tür. »Wie war das? Sie wollten einen Kaffee, nicht wahr?«

»Vielen Dank, nein.«

Der Kopf verschwand.

»Was für ein Projekt?«, schnarrte Fischer.

»Kooperation statt Konfrontation, so haben Sie es selbst genannt. Sieht so aus, als arbeiteten wir derzeit am gleichen Fall. Ein Austausch könnte uns beiden nützen.«

»Dachte ich mirs doch.« Er schüttelte den Kopf. »Wo man auch ermittelt, der Koller hat seine Finger drin.«

»Was kann ich dafür? Außerdem ist es mir egal, ob Sie kooperieren möchten. Ich erzähle Ihnen trotzdem von meinem Auftrag, unter dem Siegel der Verschwiegenheit natürlich, und bitte Sie um einen sachkundigen Kommentar. Einverstanden?«

Er nickte.

Also erzählte ich. Der Kommissar hörte schweigend zu, mittendrin stand er einmal auf, machte sich an einem Eichenschrank zu schaffen und kehrte mit einem Zigarillo an den Tisch zurück. Er schob sich das Ding kalt in den Mundwinkel, anschließend kratzte er sich ab und zu an der Nase. Seine Frau kam herein, schenkte uns ein verzücktes Groupielächeln und stellte eine Kaffeekanne nebst zwei Tassen vor uns ab.

Nachdem ich mit meinem Bericht fertig war, schwieg Fischer noch eine ganze Weile. Ich goss uns ein. Meine Tasse war randvoll, trotzdem sah ich problemlos bis auf den Grund. Zu blöd, dass die Türken damals vor Wien gestoppt worden waren. Bis in die Kurpfalz hatte sich ihre Kaffeekultur jedenfalls nicht verbreitet. Ich rührte ein wenig in der Tasse herum, aber es half nichts. Von Kaffeebohnen hatte dieses Wasser nur im Vorbeidampfen gehört.

»Flavio Petazzi«, lachte Fischer grimmig. »Wenn ich diesem Herrn einmal in einer dunklen Gasse begegne, vergesse ich meinen Beamteneid und all das andere auch. Das schwöre ich Ihnen. Wie der unseren Laden aufgemischt hat! Nichts gegen einen Vater, der sein Kind verloren hat. Aber muss man deswegen den Innenminister aus einer Sitzung scheuchen, damit er uns die Hölle heißmacht?«

»Den Innenminister von Baden-Württemberg?«

»Ach was, den des Bundes. Schäuble persönlich! Gestern hatten wir das zweifelhafte Vergnügen, unseren Polizeidirektor mit schlotternden Knien zu erleben. Er hat sie alle aufgehetzt, dieser Petazzi, alle in Aufruhr gebracht, den Verfassungsschutz, die Justiz, die Politik. Er und seine dämliche Verschwörungstheorie! Niemand traut sich, ihm ins Gesicht zu sagen, welche Demütigung dieser Quatsch für die Opfer und ihre Familien darstellt. Erst werden sie erschossen, und dann ruft man ihnen nach, dass sie bloß Kollateralschäden sind. Weil dem großen Flavio Petazzi jemand ans Bein pinkeln wollte. Angeblich!«

»Ich habe ihm das auch nicht gesagt. Das mit der Demütigung, meine ich.«

»Auf Sie hätte er auch nicht gehört. Die da oben hätten es tun müssen, die auf Augenhöhe mit Petazzi. Aber die waren ganz damit beschäftigt, ihm schonend beizubringen, dass man seine Theorie vorerst zurückstellen würde. Das hat schon gereicht, um eine Eiszeit im deutsch-italienischen Verhältnis zu beschwören.«

»Jetzt übertreiben Sie aber.«

»Übertreiben, ich? Sie kennen mich nicht, Herr Koller. Petazzi macht ein Politikum aus dem Anschlag. Kein Wunder, er ist ja auch Politiker, und was für einer! Sitzt praktisch in der Berlusconi-Regierung, investiert in Deutschland, und die Kulturkarte zieht er natürlich auch. Seine Tochter würde sich vermutlich schämen, wenn sie wüsste, was für einen Zinnober ihr Vater anstellt.«

»Aber er hat keinen Erfolg damit, trotz allem. Oder glaubt bei Ihnen jemand an seine Theorie?«

»Halten Sie uns für bescheuert?«, knurrte er, den Zigarillo beiseitelegend. »Wir haben Besseres zu tun, als uns über derartige Albernheiten den Kopf zu zerbrechen.« Er griff nach seiner Tasse und hob sie zum Mund; ich tat es ihm mechanisch nach, zögerte aber vor dem ersten Schluck.

»Was ist Ihre Aufgabe bei der ganzen Sache, Herr Fischer? Die Leitung der Ermittlungen liegt doch wohl in der Hand des BKA.«

»Ich«, sagte er und setzte die Tasse ab, »bin in diesem Fall nur ein ganz kleines Rädchen. So klein, dass es gern übersehen wird. Meine Mitarbeiter und ich sind der Rubrik Täteridentifikation zugeordnet. Das heißt, wir sammeln alle zugänglichen Informationen über den Schützen. Wir sprechen mit den Zeugen und werten Filmmaterial aus.«

»Hoppla«, entfuhr es mir. Ich hatte mich an die Brühe seiner Frau gewagt. Ihr Sauerbraten war bestimmt eine Wucht, aber das Zeug hier schmeckte nach angebranntem Kalkwasser.

»Ja, da staunen Sie«, sagte Fischer, meinen Kommentar missinterpretierend. »Es gibt tatsächlich Aufnahmen vom Samstagabend. Der Auftritt dieser Volksmusikheinis wurde mitgeschnitten. Ein Vierfachmord, digital und in Farbe. Wäre das nichts für Sie?«

Ich zuckte die Achseln.

»Doch, schauen Sie ihn sich nur an. Geht auf meine Kappe. Vielleicht gewinnen Sie neue Erkenntnisse für Ihren Spezialauftrag. Der Film wirft nämlich einige Fragen auf.«

»Fragen?«

»Sie werden schon sehen.« Er zeigte auf meinen Kaffee und meinte: »Übrigens, Sie brauchen ihn nicht zu trinken. Koffeinfrei, wegen dem hier.« Er klopfte gegen seine linke Brust.

Erleichtert stellte ich die Tasse ab. »Gibt es denn schon eine heiße Spur? Ich meine, heißer als das, was Petazzi verzapft und was an Gerüchten durch die Stadt wabert?«

»Lesen Sie keine Zeitung? In den Neckar-Nachrichten stehen doch alle Ermittlungsergebnisse, die unter die Geheimhaltungspflicht fallen.«

»Nun erzählen Sie mir nichts von diesem braunen Rollkommando.«

Fischer ließ seinen Zigarillo langsam von einem Mundwinkel zum anderen wandern. Dann knurrte er: »Sie meinen die Arische Front?«

»Keine Ahnung, welchen dämlichen Namen sich die Typen gegeben haben. Trotzdem Trittbrettfahrer.«

Stumm kratzte sich Fischer im Nacken. Dabei sah er mich mit eigentümlichem Gesichtsausdruck an.

»Wie? Keine Trittbrettfahrer?«

»Tja«, sagte er. »Ein dämlicher Name, da haben Sie recht. Nie von der Truppe gehört, jedenfalls nicht bis zum Samstag. Da traf ihr Bekennerschreiben per Fax ein. Und zwar um 20.17 Uhr. Drei Minuten nach dem Anschlag.«

»Drei Minuten?«

»Eine ganze Seite Text. Das ist ein Faktum.«

Ich schwieg verblüfft.

»Da verschlägts Ihnen die Sprache, was? Ging mir genauso, Herr Koller. Uns allen ging es so. Es passt auch nicht: Neonazis, die plötzlich Amok laufen, die blindlings in eine Menge feuern. Ich bin seit fast 40 Jahren Polizist, aber von solchen Dingen habe ich noch nie gehört. Trotzdem, um eine Sache kommen wir nicht herum: Wer auch immer dieses Schreiben abgefasst und uns zugefaxt hat, wusste von dem Anschlag. Er war vorbereitet.«

»Und was steht drin in dem Schreiben?«

»Das Übliche. Fanal setzen, Rassenschande tilgen, Deutschland den Deutschen. Braunes Brechmittel. Aber auch Datum, Ort und Zeit des Anschlags.«

»Das darf nicht wahr sein.«

»Diesen Satz habe ich in den letzten Tagen öfters gehört. Die Bundesstaatsanwaltschaft: ratlos. Der Verfassungsschutz: ratlos. Alle raufen sich im Chor die Haare und haben Schiss vor einem neuen Heißen Herbst. Ich übrigens auch. Und da kommt dieser Italiener mit seiner ganz privaten Rabaukenlegende!«

»Weiß Petazzi vom Eingang der Faxbotschaft?«

»Eher nein. Sonst hätte er Sie kaum engagiert.«

»Na gut«, seufzte ich. »Dann wäre ja endgültig geklärt, dass ich nichts finden kann, wenn ich im Leben seiner Tochter herumstochere.«

»Kommen Sie morgen früh in mein Büro, dort zeige ich Ihnen die Aufnahme vom Uniplatz. Das Mädchen wird allerdings nicht darauf zu sehen sein.«

»Besser so.«

Die Tür wurde geöffnet. Voll rundlicher Wonne stand Frau Fischer auf der Schwelle und stemmte die Fäuste in die Hüften. »Fertig!«, rief sie. »Und Sie essen mit, Herr Keller!«

Mehr als satt fuhr ich eine gute Stunde später nach Hause. Im Westen ging eben die Sonne unter. Mit ihren gelben Fingern riss sie Fetzen aus dem Wolkenteppich, der sich über der Rheinebene wölbte. Es war eine Abendstimmung wie viele, aber sie hatte etwas Bedrohliches. Nicht einmal dem Fischer'schen Sauerbraten gelang es, meine trüben Gedanken zu vertreiben. Eine Nazigang in Heidelberg, die auf wehrlose Menschen schoss? Das war ja wie vor 70 Jahren. Was kam da als Nächstes? Öffentliche Hinrichtungen, Zugentgleisungen, Bombenattentate? Al-Qaida in Deutschland – mit dem Unterschied, dass diese arischen Nachahmer zu feige waren, um selbst ihr Leben aufs Spiel zu setzen. Zu feige oder zu klug.

Deprimiert langte ich zu Hause an. Eine Weile versuchte ich, mir vorzustellen, was am Samstagabend auf dem Uniplatz geschehen war. Dann besorgte ich mir Papier und Bleistift, um mir Notizen meiner heutigen Gespräche zu machen. Zusammen mit Beatrices Foto legte ich die Zettel in einer Klarsichthülle ab.

Gegen zehn rief Christine an. Sie klang fröhlicher als gestern, sogar ein wenig beschwipst. Im Hintergrund Stimmengewirr und Gläserklirren. Den ganzen Tag seien sie unterwegs gewesen. In Ostia. Absolut sehenswert.

»Und ich dachte immer, das heißt Osteria«, sagte ich.

»Ja, das auch. Warum hast du angerufen?«

»Warum nicht einfach so? Brauche ich einen Anlass dafür?«

Das hätte ich nicht sagen sollen. Ich wusste es in dem Moment, als die Worte meine Lippen verließen, um sich auf den Weg Richtung Italien zu machen. Sofort schlug Christines Stimmung um.

»Natürlich brauchst du einen Anlass, Max«, sagte sie gereizt. »Die Zeiten sind vorbei, in denen du dich einfach so gemeldet hast. Falls es sie je gab. Was willst du? Eine Auskunft, eine Information? Vielleicht ein bisschen Zuspruch?«

Kein idealer Gesprächsbeginn. Natürlich, Christine hatte völlig recht: Nie im Leben hätte ich, nur um mit ihr zu plaudern oder ihre Stimme zu hören, in Rom angerufen. Das passierte mir ja nicht einmal in Heidelberg.

»Für Zuspruch ist die Kirche zuständig«, sagte ich. »Informationen hätte ich schon gerne von dir. Wie dein Tag zwischen Ruinen war, wie es dir geht und welcher deiner Mitreisenden sich heute besonders dämlich angestellt hat.«

»Das willst du nicht wirklich wissen.«

»Doch! Wart ihr schon im Petersdom? Und hast du deine Hand in die Bocca della verità gesteckt?«

»Morgen. Deine würde wahrscheinlich drin bleiben. Red nicht drum herum, Max. Dazu kennen wir uns zu lange.«

»Okay, okay. Es gibt da noch etwas. Du wirst es nicht glauben, aber seit heute ermittle ich in Sachen Anschlag auf dem Uniplatz. Der Vater dieser Italienerin hat mich engagiert.«

»Der Vater des Mädchens aus Florenz?«

»Genau. Petazzi heißt der Mann. Politiker und Unternehmer, reich wie deine Römerkaiser. Weswegen er komplett die Bodenhaftung verloren hat. Er kann nicht einsehen, dass seine Tochter einen sinnlosen Tod gestorben ist, und behauptet, das Attentat habe ihr und damit ihm selbst gegolten.«

»Ein gezielter Anschlag?«

»Den die drei übrigen Opfer verschleiern sollten, richtig.«

»Der Arme«, sagte Christine leise.

»Der arme Reiche, ja. Man muss schon eine ganze Menge Moneten aufeinandergestapelt haben, um sich so den Blick auf die Realität zu verbauen. Jedenfalls soll ich Beweise für seine hanebüchene Theorie beschaffen.« In meiner Nase kitzelte etwas. Ein Haar, so lang, dass ich es mit Daumen und Mittelfinger zu packen bekam.

»Verständlich.«

»Verständlich?« Das Haar wurde ausgerissen und in eine Zimmerecke geschnippt. »Was findest du daran verständlich?«

»Dass der Mann nach einer Erklärung für den Tod seiner Tochter sucht. Dass er ihr einen letzten Dienst erweisen möchte, indem er den Mörder findet.«

»Nun mach mal halblang, Christine. Dieser Geldprotz degradiert drei der vier Opfer zu Kollateralschäden. Abfallprodukte seines persönlichen Kampfs um die Macht im Lande. Auf so einen letzten Dienst kann ich verzichten.«

»Ich sage nicht, dass ich Verständnis für seine Erklärung aufbringe. Nur für seine Suche danach. Natürlich klingt diese Theorie verrückt und egoistisch. Aber das spielt keine Rolle. Du würdest auch nicht logisch denken, wenn es um deine Tochter ginge.«

»Ich habe keine Tochter«, entgegnete ich, weil mir nichts Besseres einfiel.

»Das ist mir bekannt.«

Pause. Im Hintergrund hörte ich ihre Reisegruppe lachen und Chianti ordern. Gleich würden sie »O sole mio« singen. Und Christine würde mitschunkeln müssen, wenn sie vom

Telefon kam, die Miene starr, die Augen verheult. Hier, Frau Markwart, nehmen Sie noch einen zur stattlichen Brust und vergessen Sie den Typen. Er ist es nicht wert.

Ja, warum vergaß sie mich nicht einfach? Worauf hoffte sie noch?

»Okay«, sagte ich schließlich. »Wahrscheinlich hast du recht. Ich weiß nicht, wie sich so ein Verlust anfühlt, auf welche verrückten Ideen man aus lauter Verzweiflung kommt. Bloß: Dieser Petazzi kam mir nicht verzweifelt vor. Ich saß ihm ja gegenüber. Ein bisschen Leidensmiene, ein paar Trauerfloskeln, das wars. Ansonsten: eine perfekt vorbereitete Geschäftsbeziehung zu einem Privatermittler, routinierte Politikerschelte, Machtspielchen, Kultursülze. Ich nehme dem Mann einfach nicht ab, dass er am Boden zerstört ist.«

»Was hast du erwartet? Dass er vor dir zusammenbricht? Dass er sich die Kleider zerreißt? Du müsstest doch am besten wissen, wie man Gefühle verbirgt.«

»Ach, müsste ich das?« Ich ließ ein verächtliches Schnauben hören. Falls jemand noch eine Erklärung für unsere Trennung brauchte: Bitte, meine Ex hatte sie soeben geliefert. Max verbirgt seine Gefühle. Max lässt keinen an sich ran. Max baut einen Schutzwall aus Worten, an dem man sich blutige Köpfe holt. Christine war so lange dagegen angerannt, bis sie kapituliert hatte.

Man konnte die Sache aber auch anders sehen: Erst war das Anrennen da. Das Belagern, Vereinnahmen, Umarmen, bis man keine Luft mehr bekam. Und deshalb der Schutzwall. Um wieder frei atmen zu können. Weil man nicht alles erklären und rechtfertigen wollte. Weil man eine eigene, selbstbestimmte Person war und nicht bloß Anhängsel des Partners.

Aber diese unterschiedlichen Sichtweisen waren nicht in Deckung zu bringen, jedenfalls nicht während eines Telefonats zwischen Heidelberg und Rom.

»Also«, hörte ich Christine sagen. »Worum geht es nun in deiner Petazzi-Geschichte?«

»Vielleicht lassen wir es lieber. Wenn du in dem Mann nur das Opfer siehst ...«

»Nein, nur zu. Ich bin ganz gut im Abstrahieren.«

»Nun, ich dachte, wenn du schon mal in Italien bist, könntest du dich umhören, was über Petazzi so geredet wird. Welches Bild die Leute von ihm haben. Sein Dolmetscher hier vor Ort benutzt ausnahmslos den Weichzeichner, und die Zeitungsberichte haben immer diesen offiziellen Charakter. Das Inoffizielle interessiert mich, verstehst du?«

»Umhören? Bei wem?«

»Bei Leuten, mit denen du in Kontakt kommst. Dein Reiseleiter, Hotelangestellte, meinetwegen auch der Kellner in dem Laden, in dem ihr euch gerade vergnügt. Dafür reicht dein Italienisch doch allemal.«

»Gut«, sagte sie einfach. Ihre Stimme klang nicht so, als würde sie sich heute noch großartig vergnügen.

»Wenn du keine Lust hast, lass es, Christine. Ich würde gerne wissen, auf wen ich mich da eingelassen habe. Es geht aber auch ohne.«

»Wann soll ich mich melden? Morgen?«

»Wann es dir passt.«

Pause. Die Selbstverständlichkeit, mit der sie versprach, meiner Bitte nachzukommen, lastete schwer auf dem Gespräch. Noch nie hatte mir Christine einen Wunsch ausgeschlagen. Nicht einmal den, uns zu trennen.

»Petazzi ist Politiker der Lega Nord«, fuhr ich fort. »Es gibt bestimmt einige Leute, die kein gutes Haar an ihm lassen. Interessiert mich alles. Schau dem Volk aufs Maul. La bocca della verità, wie gesagt.«

»Vox populi meinst du wahrscheinlich.«

»Genau. Schon mal danke, Christine.«

Sie schwieg. Nächste Unterbrechung. Mir fiel nicht ein, wie ich das Gespräch elegant beenden konnte. Das fröhliche Gemecker ihrer Reisegruppe im Off hatte etwas Spöttisches.

»Wie ist eigentlich die Stimmung in der Stadt?«, fragte sie schließlich.

»Wegen des Anschlags, meinst du? Ich würde es als chronisches Hyperventilieren bezeichnen. Alle geben ungefragt Kommentare, erklären sich zu Experten für Anteilnahme. Und wehe, du scherst da aus! Bevor ich mich auf die Straße traue, kontrolliere ich im Spiegel, dass sich auch ja kein Lachen in meinen Mundwinkeln versteckt hat.«

»Hör auf«, sagte sie mit eisiger Stimme.

»Du kennst doch die Leute. Machen wegen vier Toten einen auf Weltuntergang, aber dass sich halb Afrika wegen unseres Reichtums mit unseren Waffen abschlachtet, ist ihnen schnuppe.«

»Du lenkst ab.«

»Tue ich nicht.«

»Und ob du das tust. Immer das Große und Ganze im Blick, damit man sich nicht zu den kleinen, peinlichen Gefühlen bekennen muss. Zur Betroffenheit, zur Angst, zur Trauer. Zu dem, was jeder empfindet. Weil es jeder empfindet, ist es dem Herrn Koller nämlich zu billig. Lieber nicht gemeinmachen mit der Meute, immer über den Dingen stehen. Glaub bloß nicht, ich würde in deinen zynischen Ton einstimmen oder er würde mir in irgendeiner Weise imponieren. Das Gegenteil ist der Fall: Er kotzt mich an. Er macht dich klein und hässlich.«

»Bin ich das nicht sowieso?«

»Nein, du Idiot.«

»Gut, dann bin ich eben groß und hässlich. Aber zynisch, warum bin ich das, was meinst du? Ganz einfach: weil das Leben zynisch ist.«

»Ist es nicht!«, rief sie. »Das Leben ist nicht zynisch. Nur wir sind es, die Menschen, wenn wir es so nennen.«

»Und warum weigere ich mich, so betroffen zu sein wie der Rest der Stadt? Weil die Betroffenheit in diesen Tagen inflationär gebraucht wird, deshalb. Sie ist nichts mehr wert. Ich will nicht in jedes Mikro hineinschluchzen, wie nahe mir der Anschlag geht, weil das Tausende vor mir schon getan haben.«

»Genau das ist dein Problem, Max. Du bist ein Egoist. Du kannst es nicht ertragen, der Tausenderste zu sein. Lieber verkneifst du dir die normalsten Dinge der Welt. Kein Wunder, dass es niemand mit dir aushält.«

»Wenn du das sagst.«

Ich hörte sie tief atmen. »Hast du meinen Brief gekriegt?«

»Welchen Brief?«

»Dann kommt er noch. Tschüss.«

Es klickte in der Leitung, und dann war es vorbei, dieses glorreiche Telefonat mit der einzigen Frau, die mir einmal etwas bedeutet hatte. Ich blieb sitzen, minutenlang. Mein Zimmer war ein Aquarium und der Telefonhörer mein Schnorchel, die Verbindung zum Sauerstoff und zum Leben. Gerade hatte jemand Salzsäure hineingeschüttet.

Langsam legte ich den Hörer auf die Station zurück. Zehn nach zehn, und ich hätte mich am liebsten zu den vieren auf den Uniplatz gesellt.

Da half nur eins: ab in die Küche. Ich stellte drei Flaschen Bier nebeneinander, entkorkte sie und kippte mir die Nummer eins schnellstmöglich hinter die Binde. Nach dem zweiten Bier fühlte ich mich angemessen betroffen, nach dem dritten noch mehr. Oder getroffen. Vielleicht sogar beides.

Auch das vierte Bier erlebte die Mitternacht nicht. Ich widmete es meiner Exfrau. Dann wurde ich sentimental und musste ganz furchtbar rülpsen.

6

Auch der nächste Tag begann nicht eben gut. Er begann mit einem Blick, der mich ausradieren sollte, und den dazugehörigen Worten: »Sie trauen sich hierher? Hauen Sie ab!«

Im Flur der Polizeidirektion Mitte stand Kommissar Greiner, die linke Hand an der Türklinke seines Büros, die rechte an einer vollen Kaffeekanne. Er war immer noch so fitnessstudiogestählt wie bei unserer letzten Begegnung, dichtes Haar umwölkte immer noch schwarz glänzend die harte Stirn. Mit anderen Worten: Er sah immer noch aus wie ein Rottweiler auf zwei Beinen.

»Ist der für Ihren Chef?«, fragte ich und wollte ihm die Kanne aus der Hand nehmen. »Koffeinfrei, hoffe ich.«

»Finger weg!« Mit links hielt er mich auf Distanz. »Was wollen Sie hier? Betteln und Hausieren verboten, können Sie nicht lesen?«

»Ich wollte Ihnen zur Beförderung gratulieren. Hat Herr Fischer noch nichts verraten? Kollege Sorgwitz kam ja nicht dafür infrage.«

Greiner stutzte. Einen Moment zwar nur, aber lange genug für mich, um mein breitestes, schadenfrohestes Grinsen aufzusetzen, zu dem ich morgens fähig war.

»Koller«, zischte er, »ich warne Sie. Wenn Sie meinen, Sie könnten …«

Weiter kam er nicht mit Zischen, denn Kommissar Fischer steckte den Kopf aus dem gemeinsamen Büro und schnitt ihm das Wort ab.

»Kommen Sie rein! Alle beide. Und zwar kommentarlos, wenn ich bitten darf.«

Folgsam traten wir ein. Während Fischer zu seinem Schreibtisch schlurfte, pirschte Greiner tigermäßig hinter mir her und versuchte, mit den Augen zwei Löcher in meinen Rücken zu brennen. Ich spürte die Stellen ganz genau. Seitlich an einem Tisch saß Kommissar Sorgwitz. Er hatte schon immer etwas Maschinenartiges gehabt. Aber als er mich jetzt sah, wurde er endgültig zum Aufzug: Langsam schraubte sich sein eckiger Körper in die Höhe, bis ihm, oben angekommen, die Kinnlade herunterklappte, damit die Fahrgäste ausstiegen. Fehlte nur noch der Gong.

»Der?«, röchelte er. Schöne Fahrgäste waren das!

»Immer mit der Ruhe!«, rief Fischer. »Kein Grund zur Aufregung, wir machen alle nur unsere Arbeit. Herr Koller hat mir gestern Einblick in seine Ermittlungen gewährt, im Gegenzug habe ich ihm bildliches Anschauungsmaterial versprochen. Irgendwelche Einwände? Danke, sehr verbunden. Herr Greiner, wie immer mit Milch und viel Zucker.« Er schob einen zerkauten Becher an den äußersten Rand seines Schreibtischs.

»Nee, Chef, das kann nicht wahr sein«, wehrte sich Sorgwitz, der vor Empörung fast platzte. Selbst die Kopfhaut unter seiner weißen Igelfrisur leuchtete puterrot.

»Gonn nüscht wohr sein?«, äffte ich ihn nach und zog mir einen Stuhl heran. Wenn sich der Kerl aufregte, hörte man nur zu deutlich, wes Bundeslandes Kind er war.

»Einer von uns ist zu viel in diesem Raum!«

»Dann gehen Sie halt Gassi, Sorgwitz!«

»Reißen Sie sich am Riemen!«, bellte Fischer. »Alle beide!«

»Er hat doch recht«, sagte Greiner, seinem Chef einen Kaffee einschenkend. »Heidelbergs prominenter Privatermittler …, wirklich, da kommt einem die Galle hoch!«

»Ich kann lesen, Herr Greiner. Sie brauchen nichts zu zitieren.«

»Was zitieren?«, fragte ich.

»Er oder ich!«, rief Sorgwitz, wild entschlossen zur Rebellion. »Wer die Polizeiarbeit lächerlich macht, hat hier nichts zu suchen. Wir haben schon genug Ärger mit der Presse.«

»Dass Sie Ärger mit der Presse haben, wundert mich nicht.«

»Schluss damit!«, fuhr Fischer auf und setzte seinen Becher ab, dass die schwarze Brühe über den Rand schwappte. »Ich habe den Mann eingeladen, dafür brauche ich mich vor Ihnen beiden nicht zu rechtfertigen. Sind wir denn im Irrenhaus hier? Und Sie reißen sich zusammen, Koller, sonst sind Sie schneller wieder draußen, als Sie denken.«

»Tut mir leid, in meinem Alter lässt man sich leicht provozieren.«

»Wer provoziert hier wen?«, fauchte der Blonde. »Was Sie sich heute geleistet haben, das nenne ich Provokation. Jeder hier im Haus nennt das eine Provokation. Wenn ich jetzt auf den Flur marschiere und Ihren Namen ausrufe, dann steht aber in Sekunden das komplette ...«

»Herr Sorgwitz!«, brüllte Fischer. »Setzen Sie sich hin!«

Zähnefletschend leistete der Kampfhund Folge.

»Kann mich mal jemand aufklären?«, fragte ich. »Was für eine Provokation? Ich kapiere überhaupt nichts mehr.«

»Heute schon Zeitung gelesen?«, erwiderte Fischer und wischte die Kaffeespritzer mit dem Ärmel seines Jacketts vom Tisch.

»Nein.«

Greiner und Sorgwitz sahen sich an. Plötzlicher Spannungsabfall, so schien es mir. Weniger Elektrizität in der Luft.

»Wirklich nicht?«, hakte der Rottweiler nach.

»Nein, verdammt! Rede ich chinesisch, oder was? Proben Sie gerade ein absurdes Theaterstück?«

Wortlos nahm Greiner eine Zeitung von der Ablage und

reichte sie mir. Es war ein Exemplar der Neckar-Nachrichten von heute, aufgeschlagen auf der ersten Seite des Lokalteils. Ich starrte mir selbst ins Gesicht.

»Hilfe«, flüsterte ich.

Greiner ließ ein tiefes Zufriedenheitsgluckern hören, Sorgwitz atmete aus. Ja, das gefiel den beiden: wie ich da saß, Aug in Auge mit meinem eigenen Konterfei, und vor Scham im Boden versinken wollte.

»Das darf nicht wahr sein«, lamentierte ich. »Wecken Sie mich auf, Herr Fischer. Ich träume schlecht.«

Der Kommissar nippte schweigend an seinem Becher. Seine Miene war unergründlich.

»Tja«, sagte Greiner und rieb sich die Hände. »Wenn das die neue Strategie von euch Privaten ist, dann könnt ihr euch schon mal auf was gefasst machen.«

Ich sah ihn leidend an. »So etwas wünschen Sie nicht mal Ihrem ärgsten Feind.«

»Wieso? Ist doch prima PR für Sie. Nur sollten Sie sich nächstes Mal von Petazzi eine Visagistin zahlen lassen.«

Sorgwitz erhob sich wortlos und stellte ein Fenster auf Kipp. Seine Gesichtsfarbe hatte sich wieder normalisiert.

Meine eher nicht. Über dem Foto, das Nerius am gestrigen Morgen von mir geschossen hatte, stand ›Privatdetektiv auf Mörderjagd‹. Und darunter: ›Die Suche nach dem Amokschützen vom Uniplatz wird intensiviert. Als Reaktion auf die dürftigen Ermittlungsergebnisse der Behörden hat sich der Vater des ausländischen Opfers Beatrice Petazzi entschlossen, den prominenten Heidelberger Privatdetektiv Max Koller einzuschalten. Seit dem Mordfall Barth-Hufelang, in dem er eine entscheidende Rolle spielte, gilt Koller als Mann für die speziellen Aufträge. Offenbar soll er Spuren verfolgen, die auf einen gezielten Anschlag hindeuten könnten. Herr Petazzi, einer der bekanntesten Politiker Italiens, kündigte gegenüber den Neckar-Nachrichten an, er werde jede erdenkliche Summe bereitstellen, die das unfassbare Verbrechen aufzuklären helfe. Das sei er als Vater seiner Tochter schuldig.‹ Gezeichnet war das Ganze mit dem Kürzel ›red‹.

Ich ließ die Zeitung sinken und wandte mich ab. Dann sah ich wieder hin, und der Artikel und das Foto waren immer noch da. Sie würden auch dort bleiben, egal, was ich anstellte, sie lagen zu Zigtausenden auf den Frühstückstischen der Region, wurden gelesen, beäugt, verlacht und kommentiert. Ich wusste nicht, was schlimmer war: die alberne Lobpreisung meiner Taten, der Affront gegenüber Polizei und Justiz oder das peinliche Foto. Vielleicht doch das Foto. Es erinnerte mich an die Fische, die einem aus dem Fenster der Nordsee-Filiale in der Hauptstraße entgegenglotzten: Eis unter der Kinnlade und das Preisschild im Rücken. Nur, dass Fische immer gut rasiert sind.

»Ich fasse zusammen«, sagte Fischer. »Sie sehen diese Meldung zum ersten Mal. Man hat Sie in diesen PR-Gag offensichtlich nicht eingeweiht.«

»Nein, verdammt!«, schrie ich und sprang auf. »Ich hätte das auch nie erlaubt. Bin doch nicht blöd! Auf so eine Art von Publicity kann ich verzichten. Da hätte man gleich das Foto eines Kriegsheimkehrers nehmen können!«

Greiner ließ wieder sein zufriedenes Grunzen hören. Grinsend lehnte er sich an die Wand und packte einen Kaugummi aus. Sogar über die freudlose Miene seines blonden Kollegen irrlichterte ein grimmiges Schmunzeln.

Neben Fischers Schreibtisch stand ein Papierkorb. Der kam mir gerade recht. Ein Tritt, und er flog durch den Raum, dass es pfiff.

»Na, na, na!«, machte Greiner und steckte sich den Kaugummi zwischen die Zähne.

»Wenn Sie so dämlich grinsen«, herrschte ich ihn an, »darf

ich hier drin Fußball spielen. Ich kann nichts für diesen Zeitungskäse, mich hat keiner informiert.«

»Wusste gar nicht, dass sich Private so schön aufregen können«, sagte er, zu Sorgwitz gewandt. »Allmählich dämmert mir, weshalb er als Mann für die speziellen Fälle bezeichnet wird.«

»Gib ihm halt einen Kaugummi«, meinte sein Kumpel, die Arme vor der Brust verschränkt. »Das hilft.«

Ich zeigte den beiden einen Vogel und begann, den Müll vom Boden aufzulesen.

»Gut«, seufzte Fischer. »Nach dieser humoristischen Einlage sollten wir wieder zur Sache zurückkehren, wenns recht ist. Herr Greiner, wären Sie so lieb, die Aufnahme vom Samstag vorzuführen?«

»Aye, aye, Sir«, machte der Rottweiler und tippte gegen eine imaginäre Mütze. Er öffnete einen Wandschrank, zauberte einen Bildschirm und einen DVD-Player hervor, griff nach der Fernbedienung und drückte ein paar Knöpfe.

»Es gibt doch so etwas wie Bildrechte«, sagte ich und richtete mich auf. »Oder darf man neuerdings ungefragt Fotos von Leuten veröffentlichen, ohne deren Einwilligung einzuholen?«

»Nehmen Sie bitte dort hinten Platz.« Fischer erhob sich und rückte Greiners Stuhl vor den Bildschirm.

»Ja, gleich. Nachdem ich telefoniert habe. Ich muss Dampf ablassen, das verstehen Sie doch?«

»Nein!«, raunzte Fischer. »Klären Sie Ihre Angelegenheiten später. Ich will den Namen Petazzi nicht mehr hören! Sie haben eine einzige Chance, diese Aufnahmen zu sehen, Koller. Jetzt oder nie, entscheiden Sie sich.«

Beschwichtigend hob ich die Hände, stellte den Papierkorb an seinen Platz zurück und ließ mich in den angebotenen Stuhl fallen.

»Gut. Dass Sie nichts von dem, was Sie gleich sehen werden, an die Öffentlichkeit tragen dürfen, liegt auf der Hand. Immerhin geht es ...«

»Keine Angst, nach diesem Artikel werde ich die Öffentlichkeit in den nächsten Wochen meiden. Meinen Sie, eine Gegendarstellung würde was nützen?«

»Wir können es auch lassen«, knurrte Fischer. »Ich muss Ihnen das Material nicht zeigen.«

»Okay, okay, ich hab mich im Griff. Ich sage kein Wort mehr.«

Sorgwitz lachte hell auf. Sein Kollege war noch immer mit der Fernbedienung beschäftigt. Der Bildschirm blieb schwarz.

»Wir haben eine Aufnahme des gesamten Konzerts auf dem Uniplatz«, sagte Fischer. »Der Bühne gegenüber wurde eine Standkamera aufgebaut, und die filmte alle Gruppen, die dort auftraten. Es gibt also nur eine Einstellung, die Totale, von den Zuschauern sind in der Regel nur die Köpfe im Bild. Sie werden sehen, das ist besser so. Die Reihenfolge auf der ...«

Er zuckte zusammen. Ein Höllenlärm erfüllte das Büro: Zu einem wimmernden Akkordeon plärrte jemand in den höchsten Tönen, wuchtige Bässe ließen die Kugelschreiber auf den Tischen erzittern, bevor der ganze Klangbrei vom Schlagzeug in handliche Portionen zerteilt wurde.

Welche Formulierung der Kommissar für seinen Fluch wählte, ging im Getöse unter. Eben wollte er sich auf den Rottweiler stürzen, als dieser den Lautstärkeregler fand und dem Spuk ein Ende bereitete.

»Sie lag ja schon drin, die DVD«, sagte Greiner verblüfft.

»Herrgott noch mal!«, tobte Fischer. »Eine Geisterbahn ist das hier! Muss man denn alles allein machen? Geben Sie dem Mann die Fernbedienung, Greiner! Und Sie setzen gefälligst Kopfhörer auf. Wenn ich diese Odenwaldjodler noch einmal höre, drehe ich durch!«

»War das Musik?«, erkundigte ich mich. »Deswegen kommen die Leute zum Heidelberger Herbst?«

»Das waren die Fidelen Odenthäler, Sie Banause. Wenn Sie die Gruppe noch nicht kennen, dann wird sich das ändern. Ab heute werden Sie von ihr träumen. So, und nun auf mit den Dingern!« Er warf mir ein Paar Kopfhörer zu.

Gehorsam stülpte ich sie über die Ohren und fläzte mich in den Stuhl. Greiner und Fischer verzogen sich. Das Frühstückskino konnte beginnen.

Es begann ohne Vorbereitung. Keine Werbung, kein Vorfilm, mitten rein in die Vorstellung. Uhrzeit: 20.13 MEZ. Neunzig Sekunden später war die Chose durch, vier Menschen hatten ihr Leben gelassen. Als Erstes kamen die von der Volksmusikfront ins Bild. Eine blonde Sängerin im mutig geschlitzten Dirndl, ein Akkordeonist mit Zopf, ein grauhaariger Bassist und ein Schlagzeuger, fett wie eine Bass Drum. Das waren die Fidelen Odenthäler, und ihre Musik hielt, was das aufgepeppte Kleid der Frau versprach: eine Mischung aus Folklore und Punk, Ohrwurm und Kratzbass. Weh tat sie keinem, solange man sie nicht in einem mittelgroßen Büro bei voller Lautstärke und mäßiger Klangqualität hörte.

Die Odenthäler also spielten, jodelten und hopsten, und das Publikum hopste mit. Wie vom Kommissar angekündigt, sah man nur die Köpfe der Zuhörer, ein paar Schultern, die nach oben gereckten Arme. Dann kam ein schwarzer Michelin-Mann auf die Bühne, und die Musik brach ab.

Es ging so schnell, dass ich nur einen Bruchteil der Ereignisse wahrnahm. Der Mann in Schwarz, die Schüsse, das Ende. Dann, nach der Zäsur des Entsetzens, nach diesem wirklich furchtbaren Moment der Totenstille, die Schreie, die Panik, die Flucht ... Wenige Sekunden später wurde der Bildschirm dunkel.

Gott sei Dank.

Ich linste vorsichtig zur Seite. Fischer und Sorgwitz saßen still hinter ihren Schreibtischen, Greiner machte sich an einem Faxgerät zu schaffen. Niemand beachtete mich, niemand blickte mir ins Gesicht, aber ich hätte schwören können, dass auch sie eine Winzigkeit zuvor zu mir herübergeschielt hatten. Und zwar alle drei!

Ich atmete tief durch und ließ die Aufnahme von vorne laufen. Dann noch mal. Und noch einmal. Wenn ich auf den Effekt des Abstumpfens gesetzt hatte, so blieb er aus. Das Ende war grauenhaft, beim ersten wie beim vierten Durchgang. Sobald die Menschen registrierten, was mit ihnen passierte, wurden sie zu Tieren. Sie schrien wie Tiere, sie flohen wie Tiere, sie brüllten, winselten, stöhnten, heulten, fiepten, grunzten, jaulten ... Und als ich mir das klargemacht hatte, dass ich nämlich einer Tierherde zusah, die sich auf dem Weg zum Schlachthof wähnte, wusste ich jene Empfindung zu benennen, die sich zu all den anderen, zu Mitleid, Grauen und Entsetzen, gesellt hatte. Diese Empfindung hieß Scham. Ja, als Betrachter schämte man sich unwillkürlich dafür, wie leicht es war, seinen Mitmenschen ihr bisschen Menschsein auszutreiben. Man stellte sich auf eine Bühne, legte eine Knarre an, und schon entglitt dem Publikum die dünne Zivilisationshülle wie einem Knaben seine vollen Hosen.

Dass es so war, machte einen wütend. Wütend auf den Mann in Schwarz, wütend auf einen selbst, dass man nicht mehr Mitleid mit den Opfern aufbrachte. Wütend aber auch auf die Opfer, dass sie den Mörder nicht von seinem hohen Sockel herunterholten, dass sie ihn nicht wegpusteten, wegschrien, wegfantasierten ... Tausend gegen einen, und der eine gewann.

Wie gut, dass ich diesen Abend im Englischen Jäger verbracht hatte. Wie gut, dass es den Englischen Jäger gab.

Trotzdem heftete ich meinen Blick auf den Monitor, trotzdem beobachtete und registrierte ich, sog mit jedem Durchgang neue Details auf. Etwa 20 Sekunden lang war der Mörder im Bild zu sehen, und diese 20 Sekunden steckten voller Informationen. Nach einer Weile entdeckte ich, dass die DVD weitere Tracks enthielt: die Originalsequenz in Zeitlupe, dazu eine Ausschnittsvergrößerung von Auftritt und Abgang des Schützen.

Aber der Reihe nach: eine relativ kleine Bühne, vielleicht fünf, sechs Meter breit, von unbekannter Tiefe. Überdachung, Rück- und Seitenwände aus schwarzem Stoff, seitlich der Bühne große Boxen und weitere Stoffplanen bis zum Ende des Kameraausschnitts. Die üblichen Plakate und Transparente mit dem Namen der Veranstaltung und der Band. Außen links steht der Akkordeonist und schüttelt seinen hageren Oberkörper, die Sängerin hüpft winkend von einer Seite zur anderen. Dann hält sie inne, lässt einen lang gezogenen Ton hören und legt den Kopf in den Nacken. Im nächsten Moment wird sie ihr Mikro fressen. Stattdessen steht plötzlich ein schwarzgekleideter Mann mit einem seltsamen Musikinstrument neben ihr. Er zögert keine Sekunde, darauf zu spielen.

Tack-tack-tack-tack ... Eine Salve von Schüssen reißt die Musik der Odenthäler in Stücke. Die Sängerin lässt ihr Mikro fallen, der Schlagzeuger hat bereits aufgehört zu trommeln, im nächsten Moment verstummen auch Bass und Akkordeon. Eine Band ohne Play-back, die folgende Stille beweist es. Aber schon ist da keine Stille mehr, bricht die Menge vor der Bühne auseinander, weicht der Michelin-Mann zurück.

Hals über Kopf bringen sich die Musiker in Sicherheit. Die Bühne ist leer, der Mörder vom schwarzen Hintergrund aufgesogen.

Jetzt die Vergrößerung: Da steht ein Mann in Motorradklamotten. Sie lassen ihn korpulenter wirken, als er wahrscheinlich ist. Hose, Jacke, Stiefel, Handschuhe, alles aus schwarzem Kunstleder, abgesehen von zwei weißen Streifen auf den Schulterpolstern. Schwarz auch der Motorradhelm: ein fetter, glänzender Kürbis auf den Schultern eines nicht allzu großen Mannes.

Durch das heruntergeklappte Visier dringt kein Blick von außen, und sei er noch so prüfend. Was da glänzt, sind nicht die Augen des Mörders, sondern die sich spiegelnden Lichter des Uniplatzes. Selbst das Geschlecht des Schützen bleibt hinter Helm und dicker Lederpolsterung verborgen. Allein die Sicherheit, mit der er die Waffe anlegt, lässt auf einen Mann schließen. Frauen traut man diese Kaltblütigkeit nicht zu.

Dann wieder die Schüsse, die Panik, die Leere der Bühne …

Noch einmal das Ganze in Zeitlupe. Jetzt erahnt man, durch welche Lücke in der hinteren Bühnenbespannung der Mann sich Zutritt verschafft hat. Vier, fünf hastige Schritte, und er steht neben der Sängerin. Sofort wird die Maschinenpistole hochgerissen, einmal von links nach rechts geführt. Der Rückstoß der Schüsse schüttelt seine Schulter durch. Er setzt ab, greift kurz an seinen Helm, lässt die Hand wieder sinken. Eine Pause von vielleicht zwei Sekunden, höchstens drei, die in der Zeitlupenversion nicht enden will. Schon hat das Schreien eingesetzt, sind die Odenthäler von der Bühne gehastet. Auch der Mörder flüchtet. Er ist weg. Die Schreie sind noch da. Die Bühne schwarz und leer.

Ich fühlte eine Hand auf meiner Schulter. Die Hand von Kommissar Fischer. Ich legte die Fernbedienung beiseite und zog die Kopfhörer ab.

»Na?«, brummte er.

Ich zuckte die Achseln.

»Kaffee?«

»Schnaps wär mir lieber.«

»Haben wir nicht. Also doch einen Kaffee?«

Ich nickte. Er brachte mir eigenhändig einen Becher, den er eigenhändig füllte, außerdem ein abgepacktes Portiönchen Milch und einen Zuckerspender.

»Aber nur, wenn es kein koffeinfreier ist«, murmelte ich. Da befand sich der Kaffee längst im Becher. Ich war Greiner und Sorgwitz dankbar, dass sie ihren Mund hielten.

»Wir hatten ganz schön Glück mit dieser Aufnahme«, sagte Fischer. »Beim SWR sitzt das Geld auch nicht mehr so locker wie früher. Ursprünglich wollten die überhaupt niemanden auf den Uniplatz schicken. Nun ist es wenigstens die Aufnahme mit der fest installierten Kamera geworden.«

»Glück? Ja, muss man haben.«

»Sonst noch jemand einen Schluck?«, fragte er. Seine Mitarbeiter schüttelten synchron den Kopf. Seufzend setzte er sich und schenkte sich ein. »Wenn das meine Frau wüsste!«

»War es denn Glück?«, fragte ich und richtete mich auf. »Ich meine, was bringt Ihnen dieser Film? Über den Schützen verrät er nicht viel.«

»Und worin besteht dieses nicht viele? Sagen Sie es mir.«

Ich zuckte die Achseln. »Ein Mann.«

»Weiter.«

»Ein Mann, etwa 1,70 Meter groß, nicht gerade schlank. Im Schießen geübt. Das wars.«

»Könnte es auch eine Frau sein?«

»Von der Statur und den Bewegungen her – nein.«

Er nickte. »Das ist auch unsere Meinung. Ein männlicher Täter, vermutlich 20 bis 40 Jahre alt, mehr gibt die Aufnahme tatsächlich nicht her.«

»Was haben Sie über seine Klamotten und die Waffe herausgefunden?«

»Wenig. Kein Markenname auf der Motorradkleidung. Wahrscheinlich abgeschnitten oder übermalt. Die Waffe ist eine MP 7, absoluter Standard. Die hilft uns nicht weiter. Auch die Zeugen, die den Mann sahen, konnten uns keine brauchbaren Hinweise geben.«

»Überhaupt nichts? Keine Haarfarbe, kein Gesicht?«

»Der Sichtschutz an seinem Helm war immer heruntergeklappt. Aber dass der Täter so großen Wert darauf legte, nicht erkannt zu werden, sagt auch einiges.«

Ich nickte. »Amokschützen verhalten sich anders.«

»In der Regel, ja. Die wenigsten betreiben einen solchen Mummenschanz. Und noch weniger planen ihre Flucht so sorgfältig.«

»Weiß man, wie sie ihm gelungen ist?«

»Es gibt ein paar Zeugenaussagen. Der Täter lief zum Marsiliusplatz und stieg dort auf ein Moped. Kurz danach wurde er in der Seminarstraße gesehen. Aber dann: nichts mehr. Wie vom Erdboden verschluckt. Und das bei Tausenden von Menschen in der Altstadt! Wahrscheinlich wartete in nächster Nähe ein Transporter, in den das Moped gehoben wurde. Der Mörder stieg mit ein oder in einen zweiten Wagen. Oder ein Unverdächtiger fuhr das Moped aus der Altstadt heraus.«

»Er hatte also Komplizen.«

»Davon sind wir inzwischen überzeugt.«

»Die Arische Front.«

»Tja.« Fischer drückte missmutig an seiner Nase herum. »Ein Amoklauf war es jedenfalls nicht. Nicht im üblichen Sinn des Wortes. Sondern ein Attentat. Ein geplantes Attentat mit beliebigen Opfern.«

»Diese Schüsse galten dem ganzen Land.«

»Das haben Sie schön gesagt. Jedenfalls kann sich Ihr Auftraggeber seine Theorie vom gezielten Anschlag an den Hut stecken. Tut mir leid für Sie, Koller, das wird kein längeres Engagement werden.«

»Nicht so wichtig. Was mich mehr interessiert: Waren es diese Nazis? Ist das glaubhaft?«

»Wir kennen die Gruppe nicht. Bisher sind sie noch nicht in Erscheinung getreten, daher wissen wir nicht, wie diese Leute denken. Ob sie überhaupt denken und ob es sie überhaupt gibt. Wir haben diesen Bekennerbrief, unterschrieben von einer Gruppe, die den geplanten Ablauf des Anschlags genau gekannt haben muss. Dass sie sich der Tat nur bezichtigt, ohne mit ihr etwas zu tun zu haben, ist theoretisch möglich, aber nicht wahrscheinlich. Eher schon, dass es sich bei dieser Arischen Front um ein Ablenkungsmanöver handelt und jemand anderes dahintersteckt.«

»Die Feinde Petazzis.«

»Ach, Sie haben also gesehen, wie der Täter auf Petazzis Tochter zielte? Haben Sie das, Herr Koller?«

Ich schüttelte den Kopf.

»Das können Sie auch nicht gesehen haben, weil der Mann überhaupt nicht gezielt hat! Er betritt die Bühne, eilt nach vorne und reißt sofort die MP hoch. Schießt blindwütig in die Menge hinein. Wer ganz vorne stand, den traf es. Pech. Petazzis Theorie können Sie vergessen.«

Ich nickte. »Trotzdem, diese Neonazis … Ich weiß nicht. Was haben die davon? Eine verdammt schlechte Presse und den Hass der gesamten Nation.«

»Darum geht es doch«, meldete sich Kommissar Greiner aus dem Hintergrund. »Zustimmung interessiert die nicht. Die wollen bloß Hass säen, Schrecken verbreiten. Hauptsache Opfer.«

»Aber warum zünden sie dann kein Ausländerwohnheim an? Warum machen sie sich nicht über Zigeuner oder Behinderte her? Ein Anschlag auf dem Uniplatz richtet sich doch gegen die eigenen Volksgenossen. Oder hatten beim Konzert der Odenthäler nur Nichtarier Zutritt?«

»Vor fast 30 Jahren«, sagte Kommissar Fischer, »gab es auf dem Münchner Oktoberfest einen Anschlag mit 13 Toten. Da war der Täter ein Rechtsradikaler. Der sich keinen Deut darum scherte, ob es Deutsche oder Ausländer traf, Frauen oder Kinder, Arier oder sonst wen. Dass hinter den Schüssen auf dem Uniplatz diese Arische Front steckt, ist also zumindest nicht undenkbar, Herr Koller.«

Ich schweig. Als die Bombe auf der Wiesn hochging, war ich noch ein Junge. Trotzdem erinnerte ich mich an den Anschlag, aus verschiedenen Gründen.

»So oder so«, fuhr Fischer fort, »allein aufgrund des Mitschnitts vom Samstagabend wird die Frage, wer für den Anschlag verantwortlich ist, nicht zu klären sein. Uns ist aber noch etwas anderes aufgefallen. Etwas am Verhalten des Schützen direkt nach den Schüssen.«

»Weiß nicht, was Sie meinen.«

»Was macht der Täter? Er flieht nicht sofort.«

»Nein, er wartet ein paar Sekunden.«

»Und in dieser Zeit? Na?« Fischers Blick war der eines Prüfers im Examen.

»Er lässt die MP sinken … greift sich kurz an den Kopf … dann Abgang.«

»An den Kopf? An den Helm, meinen Sie wohl.«

»Ja, an den Helm.«

»Und warum?«

»Keine Ahnung. Ein Reflex, irgendeine unbewusste Geste. Ich nehme an, der Kerl stand unter Hochspannung.«

»Ja, vielleicht.« Nachdenklich bearbeitete Fischer seine Nase. »Einer unserer psychologischen Gutachter sagt das auch. Ein anderer meint, der Täter könne sich in diesem Moment seiner Tat bewusst geworden sein. Er erschrickt, fasst sich an den Kopf und türmt.«

»An den Helm.«

»Ja, an den Helm, Sie Schlaumeier. Möglicherweise hat die Geste nichts zu bedeuten. Mir kommt sie trotzdem seltsam vor.«

»Vielleicht ist ihm der Helm bloß verrutscht. Oder er schwitzt, etwas läuft ihm ins Auge, und er macht ganz mechanisch eine Bewegung mit der Hand.«

»Alles denkbar. Und doch nicht zufriedenstellend für einen Ermittler kurz vor der Rente.« Er stand auf. »Was Sie mit diesen Erkenntnissen anstellen, Herr Koller, ist Ihre Sache. Wenn Sie mich fragen – was Sie nicht tun werden, aber das ist mir egal, ich sage es Ihnen trotzdem. Also, wenn Sie mich fragen, dann überzeugen Sie bitte Ihren Auftraggeber, dass an seiner Theorie nichts dran ist und dass er uns gefälligst unsere Arbeit machen lassen soll. Sie brauchen ihm ja nicht sämtliche Einzelheiten über die Arische Front und den Film auf die Nase zu binden, verstanden?«

»Verstanden.«

»Gut. Halten Sie mich auf dem Laufenden.«

»Darf ich die Neckar-Nachrichten mitnehmen?«

»Falls es um diesen Artikel auf Seite 3 geht«, sagte Fischer unschuldig, »da macht Ihnen Herr Greiner bestimmt eine Kopie.«

»Mit dem größten Vergnügen«, grinste der Rottweiler. »Eine Farbkopie!«

»Danke«, sagte ich. »Und wenn Sie sich fertig vergnügt haben, überlegen Sie sich mal Folgendes: Wir haben es nicht mit einem Einzeltäter zu tun, sondern mit einer Gruppe. Mit einer Gruppe, die dafür sorgt, dass ihre Leute heil aus dem Schlamassel herauskommen. Also keine Horde von Selbstmordattentätern. Was heißt das?«

Die drei Polizisten sahen mich fragend an.

»Dass sie es wieder tun werden«, sagte ich.

7

»Ist dort Heidelbergs prominenter Privatdetektiv Max Koller?«, frohlockte mein Anrufbeantworter mit Fattys Stimme. »Oder sogar Heidelbergs prominentester? Allerprominentester? Mensch, Max, was für eine superkrasse Werbung, Glückwunsch! Du wirst dich vor Aufträgen nicht mehr retten können.«

Piep, nächste Nachricht: »Wieso muss ich aus meiner eigenen Zeitung erfahren, dass du an dem Fall dran bist?« Das war ein nörgelnder Marc Covet. »Nicht, dass es mich etwas anginge, wir kennen uns ja kaum. Falls du trotzdem ein paar Informationen brauchst und falls du eingeladen bist: Du kannst mich heute Abend in der Galerie Urban treffen. Ciao, detettivo!«

Und so ging es weiter, fünf Anrufe lang. Mein Vermieter wollte wissen, wie ich zur Erhöhung der Nebenkosten stünde, schließlich könne ich sie mir angesichts meiner derzeitigen Auftragslage leisten, Fatty meldete sich noch einmal, um zu fragen, wann Heidelbergs prominenter Privatdetektiv ihm und Eva mal wieder die Ehre eines Besuchs erweise, und sogar Tischfußball-Kurt hinterließ eine meckernde Nachricht, beim Frühstück habe er sich eine geschlagene Viertelstunde gefragt, zu wem wohl die versoffene Fresse hinter dem Pickel gehöre.

»Vielen Dank, Signore!«, fluche ich, von einer Flutwelle chauvinistischer Gedanken überrollt. Obwohl, wenn ich es mir recht überlegte, trug mein Landsmann Nerius mindestens ebenso viel Schuld an dem Desaster, und den konnte ich wenigstens in meiner Muttersprache beschimpfen.

Ich kramte seine beschissene Visitenkarte hervor und wählte seine Handynummer. Untergetaucht, natürlich; also bekam seine Mailbox ein paar Kommentare zu hören, dass sich die Halbleiter bogen.

Lange hielt ich es zu Hause nicht aus. Ich musste an die Luft: um Fischers stickiges Büro zu vergessen, um die Gedanken zu ordnen und neue Gesichter zu sehen. Ich steckte mein Handy ein und rannte die Treppe hinunter.

Mein Briefkasten war leer wie immer. Keine Post aus Italien, nichts. Christine würde früher wieder im Lande sein als ihr vermaledeiter Brief. Ich öffnete die Haustür und rannte in einen Mann, der gebückt vor den Klingelschildern stand und mit kurzsichtigen Augen auf die Namen starrte.

»Tschuldigung«, murmelte er verwirrt, als hätte er mir die Tür gegen die Hüfte gerammt und nicht umgekehrt.

»Gern geschehen«, knurrte ich und schloss mein Rad auf.

Wie zum Hohn lag ein kräftiges Hoch über der Stadt. Jeder Winkel wurde von der Sonne ausgeleuchtet, die Schatten fielen scharfrandig und kurz – ein Wetter zum Bäume-Ausreißen. Ich fuhr ein Stück flussaufwärts, um kurz vor Ziegelhausen zum Stift Neuburg abzubiegen. Linkskurve, Rechtskurve, eine Steigung von 15 Prozent. Der Asphalt glühte. Am Friedhof oben hatte ich genug. Ich setzte mich auf eine Bank und wartete, dass mein Herz ruhiger schlug. Zu meinen Füßen glitt ein Frachtschiff durchs Tal. Ein Güterzug rasselte an der Steilwand entlang. Im Westen die Rheinebene, der Pfälzer Wald, ein blauer, fast dunstfreier Himmel.

Ich versuchte, mir die vergangene Stunde ins Gedächtnis zu rufen. Unmöglich zu sagen, wie Kommissar Fischer die ganze Sache beurteilte. Nach außen hielt er sich an die Fakten, und die sprachen nun einmal für eine Beteiligung dieser selbst ernannten Arier. Einer Gruppe, die angeblich noch nie auf sich aufmerksam gemacht hatte. Vielleicht war sie den Geheimdiensten längst bekannt, und nun musste der Eindruck vermieden werden, man habe die von ihr ausgehende Gefahr unterschätzt.

Und was gefiel mir dabei nicht? Zum Beispiel die Tatsache, dass die Neonazis nichts von dem Anschlag hatten, da konnte Kommissar Greiner reden, so viel er wollte. Meiner Ansicht nach rechneten auch Glatzen in Kategorien des Nutzens, und was nutzte ihnen eine Ballerei auf dem Uniplatz? 1980 war das anders gewesen, da hatte die Bombe auf dem Oktoberfest sofort zur Wahlkampfmunition getaugt. Und es gab nicht wenige, die behaupteten, genau deswegen sei sie gezündet worden: als Sperrfeuer für Franz Josef Strauß bei seinem Sturm auf das Kanzleramt. Der zog auch gleich über die Laschheit der Bundesregierung gegenüber den Linken her, aber nur, bis herauskam, dass ein Rechtsradikaler die Bombe gelegt hatte.

Und das Attentat vom Uniplatz: Wem nutzte das? Dem Ego durchgeknallter Rassisten? Vielleicht. Das Land würden sie dadurch kaum hinter sich scharen. Wäre es nicht schlauer gewesen, Namen und Ziele der Gruppe zu verheimlichen – so, wie man sich Mühe gegeben hatte, die Identität des Täters zu verschleiern? Nun hatte der Verfassungsschutz ein klares Ziel, konnte sich ganz auf den neuen Gegner einstellen.

Also doch ein Ablenkungsmanöver?

Interessant war außerdem, dass nur die Polizei ein Bekennerschreiben erhalten hatte. Wenn man schon Werbung in eigener Sache machte, warum informierte man dann nicht auch die Medien? Ohne die Indiskretion gegenüber den Neckar-Nachrichten wüsste die Öffentlichkeit bis heute nichts über die Gruppe, und der Kampfname Arische Front hatte noch in keiner Zeitung gestanden.

Ich hob eine Walnuss auf, die vom Baum gefallen war, und schickte sie einer Krähe hinterher. Einzige Reaktion: ein Ruf, der wie höhnisches Gelächter klang.

»Lach du nur«, dachte ich. Es war ja auch absurd, hier zu sitzen und die verworrenen Gedankengänge von Neonazis nachzuvollziehen. Ich wurde nicht einmal dafür bezahlt.

Bezahlt wurde ich dafür, Belege zu finden. Belege für Petazzis Theorie vom gezielten Anschlag auf seine Tochter. Oder Belege dagegen. So weit der offizielle Auftrag. Inoffiziell sollte ich einem Vater, der sich für sein Kind nie richtig interessiert hatte, Nachhilfeunterricht geben: Das wäre Ihre Tochter gewesen. Das würde sie jetzt unternehmen, wenn sie noch am Leben wäre. So hat sie über ihre Familie gedacht, bevor sie erschossen wurde.

Ein verkorkstes Verhältnis zwischen Vater und Tochter. Alles andere als spektakulär. Und was ging es mich an?

Zurück zum offiziellen Teil meines Auftrags. Kommissar Fischer hatte recht: Petazzis Theorie war scheintot, mindestens. Vielleicht war sie nicht grundsätzlich widerlegt, aber so ziemlich alles sprach gegen sie. Der Täter hatte nicht gezielt. Er hatte die erste Reihe der Besucher aufs Korn genommen und die Waffe von links nach rechts gerissen. Alles ging viel zu schnell, um sich auf eine bestimmte Person zu konzentrieren.

»Unsinn!«, hörte ich Petazzi rufen. »Sie vergessen, dass das eigentliche Anschlagsziel verheimlicht werden sollte. Deshalb die vier Toten. Der Täter wusste, dass meine Tochter in der ersten Reihe stand.«

Ach, das wusste er? Und woher?

»Er hat sie beobachtet, vorher. Sobald sie vorne stand, rannte er zur Bühnenrückseite, kletterte hoch und schoss auf die Leute in der ersten Reihe.«

Wie soll er sie beobachtet haben? Er wird sich ganz bestimmt nicht unter die Besucher gemischt haben, in seiner auffälligen Kleidung, eine Waffe in der Hand.

»Dann hielt er sich abseits, am Rand des Platzes. Die Waffe versteckte er natürlich.«

Aber seinen Motorradhelm hatte er auf? Die ganze Zeit?

»Warum nicht?« Petazzis Ungeduld wuchs, ich hörte es, auch wenn sich Wolfgang Nerius alle Mühe gab, sie abzumildern. »Vielleicht gab es einen Komplizen, der ihm signalisierte, wann Beatrice vor der Bühne stand.«

Sie meinen, der Täter wartete verborgen auf dem Marsiliusplatz, bis sein Kumpel gerannt kam und ihm das Zeichen gab? Dann schlug er los?

»Genau.«

Wenn das möglich gewesen sein soll, dann ist es auch möglich, dass Beatrice von diesem Komplizen um Viertel nach acht vor die Bühne gelotst wurde. Mit welchem Trick auch immer.

»Ja, denkbar.«

Nur musste sich dann dieser Komplize rechtzeitig aus dem Staub machen, sonst wurde er ja selbst Opfer des Schützen.

»Es sei denn, der Komplize war nicht in alles eingeweiht und sein Tod von vornherein geplant.«

Jetzt wird es aber haarsträubend, Signor Petazzi. Dann gäbe es ja drei Kategorien von Opfern: Ihre Tochter, den ahnungslosen Komplizen, und wer sonst noch in der ersten Reihe stand. Außerdem müsste man von einem dritten Mann ausgehen, der im Hintergrund die Fäden zog. Der dem Schützen sagte, hör zu, nimm die Vordersten aufs Korn, egal, wer da steht.

»Ein Strippenzieher, genau.«

Sehr schön übersetzt, Herr Nerius! Und warum greift sich unser Schütze nach der Salve an den Kopf? Ist er vielleicht ebenfalls nicht eingeweiht und muss entsetzt registrieren, dass er soeben seinen eigenen Kumpel in der ersten Reihe umgenietet hat?

»Er greift sich an den Kopf?«

An den Helm, Signor Petazzi. Aber das können Sie nicht wissen, Sie haben den Film ja nicht gesehen. Außerdem machen mich diese albernen Gedanken ganz kirre. Hauen Sie ab! Ihre Tochter ist ein zufälliges, sinnloses Opfer geworden, keines, mit dem Sie Ihr Ego streicheln können. Sie hätte sich eine Bratwurst kaufen sollen, anstatt den Fidelen Odenthälern zu lauschen. Sie hätte sich im richtigen Moment die Schuhe binden sollen. Vielleicht hätte sie nie nach Deutschland kommen sollen. Tut mir leid, Signore, und jetzt arrivederci. Ciao basta.

Ich stand auf. Die Krähe von vorhin hatte Gesellschaft gefunden. Ein ganzer Schwarm schwarzer Vögel saß in einem Apfelbaum am Hang und lästerte über Gott und die Welt. Ich warf noch ein paar Nüsse, ohne zu treffen.

Genug herumgesponnen! Es brachte sowieso nichts. In meinem Geldbeutel kramte ich nach dem Zettel mit den Notizen von gestern. Beatrices Mitbewohnerinnen hießen Anna und Maike. Ich wählte ihre Nummer und vereinbarte mit einer verschüchtert klingenden Anna ein Treffen um 13 Uhr. Dann würde auch Maike da sein.

Ich sah auf die Uhr. Bis eins hatte ich noch fast zwei Stunden Zeit. Zeit, um mit einem promovierten Kunsthistoriker ein Hühnchen zu rupfen. Galerie Urban, stand auf meinem Zettel, Bauamtsgasse 4. Ich verstaute mein Handy und rollte den Stiftsweg hinunter.

Die Bauamtsgasse führt von der Hauptstraße Richtung Neckar. Ein schattiges, ständig feuchtes Sträßchen, auch wenn es seit 15 Jahren hier kein Hochwasser mehr gegeben hat. Das Gebäude, das die Galerie Urban beherbergte, erwies sich als renoviertes Juwel zwischen zwei eingedunkelten Häuschen mit abblätternder Fassade. Seine Ausmaße gaben sich nur dem zu erkennen, der vor der Glasfront der Galerie stand. Durch drei hintereinandergestaffelte Räume ohne

Türen fiel der Blick, um erst an der rückwärtigen Wand des letzten zu enden. Und sie waren nicht klein, diese Räume. Die Galerie stellte hauptsächlich nichts zur Schau, unterbrochen nur von der einen oder anderen abstrakten Steinskulptur. Mitten durch diese beeindruckende Leere stiefelte eine dunkelblonde Frau mit Pagenfrisur und einem Handy am Ohr.

Ich drückte die Türklinke nieder. Geschlossen. Also klopfte ich. Die Frau sah mich, schüttelte den Kopf und telefonierte weiter. Ich zählte langsam bis drei – für jeden Raum eine Zahl –, dann klopfte ich wieder. Natürlich etwas lauter, sonst hätte sie mich ja ignorieren können.

Irgendwann reichte es ihr, sie kam zur Tür und schloss auf.

»Was soll das?«, funkelte sie mich an. »Sie sehen doch, dass ich telefoniere. Die Galerie ist heute geschlossen.«

»Mein Name ist Max Koller. Wenn Ihr Name Nerius ist, möchte ich zu Ihrem Mann.«

»Ich heiße Urban. Mein Mann ist oben. Hier, die Klingel rechts.« Rums, flog die Tür wieder zu. Die Frau war patzig, aber sie sah prima aus. Dass sie es wusste, tat dem keinen Abbruch. Wenn sie es nicht gewusst hätte, hätte sie womöglich ein weniger enges, weniger grünes Kleid getragen, hätte nicht zu hochhackigen Schuhen gegriffen und sich die Lippen nicht rostrot geschminkt. Gut, dass sie es getan hatte. So kam ihre Biestigkeit noch besser zur Geltung. Ich schenkte ihr ein Abschiedslächeln, das sie nicht beachtete, weil sie schon wieder telefonierte. Auch ihre Augen waren übrigens grün.

An der Tür nebenan gab es drei Namensschilder, darunter Nerius/Urban. Ich läutete.

»Ja?«

»Die Post. Eine Ladung Backpfeifen für Nerius.«

»Wer bitte?«

»Heidelbergs prominentester Privatdetektiv. In 3-D und Farbe.«

»Wie schön! Kommen Sie rauf.«

Natürlich kam ich rauf. Die freundliche Einladung eines freundlichen arbeitslosen Akademikers. Wenn Nerius gesehen hätte, wie ich die Treppe hochstürmte, hätte er die Wohnungstür verrammelt. So aber öffnete er sie. Im nächsten Moment fuhr ihm meine Hand an die Gurgel.

»Was soll das?«, stieß er hervor.

Sofort zog ich die Hand wieder zurück. Vielleicht hatte er doch etwas geahnt. Zum Verrammeln der Tür war er nicht gekommen, dafür hatte er sich einen Schutzschild zugelegt. Einen Knirps von drei Jahren mit einem glänzenden Tropfen unter der Nase. Wenn mich nicht alles täuschte, bekam er die grünen Augen seiner Mutter.

»Hallo, Kleiner«, sagte ich. »Willst du deinen Vater mal mit zermatschter Fresse sehen?«

Der Junge strahlte. Interesse schien durchaus vorhanden. Nerius dagegen ließ die Kinnlade ein wenig fallen, bevor er stammelte: »Wie bitte? Alles klar bei Ihnen?«

»Ich gebe Ihnen zehn Sekunden, Sie Armleuchter. Zehn Sekunden, um Ihren Nachwuchs in Sicherheit zu bringen.«

Nerius wich zurück. Anstatt seinen Sohn vor dem wild gewordenen Privatflic zu schützen, hielt er ihn als Puffer zwischen sich und mich.

»Immer mit der Ruhe. Worum geht es denn?«

»Worum es geht? Fragen Sie Ihre Mailbox. Oder schauen Sie in die Neckar-Nachrichten. Sie glauben wohl, Sie können sich alles erlauben, bloß weil halb Italien hinter Ihnen steht, Sie Arschloch.«

»Asloch«, kicherte der Kleine.

»Genau, Asloch. Dein Papa ist ein Asloch. Sogar Ihr Sohn ist dieser Meinung.«

»Ach, darum handelt es sich!«, rief Nerius erleichtert. »Ich dachte mir schon, dass Ihnen diese Art der Öffentlichkeitsarbeit nicht liegt. Andere hätten sich gefreut, aber es ist nicht jedermanns Sache. Kommen Sie rein.«

Ich folgte den beiden. Die Wohnungstür warf ich nicht eben dezent zu, auch gab ich mir keine Mühe, leise Schritte zu machen, aber den Kunsthistoriker und Vater eines lispelnden Knaben scherte das nicht weiter. Er wusste nun, was der Grund meiner Verstimmung war. In seinen Augen handelte es sich bloß um ein Problem der Kommunikation, um ein Missverständnis also, und Missverständnisse waren da, damit man sie ausräumte.

»Das ist übrigens Luca«, sagte er, während er den Dreikäsehoch absetzte. Wir waren in Nerius' Küche angelangt.

»So heißen sie doch alle.«

»Wie?«

»Willst du meine Kassette hören?«, fragte Luca. Seine Rotzfahne wurde immer länger, aber solange er Wörter mit S benutzte, konnte man ihm einfach nicht böse sein.

»Nee«, sagte ich. »Lieber plündere ich die Biervorräte deines Papas. Falls dein Papa Bier im Haus hat.«

»Gut.« Er flitzte ab.

Sein Vater sah ihm mit verklärtem Blick nach. »Nächste Woche kommt er in den Kindergarten«, sagte er, als hätte ich mich danach erkundigt. Und dann, dem Kleinen hinterhergehend: »Moment, ich muss nur kurz …«

Schade, ich hatte mir schon die Stelle an seinem Kragen ausgeguckt, an dem ich ihn packen und durchschütteln wollte. Andererseits eilte die Sache nicht. Ich stellte mich ans Fenster, hauchte gegen die Scheibe und malte das Anarchie-Zeichen in den Dampf. Ein Weihnachtsstern vom letzten Jahr klebte am Glas. Es roch nach warmer Milch. Ein Bier hätte jetzt gut zu meiner Stimmung und zu meinem Auftritt gepasst, aber es war noch zu früh am Tag.

»Er ist ein bisschen erkältet«, hörte ich Nerius hinter mir sagen. »Deshalb muss ich ihm ...«

Weiter kam er nicht. Von meiner Faust am Hemdkragen gepackt, bewegte er sich langsam auf mich zu. Nicht unbedingt freiwillig.

»Und jetzt zum Mitschreiben«, sagte ich, sobald sich sein Gesicht direkt vor meinem befand. »Dass Sie ein armseliges Würstchen sind, ist mir egal, Nerius. Dass Sie sich einen kleinen Scherz mit diesem Foto erlaubt haben, auch. Aber beides zusammen, dass nämlich so ein lächerliches Würstchen wie Sie meint, mich verarschen zu können, das regt mich auf. Ich will wissen, was Sie sich dabei gedacht haben.«

Nerius machte keine Anstalten, sich zu wehren. Er hing schlaff in meinem Griff und wartete, dass ich ihn lockerte. Als nichts geschah, sagte er gepresst: »Hören Sie auf mit dem Quatsch und lassen Sie uns reden. Vernünftig, wenn möglich.«

»Dann schießen Sie los«, sagte ich und öffnete die Faust.

Nerius sank von den Zehenspitzen zurück auf die Fersen. Ärgerlich glättete er sein Hemd. »Ich weiß nicht, warum Sie sich so aufregen. Sie haben eine Publicity wie noch nie in Ihrem Leben und ...«

»Was?«, brüllte ich. »Publicity nennen Sie das? Rufschädigung meinen Sie wohl! Heute Morgen hätten sie mich fast aus dem Polizeirevier Mitte geschmissen. Und der Rest der Republik lacht sich tot über meine versoffene Fresse!«

»Ist Ihnen das so wichtig?«

»Ja, auch wenn man es mir nicht ansieht!«

»Hätten Sie uns denn ein vorteilhafteres Foto zur Verfügung gestellt?«

»Für so einen Mist? Niemals.«

»Sehen Sie? Deshalb haben wir Sie gar nicht erst gefragt.«

Eine solche Dreistigkeit hätte ich dem Kerl nicht zugetraut. Einen Moment lang war ich sprachlos.

»Außerdem«, fuhr er fort, »spielte es keine Rolle, wie Sie sich äußern würden. Als wir Sie gestern Mittag engagierten, lag Ihr Foto längst auf dem Redaktionstisch der Neckar-Nachrichten.«

»Und wen hat sich Petazzi gekauft, damit der Artikel heute an exponierter Stelle abgedruckt wurde? Den Chefredakteur? Oder gleich die komplette Zeitung? Erscheinen die Neckar-Nachrichten ab morgen auf Italienisch?«

»Rasend komisch. Es gibt da Verbindungen zwischen einem deutschen Geschäftspartner Signor Petazzis und dem Herausgeber.«

»Klar, was sonst?«

»Hören Sie«, sagte Nerius kühl, »ein wenig mehr Professionalität hätte ich Ihnen zugetraut. Wollen Sie sich nicht setzen?« Er nahm am Küchentisch Platz und wies auf einen Stuhl gegenüber.

»Danke, ich bleibe lieber stehen.«

»Wie Sie wollen. Also, Herr Koller, ich hielt Sie wirklich für einen Profi. Haben Sie sich nie gefragt, weshalb wir diesen Artikel in die Zeitung setzen ließen?«

»Sie sind ja ein ganz Schlauer. Ob ich das wohl gemacht habe?«

»Und? Wie sehen die Resultate Ihrer Überlegungen aus?«

Ich lehnte mich mit dem Rücken ans Fenster. »Grund eins: Die hiesigen Ermittler brauchen ein bisschen Feuer unterm Arsch. Es sind ja bloß Beamte, ohne Druck von außen bekämen die überhaupt nichts auf die Reihe.«

Nerius schüttelte den Kopf.

»Zweitens: Ihr Signore sieht sich als Macher. Während alles auf der Stelle tritt, ist er derjenige, der anpackt, der anleitet, der neue Ideen hat. Seinen Enkeln und Urenkeln, wenn er denn welche hätte, könnte er erzählen: Und dann habe ich mal eben die Entlarvung des Attentäters auf den Weg gebracht. Ein Zeitungsartikel ist mein Zeuge. So einfach geht das nördlich der Alpen.«

Gequält sah Nerius zur Decke.

»Drittens: Seiner Ansicht nach laufen irgendwo in Heidelberg ein paar Auftragskiller herum, die nicht wissen, welche Behörde für sie zuständig ist. Also wird mein Name in die Zeitung gesetzt, damit sie sich an mich wenden. Scusi, Signor Koller, wir hätten da einen Vierfachmord zu melden.«

»Ist das alles?«, fragte Nerius gelangweilt.

»Vorerst.«

Er griff nach einem Spielzeugauto, das auf dem Tisch stand, und versetzte es mit drei Fingern in kreisende Bewegungen. »Wenn Sie so viel tun würden, wie Sie reden«, sagte er, »könnte aus Ihnen etwas werden.«

»Das hat mir meine Mutter schon gesagt.«

»Also.« Er sah auf. »Über den letzten Teil Ihrer Ausführungen lässt sich reden.«

»Dass sich die Täter bei mir melden? Sie haben wirklich den …«

»Moment! Ich halte es für durchaus denkbar, dass man versucht, Kontakt mit Ihnen aufzunehmen. Es geht ja nicht nur um den Mörder. Da gibt es Mitwisser, Hintermänner. Wenn einer von denen versucht, seine Informationen zu Geld zu machen, ist das unsere und Ihre Chance. An die Behörden wird sich niemand wenden, an uns auch nicht. Aber Sie wird man als Mittelsmann akzeptieren. Deshalb auch der Hinweis auf Signor Petazzis finanzielle Möglichkeiten. Sein Geld und Ihre Verschwiegenheit, das ist die ideale Kombination.«

»Vergessen Sies. In Versicherungsfällen funktioniert das. Aber nicht bei vierfachem Mord.«

»Das werden wir sehen. Unversucht lassen wir jedenfalls nichts.« Sein Mund verzog sich zu einem spitzbübischen, fast süffisanten Lächeln. »Im Übrigen gibt es noch andere denkbare Varianten.«

»Die wären?«

»Es könnte sein, dass man in Ihnen eine potenzielle Gefahr sieht und ab jetzt ein Auge auf Sie hat.«

»Man? Sie sprechen vom Mörder?«

»Von wem sonst? Immerhin gelten Sie seit heute als der einzige Ermittler, der von einem gezielten Anschlag ausgeht. Damit stellen Sie für die Täter womöglich eine größere Bedrohung dar als der Polizeiapparat.«

Nun musste ich mich doch setzen. Lachend. »Sie leben wirklich in einem Traumland«, sagte ich, »Sie und Ihr komischer Signore. Wenn hier tatsächlich Auftragskiller am Werk waren, schütten die sich aus über die Zeitungsmeldung. Die müssen in stationäre Behandlung vor Lachmuskelkater. Koller? Was ist denn das für ein Wicht?«

»Das haben Sie gesagt.«

»Ja, das habe ich gesagt. Wenn Sie es gesagt hätten, hätte ich aus Ihnen eine handliche kleine Skulptur gefertigt, wie geschaffen für die Galerie Urban.«

Er verzog keine Miene. Wenn es um seine Frau ging, verstand er keinen Spaß.

»Sie haben lustige Ideen, Nerius. Das brauchen Sie Ihrem Chef nicht auszurichten, ich werde es ihm heute Abend persönlich verklickern. In welcher Tonlage, überlege ich noch.« Ich stand auf.

»Warten Sie ab. Selbst wenn das Manöver nichts bringt; wir haben es wenigstens versucht. Das ist das Wichtigste für Signor Petazzi.«

»Und auf wessen Kosten es geht, interessiert ihn nicht. Hat ihn noch nie interessiert. Wir sehen uns, Herr Nerius. Heute Abend.«

»Asloch«, sagte jemand.

In der offenen Tür stand der kleine Luca, stolz wie Oskar. Hoffentlich hatte er seinem Vater ein dickes, dickes Ei in die Windel gelegt.

»Da hast du recht«, sagte ich und tätschelte ihm den Hinterkopf. »Dein Papa ist ein Asloch.«

Ich verließ das Asloch und seinen Sprössling mit dem unbefriedigenden Gefühl, überschüssige Energie nicht losgeworden zu sein. Leute wie Nerius merkten nicht einmal, wie überheblich sie waren. Vielleicht hätte ich ihn doch härter anpacken sollen? Aber man kann schlecht einen Familienvater verdreschen, solange sein Söhnchen danebensteht. Ich beschloss, mir ein paar Aggressionen für den Abend aufzubewahren. Mit den Steinklumpen seiner Frau hatte bestimmt noch keiner ein Kugelstoßen veranstaltet.

Von der Hauptstraße kam ein halbes Dutzend Japanerinnen herabgetrippelt und verfolgte mit neugierigen Blicken, wie ich mein Rad aufschloss und bestieg. Hatten die noch nie ein Fahrrad gesehen? Oder lasen Touristen neuerdings die Neckar-Nachrichten? Ich schnitt den Hühnern aus Fernost eine Grimasse, was sie mit albernem Kichern honorierten. Wütend trat ich in die Pedale. Da war wirklich noch ein Haufen Kraft übrig, sie wollte raus, wollte bestaunt werden. Schade, dass der Uniplatz gleich um die Ecke lag und nicht hinter hohen Bergen und tiefen Ozeanen, bewacht von Drachen und Lindwürmern. Im Moment hätte ich es mit jedem Drachen dieser Welt aufgenommen.

Aber ich erwischte keinen Drachen, sondern bloß eine Taube. Eine dämliche, verschreckte Hauptstraßentaube, die ihre Flugfaulheit fast mit dem Tod bezahlte. Eben hatte ich die Bauamtsgasse verlassen und war mit Schwung in die Fußgängerzone eingebogen, als sich etwas in den Speichen meines Vorderrades verfing. Ich hielt an. Ein hellgrauer Vogel versuchte davonzuflattern, fiel zu Boden, rappelte sich wieder auf, torkelte weiter.

Na, prima. Da ließ man einen Strippenzieher wie Nerius ungeschoren, um diesem Vieh den Flügel zu brechen. Den Flügel, das Bein, was weiß ich. Die Taube sah nicht aus, als würde sie je wieder fliegen können. Von einem Jugendlichen bekam sie im Vorübergehen einen Tritt. Noch so einer, der eine Abreibung verdient hatte. Aber ich war es ja, der die Schuld an der ganzen Misere trug, und ich stand nur da und sah dem Vogel zu, wie er sich an eine Hauswand drückte, den Flügel hängen ließ und sein Schicksal erwartete.

Die Welt ist nicht schön. Sie ist eine Ansammlung von Grausamkeiten und Machtspielchen; die Opfer wechseln, die Handlungen sind austauschbar. Irgendwann würde eine Katze kommen und die Taube fressen, ein Junge würde kommen und die Katze quälen, ein Vater würde kommen und den Jungen verprügeln, und am Ende würde irgendein hergelaufener Terrorist den Vater mit einer Kugel im Bauch aufs Pflaster schicken. Und was war mein Beitrag im Karussell des Schreckens? Ich versuchte mich herauszuhalten, so gut es ging. Aber es ging nicht.

In dieser Stimmung erreichte ich den Uniplatz.

Zunächst sah alles aus wie immer. Ein blauer Gelenkbus bahnte sich seinen Weg durch die Fußgänger, mit seinem Hinterteil wackelnd wie eine Gans. Studenten auf dem Weg zur Mensa, Flaneure, Einkäufer. Die Außenplätze des kleinen Bistros alle besetzt. Am Brunnen vor der Alten Aula versammelte sich ein Grüppchen um eine dicke Dame vom Verkehrsverein. Ein Straßenkünstler packte seine Gerätschaften zusammen. Alles wie immer.

Aber nur anfangs. Weiter hinten, dort, wo sich der Platz zu einem großen Quadrat öffnete und im Süden von der nüchternen Fassade der Neuen Uni begrenzt wurde, war alles anders als sonst. Absperrbänder verwehrten den Zutritt zu einem handballfeldgroßen Areal. So weit man sah, war der Boden mit Kreidezeichnungen übersät, ein Streifenwagen stand im Schatten der Platanen. Rund um die Absperrungen drückten sich Menschen. Den einen war es peinlich, ihre Neugier offen zu zeigen, andere glotzten unverhohlen, wiesen mit den Fingern, taten ihr Fachwissen kund.

»Dat is wie Graund Siero hier«, hörte ich einen in rheinischem Singsang verkünden.

Er hatte nicht einmal ganz unrecht. Unübersehbar die Bemühungen, den Ort des Attentats in eine Wallfahrtsstätte zu verwandeln. Auf einer Länge von zehn Metern lagen Blumen vor den Flatterbändern, Stofftiere und kleine Geschenke stapelten sich zu einem Turm der Anteilnahme. An einer großen Sperrholzstellwand waren Hunderte von Karten, Grüßen und Bildern befestigt worden. Auch die Namen der Ermordeten standen dort. Sie hießen Michael und Werner, Sandra und Beatrice. Einer von ihnen war Rentner gewesen, die anderen junge Leute. Aus dem Odenwald, aus Neulußheim, aus Heidelberg. Sie hatten einen Hund besessen, eine Familie, einen Politiker als Vater. Der Zufall hatte ihre Namen diktiert. Der Zufall und niemand sonst.

»No!«, hörte ich eine mahnende Stimme. Da war er wieder, mein fußlahmer Auftraggeber. Er hasste den Zufall. Der Zufall vermasselte ihm den Wahlerfolg, der Zufall ließ sich nicht kalkulieren und nicht bestechen. Der Zufall machte aus seiner Tochter ein Opfer unter vielen. Das passte ihm nicht. Lieber eine haarsträubende Verschwörungstheorie in die Welt setzen, in der jeder Schritt logisch aus dem früheren hervorging.

Ich beförderte den Signore mit einem Fußtritt vom Uniplatz und wanderte einmal um die Absperrung herum. Im Streifenwagen saßen zwei Polizisten mit Kreuzworträtseln. Der Rheinländer machte Erinnerungsfotos von seiner Frau und den Blumen. Auch die beleibte Dame näherte sich mit ihrer Touristengruppe. Ich versuchte, ihnen aus dem Weg zu gehen, aber es war nicht zu vermeiden, dass ich den Beginn des Vortrags mitbekam. »An dieser historischen Stelle, wo einst der große Reformator Dr. Martin Luther ...« Der Rest wurde vom Mittagsgeläut der Jesuitenkirche verhackstückt. »Terroristischer Anschlag« – dong – »wie aus den Medien bekannt« – ding dong – »rechtsradikale Vereinigung« – dong. Dann war ich außer Hörweite.

Ich setzte mich auf eine Bank, mit einer gewissen Distanz zum Geschehen. Ob die Glocken der Jesuitenkirche immer zornig läuteten, wenn von Luther die Rede war? Oder standen sie in Petazzis Diensten? Musste wohl so sein, sonst wären sie der dicken Dame mit ihrem Gebimmel nicht ins Wort gefallen. Von wegen Terroranschlag, gute Frau; ein Attentat auf die Petazzis war das! Und hinter den angeblichen Rechtsradikalen verbargen sich Killer aus Palermo, ding dong. Das glauben Sie nicht? Dann passen Sie jetzt mal gut auf.

Dort hinten, an der Südostecke des Uniplatzes, sehen Sie den Durchgang zum Marsiliusplatz. Den benutzen nur wenige, deshalb eignet er sich ideal für Auftritt und Abgang eines Mörders. Hier wartet unser Mann aus Palermo. Er sitzt auf dem Motorrad, das Visier ist heruntergeklappt, die MP ruht in einer Sporttasche. Festbesucher spazieren vorbei, ohne ihn zu beachten. Ein Motorradfahrer halt. Da kommt das Zeichen seines Kumpels: Die Zielperson steht in der ersten Reihe! Los gehts! Was für ein Zeichen? Das klären wir gleich. Unser Mann ist nämlich schon unterwegs. Er hat die MP aus der Tasche gerissen, rennt zur Bühne. 50 Meter, höchstens. Weg mit der Bühnenplane, und schon steht der Killer neben den Odenthälern. Den Rest kennen wir. In 20 Sekunden ist alles vorbei. Zurück zum Motorrad, rasch die MP verstaut, Vollgas! Zwei Straßen weiter warten seine sizilianischen Kumpels. Finito.

Ich sah, wie die Touristengruppe sich auf den Weg um das abgesperrte Areal machte. Einmal den Tatort von allen Seiten sehen. Ich hatte es ebenso getan, und Hunderte nach uns würden es wieder tun. Die Dicke ging voraus. Sie trug ein rotes Hütchen, mit dem sie auch aus größeren Gruppen herausstach.

Also, haben Sies kapiert? Oder soll ich es noch einmal läuten lassen? Nix Neonazis. Unser Mann spricht italienisch. Seine Auftraggeber sitzen in Mailand, Rom oder Florenz. Wie bitte? Ach so, das Zeichen. Das Signal für den Mörder loszuschlagen. Gut, dass da einer zum Marsiliusplatz rennt, um seinen Kumpel zu informieren, klingt nicht sehr wahrscheinlich. Da vergehen wertvolle Sekunden. Nehmen wir Handys. Die gibt es auch in Palermo. Der Komplize mischt sich unter die Zuhörer, und sobald er Beatrice in Reihe eins sieht, ruft er seinen Kumpel auf dem Marsiliusplatz an. Nein, sie stehen natürlich schon eine ganze Weile in Kontakt, sprechen miteinander, Achtung, sie kommt nach vorne, Reihe zwei, Reihe eins, Attacke!

Nee, auch nicht. Im Publikum befindet sich kein Komplize. Zu gefährlich für ihn. Gefährlich wegen der Streuung der Kugeln, gefährlich aber auch wegen der vielen Zeugen. An einen, der Kommandos in sein Handy bellt, wird man sich erinnern. Egal, welcher Sprache er sich bedient. Wenn schon Handys benutzt werden, kann dieser Mann einen ganz anderen Beobachtungsposten einnehmen. Weiter weg, erhöht, irgendwo seitlich.

Ich sah mich um. Die Bühne hatte mit dem Rücken zur Neuen Uni gestanden, an der Südseite des Platzes. West- und Ostflanke wurden durch Seminargebäude und die Mensa gebildet. Erstere schieden aus; selbst wenn sich dort jemand Zutritt verschaffte, hatte er wegen der Platanen keinen freien Blick auf den Platz. Die Mensa dagegen war hoch genug. Vom obersten Stockwerk waren Bühne und Publikum einsehbar.

Plötzlich wurde ich hellhörig. Da war ein Geräusch, das nicht hierher gehörte. Ein fernes Brummen, anschwellend. Die Triebwerke eines Flugzeugs. Auch die Touristen waren aufmerksam geworden, wandten den Kopf.

Es war bloß ein Flugzeug, natürlich. Auch damals in New York waren es bloß Flugzeuge gewesen. Über Heidelberg bestand meines Wissens ein Flugverbot. Hubschrauber ja, aber keine Passagierflugzeuge, keine Transportmaschinen. Nun kam der Vogel in Sicht, aus nördlicher Richtung: ein schneeweißer Pfeil, der sich in die Himmelsbläue bohrte. Eine Boeing 747, wenn man nüchtern veranlagt war. Ein Ferienflieger. Eine Terrorwaffe.

Galt das Überflugverbot nicht mehr? Konnte der Pilot keine Karten lesen? Ich folgte dem Flugzeug mit den Augen, bis es hinter den Gebäuden im Westen des Uniplatzes verschwand. In einer Lücke zwischen den Dächern tauchte es wieder auf, um dann endgültig Abschied zu nehmen.

Ein Ferienflieger also, keine Waffe. Wenigstens noch nicht.

Mein Blick blieb in der blauen Aussparung zwischen den Dächern hängen. Links die Mensa, rechts ein Privathaus. Dazwischen ein Flachdach. Auch von dort oben hatte man unverstellte Sicht auf den Uniplatz. Mit einem Fernglas konnte man jede Einzelheit am Boden verfolgen. Vielleicht gab es ja eine Möglichkeit, auf das Dach zu gelangen. Es war sicher leichter, als sich Zutritt zur Mensa oder zu einem der anderen Häuser zu verschaffen.

»Bravo, Härr Kollär!« Das war natürlich Signor Petazzi mit seiner delikaten deutschen Aussprache. Mein Fußtritt von vorhin schien ihm nichts ausgemacht zu haben.

»Immer mit der Ruhe«, sagte ich. »Ich denke bloß eine bescheuerte Theorie konsequent zu Ende. Weil ich dafür bezahlt werde, aus keinem anderen Grund.«

»Na also«, entgegnete Petazzi, jetzt ohne Akzent und mit der Stimme von Wolfgang Nerius. »Machen Sie weiter, überprüfen Sie alle denkbaren Varianten.«

»Schon dabei.« Ich stand auf und ging quer über den Platz zu dem Haus mit dem Flachdach. Auch die dicke Madame hatte zum Aufbruch geblasen. Von sizilianischen Auftragskillern hatte sie ihrer Gruppe zwar nichts erzählt, aber vielleicht hob sie sich die für den Karzer auf.

Im Erdgeschoss des Hauses logierte die Universitätsbuchhandlung Ziehank. Linkerhand führte ein Durchgang in einen bemerkenswert hässlichen Innenhof. Renaissance- und Siebzigerjahrefassaden, Arztpraxis, Mensa und mittelalterliches Türmchen, alles hübsch durcheinander. In diesem Gemischtwarenladen der Architektur fiel eine überdimensionierte Außentreppe nicht weiter ins Gewicht. Auch wenn sie aus Vollbeton bestand. Sie zog sich an der Rückwand des Hauses mit dem Flachdach bis in die oberste Etage und war frei zugänglich. Für jedermann.

Warum nicht ausprobieren? Langsam begann ich mit dem Aufstieg. Ich schaute nach unten, aber keiner von den Studenten auf dem Weg zur Mensa beachtete mich. Also stieg ich weiter. Beim Heidelberger Herbst dürfte es weniger Publikumsverkehr gegeben haben als jetzt, in der Mittagszeit. Und selbst wenn man gesehen wurde: Da ging halt jemand diese Treppe hoch. Mehr nicht.

Sie endete im dritten Stock vor einer verschlossenen Tür. Links führten die Sprossen einer Feuerleiter weiter nach oben. Wieder der Blick nach unten. Niemand gab acht. Ich schwang mich auf die Betoneinfassung der Treppe und erklomm die Leiter. Fünf Sekunden später stand ich auf dem Flachdach.

Eine rechteckige Fläche, Kiesschüttung über Bitumen, begrenzt von einer niedrigen Mauer. Rechts und links die Giebelwände der Nachbarhäuser. Ich trat nach vorne, an den Rand des Dachs, und kniete mich hin. Man hatte wirklich einen phänomenalen Überblick. Nicht nur über den Uniplatz, sondern auch auf die Dächer der Altstadt, aufs Schloss, weit hinein ins Neckartal. Groß fühlte man sich hier oben, überlegen, mächtig. Auf dem Mäuerchen lagen Pistazienkerne, irgendwelches Vogelfutter. Ich schnippte sie hinunter, traf aber niemanden.

Na gut. Genug gescherzt. Ich hatte einen neuen, interessanten Platz in der Altstadt gefunden, und ich konnte meinen Auftraggeber ein wenig bauchpinseln, wenn ich ihm sagte, es wäre theoretisch durchaus denkbar, dass der Anschlag so abgelaufen sei, wie er sich das vorstellte. Alles andere wäre übertrieben gewesen.

Und jetzt hatte ich Hunger.

8

Ich biss gerade herzhaft in einen Taco mit Knoblauchsoße extra, als zwei Dinge gleichzeitig passierten: Die Turmuhr der Providenzkirche schlug halb eins, und mein Handy plärrte. Vielleicht ein manischer Halb-eins-Anrufer, dachte ich. Kauend holte ich das Handy hervor und kontrollierte das Display. Eine Mannheimer Nummer. Ich kenne keine Mannheimer.

»Hoho?«, machte ich mit vollem Mund. Oder so ähnlich.

»Koller?«

Ich brummte zustimmend.

»Der Schnüffler?«

Wie gesagt, ich kenne keine Mannheimer. Also versuchte ich, so hörbar wie möglich zu kauen.

»Bist du allein? Können wir sprechen?«

»Nö«, sagte ich. »Noch nicht.« Die Backen weiterhin gut gefüllt, setzte ich mich auf einen Stuhl vor dem Mexiko-Imbiss.

»Hä, was ist?«

Wenn der Typ ein Halb-eins-Anrufer war, dann kein routinierter. Er brachte seine Worte eine Spur zu hastig vor, und sein schneller Atem drang unangenehm deutlich an mein Ohr. »Jetzt gehts«, sagte ich, nachdem ich den Mund endlich frei hatte. »Jetzt kann ich sprechen. Ob Sies können, weiß ich nicht.«

»Ganz ruhig, Alter!«

»Seit wann duzen wir uns? Macht man das bei euch in Mannheim so?«

»Nix«, zischte er. »Keine Namen, keine Adressen. Du hast nix zu fragen, verstehst du? Die Fragen stelle ich. Und du hörst zu, Alter.«

Ich war baff, eine klitzekleine Sekunde lang. Dann sagte ich: »Nö«, und legte auf. Der Taco schmeckte wunderbar. Mais aus der Dose, wässrige Zwiebeln, von pappigen Geschmacksverstärkermolekülen zusammengehalten. Bei dem Hunger, den ich verspürte, konnten sie pappen, so lange sie wollten.

Ob der Typ um Punkt eins wieder anrief?

Er rief nach 30 Sekunden wieder an. Dieselbe Nummer, dieselbe hektische Pressatmung drüben in der Quadratestadt.

»Haben Sie was gegen Mexikaner?«

»Ganz ruhig, Koller. Nicht auflegen. Wenn wir beide ganz ruhig bleiben, verstehst du, dann haben wir beide was davon.«

»Ja, kalten Taco.«

»Was?«

»Verdammt, ich bin im Dienst, Sie Spaßvogel. Sagen Sie mir, wer Sie sind und was Sie wollen!«

»Ich sag dir, was ich will, Alter, keine Angst. Und das bringt dir was, das kannst du mir glauben. Kohle, verstehst du? Aber meinen Namen, nix, den kriegst du nie.«

»Krieg ich nie, okay. Ihre Nummer habe ich aber schon.«

»Telefonzelle. Kannst du vergessen. Bin auch nicht aus Mannheim.«

»Beeindruckend.« Einhändig drückte ich die Papierumhüllung des Tacos nach unten und aß weiter.

»Also, pass auf. Ich hab dein Bild in der Zeitung gesehen. Und dass du für den Spaghetti arbeitest. Der will was hinblättern, damit er rauskriegt, wer seine Tochter umgebracht hat. Versteh ich. Bis die Bullen so weit sind, ist die doch verrottet.«

»Schön formuliert.«

»Ich kann dem Spaghetti sagen, wers war. Ich kenne die Typen, alle. Jeden von denen. Wenn er was rüberwachsen lässt, pack ich aus. Der kriegt alles zu hören, was er will. Namen, wo die wohnen und so. Kapierst du jetzt, Alter?«

»Die Täter sind bekannt, Mister. Ein Stoßtrupp namens Arische Front.«

»Ja«, rief der Unbekannte, »aber wer ist das? Wer steckt dahinter, hä? Da weißt du nämlich nix.«

»Okay, duzen wir uns. Ich Max und du?«

»Vergiss es!«

»Es war also die Arische Front. Und du kennst die Namen?«

»Alle.«

»Weil du selbst einer von denen bist.«

»Nee, bin ich nicht. Aber ich kenne die. War manchmal dabei. Weiß genug über die Jungs, jede Menge.«

»Und was willst du dafür?«

»50.000.«

»50.000 was? Lire, Cent, Rubel?«

»Euro, du Arschloch! Euro, bar auf die Kralle, verstehst du? Wenn der Spaghetti nur Dollar hat, auch gut, aber dann 100.000.«

»Selber Arschloch. Wissen Sie was, Sie Schwätzer? Versuchen Sies bei einem Privatsender, aber nicht bei mir, und schon gar nicht, solange ich esse. Gespräch beendet.«

»Nix!«, hörte ich ihn noch rufen, bevor ich ihn wegdrückte, zurück in seine konspirative Mannheimer Telefonzelle. Wenn es ihm ernst war mit seinem Vorschlag, würde er es noch einmal versuchen.

Mit meinem Taco war ich fast durch. Viel ist an den Dingern ja nicht dran. Im Gewühl der Passanten entdeckte ich ein Pärchen, das ich von irgendwoher kannte. Sie taten, als sähen sie mich nicht, also brauchte ich nicht in meiner Erinnerung zu kramen. Außerdem läutete mein Handy. Erneut hatte die Pause keine Minute gedauert.

»Ich bin nicht da«, sagte ich.

»Sie sind so was von dämlich, Koller«, keuchte der Typ. »Wenn der Spaghetti erfährt, dass du mich so abblitzen ... der bringt dich um, Alter!«

»Was jetzt? Sie oder du, Herr ...?«

»Du kapierst nix. Ich bin der Einzige, von dem der Alte Informationen kriegen kann. Der Einzige, verstehst du? Entweder – oder. Ich hab 50.000 gesagt. Drunter mach ichs nicht. Ich könnte noch viel mehr verlangen, mach ich aber nicht. Nur fix muss es gehen. Ich muss abhauen, die Jungs haben mich im Auge. Deshalb, heute Abend, 50.000 Dings, also Euro, bar auf die Kralle und dann tschüss. So musst du es deinem Chef verklickern, Alter.«

»Muss ich das?«

»Für dich fällt auch was ab. Der Spaghetti hats doch dicke. Wenn du ihm die Informationen bringst, die er haben will.«

Ich schwieg.

»Also, was ist, Alter? Heute Abend?«

Ich gähnte. So laut, dass ihm in 20 Kilometern Entfernung die Ohren klingeln mussten.

»Verdammt, Koller! Was ist jetzt?«

»Pass mal auf, du Witzbold«, sagte ich. »Seit mein Bild in den Neckar-Nachrichten erschienen ist, kann ich mich vor Anrufen wie deinem nicht mehr retten. Mein Handy läuft schon heiß. Ich bekomme dauernd Informationen angeboten, dauernd will jemand Geld von mir. Und du bist einer der Teuersten, dass du es nur weißt.«

»Ich bin ja auch der Einzige mit echten Infos!«, rief er fast verzweifelt. »Die anderen kannst du vergessen, alles Lügner.«

»Du nicht? Gib mir einen Namen, dann überprüfe ich das, und wenn er stimmt, können wir über alles reden.«

»Nix!«, brüllte der Zelleninsasse. »Ohne Mäuse keine Namen.«

»Irgendwas musst du mir schon bieten. Wo sitzt die Gruppe, was sind ihre Ziele, wie lange gibt es sie?«

»Nee, nee, nee! So läuft das nicht, Koller. Und am Telefon schon mal gar nicht. Ich lass mich doch nicht von einem ...«

»Gut. Vergiss es. Warte ich eben auf den nächsten Witzbold. Du brauchst nicht mehr anzurufen, klar? Schönen Tag noch.«

»Stopp! Warte, nicht so schnell! Wir finden eine ...« Pfeifend drang sein Atem aus meinem Handy. »Okay, pass auf. Ich erzähl dir was. Aber nicht am Telefon. Du nimmst die OEG, Alter. Sagen wir, um drei. Die erste OEG, die nach drei vom Bismarckplatz abfährt, Richtung Weinheim. Dort treffen wir uns. Ich weiß ja, wie du aussiehst.«

»Das Foto ist nicht besonders gut getroffen. Es würde helfen, wenn ich deinen Namen wüsste.«

»Die OEG Richtung Weinheim, kapiert? Ich steige irgendwann zu. Du setzt dich ganz hinten hin, allein. Wenn ich Bullen sehe oder sonst jemanden, platzt der Deal. Vorbei. Dann erfährt der Spaghetti nie, wer das mit seiner Tochter war. Nie, hörst du?«

»Jaja.«

»Und der Alte soll schon mal das Geld abzählen.«

»Er wird dich zum Alleinerben einsetzen.«

»Wir sehn uns, Koller.«

Diesmal war er es, der das Gespräch beendete. Ich knüllte das Tacopapier zusammen und warf es in einen Mülleimer. Dann stellte ich mich wieder an.

»Noch so einen«, sagte ich. »Aber diesmal mit viel Knoblauchsoße. Es muss krachen, verstehst du?«

»Alles klar, Alter«, sagte der Mex hinter der Theke.

Einigermaßen satt, dafür mit gebeiztem Gaumen, erreichte ich die Kleinschmidtstraße. Beatrice Petazzi hatte eine Wohngemeinschaft in der Weststadt gefunden, in einem Haus, das ihrem Status als Politiker- und Millionärstochter allerdings kaum entsprach. Ein viergeschossiger Backsteinbau in Wurstpellenbraun. Unten warb ein Discounter mit ›Super-Killekille-Preisen‹ und ›Rabatten, bis der Arzt kommt‹, an der Kasse saßen Verkäuferinnen mit gefärbten Haaren und fummelten gedankenverloren an ihren Piercings.

Dritter Stock und kein Aufzug. Ich klingelte laut Türschild bei ›Anna, Bea & Maike‹. Eine schlanke Frau mit kurzen blonden Haaren öffnete.

»Du bist der Detektiv?«, fragte sie ohne Begrüßung. »Der aus der Zeitung?«

»Bin ich. Max Koller.«

Sie streckte mir ihre Hand entgegen. »Habs gerade von Anna gehört. Ich bin Maike. Bin gespannt, was du uns erzählen wirst.«

»Ich euch?«, hätte ich gerne erwidert, aber da hatte sie sich schon umgedreht. Ihr Gang war kerzengerade, da wackelte nichts nach links oder rechts. Weil da nichts wackeln konnte: Diese Frau besaß die schmalsten Hüften, die ich je gesehen hatte.

Obwohl irgendwo ein Fenster aufstand, war es warm in der Wohnung. Durch eine offene Tür sah ich ein Mädchen, das beim Telefonieren eine Strähne seiner kastanienbraunen Haare in den Mund steckte. Ich hörte sie dreimal Ja sagen und seufzen. Dann sah sie mich und nickte mir kurz zu. Anschließend fuhr sie mit dem Jasagen fort.

»Bitte schön«, sagte Maike und stieß eine Tür auf.

Der Raum dahinter war leer. Leer bis auf ein paar Wandregale, einen Teppich, einen Spiegel und ein E-Piano. Nicht einmal Vorhänge gab es.

»Interessant«, sagte ich. »Was ist das?«

»Beas Zimmer.«

»Das sah bestimmt einmal anders aus.«

»Klar, was dachtest du?«

Ich sah in das trotzige, harte Gesicht der Frau. Sie war Ende 20, und wenn sie am Wochenende nicht gerade einen Marathon rannte, vollbrachte sie sonst eine sportliche Hochleistung. Ein Lachen genehmigte sie sich nur an besonderen Tagen. Aber ihre Augen waren von einem Blau, das man sonst nur mit Kontaktlinsen hinbekommt.

»Ich interessiere mich weniger für Beatrices Zimmer«, sagte ich, »als dafür, was sie in den letzten Tagen getan hat. Mit wem sie Umgang hatte, wer zu ihren Freunden gehörte.«

»Natürlich«, lachte sie auf. Ein Lachen ohne Freude, es zählte nicht. »Erst kommt dieser Nerius und nimmt ihren persönlichen Kram mit, dann räumen zwei Möbelpacker das Zimmer aus, und jetzt bist du da, um noch ein paar Geschichten abzugreifen. Dich hat doch auch ihr Alter geschickt, oder?«

»Hallo«, ließ sich eine weiche Stimme hinter ihr vernehmen. Maike machte einen Schritt zur Seite. Die Brünette kam in Sicht.

»Ich bin Anna«, sagte sie. »War noch am Telefonieren.«

»Max Koller.«

Anna hatte ein Paar Schmolllippen, für das der durchschnittliche Heidelberger Kommilitone durch jedes Feuer gehen würde, und einen feuchten Schlafzimmerblick, der auf viele jüngst vergossene Tränen schließen ließ. Sie trug ein weiches Flatterhemd und zwei Halsketten mit Holzschmuck. In der Straßenbahn wurde sie bestimmt noch nach ihrem Schülerausweis gefragt.

»Und?«, sagte Maike. »Hat ers kapiert?«

Achselzucken bei Anna. Es entstand eine kurze Pause, die ich mit einem Räuspern beendete.

»Ich bin tatsächlich im Auftrag von Beatrices Vater hier«, sagte ich. »Allerdings nicht wegen irgendwelcher Geschichten, sondern um ihren Mörder zu finden. Offiziell zumindest. Inoffiziell geht es eher darum, ihren Vater von seinem schlechten Gewissen zu befreien.«

»Viel Erfolg«, kam es von Maike. Anna sah uns mit großen Augen an.

»Dass Petazzi hier schon klar Schiff machen ließ, wusste ich nicht. So ist er halt. Wenn er etwas unternimmt, dann gründlich.«

»Warum gehen wir nicht in die Küche?«, fragte Anna. »Hier herumstehen ist doch doof.«

Maike ging wortlos vor. Wir kamen an einer geschlossenen Tür vorbei, die das Logo einer Vegetariervereinigung schmückte. Der Taco lag mir plötzlich schwer im Magen. Annas und Maikes Küche war eingerichtet wie tausend andere WG-Küchen, mit IKEA-Regalen und kunterbuntem Geschirr, nur aufgeräumt war sie ungewöhnlich penibel. Wir nahmen an einem runden Holztisch Platz.

»Tee?«, fragte Maike. »Kaffee?« Sie füllte einen Wasserkocher und stellte ihn an.

»Danke, lass mal.«

»Wie meinten Sie das mit dem schlechten Gewissen?«, fragte Anna. »Wieso hat Beas Vater jetzt Gewissensbisse?«

»Weil er sich nicht um sie kümmerte«, antwortete ihre Mitbewohnerin an meiner statt. »Weil er in dem Jahr, das sie hier wohnte, nichts von sich hören ließ. Kein Anruf, kein Brief. Von einem Besuch ganz zu schweigen.«

»Aber sie war doch ganz froh, dass er sie in Ruhe ließ. Ihr Verhältnis war ja eher ...«

»Beschissen«, ergänzte Maike rüde. »Das war es.«
»Hat sie das so gesagt?«, fragte ich.
»Nein. Sie hat kaum über ihn geredet. Einmal war sie knapp bei Kasse, da sagte sie uns, ihr Alter würde ihr monatlich eine Menge überweisen, aber davon würde sie keinen Cent nehmen.«
»Kennen Sie ihren Vater?«, wollte Anna wissen. Die Angst, bei Petazzi in Verruf zu geraten, stand ihr ins Gesicht geschrieben.
»Ich habe ihn gestern zum ersten Mal gesehen. Er hat mich engagiert, mehr nicht. Wir können uns übrigens duzen. Ich bin Max.«
»Dann erzähl doch mal, worum es bei diesem Engagement geht.« Maike füllte Teeblätter in einen Filter und hängte ihn in eine selbst getöpferte Kanne.
»Okay«, grinste ich. »Aber dann will ich auch ein paar Informationen von euch. Davon lebe ich schließlich.«
Anna nickte verständnisvoll. Maike verzog keine Miene.
»Also«, begann ich, »Beatrices Vater, der alte Petazzi, behauptet, der Anschlag vom Uniplatz habe einzig und allein seiner Tochter gegolten. Dass es weitere Tote und Verletzte gab, diente seiner Meinung nach bloß zur Verschleierung der eigentlichen Absicht. Ausgeführt und initiiert wurde das Ganze auch nicht von den Neonazis, die durch die Presse geistern, sondern von Italienern, sagt er. Von Leuten, die ihm schaden wollen.«
Die beiden sahen sich an.
»Was?«, hauchte Anna.
»Das ist pervers«, sagte Maike.
»Ja und nein. Nur ein handfester Egomane kann auf so eine Idee kommen; ich glaube, da sind wir uns einig. Man kann sie aber auch als verzweifelten Versuch bezeichnen, der eigenen Tochter nachträglich einen Dienst zu erweisen. Der

Mann hat Gewissensbisse. Solange er sich an seine Theorie klammert, kann er wenigstens etwas unternehmen.«

Das Wasser kochte. Maike goss es langsam in die Kanne.

»Meine Aufgabe«, fuhr ich fort, »ist nun, Belege für Petazzis Theorie zu finden. Oder, unausgesprochen: nachzuweisen, dass sie nichts mit der Realität zu tun hat. Deshalb bin ich hier. Erzählt mir etwas über eure Mitbewohnerin.«

Wieder wurden Blicke gewechselt. Anna steckte sich die bewährte Haarsträhne in den Mund. Ihre Augen schimmerten verdächtig.

»Was sollen wir erzählen?«, wollte Maike wissen.

»Fangen wir mit dem Samstag an. Was ist da passiert? Wie verlief ihr Tag?«

Maike richtete ihre blauen Augen auf mich. »Sie hat spät gefrühstückt. Nach neun. Dann ist sie fort, kam gegen drei wieder, mit ein paar Sachen, die sie fürs Wochenende eingekauft hatte, und zog sich in ihr Zimmer zurück. Klavier üben, bisschen was fürs Studium tun. Sie hat mit Anna zusammen zu Abend gegessen und so gegen acht sind beide aufs Fest. Warum grinst du so?«

»Tu ich das? Sorry, war keine Absicht.« Die blonde Maike würde mal eine gute Pressesprecherin abgeben, so viel war klar. »Du bist nicht zum Fest gegangen?«

»Nein.«

»Aber du warst da, als sie ging?«

»Nein, ich war am Samstag überhaupt nicht hier.«

»Ach so?«

»Als sie frühstückte, bin ich los. 'ne Radtour. Allein.«

»Bis zum Abend?«

»Bis Sonntagabend.«

Ich wandte mich Anna zu. »Also stammen diese Angaben von dir.«

Sie nickte.

»Wenn ich nicht mehr gebraucht werde, kann ich ja gehen«, sagte Maike. Im nächsten Moment hatte sie die Küche verlassen. Verblüfft sah ich ihr hinterher. Um diesen Eisklotz aufzutauen, brauchte es verdammt viel heißen Tee.

»Sie hat auch ein schlechtes Gewissen«, flüsterte Anna. »Weil sie Bea an dem Morgen zusammengeschissen hat, wegen dem Geschirr in der Küche. Jetzt tut es ihr leid, dass das ihr letztes Gespräch war. Nehmen Sies ihr bitte nicht krumm.«

»Aha.« Deshalb war die Küche tipptopp aufgeräumt, lag kein Löffelchen in der Gegend herum. Wahrscheinlich spülte Maike seit Sonntagabend ununterbrochen. »Übrigens: Max und du ist okay.«

Das Mädchen nickte. »Bea war ziemlich unordentlich. Sonst ... scheiße, sie war echt ein prima Kerl.« In ihren dunklen Augen schimmerte es verdächtig. »Wir hätten nicht auf dieses idiotische Fest gehen sollen.«

»Wessen Idee war es?«

»Unsere gemeinsame. Maike findet den Heidelberger Herbst bescheuert, aber wir beide kannten ihn noch nicht. Mittags oder so sprachen wir drüber und bekamen Lust, abends hinzugehen.«

»Es war also ein spontaner Entschluss?«

»Ja.«

»Seid ihr alleine hin?«

»Ja, aber wir trafen gleich einen Freund von mir, Joe. Mit dem haben wir was in der Hauptstraße getrunken und uns dann zum Uniplatz durchgeschlagen. Es war ja so unglaublich voll.«

Maike kam zurück, eine Tasse in der Hand. Sie schenkte sich und Anna ein.

»Kannst du mir erzählen, was dort passiert ist?«

»Ja, klar.« Anna schluckte. »Auf dem Uniplatz verlief es

sich ein wenig. Wir gingen nach hinten, Richtung Mensa, und kauften uns was zu essen. Bea eine richtig fette Rostwurst, die stand auf so was. Hauptsache deutsch. Joe besorgte noch eine Runde Bier, und dann sagte Bea, sie wollte die Band, die gerade spielte, aus der Nähe hören. Wir lachten noch drüber, weil das so nach aufgemotztem Volksmusikgedudel klang, aber ihr war das egal. Hauptsache deutsch halt. Wir quatschten eh gerade mit anderen Leuten, da zog sie los. Wollte auch gleich wiederkommen.« Sie machte eine Pause und starrte aus dem Fenster. »Dann hörten wir die Schüsse.«

Ich nickte. Anna wischte sich mit dem Ärmel ihres Hemds über die Augen.

»Trink einen Schluck Tee«, sagte Maike, was Anna auch prompt tat.

»Sie ging also alleine zu dieser Band?«, fragte ich. »Ohne jemanden dort treffen zu wollen?«

Anna nickte.

»Und es vergingen nur ein paar Minuten von ihrem Weggang bis zu den Schüssen?«

»Ja.«

»Mit anderen Worten, es war absoluter Zufall, dass Bea in diesem Moment vor der Bühne stand.«

»Schon.«

»Natürlich war es Zufall«, mischte sich Maike ein. »Ihr Vater hat einen Sparren ab.«

Ein Handy klingelte. Anna zuckte zusammen und stand auf. Verfolgt von Maikes strengen Blicken, verließ sie die Küche.

»Wie lange habt ihr zusammen gewohnt? Seit Bea in Heidelberg war?«

»Ja, Anna und sie zogen gemeinsam bei mir ein. Ich fand, das passte. Zwei Deutsche und eine Italienerin. Zwei Junge und eine Alte.«

Diesmal kommentierte sie mein Grinsen nicht. »Also kanntet ihr sie ein gutes Jahr. Hat sie in letzter Zeit anders gewirkt als sonst? Besorgt, beunruhigt, vielleicht sogar verängstigt?«

»Quatsch«, entgegnete sie. »Überhaupt nicht. Sie war richtig gut drauf.« Und dann, weniger brüsk: »Das ist ja die Scheiße.«

Anna kehrte zurück. »Wieder er?«, wollte Maike wissen. Anna nickte und legte das Handy neben die Spüle. Dann setzte sie sich und starrte in eine Ecke. Hinter ihr an der Küchentür hing ein Plakat mit der Bildzeile: ›Wir sind diejenigen, vor denen uns unsere Eltern immer gewarnt haben‹. Sehr witzig. Vor Mädchen wie Anna brauchte man niemanden zu warnen, nicht einmal Mädchen wie Anna.

»Gut. Was für einen Bekanntenkreis hatte sie? Mit wem traf sie sich?«

Maike zuckte die Achseln. »Gemischt. Hauptsächlich Kommilitonen, die meisten aus Geschichte. Da hat sie in der Fachschaft mitgearbeitet.«

»Studiert ihr das auch?«

»Ich ja. Ich promoviere gerade.«

»Und du?«

»Pädagogik«, sagte Anna, ohne den Kopf zu heben. »Aber vielleicht wechsele ich demnächst.«

Sie sollte es mal mit Psychologie probieren, da konnte ich ihr jede Menge guter Tipps geben. Nur nicht, wie man zur Bibliothek fand oder das Studium erfolgreich beendete.

»Hatte sie italienische Freunde?«

»Nicht sehr viele«, antwortete Maike. »Weniger als deutsche jedenfalls.«

»War jemand Auffälliges darunter? Einer, der radikale politische Vorstellungen hatte? Oder einer, der euch persönlich irgendwie verdächtig vorkam?«

»Jedenfalls keiner, den man mit einem Mord in Verbindung bringen würde«, sagte Maike nach kurzem Zögern. »Alle, die ich kannte, waren völlig normale Typen. Politisch aktiv, ja. Aber nicht radikal.«

»Höchstens dieser ältere Typ, mit dem sie sich ab und zu getroffen hat«, warf Anna ein.

»Der ihr das E-Piano geliehen hat? Harmlos.«

»Wie heißt der Mann?«

Beide zuckten die Achseln. »Rainer, Rüdiger«, sagte Maike. »Keine Ahnung. Hab ihn nur kurz mal gesehen. So ein Altlinker.«

»Hatte Bea denn einen Freund?«

»Nein.«

Erneut meldete sich das Handy. Maike sprang auf, überprüfte die Nummer auf dem Display und ging in ihr Zimmer. Sie schloss die Tür hinter sich, kein einziges Wort war zu verstehen. Die Botschaft verstand man trotzdem: Scher dich zum Teufel!

Anna lächelte verlegen. Sie zog ein Bein nach oben, bis sie ihr Kinn auf das Knie legen konnte, und setzte die Ferse auf den Stuhl. Der Tee in ihrer Tasse dampfte still vor sich hin. Ich machte mir ein paar Notizen.

»Sie wollte in Deutschland bleiben«, sagte Anna leise. »Glaube ich jedenfalls. Sie hatte sich erkundigt, was sie für ihren Abschluss hier brauchte.«

Ich nickte.

Dann kam Maike zurück. Sie reichte Anna das Handy und brachte sogar ein Lächeln zustande.

»Der hat zum letzten Mal hier angerufen«, verkündete sie triumphierend. »Unter Garantie.«

Ich sah sie fasziniert an. Es klingt vielleicht blöd, aber ihre Augen waren nicht von dieser Welt.

Zehn Minuten später stand ich wieder in der Kleinschmidtstraße, die gepiercten Verkäuferinnen schoben Superkille-kille-Waren über das Lasersichtfeld ihrer Kasse, und das mehrstimmige Gepiepse, das dabei entstand, vermüllte den Raum. Die blonde Maike hatte mir den Anblick ihrer Augen nicht länger gegönnt, sondern das Gespräch ziemlich abrupt beendet. War auch in Ordnung, ich hatte schließlich einen Termin.

Mittwochs um drei ist die OEG nie besonders voll. Leer genug für ein konspiratives Treffen aber auch nicht. Ich löste ein 24-Stunden-Ticket und stieg hinten ein, ohne mich zu setzen. Irgendwie hatte ich das Gefühl, der Anrufer werde kommen. Ein Bauchgefühl. Und wenn er kam, hatte er auch etwas zu verkaufen. Fragte sich nur, was es wert war.

Ich sah mich um. Mit mir nahmen etwa 20 Personen die Dienste der Oberrheinischen Eisenbahngesellschaft in Anspruch. Lauter unauffälliges Personal: ältere Herrschaften, Rentner in Hemd und leichter Jacke, frisierte Damen mit vollen Einkaufstaschen, ein paar Jugendliche, Mütter und Kinder, Mädchen mit Schulranzen. Auf den ersten Blick keiner, der sich mit der Arischen Front in Verbindung bringen ließ. Was immer das für eine Bande war.

Wir ruckelten los, über den Neckar Richtung Norden. Tiefgrün leuchtete der Hang des Heiligenbergs. In Neuenheim stieg ein Glatzköpfiger in meinem Alter ein: Laufschuhe, Sportdress, ein Gürtel mit Trinkflaschen. Sein grimmiger Blick mochte von der Anstrengung herrühren. Kurz danach, in Handschuhsheim, leerte sich der Zug beträchtlich. Kinder und volle Einkaufstaschen wurden nach Hause gebracht, man legte sich für ein Nickerchen aufs Sofa oder berichtete den Daheimgebliebenen, wie es in der Stadt so zuging. Ein Junge mit Musikinstrument stieg zu, eine türkische Großfamilie, weitere Rentner. Hinten gab es immer noch kein Plätzchen alleine, also blieb ich stehen.

Für die prallen Odenwaldhänge rechter Hand hatte ich keinen Blick, zu sehr war ich in die Beobachtung meiner Mitfahrer vertieft. Vor mir drehte sich alles um Krampfadern. Wie man sie bekam, wie man sie vermied, wie man sie wieder los wurde. Der Endzweck des Daseins schnurrte auf die Bekämpfung der Krampfader zusammen. Nicht zu viel sitzen sollte man und wenn, dann gerade. Bewegung war wichtig. Und Ernährung, die sowieso. Vor allem nicht so viel sitzen. So sprach das Volk in der OEG und saß und saß, während ich mir die Beine in den Bauch stand.

Ringtausch in Schriesheim: Die Krampfadern verließen den Zug, der Sportler und die türkische Familie ebenso, neue Passagiere strömten herein. Bevor sie mir die frei gewordenen Plätze wegnehmen konnten, setzte ich mich. Niemand leistete mir Gesellschaft. Ein kräftiger Mann warf mir einen prüfenden Blick zu, bevor er sich etwas entfernt niederließ und eine Zeitung auspackte. Vier Kinder wuselten durch den Gang, gefolgt von einem Alten, der sich mithilfe seines Stocks vorwärtstastete. Wieder junge Mütter mit Nachwuchs.

Schriesheim Nord: Jetzt wurde es interessant. Da stieg ein mickriger Typ zu, der mich an ein Frettchen erinnerte, sein Blick glitt kurz über mich, aber dann ging er doch nach vorne. Als ich ihm noch nachsah, stand plötzlich ein Kerl mit kurz geschorenem Haar und einer monströsen Unterarmtätowierung neben mir. Schwer ließ er sich auf den Sitz gegenüber fallen.

Ich musterte ihn unauffällig. Um seinen kräftigen Hals zog sich ein fingerbreites Goldkettchen. Brusthaare bis zum Adamsapfel. Nieten an Ohren und Jeans. Das war keiner, den man zum Nachmittagstee einlud. Aber ein Nazisympathisant? Ich versuchte, ihn mir hektisch atmend vorzustellen. Es ging nicht. So einer kannte keine Hektik. Dazu hätten ihn viele Gedanken auf einmal plagen müssen, und das traute ich ihm nicht zu.

»Is was?«, brummte er und kratzte sich zwischen den Beinen. Auch die Stimme passte nicht.

Ich schüttelte den Kopf und sah aus dem Fenster. Eine Station später stieg er schon wieder aus.

Und so ging es weiter. Wir erreichten Hohensachsen und Lützelsachsen, ohne dass sich etwas Spektakuläres tat. Das Bemerkenswerteste war der Auftritt eines bleichen Teenagerpärchens in schwarzen Klamotten, die sich die beiden Kopfhörer eines MP3-Players teilten. Ihre Kaugummi malmenden Kiefer bewegten sich wunderbar synchron, und sie sahen sich nicht ein einziges Mal in die Augen. Stumm, bleich und schwarz waren sie, verbunden nur durch ein dünnes Kabel, durch das Musik von Ohr zu Ohr sauste. Als sie ausstiegen, geschah dies gleichzeitig, ohne Blickkontakt, sie zogen sich gegenseitig an ihrem Verbindungskabel aus dem Zug.

Ich begann müde zu werden.

Plötzlich stand der untersetzte Zeitungsleser auf und kam auf mich zu. Sofort war ich alarmiert.

»Entschuldigung«, fragte er mit einer heiseren Stimme. »Wie viel Uhr ist es?«

»Gleich halb vier«, sagte ich.

»Danke.« Er setzte sich wieder, schlug mit der zusammengefalteten Zeitung ein paar Mal in die flache Hand und sah aus dem Fenster. In Weinheim Süd stieg er aus. Der also auch nicht. Mein 50.000-Euro-Mann schien zu kneifen.

Er kniff nicht.

Wir fuhren in Weinheim ein, als er von ganz vorne nach ganz hinten kam, mit eckigem, leicht hinkendem Gang.

Es war das Frettchen.

»Aussteigen«, flüsterte er, und ich erkannte seine gehetzte Angsthasenstimme sofort wieder, obwohl er sie dämpfte.

Er war klein und schmächtig, aus seinem nichtssagenden Gesicht ragte eine schmale, spitze Nase, darunter verteilte sich struppiger Flaum über der Oberlippe. Braune Punktaugen, das Haar bloß lästiger Flechtenbefall eines ovalen Schädels. Er trug ein kariertes Hemd und Jeans. Ein Witz von einem Nazi.

»Kennen wir uns?«, sagte ich.

»Los, raus mit dir!« Er packte mich am Arm und zog mich zum Ausgang. Widerstandslos ließ ich mich auf den Bahnsteig führen. Ein zweiter Zug stand abfahrbereit in Gegenrichtung. Der Kleine sah sich nach allen Seiten um, bevor er einstieg.

»Wie jetzt?«, sagte ich. »Zurück nach Heidelberg?«

»Schnauze, komm rein. Ich sage, wos langgeht.«

Achselzuckend folgte ich ihm. Er blieb an der Tür stehen und beobachtete den Bahnsteig. Ohne einen weiteren Fahrgast fuhr die OEG los.

»So viel Angst am helllichten Tag?«, fragte ich.

Er zog ein zusammengeknülltes Stofftaschentuch aus der Hosentasche und wischte sich über die Stirn. Vielleicht schwitzte er, vielleicht auch nicht. Auf jeden Fall roch er, nach Dachboden und alten Kleidern.

»Hast du das Geld?«, sagte er und steckte das Taschentuch wieder ein.

»Welches Geld?«

»Spinnst du? Ich habe dir gesagt, wie viel ich will.«

Eine rundliche Frau mit Koffer drückte sich an uns vorbei. Das Frettchen schob mich zu einem freien Vierersitz und nahm neben mir Platz.

»Also, hast du die Kohle?«, zischte er.

»Erst die Ware, dann das Geld.«

»Die kriegst du, Alter. Aber vorher will ich sehen, ob du das Geld dabeihast. Sonst erzähle ich nix, verstehst du?«

»Nix habe ich dabei, Mister Nix.«

»Verdammt, wieso nicht?«

»Wenn du mir keine Zeit lässt, das Geld zu besorgen, brauchst du dich nicht zu wundern. Außerdem: Glaubst du, Petazzi wäre so blöd, die Katze im Sack zu kaufen? Ich habe dir gesagt, wie es läuft. Du erzählst mir ein bisschen was über deine arischen Freunde, ich prüfe das, und wenn deine Angaben stimmen, kommen wir ins Geschäft.«

Fluchend sprang der Kleine auf, die Fäuste geballt. Vor Wut bekam er Flecken im Gesicht, sein mickriger Schnurrbart sträubte sich.

»Du begreifst nicht, Schnüffler«, blaffte er mich an. Dann setzte er sich wieder und senkte die Stimme. »Der Deal muss schnell über die Bühne gehen. Ich habe keine Zeit, verstehst du? Vielleicht beobachten sie uns schon. Ich kann nicht ewig warten, bis du irgendwas geprüft hast.«

»Wer beobachtet uns? Deine Nazifreunde?«

»Spätestens morgen muss ich die Kohle haben, klar? Morgen Mittag, zwölf Uhr. Sonst erfahrt ihr nie etwas, du und dein Spaghetti. Nie!«

»Er heißt Petazzi.«

»Mir egal. Also, was ist? Deal oder nicht?«

»Du bist am Zug. Ich will wissen, ob du überhaupt etwas zu verkaufen hast.«

»Habe ich. Keine Angst, Alter.«

»Keine Angst ist gut«, lachte ich. »Und das von dir!«

Das Frettchen schwieg, weil ein Mütterchen mit runzligem Gesicht an uns vorbeischlurfte. Sie ließ sich zwei Reihen entfernt nieder und nickte uns lächelnd zu.

»Okay, pass auf«, begann er flüsternd. »Die Arische Front, das sind Leute, die kenn ich ganz genau. Kumpels quasi. Aber was die jetzt machen – ohne mich. Da kann ich nix für.«

»Kumpels?«

»Ja. Arbeitskollegen. Und so eine Art Verwandter von mir. Wir gehen gemeinsam zu Fußballspielen. Und zum Eishockey. Mit Gleichgesinnten. So.« Wieder zückte er sein Taschentuch. Die Anstrengung, nicht zu viel seines Wissens preiszugeben, stand ihm ins Gesicht geschrieben. »Dieses Jahr ... also, es gab schon immer die Meinung, was zu tun. Was zu unternehmen. Auf Dauer ist es frustrierend, nur zum Fußball zu gehen und einmal im Jahr zum Kameradschaftstreffen.«

»Was meinst du mit Gleichgesinnten?«

»Arisch«, sagte er. »Was denn sonst? National und rassisch sauber, klar?«

»Darum geht es bei eurer Truppe?«

»Worum sonst? Ich meine, wo sind deutsche Betriebe noch in deutscher Hand? Ist doch alles von Ausländern besetzt. Ohne Türken wären wir das reichste Land der Erde. Kannst du überall nachlesen. Wir hätten null Arbeitslosigkeit, keiner würde uns reinreden. Aber solange die Zecken an der Macht sind, passiert nix.«

»Verstehe.« Ich stellte mir eine Kolonne von Frettchen mit Oberlippenbart vor, die durchs Unterholz zog und lauthals Parolen quiekte. »Reinrassige Frettchen an die Macht! Keine Vermischung mit Wieseln und Hamstern! Iltisse raus aus Frettchenland!«

»Alle waren also der Meinung, dass was getan werden muss. Irgendwann ist das Maß voll, verstehst du? Einem von uns haben sie gekündigt, weil sie einen Behinderten eingestellt haben. Einen Mongo, das glaubst du nicht! Die mussten den sogar einstellen, ist Gesetz. Und wen hats getroffen? Einen Deutschen!«

»Vielleicht war der Behinderte ja ein reinrassiger Arier?«

»Quatsch nicht. Mein Dings, mein Verwandter sagte

daraufhin, jetzt reichts, wir unternehmen was. Und da hatte er recht, verdammt noch mal.«

»Ein naher Verwandter?«

Er sah mich kurz von der Seite an. »Sagen wir, ein Cousin.« Er sprach das Wort wie »Kusseng« aus, mit Betonung auf der ersten Silbe. »Wenn mein Cousin etwas sagt, wirds auch gemacht. War schon immer so. Und dann gab es ein Kameradschaftstreffen in Berlin, da konnte ich nicht mitfahren. Danach war plötzlich alles anders. Als sie zurückkamen, haben sie nicht mehr mit mir über Aktionen geredet. Bloß Andeutungen gemacht, ganz winzige. Ich wusste genau, die haben was vor, nur sagen wollten sie mir nix. Ich war nämlich gegen Aktionen, bei denen Volksgenossen geschädigt werden.«

»Und weiter?«

»Wie, weiter? Dann kam der Anschlag auf den Heidelberger Herbst. Ich hätte nie gedacht, dass sie so was Bescheuertes vorhaben!«

»Was?«, lachte ich. »Das ist alles? Nur weil deine Saufkumpanen ein bisschen geheimnisvoll tun, meinst du, die stecken hinter …«

»Maul halten!«, fuhr er mich an. »Ich hab ja nicht alles gesagt. In den letzten Wochen haben die sich dauernd getroffen, und wenn ich mitmachen wollte, hieß es, nix da, innerer Zirkel, du gehörst nicht dazu. Und ich hab gemerkt, dass sie was planten, ich hab gemerkt, dass sie Waffen ausprobierten. Seit dem Kameradschaftstreffen in Berlin, da muss etwas passiert sein. Plötzlich fährt mein Dings, mein Cousin dauernd nach Heidelberg. Und als ich einmal bei ihm herumschnüffele, erwischt er mich und sagt, ein zweites Mal würde ich das nicht überleben. Todernst war dem das, todernst.«

»Wo wohnt dein Cousin? Und die anderen Kameraden?«

Er schüttelte den Kopf. »Nix. Erst wenn ich das Geld sehe.«

»Gut«, sagte ich und schlug die Beine übereinander. »Eine schöne Geschichte. Wirklich sehr schön. So ähnlich hätte ich sie mir auch ausgedacht, wenn ich ...«

»Du verdammtes Arschloch!«, brach es aus ihm heraus. Das runzlige Mütterchen fingerte an seinem Hörgerät herum und lächelte uns zu: zwei entzückenden jungen Männern bei einem Ausflug in die schöne grüne Natur. Ich lächelte zurück.

»Was willst du denn noch?«, zischte der andere entzückende junge Mann. »Namen und Adressen gibt es nur gegen Geld.«

»Immer mit der Ruhe. Ich sehe keinen konkreten Anhaltspunkt dafür, dass deine arischen Jungs den Anschlag verübt haben sollen. Alles, was du mir erzählt hast, sind Vermutungen.«

»Vermutungen, ja?« Er versuchte es mit einer Art Grinsen, das mich seine verfärbten Nagezähne sehen ließ. »Jetzt hör mal gut zu. Letzten Samstag habe ich versucht, einen von denen zu erreichen. Nix, niemand! Alle ausgeflogen. Die Freundin meines Cousins dachte, er wäre in Frankfurt. War er aber nicht. Und von den anderen hieß es, die wollten zu Wald- ... zu 'nem Fußballspiel.« Er verschluckte sich fast. »Waren sie aber nicht. Hab ich nachkontrolliert. Ich wusste doch, dass sie was ohne mich planten, die Schweine.«

»Klingt, als hättest du selbst gerne mitgemacht.«

»Wenn es gegen Ausländer oder gegen Zecken geht, bin ich dabei, immer. Aber nicht bei so einer Scheiße. Die haben das gemerkt. Deshalb ging die Aktion ohne mich über die Bühne. Und jetzt sind sie untergetaucht, ich habe diese Woche noch keinen von ihnen gesehen.«

Zum zweiten Mal an diesem Tag fuhr ich in Schriesheim

ein, diesmal aus nördlicher Richtung. Ich wartete, bis alle neuen Passagiere einen Platz gefunden hatten, dann fragte ich: »Hast du noch mehr auf Lager?«

»Den Rest gibt es morgen. Aber nur gegen Bares. 50.000, drunter mache ich es nicht. Verstehst du, die haben mich auf dem Kieker. Die wissen, dass ich ihre Aktion scheiße finde und dass ich der Einzige bin, der sie auffliegen lassen kann. Ich muss weg, klarer Fall.«

»Wohin? Ins nichtarische Ausland?«

»Lass das mein Problem sein, Schnüffler. Also, was ist? Kommen wir ins Geschäft, wir beide?«

Ich musterte ihn. Gegen diese armselige Kreatur war sogar der Tätowierte von vorhin eine Respektsperson. »Ich werde mit Petazzi sprechen. Wenn er nichts dagegen hat, mal eben 50.000 durch den Ofen zu jagen, bitte. Mein Geld ist es nicht.«

»Gut.«

»Ich würde es jedenfalls nicht investieren.«

»Dich fragt ja auch keiner«, giftete er und funkelte mich an mit seinen Knopfaugen. »Morgen früh melde ich mich und sage dir, wo wir uns treffen.«

Die OEG hielt in Dossenheim. Ohne ein weiteres Wort stieg er aus. Auf dem Bahnsteig blickte er sich nach allen Seiten um, bevor er davonhuschte.

9

Zu Hause angekommen, legte ich mich erst einmal aufs Ohr. Es war einiges passiert an diesem Mittwoch, Unangenehmes und Überraschendes, und der Tag war noch nicht zu Ende. Die Farewellparty in der Galerie Urban stand an, außerdem ein Gespräch mit meinem Auftraggeber. Petazzi und Nerius würden triumphieren, wenn sie von meiner Begegnung mit dem Frettchen erfuhren, da konnte ich das Gestammel des Kleinen noch so herunterspielen. Sehen Sie, Herr Koller? Haben wir es nicht gleich gesagt? Der Kunsthistoriker würde vorwurfsvoll am malträtierten Hemdkragen herumfingern, sofern er nicht vor lauter Selbstgefälligkeit platzte.

Nein, sein Hemd würde Nerius längst gewechselt haben.

Und das Geld? Das war allerdings die spannendere Frage: ob sich Petazzi bereit erklärte, die geforderten 50 Mille herauszurücken.

Nachdem ich ein halbes Stündchen gedöst hatte, setzte ich mich an den Schreibtisch und brachte meine Notizen zu dem Fall auf den neuesten Stand. Der Gedanke an das Frettchen und an das, was es möglicherweise zu verkaufen hatte, drohte die Informationen von Beatrices Mitbewohnerinnen bereits zu überlagern. Mein Gedächtnis für Details war gut, aber dieser Fall spielte auf mehreren Ebenen.

Anschließend duschte ich, wechselte die Kleider und schnitt mir die Fingernägel. Es war schließlich das erste Mal, dass ich eine Galerie besuchte. Als ich eben gehen wollte, läutete das Telefon. Meine Exfrau. Kein Wort über unsere gestrige Auseinandersetzung. Wir waren nett zueinander, höflich, hielten uns bedeckt wie zwei Chefdiplomaten. Danke, dass du anrufst. Hoffentlich störe ich nicht. Hast du schon etwas herausgefunden?

»Dein Petazzi«, sagte Christine, »ist wirklich ein besonderer Mensch. Jeder, den ich fragte, wusste etwas über ihn zu erzählen. Manche fanden ihn klasse, aber die meisten fingen an zu schimpfen wie ein Rohrspatz, sobald sie seinen Namen hörten. Wobei die Dinge sicher anders lägen, wenn ich mich in Norditalien umgehört hätte.«

»Oder ganz im Süden.«

»Ja, vielleicht. Sie nennen ihn ›il camaleonte‹, das Chamäleon. Weil er so oft die politischen Farben gewechselt hat. Was man positiv oder negativ auslegen kann, wie überhaupt alles im Leben Petazzis. Es gibt zum Beispiel keine Frauengeschichten über ihn. Ein Vorbild, sagen seine Anhänger. Nicht mal das kriegt er hin, seine Gegner.«

»Er hat immerhin diese Krankheit.«

»Eine Nervengeschichte. Die ist übrigens für die Öffentlichkeit tabu. Keine Zeitung schreibt darüber, und im Fernsehen wird Petazzi immer nur sitzend oder stehend gezeigt. Dafür zerreißen sie sich auf der Straße das Maul. Aber das wird dich nicht unbedingt interessieren.«

»Ist die Krankheit tödlich?«

»Im Endeffekt schon. Allerdings kann man Jahrzehnte mit ihr leben. Es handelt sich um eine Variante dessen, was diesen Physiker aus Cambridge an den Rollstuhl fesselt.«

»Stephen Hawking.«

»Ja, und der ist über 60. Okay, zurück zum Politiker Petazzi. In Rom gilt er als einer der führenden Separatisten und Hetzer gegen Italiens Süden. Ein Mann, der sein Anti-Mafia-Image pflegt. Aber genau das nehmen ihm viele nicht ab, weil seine Unternehmen so florieren. Ohne Mafia kein Erfolg, sagte unser Busfahrer. Es gibt kaum eine Sparte, in der Petazzi nicht irgendwie die Finger drin hat. Baubranche, Supermärkte, Elektronik, einfach alles. Und natürlich mischt er bei einem der großen Fußballklubs mit.«

»Bei welchem?«

»Hab ich vergessen.«

»Vergessen? Das könnte eine Information von entscheidender Bedeutung sein.«

»Wird nachgeliefert«, sagte sie, ohne auf meinen scherzhaften Ton einzugehen. »Einer aus der Hotelbar kriegte sich kaum noch ein, als er den Namen Petazzi hörte. Der sei schuld, dass sein Lieblingsverein absteigen musste. Schiedsrichterbestechung, gekaufte Spieler und all das. Wenn man den so reden beziehungsweise schimpfen hörte, konnte man sich plötzlich vorstellen, dass es Leute gibt, die Petazzi Böses wollen.«

»Wegen Fußball? Da gibt es vielleicht Randale und Prügeleien, aber keinen ausgeklügelten Anschlag in Deutschland.«

»Ich sage ja nur«, erwiderte sie müde. »Du wolltest doch die Stimme des Volkes hören.«

»Schon gut.«

»Also, bei den meisten kommt Petazzi schlecht weg: ein Bonze, ein Kapitalist, Faschist, Rassist. Das sind so die gängigen Beschimpfungen. Am radikalsten hat sich unser Busfahrer geäußert, der ist Kommunist. Allerdings konnte der mir auch ein paar interessante Geschichten erzählen.«

»Und zwar?«

»Wie Petazzi die Gewerkschaften von seinen Betrieben fernhält zum Beispiel. Das ist landesweit einmalig. Und seine Angestellten unterstützen ihn dabei, zum großen Teil jedenfalls. Im Ausland übernimmt er gerne kleinere Konkurrenzfirmen, deren Gewinne er so lange zur Zahlung seiner Kredite nutzt, bis sie pleitegehen. Sein Finanzloch ist gestopft, und er hat einen Widersacher weniger. Oder er kauft bankrotte Unternehmen auf dem Land, die er zu retten verspricht – zu seinen Bedingungen. Das heißt dann Steuerbefreiung für ihn, Dumpinglöhne für die Arbeiter und Missachtung der Sicherheitsstandards während der ersten Monate.«

»Und so wird der Signore zum allseits bejubelten Firmenretter.«

»Richtig. Vor ein paar Jahren brach ihm diese Politik allerdings fast das Genick. In der Nähe von Como gab es eine marode Lackfabrik, der er mit den üblichen Methoden auf die Beine half. So weit alles in Ordnung. Aber dann trat über Wochen irgendein giftiges Zeug aus, im Comer See starben die Fische, Anwohner erkrankten. Daraufhin wurde die Firma geschlossen. Für immer. Die Verantwortlichen kamen vor Gericht.«

»Petazzi auch?«

»Er war nicht verantwortlich.«

»Natürlich nicht.«

»Sondern richtete einen Entschädigungsfonds für die Betroffenen ein.«

»Wie schön von ihm.« Ein Entschädigungsfonds, was sonst! Zu dem hatte ihm wahrscheinlich sein PR-Berater geraten. Schon hatte Petazzi die Schlagzeilen über sich ins Positive gewendet, und verantwortlich waren eh die anderen. Auf zur nächsten Industriebrache!

»Das wars«, schloss Christine. »Ich habe alle Italiener angesprochen, derer ich habhaft werden konnte.«

Ich bedankte mich. Ausführlich und umständlich. Sogar eine Belohnung in Form eines gemeinsamen Abendessens lag mir auf der Zunge, als sie mich unterbrach.

»Gibt es was Neues über den Anschlag?«, fragte sie. »Waren es tatsächlich Neonazis?«

»Sieht so aus.« Ich verschwieg ihr meine Begegnung mit

dem Frettchen. Wenn sie davon wüsste, würde sie keine ruhige Nacht mehr in Rom haben.

»Erinnerst du dich?«, begann sie leise, dann brach sie ab, um sich umständlich zu räuspern. »Ich habe extra nachgeschaut. Wenn tatsächlich Rechtsradikale dahintersteckten, wäre das ihr erster großer Anschlag seit dem Oktoberfest-Attentat 1980.«

»Kann sein.«

»Ich war damals in der Grundschule. Und ich sehe meinen Vater noch vor mir, wie er meiner Mutter die Zeitung zeigte. Weißt du, Max, wir hätten damals nicht ...« Wieder brach sie ab.

Ich schwieg. Enthielt ihr die tröstenden Worte vor, den freundlichen Widerspruch. Ich wusste, was sie meinte. Auf dem Oktoberfest vor neun Jahren hatten wir beschlossen zu heiraten. Der Beschluss wurde auf einem Bierdeckel festgehalten. Es war eine vom Alkohol beflügelte Idee gewesen, und als wir wieder nüchtern waren, hatten wir geglaubt, sie in die Tat umsetzen zu müssen. Damals fanden wir das lustig. Vor dem Standesamt drückte uns Fatty unter dem Applaus unserer Freunde zwei volle Maßkrüge in die Hand, die wir natürlich leerten. Ich in einem Zug, Christine nach und nach. An das Attentat von 1980 dachte in diesem Moment niemand. Nur an die fröhliche Stimmung im Zelt ein paar Wochen zuvor, an die Musik und an den Wunsch, etwas Verrücktes zu tun. Heiraten zum Beispiel. Unter normalen Bedingungen wäre mir eine Hochzeit nie in den Sinn gekommen. Ein Besuch des Oktoberfests aber auch nicht. Von Christine in eines der Zelte gezogen, fand ich das bierselige Gegröle widerlich. Ein paar Maß später änderte sich das, und zwar gründlich. Auch unsere Erinnerungen an das Oktoberfest veränderten sich mit der Zeit. Aus dem anarchischen Besäufnis von einst wurde ein peinliches Ereignis. Der Hilferuf zweier überforderter Einzelgänger, die sich im Alkoholrausch aneinandergeklammert hatten. Ozapft is.

»Das eine hat mit dem anderen nichts zu tun«, sagte ich, weil sie immer noch auf eine Antwort wartete. »Wir hätten uns Gott weiß wo verloben können, und es wäre schiefgegangen.«

»Weißt du, früher dachte ich, wir sollten noch einmal gemeinsam nach München fahren, um … na ja, vielleicht würde es wieder so lustig wie damals. Aber jetzt kann ich das nicht mehr. Nicht nach diesem Anschlag in Heidelberg.«

»Auch der hat nichts mit der Bombe von 1980 zu tun. Mein Gott, das ist fast 30 Jahre her, und seitdem haben Millionen in München auf den Biertischen getanzt, sich ins Koma gesoffen und in den Büschen übernachtet. Du magst das wieder zynisch nennen, aber es ist nun mal so.«

»Ja, ich weiß. Trotzdem wünschte ich, wir hätten uns nicht gerade an diesem Ort, in dieser Atmosphäre zur Heirat entschlossen.«

Ich sagte ihr nicht, dass ich genau gegenteiliger Ansicht war. Einen Fehler fürs Leben zu begehen, ist die eine Sache. Ihn im nüchternen Zustand zu begehen, eine andere. Was war ich froh, die fünf oder sechs Maß von damals als Ausrede benutzen zu können!

Stockend ging unser Gespräch zu Ende. Ich dankte ihr noch einmal für ihre Auskünfte, sie bat mich, vorsichtig zu sein. Man könne ja nie wissen. Als ich sagte, dass ich gleich zu einer Vernissage führe, war sie beruhigt. Ob mein Interesse an Kunst etwas mit meinen Ermittlungen zu tun haben könnte, wollte sie gar nicht wissen. Sie ging einfach davon aus, und das zu Recht.

»Hast du meinen Brief bekommen?«, fragte sie zum Abschied.

»Nein, noch nicht.«
»Vielleicht morgen. Machs gut, Max.«
»Du auch.«

Als ich um kurz vor sieben in die Bauamtsgasse einbog, erkannte ich die Galerie Urban kaum wieder. Die leeren Räume waren gefüllt, das exquisite Nichts von heute Mittag hatte Ausgang. Alles dampfte vor guter Gesellschaft. Scharf hoben sich die schwarzen Abendanzüge der Herren von den kahlen Wänden ab, auch die Damen hatten zu abgedunkelten Kostümen gegriffen. Gemessene Würde lag im Trend. Die Gespräche lebhaft, aber gedämpft. Vor der offenen Tür standen zwei Miniaturzedern, mit Trauerflor behängt, in den Töpfen steckten italienische Fähnchen. Süßliches Parfüm hing schwer in der Luft.

»Wie ich mich freue, dass *Sie* gekommen sind!«

Das hörte ich, während ich mein Rad abschloss. Ich erkannte die Stimme der grünäugigen Galeristin. An der Tür stehend, begrüßte sie Neuankömmlinge eigenhändig oder besser eigenmündig, denn für jeden hatte sie ein Küsschen links, Küsschen rechts übrig. Das war mal eine standesgemäße Begrüßung! Vielleicht gelang es mir, ihren Lippenstift ein bisschen zu verwischen.

»Wie ich mich freue, dass *Sie* gekommen sind!«

Ich nahm hinter einem ergrauten Pärchen Aufstellung, das von Frau Urban begrüßt, beküsst und ins Innere der Galerie gebeten wurde. Neben ihr stand wie angeschraubt Petazzis Leibwächter Luigi, steif und ausdruckslos, ein Teil des Inventars. Nerius' Gattin trug einen ärmellosen Rollkragenpullover in Anthrazit und eine helle, eng anliegende Hose. Bewundernswert, wie sie ihr Begrüßungslächeln zwischen Freude und Trauer perfekt austarierte, dem Anlass haargenau angemessen. Als ihr Blick auf mich fiel, verwehte das Lächeln in die Abenddämmerung.

»Wie Sie sich freuen, dass *ich* gekommen bin«, grinste ich. »Das wollten Sie doch gerade sagen, nicht wahr?«

»Ja, vielleicht«, erwiderte sie kalt. »Vor allem würde es mich freuen, wenn Sie meine Gäste nicht belästigen würden. Das hier ist eine Trauerfeier.«

»So möchte man wohl öfter trauern, Frau Urban.«

»Der Wein ist umsonst. Trinken Sie, so viel Sie wollen. Aber benehmen Sie sich bitte, verstanden?«

»Oh, ich weiß, was ich unserem Mäzen und Arbeitgeber schuldig bin. Genau wie Sie.«

Sie biss die Zähne zusammen. Ich ließ sie stehen, nickte Petazzis Bodyguard zu und betrat die Galerie. Es dauerte keine drei Sekunden, da ging es hinter mir schon wieder los: »Wie ich mich freue, dass *Sie* gekommen sind!«

Ein junges Ding im kleinen Schwarzen hielt mir ein Tablett mit Weißweingläsern unter die Nase.

»Bitte sehr, der Herr!«, krähte sie.

»Meinen Sie mich? Danke, ich nehme trotzdem eins.«

»Bitte sehr.« Sie war höchstens 18. Bei der nächsten Begegnung würde ich sie duzen.

Am Wein nippend, schaute ich mich um. Das kalte Licht kleiner Spots spielte auf der Besucherschar. Lackschuhe glänzten, Ohrringe blinkten, Manschettenknöpfe blitzten auf. Die Abendsonne über der See hätte es nicht schöner hingekriegt. Sinnfreies Geplauder plätscherte als Wellen gegen den Strand. Blicke glitten über mich hinweg, blieben kurz an meinem Pullover, meiner Hose hängen, glitten weiter. Ja, ich weiß, dass ich underdressed bin, dass ich mich nachlässig rasiert habe und Schuhe aus dem Secondhandshop trage. Dafür ist eure Trauer secondhand, ihr Weinschnorrer und Beerdigungskomparsen. Anzüge vom Schneider, aber Gefühle von der Stange – glotzt nicht so blöd!

Ich steckte eine Hand in die Hosentasche und schlurfte

ein wenig herum. Daniel in der Partylöwengrube, genau so fühlte ich mich. Von Blicken zerfleischt.

Prompt wurde ich eines Besseren belehrt. Ich schlurfte nämlich keine Minute allein durch die Menge, als einer der Gäste stutzte, seiner Nachbarin etwas zuraunte und auf mich zutrat. Es war ein hochgewachsener älterer Herr mit hölzernen Bewegungen und einer gewissen Steiflippigkeit. Seine Augenpartie wurde von beeindruckend silberbuschigen Brauen überwölbt, auf tiefdunklem Hemdgrund leuchtete eine Fliege. Die war nämlich ebenso silbern wie seine Brauen. Nur buschig war sie nicht.

»Max Koller, der Privatdetektiv?«, sagte er und nagelte mich mit seinem Blick fest. »Gestatten Sie, dass ich Ihnen gratuliere.«

»Danke«, brachte ich hervor. Ich kannte den Alten nicht, aber er war der erste Mensch auf dieser Welt, der mir zu meinem Beruf gratulierte!

Warm und fest umschloss seine Hand die meine. »Florence«, sagte er über die Schulter. »Darf ich dir Herrn Koller vorstellen?«

»Isch bin entzückt«, hauchte die Dame. Ihr französischer Akzent war allerliebst, ihr Aussehen war es nicht. Kurz und kompakt, ein Hydrant auf zwei Beinen, das runde Gesicht wie gekalkt und die Backen von albernen Herrenwinkern zerteilt. »Danke, dass Sie elfen!«

»Isch elfe gern«, murmelte ich. Immer noch hielt der Senior meine Hand gefangen.

»Gollhoven«, sagte er. »Florence und Arthur Gollhoven. Ich stand lange in diplomatischem Dienst, unter anderem in Italien. Meine Frau und ich sind alte Freunde von Flavio. Wissen Sie, dass Sie mit Ihrer Arbeit zur Rettung des deutsch-italienischen Verhältnisses beitragen?«

»Ich?«

»Allerdings. Stellen Sie Ihr Licht bitte nicht unter den Scheffel, das ist eine Unart.« Endlich ließ er meine Hand los, um einen jungen Kerl herbeizuwinken, der entweder den Wein nicht vertrug oder Spätpubertierender war, nach seinem Lachen zu urteilen. »Das ist Vinzenz, mein Großneffe. Vinzenz, du wolltest doch einen Privatermittler kennenlernen. Bitte schön, vor dir steht Herr Koller. Vinzenz möchte einmal in Ihrer Sparte tätig sein.«

Ich reichte dem Jungen, der fasziniert auf meine Schuhe starrte, die frei gewordene Hand. So viel Bewunderung für meine Arbeit hatte ich mein Lebtag nicht erlebt. Und das Ende der Fahnenstange war noch nicht erreicht. Gollhoven scharte weitere Gäste um mich: ein befreundetes Ehepaar aus Buxtehude, eine klapperdürre Dame, deren Name ihm entfallen war, und einen stummen Kerl mit einer Art Flusspferdgesicht, dessen fleischiges Kinn auf hochgewölbter Brust ruhte. Ein Mann ohne Hals, so was sah man nicht alle Tage.

»Tja«, sagte ich, froh, dass ich meine Rechte endlich wieder um das Weinglas legen durfte.

»Ist Ihr Beruf nicht gefährlich?«, hauchte die Dürre.

»Beschämend, wie sich die hiesigen Behörden anstellen«, erklärte Gollhoven. »Und wenn ich beschämend sage, meine ich beschämend. Da kommt ein Vater, der sein einziges Kind verloren hat, nach Deutschland, und was passiert? Nichts.«

»Der Wein ist respektabel«, lächelte seine Frau, der Hydrant. »Nischt wahr, Monsieur Koller?«

Ich nickte. Der Mann ohne Hals schwieg.

»In Italien wäre das anders«, fuhr der Diplomat fort. »Dort nimmt man auf seelische Befindlichkeiten Rücksicht. Insofern ist es ein Glücksfall, dass Sie ermitteln. Wenigstens einer, der Flavio unterstützt. Neben Dr. Nerius natürlich.

Vinzenz, hast du Herrn Koller schon nach seinen beruflichen Erfahrungen gefragt?«

»Äh«, machte der Großneffe und kratzte sich unter der Achsel. »Herr Koller, ich wollte Sie nach Ihren beruflichen Erfahrungen fragen.«

»Schön ist die Galerie ja«, warf der Herr aus Buxtehude ein. »Gute Gelegenheit, sich hier mal umzugucken.«

»Sind Sie auch mit dem Auto ier?«, fragte Madame Gollhoven. »Es gibt keine Parkplätze, in der ganzen Stadt nischt!«

Der Mann ohne Hals schwieg.

»Bei uns in Buxtehude«, mischte sich die Frau aus Norddeutschland meckernd ein. Ihrer Statur und ihrem Gesichtsausdruck nach zu urteilen, war auch sie kein Kind von Traurigkeit, womit ihr Auftreten in gewissem Widerspruch zum Anlass der Gedenkfeier stand. »Bei uns in Buxtehude hatten wir auch mal ein' Privot'n ängaschiert. Ist aber Ewigkeiten her, nich. Mein Mann hetzte mir damals so ein' Detektiv auf den Hals. Mein zweiter Mann, genauer gesagt. Aber dieser Dööspaddel – ich meine den Detektiv – brachte es ja nich fertig, auf meiner Spur zu bleiben. Also hatte ich weiterhin mein Amüsemang. Alles Geld umsonst rausgeschmissen; was war der Kerl sauer.« Sie prostete uns zu. »Mein Mann natürlich.«

»Dein zweiter Mann«, ergänzte ihr jetziger.

»Nun sei nich gleich eingeschnappt, Oller! Wenn dir was an meinem Lebenswandel nich passt, kannst du ja den Herrn Koller ängaschieren.«

»Sind Sie teuer?«, fragte der Mann. Der Großneffe lachte los.

»Wo sind eigentlich die Italiener?«, wollte die Dürre wissen. Sie hatte ihre tiefen Augenhöhlen weinrot geschminkt und ein Tuch in derselben Farbe um ihre Schultern gelegt.

»Man darf das nicht unterschätzen«, sagte Gollhoven. »In Italien registrieren sie genau, welche Unterstützung einer der Ihren im Ausland bekommt. Es kam schon aus weit nichtigerem Anlass zu diplomatischen Verwicklungen. Ich muss das wissen, schließlich stand ich ...«

»Wir aben Ihr Bild in der Zeitung gese'en«, lächelte seine Frau.

Ich räusperte mich. »Leider bin ich dienstlich hier«, sagte ich, Zentimeter für Zentimeter zurückweichend. »Signor Petazzi erwartet mich. Sie entschuldigen also, wenn ich ...«

In diesem Moment geschah etwas Unerwartetes. Der halslose Mann schlug die Hacken zusammen und fuhr seinen Flusspferdkopf aus. Zwischen Brust und Kinn wurde tatsächlich ein Stück Hals mit Adamsapfel sichtbar. So präpariert, begann er zu sprechen, mit der leiernden Tenorstimme eines jungen Priesters, der drei Tassen Kaffee über den Durst getrunken hat oder am Zölibat verzweifelt. »Wir Rotarier«, deklamierte er, »sind sehr besorgt über die derzeitige politische Lage der Republik, die uns an den Rand dessen, was gemeinhin der Kleschofkaltschers, vulgo der Kampf der Kulturen, genannt wird, gebracht hat und die Folgen haben wird, Folgen nicht nur für die innen- und außenpolitische Stabilität der Republik, sondern auch für die wirtschaftliche und stabile Balance eines Gemeinwesens, das immer noch nicht in der Lage ist, sich der eigenen Wurzeln, geschweige denn der eigenen Stärken zu versichern und diese, die Wurzeln wie die Stärken, selbstbewusst und beispielgebend in die Weltöffentlichkeit hinauszutragen, nicht im Sinne eines fragwürdigen oder zumindest zu hinterfragenden Begriffs von Leitkultur, sondern eher basierend auf den geistigen Errungenschaften dieses unseres blühenden Landes, garniert mit einer Spur Stolz auf diese Heimat, denn nur wer das Eigene stolz und freudig vertritt, mit geradem Rücken, will ich einmal sagen, nur dem bringt der Fremde auch die nötige Achtung entgegen, zumal der Fremde, der Gast in unserem Land ist, weshalb wir Rotarier ...«

Hier fing er den Satz wieder von vorne an, und ich schwöre, er holte nicht einmal Luft. Die weinrot betuchte Dürre hing an seinen Lippen, die Gollhovens tuschelten miteinander, der Mann aus Buxtehude hatte sich eine Flasche geangelt und schenkte seiner durstigen Frau nach, der Großneffe kratzte sich mit offenem Mund an allen möglichen Körperstellen. Ich dagegen trat kurz nach der Leitkultur den Rückzug an. Was zu viel ist, ist zu viel. Im Augenwinkel sah ich Wolfgang Nerius vorbeihuschen. Der kam mir gerade recht; ich schnappte ihn am Ärmel und riss ihn mit mir fort. Drei, vier Schritte, und wir waren außer Sichtweite des Rotariers.

»Schön, dass Sie da sind«, sagte Nerius, bemüht, den Schreck über meine kleine Attacke lächelnd zu überspielen.

»So was Ähnliches sagt Ihre Frau auch die ganze Zeit. Nur zu mir nicht.«

»Nun, vielleicht stört sie sich an Ihrer offensiven Art der Gesprächsführung. Wobei sie heute schlicht und einfach gestresst ist. Sie können sich nicht vorstellen, wer alles hier ist.«

»Doch, das kann ich mittlerweile.«

»So?«, murmelte er unbestimmt. Er nickte einem Mops im Zweireiher zu, deutete sogar eine kleine Verbeugung an, bevor er fortfuhr: »Ich wusste ja, wie viele wichtige Leute Signor Petazzi kennt. Aber wenn man die auf einem Haufen sieht, ist es etwas anderes.«

»Wo ist Petazzi?«

»Im Hof. Gibt es etwas Neues?«

»Ja, und das sollen Sie für mich übersetzen.«

»Gerne, Herr Koller. Kommen Sie mit.«

Gerne, Herr Koller, äffte ich ihn im Stillen nach, während ich ihm folgte. Wie konnte ein einzelner Mensch nur so servil sein? Musste ich ihm erst die schöne Kunsthistorikerfresse polieren, bevor er mir nicht mehr zu Diensten war? Lassen Sie doch bitte mal vor allen Leuten die Hosen runter, Herr Nerius. Aber gerne, Herr Koller. Gäbe es für Loyalität nicht schon einen Namen, ich hätte »Nerius« vorgeschlagen.

Wir durchquerten die Räume zwei und drei, in denen das Gedränge nicht ganz so groß war wie vorne. Ein Quartett junger Damen packte eben seine Instrumente aus. Da schien also noch etwas auf uns zuzukommen. Nerius grüßte, winkte und lächelte, der Mops im Zweireiher bekam seine zweite Verbeugung ab und eine dritte von mir. Es gefiel mir einfach, den Kasper zu spielen. Dem Mops gefiel es anscheinend auch, jedenfalls schenkte er mir ein huldvolles Kopfnicken.

»Bitte sehr, der Herr«, krähte es an meiner Seite. Die Kleine im noch kleineren Schwarzen. Ich erleichterte sie um ein Weinglas und trat hinter Nerius durch eine offene Tür ins Freie. Die Tür führte auf einen kleinen Innenhof, der an zwei Seiten von Hauswänden, an der dritten von einer dichten Hecke begrenzt wurde. Mitten im Hof stand ein Tisch und neben dem Tisch Signor Petazzi. Vor ihm, um ihn herum eine Reihe von Gästen. Das Licht vieler Fackeln zuckte durch die Dämmerung.

»Grazie, mille grazie«, hörte ich Petazzi sagen.

Steifbeinig stand er da, ein großer, stattlicher Mann mit grauen Schläfen. Sein Gehstock lehnte weiter hinten an der Wand. Aber der Signore war nicht einfach der Signore, und der Tisch neben ihm war kein gewöhnlicher Tisch, sondern ein schwarz verhüllter Altar. Ein Altar für Beatrice Petazzi. Von einem großen Bild blickte sie uns an, wie man nur in Fotostudios blickt, zwei Kerzen brannten, davor lag eine einzelne weiße Rose. Fehlte bloß der Weihrauch.

»Grazie, mille grazie«, wiederholte Petazzi unablässig.

Er war der Priester, der Geistliche, der Wächter über den Altar. Gebückt von Trauer, schlichen die Gläubigen zu ihm, sicherten ihm flüsternd ihre Solidarität zu, ihr Mitleid, mochte der Rest der Menschheit auch von ihm abgefallen sein. Sie bekannten sich zu ihm, und er griff nach ihrer Hand, um sie aufzunehmen in seinen Kreis. Ich habe gesündigt, Signore, ich konnte den Tod deiner Tochter nicht verhindern. Wirst du mir verzeihen?

»Te absolvo, te absolvo …«

Ja, es war eine Beichte, und jeder, der kam, hatte in seiner Demut etwas ganz Persönliches loszuwerden, auf Deutsch, auf Englisch oder Italienisch. Beileidskundgebungen, Durchhalteparolen, Sinnsprüche, Floskeln, Botschaften. Man fühlte sich schuldig, solange Beatrices Mädchenblick auf einem ruhte, man wagte nicht, laut zu sprechen, die Füße zu weit vom Boden zu heben. Gut, dass Petazzi so groß war, dass man ohne Kniefall zu ihm aufblicken, ihn von unten anflehen konnte.

»Te absolvo, te absolvo …«

Erlöst, erleichtert trat man zur Seite, um zum Abschluss der Beichte schriftlich zu kondolieren. Da stand ein weiterer Felsbrocken aus Petazzis Leibwächtersammlung, hielt ein aufgeschlagenes Buch mit Ledereinband vor sich und wackelte nicht einen Zentimeter, wenn der Füllfederhalter über das Büttenpapier fuhr. Ab und zu blätterte er um. Er hatte nicht ganz Luigis Statur, aber um Eindruck zu schinden, reichte es allemal.

»Im Moment ist es nicht so günstig«, sagte Nerius. »Vielleicht später. Sie sehen ja.«

Ich sah in der Tat: wie ein Mann im dunklen Sakko zu Petazzi trat, ihm die Hand reichte, etwas zuraunte und mit feierlichem Nicken entlassen wurde. Rasch kritzelte er ein paar Worte in das Kondolenzbuch. Dann legte er den Füller mit spitzen Fingern zurück und schlich davon, einen eigenartigen Ausdruck im Gesicht.

»Hallo, Marc«, sagte ich und trat ihm in den Weg.

Er sah mich an, ohne die Miene zu verziehen. »Ich. Trinken. Jetzt.«

Gut, dass Nerius von anderen Gästen abgelenkt wurde. Ich krähte: »Bitte sehr, der Herr!«, und reichte Covet mein Glas. Er stürzte den Inhalt in einem Zug hinunter.

»Noch eins«, sagte er.

Die Kleine mit dem Weißweintablett bekam einen Besuch abgestattet, und nachdem Covet ein weiteres Glas geleert hatte, war er wieder ansprechbar.

»Was für eine Veranstaltung!«, stöhnte er und lehnte sich mit dem Rücken an die Hauswand. »Nichts für zarte Gemüter wie mich. Diese Rituale machen einen fertig. Die Kerzen, das Gewisper, der Trauerrand an der Fotografie, der ganze olle Quatsch – mir wackeln die Knie, ehrlich.«

»Ihr Verhältnis war beschissen.«

»Was?«

»Die Petazzis, Vater und Tochter. Sie hatten ein beschissenes Verhältnis, sagt Beatrices Mitbewohnerin.«

»Mag sein. Trotzdem macht mich dieser Hokuspokus mürbe. Geht mir einfach zu nahe. Vergiss nicht, ich bin katholisch. Hast du schon kondoliert?«

»Sozusagen. Ich habe gestern mit Petazzi gesprochen.«

»Ohne Kerzen?«

»Ohne Kerzen.«

Er seufzte. »Sie war Anfang 20. Eine Schande ist das.«

Wir schwiegen eine Zeit lang, ganz in den Anblick der lächelnden Beatrice vertieft. Das Foto war gestellt, aber ihr Blick von einer Klarheit, dass man eine Gänsehaut bekam. Immer noch nahm ihr Vater Beileidsbekundungen entgegen, sprach seine erlösenden Worte, bat um einen Eintrag ins Kondolenzbuch.

»Was weißt du über Petazzi?«, fragte ich schließlich.

»Über ihn? Nichts, was nicht allgemein bekannt wäre. Er ist einer der Architekten der aktuellen Regierungskoalition in Italien. Er hat Charisma, aber eines, das man fürchtet. Egal, ob man sein Anhänger oder sein Gegner ist, so seltsam das klingt. Selbst nach italienischen Maßstäben hat er eine verrückte politische Karriere hingelegt. Und ohne seine Erkrankung wäre er längst Minister.«

»Wie, du meinst, seine Lähmung hat verhindert …?«

»Allerdings meine ich das. Petazzi ist ein Strippenzieher. Er bleibt immer im Hintergrund. Nach ganz vorne wagt er sich nicht, weil er weiß, dass man ihm die richtig harten Posten nicht zutraut. Er hat sich nie um den Parteivorsitz beworben, er wird nie Ministerpräsident oder etwas anderes Wichtiges werden. Das schafft der Krüppel nicht, denken die Leute. Beziehungsweise Petazzi denkt, dass es die Leute denken. Sollte ihn die Lega Nord irgendwann zum Minister machen, dann ohne es den Wählern vorher zu sagen.«

»Sie nennen ihn Chamäleon.«

»Zu Recht, nehme ich an. Er verkörpert die unheilige Allianz von Geld und Politik. Die Summe lautet Macht.«

»Aber auch ein Machtmensch ist verwundbar. Denk an seine Beine. Und an seine Tochter.«

»Ich weiß.« Marc schüttelte den Kopf. »Trotzdem, es ist eine Schande.«

»Darf ich fragen, warum du hier bist?«

»Politik. Alle Redaktionen der Neckar-Nachrichten haben einen Vertreter geschickt, und weil unser Chef gerade von einer Krisensitzung zur nächsten eilt …« Er ließ den Satz unvollendet.

»Die Sportredaktion ist auch vor Ort?«

»Bestimmt. Außerdem wollte ich dich treffen. Wie kommst du voran? Und vor allem: Was sagst du zu deiner neu gewonnenen Popularität?«

»Jetzt muss *ich* was trinken. Eben hat mir ein ehemaliger Botschafter zu meinem Beruf gratuliert, kannst du dir das vorstellen? Ein Botschafter, mir! Und ich Idiot habe meine Autogrammkarten vergessen!«

»Bist du weitergekommen mit deinen Ermittlungen?«

»Möglicherweise. Es gibt da einen Typen, der behauptet, die Attentäter persönlich zu kennen.«

»Ach nee. Glaubwürdig?«

»Schwer zu sagen. Ich rechne nicht unbedingt damit. Er will 50.000 Euro für seine Informationen. Bin gespannt, ob Petazzi sie rausrückt.«

»50 Mille? Hoch gepokert. Entweder hat der Mensch wirklich was zu verkaufen, oder er blufft mit viel Risiko.«

»Wie ein Zocker wirkte der Kerl nicht.«

»Und wer steckt nun dahinter, seiner Meinung nach? Hat er sich in die Karten blicken lassen?«

Ich nickte. »Die Neonazis.«

»Nein!«

»Doch.«

Covet verzog sein Gesicht zu einer Grimasse. »Hör auf, Max. So viel kann man gar nicht saufen, um das zu glauben.«

Ich erzählte ihm vom Bekennerbrief der Arischen Front, von meiner Fahrt in der OEG und der Angst des Frettchens. »Aber kein Wort davon an deine Kollegen. In euren Clinch mit der Polizei will ich nicht hineingezogen werden.«

»Lass uns reingehen«, brummte er. »Ich muss mich setzen.« Er schritt voran, an den vier Musikerinnen und ihren Notenständern vorbei, bis wir im mittleren der drei Räume zwei freie Stühle fanden. Erschöpft ließ er sich auf den einen plumpsen. »Ein von Rechtsradikalen verübtes Attentat – wann hat es das schon mal gegeben in der Nachkriegsgeschichte! Mir fällt nur eines ein.«

»Mir auch.«

»Dann sieh zu, dass wir diesmal mehr über die Hintergründe erfahren als 1980.«

»Über die Hintermänner, meinst du?«

Er nickte und drehte sein leeres Glas zwischen den Fingern hin und her. Wie auf Kommando schlingerte das junge Ding mit seinem stets vollen Tablett vorbei. Zwei Handgriffe, und es war etwas weniger voll.

»Bitte sehr, die Herren.« Sie hatte Schluckauf. Außerdem schwankte sie zusehends. Vielleicht hasste sie es, Weinreste wegzukippen, und stellte sich in ihrer Funktion als Servierdame an das Ende der abendlichen Nahrungskette. Meinen Segen hatte sie.

»In München«, sagte Covet, »gab es eine ganze Reihe von Ungereimtheiten, und alle kreisten um die Frage einer Einzeltäterschaft. Der Bombenleger gehörte zur Wehrsportgruppe Hoffmann. Steckte die hinter dem Attentat? Ein Zeuge wollte den Täter kurz vor der Explosion im Gespräch mit anderen gesehen haben. Und da waren Kinder, denen gesagt wurde, sie sollten schnell vom Festgelände verschwinden.«

»Woher weißt du das?«

»Bin ich Journalist oder nicht?«, knurrte er. »Hab mal was darüber geschrieben, zum 25-Jährigen. Jedenfalls wurde der Zeuge als unglaubwürdig eingestuft, kurz danach war er tot. Herzinfarkt. Und die Kinder – waren bloß Kinder. Akte geschlossen.«

»Interessant.«

»Bis heute ist unklar, in welcher Weise der Anschlag geplant war und ob er nicht gründlich missglückte.«

»Du meinst, der Attentäter hätte überleben sollen.«

»Nicht nur das. Auch die politischen Folgen hatte man sich möglicherweise anders vorgestellt. So wie in Bologna wenige Wochen zuvor.«

»Bologna und München? Der Bahnhof und das Oktoberfest? Was haben die miteinander zu tun?«

»Der Anschlag in Italien, das weiß man mittlerweile, war politisch motiviert. Es gab damals eine Zusammenarbeit zwischen Geheimdiensten, Faschisten und der Loge P 2. Ihre Strategie: das Land durch Terror destabilisieren, den Linken die Verantwortung zuschustern, selbst die Macht übernehmen. Bologna war Teil dieser Strategie. So wie viele andere Anschläge in den 70er- und 80er-Jahren.«

»Das ist ja eine richtige Verschwörungstheorie.«

»Aber eine belegbare, zum Teil jedenfalls. Das Netzwerk hat seine Ziele übrigens längst erreicht: Die Faschisten sind an der Macht, die Kommunisten ein Schatten ihrer selbst, das Fernsehen verstaatlicht. Wer Berlusconi hat, braucht keine Bomben mehr.«

»Und du meinst, auf dem Oktoberfest hätte man so etwas Ähnliches vorgehabt?«

»Beweisbar ist das nicht. Die bayerische Justiz hatte jedenfalls kein großes Interesse, Licht in das Dunkel zu bringen. Trinken wir noch einen?«

Ich nickte. Wir wollten eben unsere Gläser klingen lassen, als Musik einsetzte.

10

»Ein Streichquartett«, sagte ich. »Und nun frag mich bitte, woher ich das weiß, ohne hinzuschauen.«

Covet grinste schwach. Seit meinen Ermittlungen im Opernmilieu macht mir in Sachen Musik keiner etwas vor. Außerdem hatte ich vorhin gesehen, wie die vier Damen im hinteren Raum ihre Instrumente auspackten. Natürlich spielten sie irgendetwas Getragenes, Feierliches. Es musste ja passen. Zur Stimmung, zum Anlass, zu dem schwarzen Tischtuch mit den beiden Kerzen darauf. Kein Wort davon, dass Beatrice Petazzi während eines Konzerts der Fidelen Odenthäler gestorben war, mitstampfend, mitjohlend, den ganzen klassischen Quatsch zum Teufel wünschend. Sie konnte sich nicht mehr wehren, also wurde sie posthum verbacht und verbrucknert. Jede Note ein Edelstein, das ganze Stück eine Lüge.

»Beethoven«, murmelte Covet.

Dann eben verbeethovent. Wir waren sitzen geblieben; Marc, der immer noch deprimiert schien, ich, weil ich keine Lust auf Körperkontakt mit Diplomaten und Buxtehudern hatte. Außer uns drängte sich alles nach hinten, ehrfürchtig lauschend, die Miene so ernst wie kennerisch. Im vorderen Raum wurde geräuschlos ein Buffet aufgebaut, durch den mittleren irrlichterte mal wieder die Bedienung.

»Noch zwei Wein!«, flüsterte ich ihr zu. »Einfach so, ohne bitte sehr.«

Sie schaute mich an wie den Mann im Mond, reichte mir aber die beiden Gläser.

»Das ist Beethoven«, sagte ich. »Geile Kiste, was?«

»Geht so«, murmelte sie.

Der Applaus, der dem Stück folgte, war zurückhaltend, wie vom schlechten Gewissen diktiert. Bloß kein Überschwang, bloß keine Begeisterung für eine brillante Darbietung! Lieber klatschte man piano und in Moll.

»Ich danke Ihnen«, ließ sich eine kühle Stimme aus dem Nebenraum vernehmen. »Ich danke Ihnen im Namen unseres Freundes Flavio Petazzi für Ihr Kommen. Keiner von uns konnte ahnen, aus welch traurigem Anlass wir uns einmal hier treffen würden. Der Verlust des einzigen Kindes gehört zu den Dingen, deren Bedeutung wir nicht in Worte fassen können. Umso wichtiger ist es, dass Sie unserer Einladung gefolgt sind. Signor Petazzi braucht Sie, er braucht die Anwesenheit und den Trost seiner Freunde.«

Applaus wie zuvor. Es war mucksmäuschenstill geworden, als Renate Urban sprach. Durch den vorderen Raum huschten die Bedienungen auf Zehenspitzen, im hinteren schien man sogar die Luft anzuhalten. Mittendrin hingen Covet und ich in unseren Stühlen und beglotzten die Wand. Als Blickfang diente uns ein leicht verzerrter Marmorkubus auf einem Sockel.

»Wie findest du die Urban?«, raunte ich Covet zu.

»Als Frau oder als Rednerin?«

»Beides.«

»Als Frau nicht so gut aussehend wie du und als Rednerin nicht so schlecht wie du.«

»Nicht so gut aussehend wie ich?«

»Nicht so gut aussehend, wie du sie findest, meine ich.«

»Finde ich nicht. Ich hasse Pagenköpfe.«

Covet winkte nur müde ab. Einer der Gäste, die im Durchgang zum Musikzimmer standen, wandte sich um und warf uns vorwurfsvolle Blicke über den Goldrand seiner Brille zu. Von Renate Urbans Rede wollte er keinen Satz verpassen.

Recht hatte er. Nerius' Gattin hielt sich nicht lange mit Erinnerungen an das verstorbene Mädchen auf, sondern kam rasch zum Großen und Ganzen, zu dem, was über den Tod und über die Trauer hinausweist. Und das war, wie bei einer Galeristin nicht anders zu erwarten, die Kunst. Das Bleibende, Überdauernde, Ewige der Kunst, wie es sich beispielsweise in der italienischen Renaissancemalerei manifestierte – hier machte sie bestimmt einen Knicks Richtung Petazzi – oder in der Bildhauerei unseres Jahrhunderts. »So auch die Steinskulpturen in meiner Galerie«, verkündete die Urban. »Sie wurden von zwei polnischen Künstlerinnen gefertigt, deren existenzielles Bedürfnis es war, ihre traumatischen Jugenderlebnisse zu bewältigen. Es handelt sich gewissermaßen um in Stein gehauene Trauerarbeit.«

»Spinnt die?«, entfuhr es mir. Das windschiefe Ding vor uns mochte einem Kleinwagen als Bremsklotz dienen, aber nie und nimmer zur Bewältigung kindlicher Traumata.

»Sämtliche Objekte orientieren sich an einfachen dreidimensionalen Formen, an Kugel, Ei, Würfel, Rhombus und so weiter, ohne deren Perfektion zu erreichen. Wenn Sie genau hinsehen, werden Sie Risse entdecken, Verwerfungen, Brüche oder Dellen. Mal fehlt eine Ecke, mal stimmen die Proportionen nicht. Diese Irritation ist gewollt.«

»Und was hat das mit Beatrice zu tun?«, fragte ich Marc. Der zuckte nur die Achseln.

»So viel, meine lieben Freunde, zur wechselseitigen Abhängigkeit von Leben und Kunst, deren Bedeutung uns in diesen Tagen wieder einmal schmerzlich bewusst geworden ist. Und nun möchte ich Sie einladen, sich an unserem kleinen Buffet zu stärken.«

»Abhängigkeit von Leben und Kunst?«, knurrte ich. »Das sagt die Richtige! Die Kunst in ihrer Galerie ist nur von einem abhängig: vom Geld Petazzis.«

Covets Erwiderung fiel dem Lärm einer Völkerwanderung zum Opfer. Den Goldbebrillten an der Spitze, blies die gesamte Trauergesellschaft zum Sturm auf das Buffet. Ledersohlen scharrten über das Parkett, Pfennigabsätze klackerten, hin und wieder knurrte ein Magen in Vorfreude. Schwarz rauschte es an uns vorbei, stockte an den Durchgängen, verkeilte sich.

Aber bitte, nach Ihnen. Sie sehen so hungrig aus.

Nein, nach Ihnen. Ich bin nur zum Trauern hier.

Wenn *Sie* nicht wollen, *ich* will.

Wer trauert, muss auch essen.

Es dauerte keine Minute, da platzte der vordere Raum aus allen Nähten. Hinten bei der Musik hielt die Gastgeberin tapfer die Stellung. Und in der Mitte waren Covet und ich immer noch allein mit dem angeschrägten Marmorwürfel.

»Stell dir vor, die Galerie wäre ein Schiff«, murmelte mein Freund.

»Dann wäre sie jetzt gekentert. Was meinst du, wie lange sie brauchen, um das Buffet zu putzen?«

»Zwölf Minuten. Höchstens.«

Ich dachte an den Rotarier mit den Flusspferdbacken.

»Zehn. Die Wette gilt, nimm du die Zeit.«

Exakt zehn Minuten später begaben wir uns nach Backbord. In die Schiffsmesse. Oder zum Bug der Galerie, wie auch immer. Jedenfalls waren zwei Drittel der Platten geputzt, die Austern geschlürft, der Lachs gemetzelt, das Rindercarpaccio zersäbelt. Mortadella lag in großen Lappen herum, auch Eselsalami aus den Abruzzen war noch zu haben. Zwischen der Salatgarnitur warteten Käsewürfel auf Abnehmer, jeder einzelne von ihnen ebenmäßiger als das Marmording im Nebenraum.

»Wette verloren«, sagte Covet. »Da waren die Augen mal wieder größer als der Appetit.«

»Die haben sich alle den Magen verkleinern lassen«, entgegnete ich. »Das gehört sich so in den besseren Kreisen. Hatte ich völlig vergessen.«

Aus Austern machte ich mir ohnehin nichts. Ich legte einen Mortadellalappen, ein Salatblatt und drei Käsewürfel zwischen die Hälften eines Ciabattabrötchens. Außerdem steckte ich mir in einem unbeobachteten Moment eine halbe Salami in die Hosentasche. Auf Teller und Papierserviette, die mir Covet anbot, verzichtete ich.

»Guten Appetit.«

»Gleichfalls.«

Die Mortadella war exzellent. Ich sah mich um. Covet kaute, ich kaute, alle kauten. Die Kollektivbewegung unserer Kiefer sorgte für Gleichheit unter Diplomaten, Politikern und Privatflics. Vive l'Egalité! Da war kein Gaumen, der nicht unter Wasser stand, kein Adamsapfel, der sich nicht bewegte, keine Bauchspeicheldrüse, die nicht ihre Arbeit verrichtete. Bloß Petazzi hielt sich von den Kauenden fern. Und Renate Urban, die immer noch dem Quartett zu lauschen hatte.

Dann sagte jemand »Oops«, und Covet hatte Weißwein auf der Hose. Allerdings nicht seinen eigenen.

»Ach du meine Güte, das ist mir jetzt aber peinlich«, kicherte der treffsichere Schütze. Die Schützin, genauer gesagt. »Da hab ich wohl nicht aufgepasst. So was passiert in diesem Gedränge schon mal.«

»Ach ja?«, brummte Covet.

»Tut mir wirklich leid«, sagte sie, doch ihre Miene verriet das Gegenteil. Sie war um die 20, trug das brünette Haar nachlässig hochgesteckt und versuchte, ihr Gekicher hinter fünf beringten Fingern zu verbergen. Den Rest, also alles, was sich zwischen diesem Gekicher und ihren Füßen befand, versuchte sie eher nicht zu verbergen. Ihr Kleid war oben knapp und unten knapp, sogar in der Mitte gab es Aussparungen, und was an Stoff vorhanden war, bestand aus einem türkis schillernden Kunstlederimitat. Bestimmt quietschte es, wenn man mit dem Finger darüberfuhr.

Ich starrte auf das Kleid, Covet auf seine Hose, und das Mädchen hörte gar nicht mehr auf zu kichern.

»Nun gucken Sie doch nicht so böse«, sagte sie. »Ich habs ja nicht mit Absicht getan. Im letzten Raum gibt es übrigens eine Toilette.«

»Danke für den Hinweis«, knurrte Marc. Er warf mir einen Viel-Spaß-noch-Blick zu und trollte sich.

»Ist mir echt peinlich!«, rief sie ihm hinterher. Dann gehörte mir ihr Strahlen ganz allein.

»Gut gezielt«, sagte ich. »Sind Sie im Schützenverein?«

»Ich weiß, wer Sie sind. Max Koller, der Detektiv! Trinken wir einen zusammen?«

»Um Gottes willen! Ich hab nur das eine Hemd.«

Sie explodierte fast vor Lachen. Das schien überhaupt eine ihrer Lieblingsbeschäftigungen: Lachen in all seinen Erscheinungsformen. Kichern, Giggeln, Prusten, Grienen, Lächeln, Losplatzen. Und nur, weil wir auf einer Trauerfeier waren, verzichtete sie auf Schenkelklatschen. Während sie vibrierte wie ein Wackelpudding, schaute ich mich nach der Bedienung um. Doch die war nicht zu sehen.

»Sie sind wirklich 'ne Kanone«, sagte die junge Frau in Türkis.

»Woher wissen Sie das?«

»Sieht man doch. Heute Morgen waren Sie in der Zeitung. Mit 'nem echt scharfen Foto. Haben Sie schon was herausgefunden?«

»Na klar. Hier wimmelt es von Verdächtigen.«

»Ich auch?«, hauchte sie und warf mir von schräg unten einen Blick zu, der nicht halb so anzüglich geriet wie erhofft.

»Verdächtig würde ich Sie nicht gerade nennen.«

»Sondern?«

Türkis, lag mir auf der Zunge. Und noch eine Menge anderer Adjektive. Stattdessen sagte ich: »Mutig.«

»Mutig?«, lachte sie und klimperte mit den Lidern. »Ich habe noch ein ganz anderes Kleid zu Hause. Da würden Sie Augen machen, ei, ei, ei!«

»Ich meinte nicht das Kleid. Ich meinte Ihre Weißweinattacke auf meinen Kumpel. Der ist Journalist; mit etwas Pech stehen Sie morgen in der Zeitung. Wie ich, aber ohne nette Beiworte.«

»Ach du herrje«, machte sie mit gespieltem Schrecken. »Bitte verraten Sie ihm nicht, dass ich das mit Absicht getan habe. Wie hätte ich sonst ungestört mit Ihnen quatschen können?«

Ich steckte den Rest meines Mortadellabrötchens in den Mund. Kauend sagte ich: »Wir Privatdetektive stehen nicht auf unreife Frauen.«

»Ooch, das war jetzt aber nicht nett.« Sie zog eine Schnute und versuchte, beleidigt auszusehen. »Ich sage ja auch nicht alter Mann zu Ihnen.«

»Waren Sie eine Freundin von Beatrice?«

»Von wem? Ach so, *die* meinen Sie. Nein, nein, die kannte ich gar nicht.« Sie hakte sich bei mir ein und drückte sich an mich. »Ich hätte sooo Lust auf ein Scheibchen Mortadella. Würden Sie mir eins besorgen? So echt kavaliersmäßig?«

Ich sah sie amüsiert an. Sie war ein türkiser Witz in einem Ozean von Ernst, und wem nach Lachen zumute war, landete mit ihr einen Volltreffer. Kräftige Waden hatte sie und glatte Haut, aus den Lücken ihres Kleides quoll rosiges Hüftfleisch. Runde, volle Schultern, Stupsnase und Grübchen. Irgendwer würde ihr schon noch beibringen, dass sie zu laut sprach.

»Gerne«, sagte ich und machte mich los. Mit einer Gabel

nahm ich einen Lappen Mortadella von der Platte und hielt ihn ihr hin.

»Aber doch nicht so! Wie soll ich das denn essen? Sie müssen die Scheibe zusammenrollen und mir in den Mund stecken. Hier, bitte!« Sie beugte sich vor, schloss die Augen und formte mit ihren Lippen ein entzückendes O.

»Nö«, sagte ich und steckte mir die Wurst in den Mund.

»He!«, machte sie empört, bevor ihr Lachen wieder die Oberhand gewann. »Was sind denn Sie für einer? Keine Manieren, keinen Anstand, nichts!«

»Wie man sich halt auf einem Kindergeburtstag benimmt. Erzählen Sie mir Greisengesicht lieber, welche Verbindung Sie zu den Petazzis haben.«

»Ich? Gar keine. Papa ist Chefarzt in der Kopfklinik und kennt diesen Petazzi von früher. Hat ihn mal operiert, glaube ich. Und Mama, die ihn begleiten sollte, hat wie immer Migräne, typisch. Da bin ich halt mit.«

Sie betonte Papa und Mama auf der letzten Silbe, wie in Filmen der 50er-Jahre. Hinter ihr sah ich Petazzis Koloss auf uns zusteuern. Es dauerte eine Weile, bis er sich durch die Menge gekämpft hatte.

»Ihr Vater hat den alten Petazzi operiert? Nicht Beatrice, die Tochter?«

»Keine Ahnung. Ich glaube nicht. Ist doch auch egal.« Schon fing sie wieder an zu kichern. »Oder verdächtigen Sie etwa Papa? Geil!«

Der Leibwächter hatte uns erreicht. Er räusperte sich, ohne meine Gesprächspartnerin in ihrem Quietschekleid auch nur eines Blickes zu würdigen. Ausgerechnet dieser Testosteronjunkie!

»Draußen steht jemand, der behauptet, Ihr Assistent zu sein«, sagte er. »Soll ich ihn hereinlassen?« Er sprach mit Akzent, aber flüssig. Was bei seinen diversen Qualitäten ja kein Wunder war. Dass ich trotzdem staunte, hatte andere Gründe.

»Mein ... Assistent?«, fragte ich zurück. Die Türkise riss die Augen auf vor Bewunderung.

»Lügt der Mann? Gut. Lügner landen auf der Straße.« Schon wollte das Monstrum wieder fort.

»Moment, Moment! Mein Assistent, warum sagen Sie das nicht gleich? Geht in Ordnung. Welcher meiner Mitarbeiter ist es denn? Der Dicke?«

»Ein schlanker Herr. Mit Locken. Ihre Größe.«

»Ach, der.« Ich nickte. »Schicken Sie ihn zu mir. Sagen Sie ihm, ich hätte ein Hühnchen mit ihm zu rupfen.«

Der Italiener verduftete.

»Cool«, machte die Türkise. »Assistenten hat er auch. Brauchen Sie keine Sekretärin?«

»Danke, nein«, murmelte ich und ging alle meine Bekannten mit lockigem Haar durch. Keiner von ihnen wusste, dass ich hier war. Außer Marc natürlich, aber der wusch sich gerade Weißweinflecken aus der Hose. In Sichtweite standen zwei Lockenköpfe. Der eine war zu kurz und zu breit, der andere war dünn, stellte sich aber, sobald er sich umdrehte, als Frau heraus.

»Ich wäre toll als Sekretärin«, plapperte mein Gegenüber fröhlich weiter. »Wirklich, wir sollten es ausprobieren. Ich würde dir jeden Morgen einen Whisky – oh, jetzt habe ich dich geduzt!« Glucksend schlug sie die Hände vor den Mund. »Ist das okay? Darf ich dich duzen?«

»Du hast es ja schon getan. Also, ich bin Max.«

»Greta!«, jubilierte sie, ihr Glas gegen meines schmetternd. Dann fiel sie mir um den Hals und drückte mir einen Kuss von der Wucht eines Behördenstempels auf die Wange. »Prost, Max! Auf gute Zusammenarbeit!«

»Und was sagt das Jugendamt dazu?«, brummte ich, immer

noch nicht richtig bei der Sache. Wer kam auf die dämliche Idee, sich als mein Assistent auszugeben? Fatty traute ich es zu, aber der schied aufgrund der Beschreibung aus.

»Pass auf, Max, wir besorgen uns noch was zu trinken, und dann stell ich dich Papa vor.« Sie senkte die Stimme ein wenig. »Der ist zwar ein langweiliger Esel, aber das kann dir ja egal sein.« Sie senkte sie noch weiter. »Im Bett bringt ers auch schon lange nicht mehr, deshalb hat Mama dauernd Migräne.«

»Lass mal. Das verschieben wir. Nichts gegen Papa, nur muss ich mich jetzt um meinen Assistenten kümmern. Am Ende frisst er wieder alle Platten leer wie letztes Mal. Sobald ich ihn gesprochen habe, komme ich zurück.«

»Ooch, schade. Du könntest mich mit ihm bekannt machen.«

»Geht nicht, Greta. Wir sind sozusagen im Dienst. Trink was auf mich, ja? Bis nachher.«

Sie zog einen Flunsch und blickte mir enttäuscht nach. Mich hätte interessiert, welche Hose als nächste daran glauben musste.

Kein Lockenkopf an der Eingangstür. Der dicke Zeigefinger des Gorillas wies mir die Richtung, in der mein Mitarbeiter verschwunden war. Ich schlug mich durch die immer noch kauende Menschenmenge. Inzwischen knabberten sie wahrscheinlich das Silber von den Löffeln. Kein Lockenkopf. Selbst Schlanke in meiner Größe gab es nicht viele. Im mittleren Raum stand ein Grüppchen vor dem Marmorwürfel und tat beeindruckt. Ganz hinten strichen und zupften die vier klassischen Damen auf ihren Instrumenten, begleitet vom kennerischen Nicken des Ollen aus Buxtehude. Auch dort keine Locken. Dafür ein vorbildlich modellierter Pagenkopf.

»Sie schrecken auch vor gar nichts zurück, Herr Koller«,

sagte Renate Urban kalt. »Hat Ihnen die Göre ihre Tätowierung auf der Arschbacke gezeigt?«

»So weit waren wir nicht gedrungen. Wussten Sie, dass ihr Kleid im Dunkeln leuchtet? Es ist aus fluoreszierendem Türkis.«

Kopfschüttelnd ging sie weiter.

»Und was die Formen der Göre betrifft«, rief ich ihr nach, »die sind so perfekt, dass sie zu allem Möglichen taugen, nur nicht zur Trauerarbeit.«

»Wie meinen?« Das war Wolfgang Nerius, der eben den Raum betrat.

»Nicht der Rede wert. Ich plaudere ganz gerne mit Ihrer Gattin.«

»So?« Es war aber auch zu drollig. Kaum sprach man ihn auf seine Frau an, zog ein Sturmtief über sein Gesicht. »Sie wollten doch Signor Petazzi von Ihren Recherchen berichten, Herr Koller.«

»Kommt noch. Erst muss ich ein paar Worte mit meinem Assistenten wechseln.«

Er sah mir stirnrunzelnd nach. Ich ging zurück in den Buffetraum, wo ein ganzer Schwarm schwarzer Schatten um einen Lichtpunkt in Türkis tanzte.

Und dann entdeckte ich ihn.

Er war in der Tat schlank und hochgewachsen. Im Gesicht ein prächtiger Zinken, auf dem eine randlose Brille saß. Seine ehemals dunkle Lockenmähne war fast vollständig ergraut, weshalb sich sein Alter schwer schätzen ließ. Ende 40? 50? Irgendwie machte der Kerl einen verletzlichen Eindruck auf mich. Er trug einen leichten Mantel und einen Schal.

Mein Assistent grinste mich an. Ich grinste nicht.

»Hallo«, sagte er, als ich vor ihm stand.

»Fünf Euro Stundenlohn, drei Tage Urlaub im Jahr, keine Überstundenvergütung, kein Feiertagszuschlag. Meinen

Kaffee nehme ich stark, mit Milch, aber ohne Zucker. Der Morgen beginnt mit einer dreimaligen Preisung des Chefs – das bin ich –, und wenn Sie in die Gewerkschaft eintreten, werden Sie gefeuert. Einverstanden?«

»Bitte?«

»Sie hatten sich doch um ein Volontariat bei mir beworben, nicht?«

»Entschuldigung. Irgendetwas musste ich dem Türsteher ja erzählen.«

»Und was wollen Sie von mir?«

»Mit Ihnen reden. Und etwas trinken. Sie nehmen doch einen, oder?« Wie bestellt kam die junge Bedienung vorbei. Sie hielt sich tapfer auf den Beinen, obwohl sie sich beim Gehen wechselseitig auf die Füße trat.

»Auf Ihr Spezielles«, sagte mein Assistent und hob sein Glas.

Schweigend nahm ich einen Schluck. Heute Abend wollten sie alle einen mit mir saufen. Marc, Greta, der Typ hier. In der nächsten Sekunde würde er mir das Du anbieten und ein Bussi ins Gesicht drücken. Apropos Gesicht: Je länger ich in das seine starrte, desto sicherer war ich mir, es schon einmal gesehen zu haben. Wo? Wann? Keine Ahnung.

»Na, wie gefällt es Ihnen hier?«, wurde ich gefragt.

Ich seufzte. Warum machen es einem die Leute immer so schwer? Rüde packte ich den Kerl am Arm und drehte ihn so, dass er Richtung Eingang schaute. Hoch über den Besuchern thronte die Stoppelmähne des Leibwächters.

»Der Kerl dort«, sagte ich, »Luigi, oder wie er heißt, braucht fünf Sekunden von der Tür zu uns, wenn ich ihn rufe. Und wenn ich ihm sage, dass Sie gar nicht mein Assi sind, braucht er noch einmal fünf Sekunden, um Sie im Neckar zu versenken. Also quatschen Sie nicht blöd rum, sondern beantworten Sie meine Frage. Was wollen Sie von mir?«

»Toller Auftritt«, sagte er mit gekränkter Miene und machte sich los. »Glauben Sie, dass mich das beeindruckt? Ich bin hier, weil ich heute Morgen Ihr Bild ...«

»... in der Zeitung gesehen habe, klar. Das haben noch tausend andere, und die sind Gott sei Dank nicht hier.«

»Mein Name ist Robert Usedom. Ich bin Schriftsteller. Hauptsächlich Romane. Keine Bestseller, aber der eine oder andere hat meinen Namen schon gehört.«

»Ich wollte da mal hinfahren.«

»Wie? Ach so, nach Usedom. Ja, schöne Gegend. Trotzdem, in Heidelberg lebt es sich besser.«

»Vor allem am Samstagabend um Viertel nach acht auf dem Uniplatz.«

Für einen kurzen Augenblick wurden seine Gesichtszüge hart. Er kippte seinen Wein entschlossen hinunter, um anschließend ins leere Glas zu starren. »Das sollten Sie nicht sagen«, murmelte er.

»Dann sagen Sie mir, was ich sagen soll.«

»Ich habe Beatrice gut gekannt.«

»Tut mir leid.«

»Ja, mir auch. Ich weiß einiges über sie und ihren Vater. Deshalb wollte ich mit Ihnen sprechen. Heute Mittag schon, aber da waren Sie in Eile.«

»Ach, Sie waren das!« Jetzt fiel es mir wieder ein. »Der Typ vor meinem Haus, der die Namensschilder inspizierte.«

»Ja, ich ... Maria hat mir Ihre Adresse gegeben. Ich wollte Sie nicht aufhalten, und vielleicht ist heute Abend ohnehin der bessere Zeitpunkt.«

»Welche Maria? Doch nicht die Wirtin vom Englischen Jäger?«

»Wer denn sonst? Ich bin dort jeden Sonntag zum Frühschoppen. Und von Ihnen wird viel geredet.«

»Verstehe.« Das war ja interessant. In meiner Lieblingskneipe hatte ich Usedom noch nie gesehen. Kein Wunder, wenn er sich nur am Sonntagvormittag dort blicken ließ. Schriftsteller sind so ziemlich das Letzte, über das man im Englischen Jäger spricht. Zumindest an meinem Tisch.

»Deshalb sagte ich, dass es sich in Heidelberg ganz gut lebt. Weil es noch kleine Paradiese wie den Englischen Jäger gibt.«

»Das sehen gewisse Bauträger ganz anders. Aber nun erzählen Sie mir, in welchem Verhältnis Sie zu Beatrice standen. Nein, Moment, lassen Sie mich raten.« Mir war eine Bemerkung Maikes eingefallen. »Das E-Piano ist von Ihnen, stimmts?«

Er lächelte. »Genau.«

»Waren Sie Beatrices Freund?«

Das Lächeln verschwand. »Nicht *der* Freund«, antwortete er. »Ein Freund. Sie war ja nicht mal halb so alt wie ich. Aber es war eine gute Freundschaft. Etwas Besonderes.«

Etwas Besonderes, soso. Für ältere Herrschaften ist es das immer, sobald sie eine knackige Studentin mit ihren gesammelten Lebensweisheiten beglücken dürfen. Eine Begegnung mit Greta war auch etwas Besonderes, in jeder Hinsicht. Aus dem Augenwinkel sah ich ihr Kleid in einem Winkel des Raums aufblitzen.

»Wir haben viel miteinander gesprochen«, fuhr Usedom fort. »Über ihr Leben, ihre Pläne. Nächtelang. Über ihren Vater weniger. Trotzdem weiß ich mehr als jeder andere.«

»Und das wäre?«

»Das hier«, sagte er und beschrieb mit einer Hand einen großen Bogen, »ist eine einzige große Lüge. Florentiner Karneval, hat überhaupt nichts zu bedeuten. Petazzi ist froh, dass er Beatrice los ist. Die beiden hatten sich nichts mehr zu sagen.«

»Kommt vor.«

»Ja, kommt vor. In den besten Familien. Aber dass man daraus einen großen Mummenschanz macht und dass dieser Mummenschanz wiederum dem eigenen Image dient – man will ja schließlich gewählt werden – das kommt eher selten vor. Wissen Sie, wie oft Beatrice von Heidelberg nach Florenz geflogen ist?«

»Einmal?«

»Exakt, Herr Koller, ein einziges Mal. Um Freunde aus ihrer Schule zu treffen. Telefonate mit ihrem Vater, Briefe? Nichts. Petazzis Sekretärin meldete sich monatlich bei ihr und regelte das Finanzielle, verstehen Sie?«

»Ich dachte, sie wollte sein Geld nicht.«

»Gut recherchiert. Sie hat es in der Tat nicht angerührt. Lieber jobbte sie in Kneipen, das sagt doch alles.«

»Und ihre Mutter?«

»Von der wusste sie nichts. Beziehungsweise nur Negatives: was Petazzi ihr erzählte. Für ihn war die Flucht seiner Frau gleichbedeutend mit Hochverrat; am liebsten hätte er sie dafür hinter Gitter gebracht. Und als er merkte, dass seine Tochter ihr in vielem nachschlug, übertrug er seinen Hass auf sie.«

»Und?«

»Was und? Ist das nichts? Sind das keine Informationen? Ich weiß nicht, was für ein Märchen Ihnen der Alte erzählt hat, aber mit der Wahrheit hat es nichts zu tun. Die Mörder seiner Tochter finden – Quatsch! Petazzi setzt sich bloß in Szene, damit er eine gute Presse hat und das Mitleid seiner potenziellen Wähler.«

»Wollen Sie nicht, dass Beatrices Mörder gefunden wird?«

»Doch, natürlich. Von der Polizei, ohne dass Petazzi seine Finger darin hat. Geben Sie den Auftrag zurück, Herr Koller. Es würde Sie ehren.«

Nun musste ich lachen. »Den Auftrag zurückgeben? Ich soll mein Engagement beenden? Nichts für ungut, Herr Usedom, aber das lassen Sie mal schön meine Sache sein.«

»Tun Sies nicht für mich, sondern für Beatrice.«

»Sie meinen, das wäre in Beatrices Sinne: dass ich nicht nach ihrem Mörder suche?«

»Sie hat ihren Vater gehasst«, stieß er hervor. »Und sie hatte allen Grund dazu. Wenn sie wüsste, was er für eine Show veranstaltet, würde sie ihn ...« Er brach ab, eine Hand wie in ohnmächtiger Wut erhoben.

»Umbringen?«

»Wie gesagt, sie sprach ungern über ihn. Aber sie hat mir einmal einen Text gezeigt. Eine Art Traumerzählung, sehr persönlich. Mich als Schriftsteller interessierte das natürlich. Daraufhin war mir einiges klar.«

»Nichts gegen Träume, aber ...«

»Sie haben ihn doch kennengelernt, diesen Machtmenschen.« Flammende Röte überzog Usedoms Gesicht. »Ein faschistoider Typ, der nur eines will: herrschen. Alle sollen nach seiner Pfeife tanzen, seine Familie, seine Angestellten, die Wähler. Wehe, einer versagt ihm die Gefolgschaft! Dann fängt es in seinen kaputten Beinen an zu jucken, und weil er nicht als Krüppel gelten will, hängt er den Diktator raus.«

»Sind Ihre Romane auch so geradeaus?«, grinste ich. »Oder geht es da ein bisschen subtiler zu?«

»Sie glauben mir nicht, was?« Er sprach nun so schnell, dass er sich verhaspelte. »Tut mir leid, Herr Koller, dann haben Sie nicht gut recherchiert. Fragen Sie Italiener, was sie von Petazzi halten. Natürlich nicht die Idioten von der Lega Nord. Alle anderen werden es Ihnen bestätigen: Petazzi ist eine Gefahr für die Demokratie. Lesen Sie, was er über

Mussolini schreibt. Über Schwarzafrikaner oder über die jüdische Mafia, die New York in ihren Klauen hält.«

»Das klingt ja, als gäbe es eine Verbindung zwischen Petazzi und den rechtsradikalen Attentätern. Zumindest eine geistige.«

Usedom zuckte die Achseln. »Vielleicht hat er sie sogar angestiftet. Nein, das traue nicht einmal ich ihm zu. Aber schuld ist er an Beatrices Tod. Hätte er sie nicht so mies behandelt, wäre sie vielleicht nie nach Deutschland gekommen.«

»Und könnte jetzt noch leben?« Ich schüttelte den Kopf. »Jetzt kommen Sie mal wieder auf den Teppich. Ich verstehe, dass Sie sauer und traurig sind, aber nun möchte ich auch ein paar Dinge klarstellen. Erstens: Sie erzählen mir nicht viel Neues. Ich wusste, dass das Verhältnis zwischen Vater und Tochter schlecht war. Das herauszufinden, war nun wirklich keine Kunst.«

»Es war nicht bloß schlecht«, unterbrach er mich wütend. »Die beiden haben sich gehasst!«

»Zweitens: Bitte sagen Sie mir nicht, wie ich meinen Beruf auszuüben und welche Aufträge ich zurückzuweisen habe. Ich rede Ihnen ja auch nicht in Ihre Arbeit rein.«

Er funkelte mich an. Seine Nasenflügel bebten.

»Außerdem, und das ist Punkt drei, hege ich einen Verdacht, worum es Ihnen in Wahrheit geht. In Ihnen hat sich Wut gegen Petazzi aufgestaut, und Sie würden ihm gerne all das, was Sie mir eben erzählt haben, ins Gesicht schreien. Bloß trauen Sie sich nicht. Sie möchten den Typen um uns herum die Maske entreißen, die ganze verlogene Feier als Heuchelei entlarven, aber dazu reicht Ihr Mut nicht. Deshalb kommen Sie zu mir, in der Hoffnung, dass ich dem alten Petazzi mal kräftig einheize. Hier, du Bonze, hast du deinen Auftrag zurück; mit Faschisten mache ich keine Geschäfte.«

»Das denken Sie also?«, keuchte er. »Sie denken, ich bin zu feige?«

»Sie sind Schriftsteller«, grinste ich.

»Dann schauen Sie jetzt genau hin, Sie Großmaul.«

Im nächsten Moment stand ich allein da. Ich sah Usedom mit wehendem Mantel nach hinten eilen und folgte ihm, Unheil witternd. Im Vorbeigehen grapschte er nach einem verlassenen Weinglas. Dass er Gäste anrempelte, schien er nicht einmal zu bemerken. Ich beschleunigte meine Schritte und trat gerade noch rechtzeitig in den Innenhof, um zu sehen, wie er sich vor Petazzi aufbaute und ihm den Inhalt des Glases ins Gesicht schüttete.

Petazzi schrie auf. Sogar sein Leibwächter reagierte zu spät.

Bevor ich etwas sagen oder rufen konnte, trat Usedom den Rückzug an. Noch nie habe ich einen Dichter derart flitzen sehen.

»Du Idiot«, dachte ich und schloss die Augen. »Du verdammter, durchgeknallter Idiot!«

»Ist was passiert?«, fragte Wolfgang Nerius hinter mir.

An diesem Abend lernte ich eine Menge italienischer Schimpfworte. Weil ich einen Frascati nach dem anderen in mich hineinschüttete, konnte ich irgendwann in derselben Sprache zurückschimpfen. Doch ich ließ es bleiben. Lieber darauf achten, dass der Wein an der richtigen Stelle landete und nicht im Gesicht oder auf der Hose. Es war übrigens Gretas Vater, der nach Usedoms Attentat herbeigerufen wurde, um Erste Hilfe zu leisten. Als er das unverletzte Opfer sah, zog er kopfschüttelnd wieder ab. Er war wirklich ein extremer Langweiler. Seine Tochter nutzte die Gunst der Stunde und bandelte mit dem Ollen aus Buxtehude an, was dessen Frau nicht bemerkte, weil sie mit der Dürren über die Flugbahn des Weines und den Fluchtweg des

Dichters diskutierte. Überall wurde getuschelt und geraunt, nur Botschafter Gollhoven gab sich mit gesträubten Augenbrauen zufrieden. Der Rotarier stand schweigend in einer Ecke und schnappte ab und zu nach Luft. Von Covet keine Spur; er verriet mir später, dass er sich mit bekleckerter Hose nicht mehr unter die Gäste gewagt und aus dem Staub gemacht hatte.

Wolfgang Nerius gelang es schließlich, die Wogen zu glätten. Er redete den Skandal zum Skandälchen herunter, faltete selbiges in aller Freundlichkeit zusammen und entsorgte es in einem Papierkorb. Bitte, meine Damen, meine Herren, schenken Sie dem kleinen Vorfall keine Beachtung. Tiramisù ließ er in Riesenmengen auffahren und die Musiker noch ein Stück spielen. Mit Erfolg. Als er auf den Hof trat, waren wir unter uns: seine Frau, Petazzi, die beiden Leibwächter und ich.

Trotzdem wurde es laut.

»Was haben Sie sich eigentlich dabei gedacht«, schrie mich Petazzis Gorilla an, »diesen Menschen als Ihren Assistenten auszugeben?«

Der Vizegorilla, der sich zum Zeitpunkt des Anschlags im Innenhof aufgehalten hatte, schrie auch etwas. Sein »maledetto, birbante« hallte eindrucksvoll von den Hauswänden wider.

»Ich habe ihn nicht als meinen Assistenten ausgegeben«, antwortete ich. »Das hat er selbst getan.«

»Aber ich fragte Sie doch noch!«

»Ja, und ich dachte, es handle sich um einen meiner Bekannten.«

»Einen Ihrer Bekannten?« Der Gorilla drehte die Dezibelzahl unbarmherzig nach oben. »Und? War das vielleicht einer Ihrer Bekannten?«

»Nein, war es nicht. Aber ich hielt ihn für harmlos. Und

ich wollte herausfinden, wozu er gekommen war. Deshalb habe ich mit ihm gesprochen.«

»Harmlos!«, brüllte der Kleiderschrank, dass seine Türen schepperten. »Harmlos! Er hätte Signor Petazzi ermorden können!«

»Mit einem Glas Weißwein?«, fragte ich unschuldig.

Im nächsten Moment schwebte ich eine Handbreit über der Erde. Zwischen meinem Gesicht und dem des schäumenden Leibwächters befand sich dagegen keine Handbreit mehr, und ich sah, wie seine Augen zu großen roten Murmeln mit einem schwarzen Punkt darin wurden.

»Eine äußerliche Behandlung mit Weißwein ist nicht tödlich«, sagte ich so ruhig wie möglich.

Irgendwo hoch oben wurde quietschend ein Fenster geöffnet. Die Nachbarschaft lugte in den Hof. Eine Katze miaute. Und das Knirschen, das die Dunkelheit erfüllte, musste von den Backenzähnen meines Widersachers stammen.

»Ich glaube, das reicht jetzt«, ließ sich eine kühle Stimme vernehmen. Renate Urban trat neben uns und legte eine Hand auf die Schulter meines Gegenübers. »Danke, Luigi, Sie und Daniele haben Ihre Arbeit sehr gut gemacht. Mit der Aktion eines Verrückten war nicht zu rechnen. Niemand kann Ihnen etwas vorwerfen.«

Der Leibwächter öffnete seine Fäuste. Ich bekam festen Boden unter die Füße, strauchelte, fiel aber nicht. Demnächst musste ich unbedingt mit einer Testosteronkur beginnen.

»Ich wollte ihn rausschmeißen«, schnaubte Luigi. »Aber der da meinte, es sei alles in Ordnung.«

»Keine Sorge, Sie haben sich korrekt verhalten. Für die Situation ist allein Herr Koller verantwortlich. Er wird Ihnen sicher verraten, um wen es sich bei diesem Mann handelte.«

»Also, wie heißt er?«, schnauzte mich der Gorilla an.

»Peter Müller«, sagte ich achselzuckend. »Klang nach einem erfundenen Namen. Er behauptete, ein Bekannter Beatrices zu sein.«

»Und was wollte er hier?«

»Mich dazu bewegen, meine Recherchen einzustellen.«

»Warum das?«

»Er sagte, Beatrice habe ihren Vater gehasst. Dass nun in seinem Namen und mit seinem Geld nach ihren Mördern gefahndet werde, sei nicht in ihrem Sinne.«

Das saß. Luigi riss die Augen auf, das Ehepaar Nerius wechselte bestürzte Blicke.

»Ich sollte das so weitergeben«, sagte ich. »Wortwörtlich. Als ich mich weigerte, drehte der Mann durch.«

Der Leibwächter fluchte. Auf Italienisch und ziemlich lange. Sein Kollege mischte sich ein, Luigi gab Kontra. Zerwürfnis unter Landsleuten? Oder Verständigung über die Wahl der Folterinstrumente?

Mit einer Handbewegung brachte Petazzi seine Angestellten zum Schweigen und bat um eine Erklärung. Nerius holte groß aus, aber schon nach drei Sätzen schnitt ihm Luigi barsch das Wort ab, um seine eigene Version zum Besten zu geben. Ohne Weichzeichner. Ich wartete gespannt auf Petazzis Reaktion.

Zack, ratsch, bumm: Luigi redete auch wie ein Leibwächter. Ich verstand »Peter Müller« und »Beatrice« und »Koller«. Außerdem etwas, was ich mit »Die spinnen, die Preußen« übersetzt hätte. Nach dem finalen Ausrufezeichen des Gorillas herrschte Stille. Petazzi starrte den Hünen an, ob noch etwas käme. Als nichts kam, brach er in Lachen aus. Es war kein schönes Lachen und schon gar kein ehrliches. Beatrices Vater spielte den amüsierten Nationalhelden, dem ein germanischer Mischling ans Denkmal gepinkelt hatte. Er saß in einem Korbsessel neben dem Altar für seine Tochter, den rechten Ellbogen auf die Lehne gestützt, drei Finger am Kinn, und gönnte sich den Luxus eines kurzen, prustenden Lachens. Bei aller Liebe, meine deutschen Freunde! Fällt euch nichts Originelleres ein? Wenn ihr Streit wollt, dann bitte richtig. Etwas mehr Niveau, klar? Amici tedeschi!

Fünf Leute warteten darauf, dass sein Lachen zu Ende war.

Dann war es zu Ende. Petazzi nahm die Hand vom Kinn und sah uns ernst an. Zurück zum Thema, liebe Freunde. Wo waren wir stehen geblieben? Er sagte etwas Kurzes, Endgültiges. Luigi nickte und zeigte fragend auf mich. Petazzi schüttelte den Kopf.

»Finden Sie heraus, wer dieser Müller ist«, sagte Renate Urban, »und bringen Sie ihn dazu, sich bei Signor Petazzi zu entschuldigen. Dann sollte die Angelegenheit vergessen sein.«

Täuschte ich mich, oder warf ihr Luigi einen bitterbösen Blick zu? Ich täuschte mich nicht, aber der Kerl war bloß eine Sicherheitsweste in Übergröße und wurde weder fürs Denken noch fürs Bösesein bezahlt.

»Gut«, nickte ich. »Wenn dieses Thema nun gegessen ist: Ich hätte da noch etwas mit Ihnen zu besprechen. Vielleicht gibt es eine Spur zu den Mördern.«

»Schießen Sie los!«, ließ Petazzi ausrichten.

Ich berichtete von meiner Begegnung mit dem Frettchen. Es gab jede Menge Nachfragen: für wie glaubwürdig ich den Informanten hielt. Ob er das Geld wert sei. Ob ich an die Existenz der Arischen Front glaubte. Nerius, von Petazzi wieder zum Übersetzer erkoren, redete sich den Mund fusselig.

»Ja«, sagte ich, »inzwischen bin ich zu der Überzeugung gelangt, dass es tatsächlich eine Gruppe dieses Namens gibt.

Vielleicht ist es nur eine Horde von Hooligans, die nichts mit dem Anschlag zu tun hat. Das kann ich nicht beurteilen. Insofern bedeutet es ein Risiko, so viel Geld zu investieren. Ob es sich lohnt, müssen Sie entscheiden.«

Natürlich fiel Petazzi die Entscheidung nicht schwer. 50 Mille, ein Klacks für ihn. Portokasse auf, Informationen rein! Obwohl, so ganz ohne gab er sie nicht aus der Hand. Ich sollte das Frettchen mit 10.000 anfüttern und ihm den Rest erst geben, wenn er wirklich etwas Brauchbares anzubieten hatte. Das würden schöne Verhandlungen werden! Ich sah den Kleinen schon mit zitternden Händen nach den Scheinen greifen. In Tränen würde er ausbrechen, wenn er die erhoffte Summe nicht bekam, in deutsche, rassenreine Tränen!

Davon, die Polizei einzuschalten, war übrigens nicht ein einziges Mal die Rede. Petazzis Nicken beendete schließlich die Audienz. Der Kunsthistoriker geleitete mich ins Haus zurück.

»Sehen Sie«, triumphierte er. »Eine prima Idee, unser Zeitungsartikel. Das müssen Sie zugeben.«

»Genauso gut wie die Theorie vom Auftragsmord an Beatrice Petazzi. Wenn die Arische Front hinter dem Anschlag steckt, ist diese Theorie Asche.«

Er lächelte. »Sie können nicht verlieren, Herr Koller. Das ist Ihr Problem.«

Ja, vielleicht war es das. Wer kann schon in Würde verlieren? Ich jedenfalls hatte nach diesem kurzen Dialog den unbändigen Wunsch, dem eingebildeten Kinnbart eins auszuwischen, und ich wusste auch schon, wie. Ich musste nur seine Frau abpassen. Bis es so weit war, strolchte ich durch die Galerie, kippte mir Wein hinter die Binde, betrachtete die trauernden Steinskulpturen, suchte Covet. Ein Weilchen sah ich dem Großneffen zu, wie er sich beim Versuch, eine Weinflasche zu öffnen, ständig mit dem Korkenzieher in die Hand stach. Greta, schimpfend wie ein Rohrspatz, wurde von ihrem Vater zum Ausgang gezogen, was dem Exdiplomaten Gollhoven ein empörtes Räuspern entlockte.

Endlich stand sie neben mir, die Frau mit den grünen Augen und der albernen Pagenfrisur. Sie sah erschöpft aus. Ihre Wimperntusche begann schon zu bröckeln. In der Hand hielt sie eine brennende Zigarette.

»Danke«, sagte ich.

»Wofür?«

»Dass Sie Luigi gebremst haben. Lange hätte ich mich nicht mehr beherrschen können. Und Petazzi wäre vielleicht böse geworden, wenn ich ihm seinen Orang-Utan als Puzzle zurückgegeben hätte.«

Renate Urban verzog keinen Gesichtsmuskel, aber sie lachte mit den Augen. In Petazzis Kleiderschrank passte ein Hemd wie ich zweimal hinein. Und dann wäre immer noch Platz gewesen.

»Luigi hat Angst um seinen Job«, sagte sie. »Zu Recht, Petazzi duldet keinen Fehler. Schon gar nicht von Menschen, die ständig um ihn herum sind. Ein Privatdetektiv ist ihm egal, aber Luigi und Daniele werden es zu spüren bekommen.«

Auch das war eine lustige Vorstellung: dass ein gehbehinderter Alter seine beiden Hausriesen abwatschte.

»Die Macht des Geldes«, sagte ich. »Es ist immer das Gleiche.«

Sie nahm einen tiefen Zug und blies mir den Rauch voll ins Gesicht. »Vielen Dank, Herr Koller. Ich weiß genau, worauf Sie anspielen. Sie denken, die Urban profitiert von Petazzis Geld mindestens so sehr wie ein Luigi oder Daniele. Sie denken, die Urban lässt sich das alles hier bezahlen: die Galerie, den Empfang, die Publicity. Sie denken, die schläft mit Petazzi als Dank für seine Großzügigkeit.«

Ich grinste. »Denke ich das?«

»Natürlich. Alle denken das. Sie erst recht.«

»Ja, vielleicht. Nach Ihrem Auftritt vorhin denke ich aber auch, dass Sie keine Angst vor Petazzi haben. Anders als seine beiden Riesenbabys.«

Sie schwieg und sah an mir vorbei. Bedächtig nahm sie einen Zug.

»Oder sehe ich das falsch?«

»Warum fragen Sie mich nicht einfach, ob ich mit ihm schlafe?«

»Gut, frage ich.«

»Nein«, sagte sie schlicht. »Ich bin doch nicht verrückt.«

Ich zuckte die Achseln.

»Und Angst, da haben Sie recht, Angst vor Petazzi habe ich tatsächlich nicht. Auch wenn zu dem Auftritt im Hof kein Mut gehörte. Früher, als ich Petazzi kennenlernte, da hatte ich Angst vor ihm. Weil ich merkte, wie viel Angst Wolfgang hatte. Vor dem Politiker, dem Unternehmer, dem Mäzen. Ich konnte mich davon lösen. Mir ist meine Galerie wichtig, aber nicht so wichtig, dass ich alles dafür in Kauf nähme. Auch wenn Sie mir das nicht glauben: Ich könnte jederzeit auf den Kram hier verzichten. Mit Petazzis Unterstützung fällt vieles leichter. Aber es ginge auch ohne. Ich habe schon oft darüber nachgedacht.«

»Und Ihr Mann?«

»Wolfgang?« Kurz, fast unmerklich verzog sie den Mund. »Schwierig. Sehr schwierig.«

Irgendjemand kam, schüttelte ihr die Hand, verabschiedete sich wortreich. Mich ignorierte er. Ich ignorierte ihn.

»Tja«, sagte Renate Urban, Asche auf den Boden stippend,

»man macht sich so seine Gedanken. Sind Sie verheiratet, Herr Koller?«

»Nicht mehr. Getrennt.«

»Und? Wie lebt es sich?«

»Ganz gut«, sagte ich und versuchte, jeden Gedanken an Christine zu vermeiden. »Die meiste Zeit wenigstens.«

»Tja«, murmelte sie wieder. »Wenn der Kleine nicht wäre ...«

Die Zigarette war zu Ende. Wolfgang Nerius wurde auf uns aufmerksam und kam uns winkend entgegen. Ich hatte keine Lust auf einen weiteren Wortwechsel mit ihm, verabschiedete mich und ging. An der Tür drückte mir Luigi eine Quittung in die Hand. Ich unterschrieb und war im nächsten Moment 50.000 Euro mehr wert. Woher die Italiener so fix das Geld hatten, wollte ich gar nicht wissen.

Mein Rad stand ein paar Meter neben dem Eingang, davor saß die Bedienung im kleinen Schwarzen. Schnarchend. Als ich sie am Arm packte, schlug sie die Augen auf und stöhnte: »Mir isso schlecht.«

»Ach nee.«

»Doch. Ich will ins Bett.«

»Wo wohnst du denn?«

»Bergheimer Straße.«

»Soll ich dir ein Taxi rufen?«

»Das kotz ich voll. Fahr du mich heim.«

»Mit dem Fahrrad? Du weißt, was ein Fahrrad ist, ja?«

Sie nickte. Seufzend hievte ich sie auf den Gepäckträger, von dem sie sofort runterfiel. Ich nahm sie in den Arm, stieg auf und setzte sie vor mich auf die Stange, Gesicht zu mir.

»Halt dich fest. Wenns nicht klappt, ruf ich einen Krankenwagen.«

Sie schlang den Arm um meinen Hals, dass ich kaum

noch Luft bekam. Nach zehn Metern fühlte ich ihre Lippen an meiner Backe, in der Hauptstraße summte sie mir einen Schlager ins Ohr. Auf dem Bismarckplatz meinte sie, sie müsse sich übergeben, es kam dann aber doch nichts.

An einem schäbigen Altbau kurz vor der Autobahn ließ sie mich anhalten. Ich lehnte sie gegen die Haustür.

»Schaffst dus allein?«

»Du bist einsame Klasse«, hauchte sie.

»Ich weiß«, sagte ich.

11

Am Morgen nach diesem verrückten Mittwoch hatte ich über vieles nachzudenken. Selbst das Wetter leistete seinen Beitrag dazu. Es pladderte, als ich mich aus dem Bett quälte, es pladderte, als ich mir eine ganze Kanne Kaffee machte, und es sah nicht so aus, als würde es in den nächsten Stunden aufhören zu pladdern.

Ich setzte mich an meinen kleinen Küchentisch, legte die Füße auf eine leere Bierkiste, trank Kaffee und starrte in den trüben Tag hinaus. Als Erstes fiel mir Greta ein, ausgerechnet. Wenn ich mich recht erinnerte, war ein Teil meiner Träume türkis gewesen. Dann dachte ich an Usedom, an Luigi und seinen Zwillingsbruder, an die zwei aus Buxtehude und die buschigen Brauen des seriösen Diplomaten. Auch Renate Urbans Pagenkopf zog an meinem inneren Auge vorbei. Ich bekam unbändige Lust, Nerius zu fragen, wann seine Frau Geburtstag hatte; vielleicht freute sie sich über einen Gutschein für einen Friseurbesuch?

Vielleicht auch nicht. Mehr Kaffee, Max Koller!

Erst nachdem ich sämtliche Begegnungen von gestern Abend durchdekliniert hatte, beschäftigte ich mich mit dem Frettchen. Wann würde der Kerl anrufen und wo würden wir uns treffen? Warum stand er, geldgierig, wie er war, nicht längst auf der Matte? Neun Uhr war vorbei. Gestern hatte er sich um halb eins gemeldet, in seiner Mittagspause vielleicht. Da konnte ich lange herumraten. Ich würde warten müssen. Mehr war nicht zu tun.

Noch eine Tasse. Doch, ich konnte etwas tun: Kommissar Fischer informieren. Das Vertrauen, das mir der Polizist entgegenbrachte, war mit Vertrauen zu vergelten. Aber wenn sich der Kontakt zu dem Frettchen als kalte Spur herausstellte, stand ich blöd da. Und blöd dastehen wollte ich nicht, solange die Herren Greiner und Sorgwitz mit von der Partie waren.

Nachdem ich dem Kaffee den Garaus gemacht hatte, blieb ich noch ein Weilchen sitzen. Mein Kopf schmerzte ganz passabel. So viel Frascati bin ich nicht gewohnt. Als ich mich eben entschlossen hatte, zu einem Entschluss über das weitere Vorgehen zu kommen, läutete das Telefon. Ich sprang auf. Das Nagetier! Los ging es mit dem Geldhamstern.

Aber er war es nicht. Es war ein anderer meiner neuen Freunde.

»Morgen, Herr Koller. Wollte mal hören, wie es Ihnen geht.«

»Leidlich, danke. Sonst noch was?«

»Warten Sie! Ich hoffe, Sie hatten wegen mir keine Unannehmlichkeiten gestern Abend.«

»Keine was?«

»Unannehmlichkeiten.«

»Sie und Ihr Wortschatz, Herr Usedom! Falls es Sie interessiert: Petazzi hat Ihren Anschlag überlebt. Sein Leibwächter auch. Und dass der mich in seinen Pranken fast zu Mus zerdrückt hat, verbuchen wir unter den unvermeidlichen Kollateralschäden. So viel zu meinem Wortschatz.«

»Das tut mir leid, wirklich.«

»Ach was, meine Ohren bereiten mir größere Sorgen. Ich glaubte Sie gestern so verstanden zu haben, dass Sie Petazzi Ihre Verachtung ins Gesicht sagen wollten und nicht schütten. So kann man sich verhören.«

»Ich weiß, dass meine Aktion albern war. Aber es kam von Herzen. Irgendeiner musste dieser Heuchelei ein Ende setzen.«

»Das haben Sie geschafft. Für fünf Minuten etwa. Dann kam das Tiramisù, und schwupp, war Peter Müller vergessen.«

»Wer?«

»Peter Müller. So nannte sich der Attentäter laut Aussage eines anwesenden Privatdetektivs. Adresse unbekannt. Scheint ein bislang unentdeckter Nachwuchsdichter zu sein.«

»Vielen Dank«, murmelte Usedom.

»War mir ein Vergnügen. Tschüss.«

»Moment!«, rief er. »Nicht so schnell. Ich würde Ihnen gerne mehr über Beatrice erzählen. Und über mich. Auch als Dank für Ihre Hilfe.«

»Nichts für ungut, lieber Herr Usedom, aber für Vergnügungen fehlt mir die Zeit. Ich stecke immer noch in Ermittlungen, auch wenn es Ihnen schwerfällt, das zu akzeptieren.«

»Ja, eben. Sie brauchen Informationen über Beatrice und ihren Vater. Die bekommen Sie von mir. Außerdem möchte ich Ihnen einen ausgeben. Wegen gestern. Sagen wir, um zwölf im Englischen Jäger?«

»Ich dachte, Sie gehen nur sonntags dorthin.«

»Normalerweise, ja.«

»Meinetwegen, ich komme. Allerdings erwarte ich einen wichtigen Anruf. Der hat Vorrang, verstehen Sie?«

»Natürlich. Bis nachher.«

Seufzend legte ich auf. Waren alle Schriftsteller so penetrant? Vielleicht hatte es sich bis zwölf Uhr wenigstens ausgeregnet.

Die verbleibende Zeit nutzte ich, um meine Bude aufzuräumen und das Frühstücksgeschirr zu spülen. Anschließend tätigte ich ein paar Einkäufe im Supermarkt um die Ecke. Ich hatte schon ewig nichts Leckeres mehr gekocht. Der Regen ließ nur wenig nach, aber die frische Luft tat meinem Frascati-Schädel gut. Tropfnass kehrte ich nach Hause zurück, tropfnass langte ich gegen zwölf im Englischen Jäger an. Petazzis Kohle und mein Handy steckten geschützt in der Innentasche meiner Jacke.

Anstelle des abendlichen Zigarettenqualms durchzog Küchenduft die Kneipe. Robert Usedom saß an einem kleinen Tisch und las die Neckar-Nachrichten. Er war der einzige Gast außer dem unvermeidlichen Stammpublikum, das langsam, aber sicher an seinen Stühlen festzuwachsen drohte. Hinter der Theke stand Maria, die glatzköpfige Wirtin, und trocknete Gläser ab.

»Das ist ein Mistwetter, was?«, begrüßte mich der Schriftsteller, faltete die Zeitung zusammen und legte sie neben seine Brille auf den Tisch.

»Nun weiß ich, wie sich Petazzi gestern Abend gefühlt haben muss.«

»Okay, okay, wie oft soll ich es noch sagen? Es war eine dämliche Aktion.«

Ich hängte meine tropfende Jacke über einen Stuhl und setzte mich auf den daneben. Meine Hosenbeine fühlten sich klamm an.

»Ich war ein bisschen betrunken«, fuhr Usedom fort. »Sonst wäre es nicht so weit gekommen.«

»Und jetzt halten Sie Ihren Pegel?« Ich zeigte auf das Glas, das vor ihm auf dem Tisch stand.

»Bloß eine Weinschorle. Was trinken Sie?«

Ich drehte mich um und rief Maria meine Bestellung durch den Gastraum zu. Obwohl ich deutlich artikuliert hatte, fragte sie dreimal nach.

»Wasser? Sicuro?«

Ich nickte.

»Acqua minerale?«

»Ja!«

»Das bist nicht du, Max. Ist ein anderer, sieht aus wie du!« Kopfschüttelnd verschwand sie in der Küche.

Usedom grinste. »Der Alkohol war aber nicht die Hauptursache. Sie hätten mich nicht so reizen sollen.«

»Habe ich das?«

»Na, und ob. Provoziert haben Sie mich. Sie sagten, ich sei ein Feigling. Ich würde bloß reden und nichts tun.«

»Ist das so falsch? Sie sind schließlich Schriftsteller. Die neigen nicht unbedingt zum Tatendrang.«

Seine Miene verfinsterte sich. »Woher wollen Sie das wissen?«

»Stimmt es etwa nicht?«

»Nein, es stimmt nicht. Absolut nicht. Ein dämliches Vorurteil. Und das aus Ihrem Mund!«

»Was ist Besonderes an meinem Mund? Wenn ich ihn aufmache, kommen Vorurteile raus. Außerdem kannte ich bisher keine Schriftsteller. Sie sind der erste, und Ihre Spezialität scheinen Weißweinattacken zu sein.«

»Da hätten Sie mich früher kennenlernen sollen.« Er ließ seinen Worten eine bedeutungsvolle Pause folgen, während der sich seine Finger mit den Bügeln der Brille beschäftigten. Maria kam, stellte eine Flasche Wasser und ein Glas auf den Tisch, dazu eine Packung Salzstangen. Wahrscheinlich befürchtete sie, anders bekäme ich den Sprudel nicht hinunter.

»Früher«, sagte ich, »klar. Da waren Sie noch ganz anders drauf. Damals haben Sie Rotwein benutzt, richtig?«

»Nein. Eine Panzerfaust. Sprengstoff.«

Ich wartete.

Er riss die Packung auf und entnahm ihr ein paar Salzstangen. »Ich war mal ein richtiger Krimineller, Herr Koller. Ist allerdings schon 30 Jahre her. Wilde Zeiten, damals.«

Wilde Zeiten, natürlich. Solche Vorträge gehören zum Inventar des Englischen Jägers. Früher, als wir auf die Barrikaden gingen. Da war noch was los in der Republik. Straßenschlachten, Hausbesetzungen, Kommunen. Die Erinnerungen mussten aufpoliert werden, bevor sie Grünspan ansetzten. Also los, Robert Usedom, bringen wir es hinter uns. Ich lehnte mich in meinem Stuhl zurück und verschränkte die Arme hinterm Kopf. In meinem Rücken betrat ein neuer Gast die Kneipe, aber ich drehte mich nicht um.

»Ende der Siebziger stand ich vor Gericht«, erzählte Usedom. »Mitglied in einer terroristischen Vereinigung. Das war der Vorwurf, aber sie konnten ihn nicht beweisen. Glück gehabt. In jeder Hinsicht.« Er zerkrümelte eine Salzstange zwischen seinen Fingern. »Ich war damals jünger als Beatrice jetzt. Kam frisch von der Schule, hatte mich immatrikuliert, studierte aber nicht. Lieber Häuser besetzen und den Systemwechsel propagieren. Heute lacht man darüber. Wir fanden es damals nicht zum Lachen. Für uns war das System krank, von innen verrottet: In Stuttgart regierte der Nazirichter Filbinger, Strauß wollte Kanzler werden. Von Heidelberg aus wurden die Kriege der Amis koordiniert. Unsere Idole hatte der deutsche Staat verrecken lassen: Baader und Meinhof hingerichtet, Holger Meins verhungert. So sahen wir es damals. Mit jedem Toten wurden wir radikaler, die Gegenseite übrigens auch. Wir besorgten uns eine Panzerfaust und schossen damit nachts in den Wäldern.«

»Wer ist wir?«

»Eine Handvoll Personen, Frauen und Männer. Wir hatten vor, das Heidelberger Schloss abzufackeln, 300 Jahre nach den Franzosen. Stellen Sie sich mal vor, ich würde das heute jemandem erzählen. Es wäre der Brüller bei jeder Cocktailparty. Aber Pläne dazu gab es.«

»Interessante Idee: eine Ruine zu zerstören.«

»Sie sagen es. Doch dann kam die Fußballweltmeisterschaft, 1978 in Argentinien. Dort hatte sich gerade das Militär an die Macht geputscht, mit dem gesamten Programm: Massenmorde, Entführungen, Folter. Ein lupenreines Terrorregime. Und was tat die BRD? Ließ ihre Kicker ›Buenos Dias, Argentina‹ singen und schickte sie rüber. Handschlag mit den Generälen inklusive.« Er wechselte die Sitzposition. Kurz spielte ein Lächeln um seine Mundwinkel. »Denken Sie an Peking, die Olympischen Spiele. Was wurde da nicht alles geredet, von wegen Boykott und so. Passiert ist nichts, überhaupt nichts. Uns damals reichte es nicht, bloß zu diskutieren, wir wollten etwas unternehmen. Ich behaupte nicht, dass wir richtig gehandelt haben, im Gegenteil. Wir haben das Falsche getan. Aber das Falsche nicht tun, kann auch falsch sein.«

»Und was haben Sie getan?«

»Wir haben eine Bombe gebaut. Ich besorgte den Sprengstoff, ein Kollege, Michael, bastelte die Bombe. Seine Fahrkarte nach München, zum argentinischen Konsulat, hatte er schon gekauft. Nur den Mechanismus wollte er noch überprüfen. Da ging sie hoch.«

»Das nächste Todesopfer.«

»Schlimmer. Michael hat überlebt. Er lebt heute noch, irgendwie. Ohne Beine, ohne Augenlicht. Seit über 30 Jahren.« Er fegte die Krümel seiner Salzstangen vom Tisch.

»Und wie ging es weiter?«

Er zuckte die Achseln. »Unerfreulich. Ich war der Erste, den sie schnappten. Ein paar von uns setzten sich ins Ausland ab, aber auch die wurden irgendwann erwischt. Es dauerte über ein Jahr, bis es zum Prozess kam. Den Krüppel von Michael hatten sie sofort nach der Operation ausgequetscht und jede Menge Namen in Erfahrung gebracht. Weil aber all seine Aussagen unter Medikamenteneinfluss erfolgt waren, hatten sie juristisch keinen Bestand. Und so ging es hin und her, monatelang. Unter dem Druck fiel unsere Gruppe komplett auseinander. Die Öffentlichkeit hätte uns natürlich am liebsten gelyncht. Vor allem, nachdem man mir die Beteiligung an dem Anschlag nicht nachweisen konnte. Am Ende saß ich noch ein halbes Jahr: wegen unerlaubten Waffenbesitzes, Sachbeschädigung, Drogenvergehens und solchem Mist. Im Grunde stellten sich die Behörden genauso dilettantisch an wie wir.«

»Und die Moral von der Geschicht'?«

»Moral? Keine. Nur dass Sie über Leute, die Sie nicht kennen, etwas weniger rasch urteilen sollten. Aber vielleicht kümmern Sie sich besser mal um Maria, die versucht Ihnen schon die ganze Zeit Zeichen zu geben.« Er wies zur Theke.

Ich drehte mich um.

Der Wirtin aus Sizilien stand die Angst ins Gesicht geschrieben. Und das, obwohl sie die Sicherheit im Haus hatte. An der Theke lehnte ein grobschlächtiger Kerl in einem Blouson aus schwarzer Ballonseide, auf dem das Wort ›Security‹ prangte. Schwarz waren auch seine Hose und die schräg über die Stirn gezogene Mütze. Ein hässliches Dauergrinsen klebte in seinem Gesicht, während er in einer Speisekarte blätterte. Dass er einen Pferdeschwanz trug und ein verkabeltes Headset im linken Ohr, machte die Sache nicht besser.

Außerdem hatte er eine breite Narbe am Hals.

»Vielleicht kommt jetzt die Moral«, sagte ich zu Usedom und stand auf.

Ich schlenderte zur Theke hinüber und stellte mich neben den Typen, Schulter an Schulter. Er sah nicht einmal auf. Blätterte immer noch grinsend in der Speisekarte. Für ihn war ich bloß ein Luftzug, eine vernachlässigbare Molekülbewegung. Vor ihm stand eine Bierflasche, neben der Flasche lag eine kleinkalibrige Pistole. Einfach so. Als sei es die normalste Sache der Welt, dass man einer Kneipenwirtin, sobald man an ihrer Theke lehnt, erst einmal das mitgebrachte Waffenarsenal vorführt.

»Scheiße im Quadrat«, grinste er und schnippte die Speisekarte zur Seite. Maria zuckte zusammen.

»Ist das ein Feuerzeug?«, fragte ich mit Blick auf die Pistole. »Oder Plastikspielzeug für den Nachwuchs?«

Er bewegte den Kopf und musterte mich von der Seite, aber erst, nachdem er einen langen Schluck Bier genossen hatte. »Ein Feuerzeug«, sagte er. »Was denn sonst? Eins, das so ganz kleine Löcher brennt, in wen oder was auch immer. Und einen Waffenschein hab ich auch für das Ding.«

Bevor ich etwas erwidern konnte, ertönte neben mir der flehentliche Ruf eines Mobiltelefons. Der Securitymann grinste noch breiter, nestelte mit der linken Hand an seiner Hüfte herum und hielt sich mit der anderen ein Mikro vor die Lippen.

»Na?«, sagte er. »Alles roger? – Nein, im Jäger aus Kurpfalz, oder wie die Bruchbude heißt. Hab meine Mittagspause hierher verlegt. So oft besteht die Möglichkeit ja nicht mehr.« Er lachte ein bisschen.

Maria stand neben der Spüle und polierte ihre Gläser. Sie wagte nicht aufzuschauen.

»Holst du mir mal eine Schere und was zu schreiben?«, bat ich sie. Wortlos zog sie eine Schublade auf und reichte mir beides.

»Lauter alte Knacker«, plapperte Narben-Ede weiter. »Seniorenklub und Hartz IV. Schwierigkeiten werden die keine machen. Ich meine, hier gibt es nicht mal gezapftes Bier. Hast du so was schon erlebt? Ist das überhaupt legal?«

Ich kritzelte meinen Namen und Adresse auf das oberste

Blatt eines Notizblocks, bevor ich es abriss und neben die Bierflasche legte. Der Securitymann warf einen amüsierten Blick darauf, während er sprach. Kein Zweifel, sein Grinsen war ein Geburtsfehler. Das operierte ihm kein Arzt dieser Welt aus der Fresse. Eher schafften sie es, ihm die Narbenautobahn vom Hals zu radieren.

»Na gut«, sagte er, herzhaft gähnend. »Lassen wir Gnade vor Recht ergehen. Zum letzten Mal, eh klar. Obwohl ich mich schon drauf gefreut hatte.« Seine Finger tasteten Richtung Hüfte.

»Moment!«, hielt ich ihn auf. »Beenden Sie das Gespräch noch nicht. Ihr Kollege soll mithören, was ich zu sagen habe.«

Zähnebleckend wandte sich der Typ mir zu. »Da bin ich aber gespannt.«

»Recht haben Sie: So oft besteht die Möglichkeit nicht mehr, in dieser Kneipe ein Bier zu trinken. Das hier war Ihr letztes.« Ich zog mein Handy aus der Jacke und suchte nach den gespeicherten Nummern.

»Meine Rede. Wenn ich das nächste Mal hier auftauche, habe ich anderes zu tun, als ein Bier zu trinken.«

»Sie werden hier nicht mehr auftauchen. Hier, sehen Sie diese Nummer und den Namen? ›Fischer‹, das ist Kriminalhauptkommissar Fischer. Ein Mann, der in Heidelberg für die ganz schweren Jungs zuständig ist, außerdem eine Art Patenonkel von mir. Der steht auf der Matte, wenn ich nur an ihn denke.« Ich steckte mein Handy wieder ein. »Und dann ist Schluss mit Ihrer Waffen- und Pferdeschwanzshow, Sie Clown! Richten Sie den Leuten in Ihrer Drecksfirma aus, dass sie betonieren können, wo sie wollen, aber nicht hier. Das ist heiliger Boden, verstanden? Ciao, amigo.«

Er begann zu lachen. »Hast du gehört?«, japste er ins Mikro. »Du solltest den Typen neben mir sehen. So 'ne magersüchtige Karotte. Warte mal, wie heißt der? Koller – ist das ein Name oder ein Zustand?«

»Das ist mein Name, und an mich geht die Rechnung.«

»Welche Rechnung?«

»Die Ihres Handys. Gespräch beendet.« Mit einem leisen Schnipp durchtrennte Marias Schere das Kabel, das von seinem Ohr zur Hüfte lief. Der Kerl war so verdattert, dass er dreimal nach seinem Kumpel am anderen Ende der Leitung rief, bevor er kapierte, dass die Verbindung unterbrochen war.

»Na, warte!«, blaffte er mich an und griff reflexartig nach seiner Pistole. Aber ich war schon wieder schneller gewesen. Neben der Bierflasche lag nur noch der Zettel mit meinem Namen.

Ich überzeugte mich, dass das Magazin leer war, ging zur Tür und warf die Waffe auf die Straße. Sie schlitterte weit über den regennassen Asphalt. Vom Stammtisch erntete ich zustimmendes Gemurmel.

Der Securitymann schnaufte. Mit dem Rücken zur Theke stehend, starrte er in meine Richtung und wusste nicht, wohin mit seinen langen, schweren Armen. Er war allein, ohne Waffe, selbst die Verbindung zur Außenwelt war gekappt. Trotzdem machte er Anstalten, sich mit der Übermacht aus einem Privatflic, einem Poeten und einer Handvoll Rentner anzulegen. Dieser Gedanke musste ihm rasch ausgetrieben werden.

Ich hielt mein Handy mit Fischers Nummer hoch und drückte die Wähltaste. »Machen Sie die Fliege, bevor Sie mit Blaulicht abgeholt werden.«

Mit geballten Fäusten kam er auf mich zu. Der nutzlose Stöpsel in seinem Ohr sah ungemein spaßig aus. Ich hörte, dass der Anruf entgegengenommen wurde.

»Kommissar Fischer!«, rief ich, das Handy am Ohr. »Max

Koller hier. Vor mir steht ein junger Mann, der Ihnen etwas über sich und seine Auftraggeber erzählen möchte. Bleiben Sie bitte dran.« Wieder streckte ich dem Securitymann das Telefon entgegen. »Bitte laut, damit er Sie versteht.«

Der Typ zögerte. Sah sich um. Dann schüttelte er drohend eine Faust und zischte: »Du kannst schon mal einen Organspendeausweis ausfüllen, Kleiner.« Damit trollte er sich. Von seinem Dauergrinsen keine Spur mehr.

»Mamma mia!«, rief Maria im Hintergrund, sobald sich die Tür hinter dem Besucher geschlossen hatte. Die Alten am Stammtisch lachten sich eins.

»Hallo!«, schallte Fischers ärgerliche Stimme aus meinem Handy. »Was soll das, Herr Koller?«

Ich stellte mich ans Fenster, um Narben-Ede bei seinem Rückzug zu beobachten. Gerade suchte er unter einem parkenden Fahrzeug nach seiner Pistole. Zumindest nasse Knie würde er bekommen. »Vielen Dank, Herr Fischer«, sagte ich.

»Wofür?«

»Wir mussten hier einen Schläger in Uniform rauswerfen, und mit Ihrer Unterstützung ist uns das gelungen.«

»Wer wir? Wo stecken Sie?«

»In meiner Lieblingskneipe.«

Ich hörte Fischer nach Luft schnappen. Dann blaffte er mich an: »Sind Sie verrückt? Als wenn ich Zeit für solche Spielchen hätte!«

»Keine Spielchen, Herr Fischer. Der Englische Jäger ist von Baukonzernen und Investoren umzingelt. Eben war ein Vorauskommando zwecks Einschüchterung und Mobbing hier. Wenn die Kneipe weichen muss, verlieren etliche Personen, ich eingeschlossen, ihren sozialen Rückhalt. Und bevor Sie sich jetzt aufregen, weil das nicht in Ihren Bereich fällt, geben Sie mir lieber Namen und Nummer des Zuständigen in Ihrer Behörde. Falls es so etwas gibt.«

Seine Antwort bestand in einer Kette von Flüchen, die sich schließlich zu einem ungnädigen Gemurmel abmilderten, bis er mir am Ende tatsächlich einen Kollegen nannte, an den sich Maria im Fall der Fälle wenden konnte.

»Wars das, Sie nervtötendes Subjekt? Darf ich jetzt meine Arbeit machen?«

»Ja, und zwar mit meiner Hilfe, Herr Fischer. Als der Kraftprotz hier in der Kneipe auftauchte, kam mir nämlich ein Gedanke. Sie erinnern sich doch an die Handbewegung des Attentäters nach den Schüssen. Sein Griff an den Helm.«

»Natürlich.«

»Könnte es sein, dass der Schütze einen Stöpsel im Ohr hatte? Das Headset eines Handys, eine Funkverbindung oder so was?«

Kurzes Schweigen. Dann brummte Fischer: »Denkbar, sicher. Aber weshalb?«

»Na, um Anweisungen von außen zu empfangen. Wann er losschlagen sollte.«

»Anweisungen?«

»Es ist bloß eine Theorie. Irgendwo auf dem Uniplatz wartet ein Komplize und gibt dem Attentäter per Funk oder per Handy ein Zeichen, sobald die Gelegenheit günstig ist. Nach den Schüssen bläst der Komplize zum Rückzug, und zwar so laut, dass sich der Schütze reflexartig ans Ohr fasst.«

»Wie bitte?«, bellte der Kommissar. »Ein Komplize? Der Beatrice Petazzi in der ersten Reihe stehen sieht und daraufhin das Kommando gibt? Singen Sie jetzt auch im italienischen Opernchor, Koller? Mafia ante portas, wie? Mensch, strengen Sie Ihren Grips ein bisschen an, anstatt wilde Verschwörungstheorien zu spinnen. Dem Täter über einen Knopf im Ohr einzuflüstern, wann er wen und wo umlegen soll – darüber nachzudenken, ist mir wirklich zu blöde. Während unsereins mit aller Macht hinter diesen Neonazis ...«

»Haben Sie denn eine bessere Erklärung parat?«, fiel ich ihm ins Wort.

»Für den Griff zum Kopf? Ja! Es hat ihn gejuckt. Haare nicht gewaschen.«

»Sie könnten der Idee wenigstens nachgehen. Eine Überprüfung wäre sie wert.«

»Natürlich wäre sie das, natürlich. Falls ich in den nächsten Wochen fünf Minuten Zeit finde, was BKA und Generalbundesanwalt verhindern werden, nehme ich mir Ihre Theorie gerne vor. Ob mir die Herren von der Arischen Front allerdings Auskunft über ihre diversen Kommunikationswege geben werden, weiß ich nicht.«

»Gut, dann frage ich sie selbst.«

»Ja, fragen Sie. Mit schönem Gruß von mir. Moment! Was soll das heißen, Sie fragen sie?«

»Ach, nichts. Nur dass ich mich gestern mit einem getroffen habe, der die Gruppe angeblich kennt.«

Für einen kurzen Moment schien der Kommissar die Luft anzuhalten. »Das meinen Sie nicht ernst.«

»Ich schon. Ob er es auch ernst meint, kann ich nicht beurteilen. Vielleicht ein Trittbrettfahrer.«

»Ein Trittbrettfahrer, soso«, grummelte Fischer. »Warum erzählen Sie das nicht gleich, anstatt mich mit Ihren Kneipeneskapaden und aberwitzigen Theorien zu belästigen? Für wie glaubwürdig halten Sie den Informanten?«

»Das fragt mich Petazzi auch dauernd. Ich weiß es wirklich nicht. Der Mann wollte sich heute noch einmal melden. Sobald er mir den Treffpunkt mitgeteilt hat, informiere ich Sie, einverstanden?«

»Einverstanden.« Von der Wortmelodie her klang es zwar

eher wie: Scheren Sie sich zum Teufel, Koller, aber das war ich von Kommissar Fischer gewohnt.

»Dann wahrscheinlich bis nachher. Und grüßen Sie Ihre Frau ganz lieb von mir!« Ich drückte ihn weg, bevor er mir weitere Schimpfworte um die Ohren pfeffern konnte. Maria nickte mir halb erleichtert, halb sorgenvoll zu.

»Die werde wiederkomme, Max«, meinte sie.

»Ach, was«, wehrte ich ab. »Der Kerl hat genug. So ein Kommissar zieht immer.« Keine Ahnung, ob sie mir glaubte. Ich selbst tat es jedenfalls nicht. Wenn um Millionen gepokert wurde, stach kein Polizist. Geschweige denn ein Privatdetektiv. Zum ersten Mal musste ich mich ernsthaft mit dem Gedanken beschäftigen, wie es wäre, wenn der Englische Jäger nicht mehr existierte. Nachdenklich kehrte ich an Usedoms Tisch zurück.

»Nicht schlecht«, nickte der Schriftsteller und klopfte mir auf die Schulter.

»Finden Sie? Weil ich mal wieder meine Vorurteile gegenüber einem Menschen ausgelebt habe, von dem ich nichts weiß?«

»Wieso ausgelebt? Sie haben den Mann doch rhetorisch überzeugt.«

»Und das Handy? Ach ja, Gewalt gegen Sachen ist okay, ich vergaß.«

Er grinste. »Meinen Sie, der kommt wieder?«

»Ich fürchte, ja.«

»Was kann man dagegen tun?«

»Weiß ich nicht. Präsenz zeigen. Die Augen offen halten. Setzen Sie einen Aufruf zur Solidarität in die Zeitung. Dummerweise haben solche Kneipen keine Lobby. Hier speisen keine zukünftigen Nobelpreisträger, hier wird kein Umsatz gemacht. Nach der Logik des Gemeinderats und des Tourismusverbands müsste man den Englischen Jäger plattmachen und durch ein Hotel oder eine schnieke Disco ersetzen.«

»Auch der eine oder andere Lokalpolitiker ist hier schon versackt.«

»Was er vergisst, sobald er in Amt und Würden ist. Egal, wir werden nichts daran ändern können. Anderes Thema. Sie wollten mir erzählen, wie Sie Schriftsteller geworden sind und wie Sie Beatrice getroffen haben.«

»Wollte ich das?«, lächelte er. Maria stand plötzlich neben uns und stellte mir eine Flasche Pils vor die Nase.

»Heute nix zahle, Max«, sagte sie und verschwand. Ich prostete dem Schriftsteller zu. Nach dem Duell mit dem Beschwänzten kam mir das Bier gerade recht. Zum Teufel mit der Uhrzeit!

»Also«, sagte Usedom, langsam über den Rand seines Glases streichend. »Wo war ich stehen geblieben?«

»Bei Ihrer Verurteilung.«

»Richtig. Die Zeit im Knast war natürlich nicht angenehm, aber sie ging vorüber. Schwierig wurde es danach. Mir war klar, dass ich Mist gebaut hatte, aber wie ich das wiedergutmachen sollte, wusste ich nicht. Meine Freunde waren verhaftet, im Ausland oder sagten sich von mir los. Meine Familie natürlich auch. Und wer mochte schon was mit einem ehemaligen Terroristen zu tun haben? Ich bekam keinen Job, keine Lehrstelle, nicht mal einen Studienplatz. Die bundesrepublikanische Gesellschaft hielt ihre Reihen fest geschlossen.« Er fuhr sich über das Kinn. »Verstehen Sie mich nicht falsch, ich beklage mich nicht darüber. Ich sage nur, wie es war. Die Zeit im Gefängnis bedeutete keine echte Sühne für mich. Die kam anschließend. Und währte Jahre.«

Ich nahm einen zweiten Schluck. In Gedanken war ich immer noch bei dem Securitymann mit dem Stöpsel im Ohr.

»Verlorene Jahre«, sagte Usedom. »Drogen, Alkohol, Entzug, wieder Drogen. Fast hätte ich es geschafft, das Land von mir zu befreien. Am schlimmsten war die Begegnung mit Michael. Wegen der Schwere seiner Verletzungen hatten sie ihn nicht verurteilt. Irgendwann besuchte ich ihn in einer Einrichtung für Behinderte. Einmal und nie wieder. Danach war ich reif für die Klapse, das können Sie mir glauben. Keine Augäpfel mehr. Und ich hatte den Sprengstoff besorgt.« Er griff zu seinem Wein und nahm einen Schluck. »Also wieder was gegen die Gewissensbisse gespritzt. Wen juckte es? Aber die Drogen waren auch mein Glück. Denn jetzt gab es Unterstützung, gab es Programme, Kuren, Wiedereingliederungsmaßnahmen. Sobald man in mir das Opfer sah, wurde mir geholfen. Ich musste mir nur helfen lassen. Als ich einigermaßen wieder auf dem Damm war, schickten sie mich für ein paar Monate nach Mittelamerika. Entwicklungshilfe und Resozialisierungsmaßnahme in einem: bei der Ernte mit anpacken, den Dschungel roden und Brunnen bohren. Und wissen Sie, was? Es war großartig. Ich blieb drei Jahre. Kam zwar mit einer Malaria zurück, die mich fast das Leben gekostet hätte, aber ich war endlich wieder zu etwas zu gebrauchen. Und drüben im Dschungel lernte ich das Schreiben.«

Erneut ging die Kneipentür. Ich drehte mich um, aber es war nur einer der üblichen Gäste.

»Als ich zurückkam, war Deutschland gerade wiedervereinigt«, fuhr Usedom fort. »Und es dauerte nicht lange, da kam alles wieder hoch. Mitstreiter von damals wurden in der Ex-DDR aufgespürt, man erfuhr von ihren verkorksten Biografien, die ganze Terrorismusdebatte erlebte eine Neuauflage. Verrückt. Kaum zurück aus Lateinamerika, war ich erneut mit meinem Lebensthema konfrontiert. Auflehnung gegen den Staat; welches Recht hat der Einzelne; wie weit komme ich mit gewaltfreien Mitteln? Ich hatte mir zwar geschworen, keine Waffe mehr in die Hand zu nehmen, aber in Deutschland lief immer noch verdammt viel schief. Erst recht, wenn man sich das Ganze mit den Erfahrungen aus der Dritten Welt anschaute. Und so wurde ich Autor.«

Das war ein langer Vortrag gewesen, und er unterstrich ihn durch einen mannhaften Schluck aus seinem Weinschorleglas.

»Verstehe«, sagte ich. »Sie sind einer von diesen Weltverbesserungsschriftstellern. In deren Büchern der Leser eine Anleitung bekommt, was Gut und was Böse ist.«

»Nein«, entgegnete er ruhig. »Ich schreibe Romane. Die überlassen das Moralurteil dem Leser. L'art pour l'art ist allerdings nicht meine Sache, da haben Sie recht. Und natürlich werde ich wegen meiner Themen von den Medien immer in dieselbe Ecke gestellt: der dichtende Exkommunarde, der geläuterte Terrorist. Dieses Etikett werde ich nicht mehr los. Ist mir aber egal.«

»Was für Romane sind das?«

»Ganz unterschiedlich. Dicke, dünne, spannende, lustige. Um eines geht es allerdings immer: um das Verhältnis des Einzelnen zur Gesellschaft.«

»Das soll einen lustigen Roman ergeben?«

»Warum nicht? Kommt auf den Schreibstil an.« Er grinste mich an. »Wenn Sie meine Hauptperson wären, würde es bestimmt lustig.«

Ich zuckte die Achseln. »Sie sind also ein ehemaliger Attentäter, der sich schreibend von seiner Vergangenheit gelöst hat. Und dann werden Sie von dieser Vergangenheit eingeholt: durch ein Attentat, bei dem eine gute Freundin umkommt. Richtig?«

»Ironie des Schicksals, wenn Sie so wollen.« Wie vorhin griff er nach der Brille, klappte die Bügel auf und wieder zu.

»Waren Sie mit ihr zusammen?«

Er sah auf. »Mit wem? Beatrice? Wieso denn das?«

»Nur so.«

»Wie, nur so? Was spielt es denn für eine Rolle, ob ich mit ihr zusammen war oder nicht? Wir waren befreundet, sehr eng sogar, und sie war nicht mal halb so alt wie ich. Was wollen Sie sonst noch?«

»Es war eine einfache Frage, Herr Usedom, und Sie müssen sie nicht beantworten. Wann haben Sie das Mädchen kennengelernt?«

Ärgerlich warf er die Brille auf den Tisch. »Bei einer Podiumsdiskussion letztes Jahr. Die Fachschaft Geschichte hatte mich eingeladen. Hinterher kamen wir ins Gespräch, Beatrice und ich. Sie war halt interessiert an meinen Erfahrungen. Hatte sogar schon eins meiner Bücher gelesen. So entstand unser Kontakt.«

»Verleihen Sie jedem Ihr E-Piano?«

»Sie glauben mir nicht«, blitzte er mich an. »Okay, ich kann es Ihnen nicht einmal verdenken. Klar findet so ein alter Sack wie ich Gefallen daran, mit einer jungen Italienerin zusammen zu sein. Dass ich das noch erleben durfte! Trotzdem, wir waren kein Paar. Wir haben uns auf eine sehr seltsame Art Halt gegeben, aber wir wussten, dass es keine Beziehung auf Dauer war. Selbst wenn sie für immer in Deutschland geblieben wäre, was sie ja vorhatte. Sie sah in mir eher einen Vater als einen Freund, da mache ich mir keine Illusionen.«

»Und Sie in ihr?«

Er ließ sich Zeit mit der Antwort. In seinen Mundwinkeln arbeitete es. »Sie werden lachen«, sagte er schließlich, »sie war eine Art Muse für mich. Ich weiß, es klingt albern, aber ihre Lebendigkeit, ihre Fröhlichkeit ... es war inspirierend. Ich habe noch nie so viel geschrieben wie in diesem letzten Jahr.

Was sie mir von zu Hause berichtete, hat mich sogar dazu gebracht, über meinen eigenen Vater nachzudenken. Etwas, was ich mein ganzes Leben lang vermieden habe.«

»Was hat sie Ihnen über Petazzi erzählt?«

»Alles. Das heißt, ich weiß nicht, ob es alles war. Aber es reichte, um ihn widerwärtig zu finden. Für den Alten war sie nur ein Teil seines großen Erfolgspuzzles. Eine Marionette, Eigenleben unerwünscht. Solange sie Kind war, versuchte er, ihr alle Wünsche, alle Fantasien auszutreiben. Sie wollte Kontakt zu ihrer Mutter aufnehmen – verboten. Ein soziales Jahr im Ausland? Kam nicht infrage. Erst in den letzten zwei, drei Jahren gelang es ihr, sich von ihm zu lösen. Was glauben Sie, wie er sie unter Druck setzte? Mit Zuckerbrot und Peitsche, Petazzi ist jedes Mittel recht. Eine Zeit lang bekam sie keinen Cent von ihm. Sie pfiff drauf. Also überwies er ihr wieder etwas. Mehr als genug, um sich sein Anrecht auf ihre Funktionstüchtigkeit zurückzukaufen.«

»Sie nahm das Geld nicht.«

»Nein, in der Regel nahm sie es nicht. Aber die Studiengebühren wollten auch bezahlt sein. Und ihre Krankenversicherung, die Miete und all das. So einfach schlägt man sich als Ausländerin in diesem Land nicht durch. Sie jobbte natürlich, soweit ihr Studium es zuließ. Und immer dann, wenn ihr alles zu viel wurde, kam ein Schreiben von Petazzis Sekretärin, oder dieser Nerius schaute vorbei und jammerte, der Alte sei so allein und vermisse sie. Sollte er zu streng mit ihr gewesen sein, entschuldige er sich dafür. Sie müsse das verstehen: seine Position als Politiker und alleinerziehender Vater, der öffentliche Druck, der auf ihm laste … Das macht einen fertig, sage ich Ihnen, wenn man seinen Platz im Leben noch sucht.«

»Wollte sie tatsächlich in Deutschland bleiben? Hier in Heidelberg?«

»So weit war sie noch nicht. Zunächst hatte sie vor, ihr Studium hier zu beenden. Was schwer genug geworden wäre. Ich meine, sie war keine Schmalspurstudentin, ganz im Gegenteil. Sie engagierte sich, war in der Fachschaft, interessierte sich für politische Themen.«

»Ich weiß. Sie hat irgendein Referat über Globalisierungsgegner gehalten.«

»Na, sehen Sie!«, rief Usedom. »Und warum hat sie das? Warum sympathisierte sie mit Attac und linken Gewerkschaften? Um Stellung gegen ihren Vater zu beziehen. Deshalb, Herr Koller! Es war die Verarbeitung ihres Vatertraumas, und sie hatte meine volle Unterstützung dabei. Ich habe ihr sogar vorgeschlagen, ihre Abschlussarbeit über die Geschichte von Widerstandsgruppen zu schreiben. Vielleicht hätte sie es getan, ich weiß es nicht. Es wäre nur konsequent gewesen.«

»Mit anderen Worten: In allem, was Beatrice Petazzi tat, opponierte sie gegen ihren Vater.«

»Völlig richtig. Auch wenn sie selbst das nie zugegeben hätte.«

»Und? Was folgern wir daraus? Was heißt das für meine Arbeit? Soll ich daraus eine neue Theorie entwickeln: Der alte Petazzi hat den Killer vom Uniplatz höchstpersönlich engagiert, weil er die Opposition in der eigenen Familie heraufziehen sah? Weil ihm das auch noch die Gelegenheit gab, den gebrochenen Vater zu spielen?«

»Quatsch!«

»Was heißt es dann?«

»Dass seine ganze Trauerinszenierung eine verlogene Show ist, das heißt es. Dass er seine Umwelt manipuliert. Und dass Leute wie Sie nicht für ihn arbeiten sollten.«

Ich schüttelte den Kopf. »Sie mögen mit allem recht haben, Herr Usedom. Mit der Inszenierung, der Manipulation, dem

Vater-Tochter-Konflikt. Trotzdem nehme ich Petazzi ab, dass er wissen will, wer Beatrice auf dem Gewissen hat. Ich glaube ihm seine Trauer. Vielleicht ist es eine Trauer aus gekränktem Stolz, aus Egoismus, aber es gibt da etwas.«

»Sie sind zu gut für diese Welt«, murmelte er.

»Bin ich nicht. Ich bin sogar so böse, dass ich mich frage, warum Sie nicht trauern. Sie haben Beatrice wirklich gemocht, als Muse oder Freundin oder Tochter, egal. Aber Trauer kann ich an Ihnen nicht entdecken.«

Sein Blick wurde abweisend. »Ich habe verlernt zu trauern. Weiß nicht mehr, wie das geht.«

Ich suchte noch nach einer Formulierung, die ihm schonend beibrächte, wie pathetisch diese Sätze klangen, als sich mein Handy meldete. Das Display zeigte keine Rufnummer an.

»Das scheint mein Anruf zu sein«, sagte ich zu Usedom, hängte die Jacke über und stand auf. »Ich verschwinde mal besser nach draußen, der Kerl ist einer von der nervösen Sorte.«

»Alles klar.«

Auf dem Weg zur Tür nahm ich das Gespräch an. »Koller?«

»Haben Sie das Geld?« Er war es tatsächlich. Ich griff nach der Türklinke, als der Schriftsteller plötzlich neben mir stand und mir ein paar zusammengeheftete Blätter in die Hand drückte.

»Lesen Sie das bitte«, flüsterte er. Die Papiere entgegennehmend, wimmelte ich ihn ab.

»Hey, bist du allein?«, fragte das Frettchen. »Wenn du außer dem Spaghetti jemanden informiert hast, sage ich kein Wort. Nix, verstehst du?«

»Ganz ruhig«, antwortete ich und trat hinaus auf den Bürgersteig. »Ich bin allein. Wir können reden.«

12

Tiefe Pfützen und glänzender Asphalt zeugten vom Wirken des vormittäglichen Regens. Mit immer noch klammen Hosen überquerte ich den Neckar. Ich fuhr nicht nur auf der falschen Seite der Theodor-Heuss-Brücke, sondern telefonierte auch noch dabei.

»Schon wieder Sie«, raunzte mich der Kommissar an, als wüsste er um meine Verstöße gegen die Verkehrsregeln. »Um welche Ihrer Absteigen geht es jetzt?«

»Falsche Baustelle, Herr Fischer. Mein Informant hat sich gemeldet.«

»Und?«

»Er will sich mit mir am Neckar treffen. Mit Geldübergabe und allem Drum und Dran.«

»Wann?«

»Jetzt. Ich bin schon unterwegs. Der Kerl hat es verdammt eilig, er stirbt fast vor Lampenfieber.«

»Soll ich Ihnen ein paar Spezialkräfte schicken? Das kann ich aber nur, wenn es sich wirklich lohnt. Falls Sie hier aus einer Mücke einen Elefanten machen ...«

»Ich mache gar nichts, Herr Fischer. Woher soll ich wissen, wie glaubwürdig der Typ ist? Irgendeine Information wird er vermutlich für mich haben, aber ob sie etwas taugt, werden wir sehen. Mir würde es reichen, wenn ich wüsste, dass im Hintergrund zwei Ihrer Leute warten. In Zivil natürlich. Und sie dürfen nur im Notfall eingreifen.«

»Wo ist Ihr Treffpunkt?«

»Auf dem Solarboot.«

»Das Solarboot fährt bei diesem Wetter?«

»Angeblich, ja. Ich vermute, dass er sich vom Anleger aus gemeldet hat.«

»Und wohin werden Sie schippern?«

»Keine Ahnung. Soviel ich weiß, pendelt das Boot zwischen Altstadt und Neuenheimer Feld hin und her. Ihre Leute sollen sich unbedingt im Hintergrund halten, klar? Geben Sie mir eine Handynummer, über die ich sie kontaktieren kann.«

»Verstanden, zu Diensten, mach ich gerne!«, plärrte er ungehalten. »Sie haben vielleicht einen Kommandoton drauf, Koller!«

»Sorry, ich bin in Eile. Um eins legt das Schiff ab.«

Grummelnd und grantelnd überbrückte der Kommissar die folgende Gesprächspause, bevor er mir eine Handynummer durchgab. Ich hielt kurz an, um sie abzuspeichern.

»Danke. Drücken Sie mir die Daumen.«

»Mast- und Schotbruch, Herr Koller. Aber tischen Sie mir bloß kein Märchen à la Petazzi auf, hören Sie? Und werden Sie nicht seekrank da draußen.«

Auf dem Solarboot kann man nicht seekrank werden. Flach und ruhig liegt es im Wasser, ein Edelstahlkatamaran, den eine bogenförmige Glaskonstruktion überwölbt. Als ich mein Rad kurz vor der Alten Brücke an ein Geländer kettete, wurde mir klar, warum das Frettchen das Boot als Treffpunkt gewählt hatte. Einmal an Bord, konnte sich niemand verstecken. Hier war alles offen, jeder Ort jederzeit einsehbar, sogar der Steuerplatz des Kapitäns. Stille Ecken gab es reichlich. Von den über 50 verchromten Stühlen im Innern des Glasgewölbes wurde heute nur eine Handvoll in Anspruch genommen. Hatte man erst einmal das Ufer verlassen, war man ungestört.

Das Frettchen stand etwas entfernt im Schatten der Brücke und versteckte sich hinter einer Zeitung. Als der Kleine mich sah, gab er mir ein Zeichen: Rein ins Boot! Betont gelassen schlenderte ich zum Anlegesteg und kaufte mir ein Ticket. Der Steg führte vom Trottoir ein paar Meter abwärts zu einem Ponton, an dem der Katamaran angedockt hatte. Noch fünf Minuten bis zur Abfahrt. Im Heck stand ein älteres Pärchen mit Regenschirmen in der Hand und blätterte in einem Stadtführer. Eine vierköpfige Familie in knallbunter Outdoorkleidung hatte sich einen der quadratischen Tische reserviert; nun wurde in Rucksäcken gekramt, nach Keksen gesucht, um Süßigkeiten gestritten. Sechs Personen, dazu der Kapitän und ich. Das wars. Eventuell stieg der Ticketverkäufer vom Anleger noch zu. Das Frettchen konnte kommen.

Ich schaute zur Brücke hinüber. Scheu sah sich mein Informant um. Die Zeitung weitergeblättert, neue verstohlene Blicke. Fahrzeuge rauschten vorbei, Radler, hin und wieder Passanten. Keiner, dem nach einer Fahrt auf dem Neckar war. Doch, jetzt vielleicht. Eine füllige Frau mit Hut blieb vor der Tafel mit den Fahrpreisen und Abfahrtszeiten stehen, kontrollierte die Uhrzeit, musterte das Boot und schüttelte den Kopf. Schwerfällig stapfte sie weiter. Noch eine Minute. Der Ticketverkäufer spielte schon mit der Kette, die während der Fahrt den Zugang zum Ponton versperrte. Um mich herum wirbelten die beiden Kinder in ihren orangefarbenen Jacken und streckten ihren Eltern die Zunge raus. Endlich kam auch in das Frettchen Bewegung. Der Typ knüllte seine Zeitung einfach zusammen und warf sie hinter einen Stromkasten. Im Gehen zückte er seine Brieftasche, um sich ein Ticket zu kaufen.

Aus dem Augenwinkel sah ich etwas aufblitzen. Es war ein Sonnenstrahl, der sich durch die brüchig gewordene Wolkenfront gekämpft hatte und auf das regennasse Glasdach des Katamarans fiel. Gierig sogen die Solarzellen das Licht auf.

Im selben Moment gab es einen Schrei. Und noch während des Schreis einen Schuss.

Ich riss den Kopf gerade rechtzeitig herum, um zu sehen, wie der Schädel des Frettchens zersprang. Knochensplitter und Gehirnmasse flogen in hohem Bogen durch die Luft. Als sie die Wasseroberfläche erreichten, lag der Körper meines Informanten bereits auf dem Boden. Beine und Unterleib auf dem Trottoir, der Rest auf dem Steg. Über ihm stand ein bärtiger Mann mit Schirmmütze und Schal, in der linken Hand eine hässliche kurze Waffe. Sein Arm, vom Rückstoß des Schusses nach oben gerissen, hatte ebenfalls einen Bogen beschrieben.

Der Schrei war aus dem Mund des Ticketverkäufers gedrungen. Die Leiche des Frettchens zu seinen Füßen, den Mörder vor sich, begann er, grunzend zurückzuweichen, Richtung Boot. Ein Schrittchen, noch eins. Er bekam den Revolver mitten ins Gesicht und fiel vom Steg in den Neckar. Die Geldkassette, die er umgehängt hatte, zog ihn in die Tiefe.

Dann wandte sich der Mann mit dem Schal uns zu.

Auch wir hatten zu schreien begonnen. Alle acht. Die Glaswände des Katamarans vibrierten von unserem Geheul. So wiederholten sich die Vorgänge vom Uniplatz. Noch bevor der Mörder seine Waffe hob und auf uns zielte, hatte ich einen der Tische umgeworfen.

»Versteckt euch!«, brüllte ich die beiden Kinder an und zerrte sie in den Schutz der Tischplatte. Stürzte zum nächsten Tisch hinüber, schmiss auch ihn um. Ich sah, wie die kleine Kanone in der Hand des Schützen meinen Bewegungen folgte, ohne dass ein Schuss fiel. Die Stahlrippen des Glasdachs waren im Weg. Zusammen mit der Mutter kauerte ich mich hinter die Tischplatte, während sich ihr Mann zwischen die Stühle auf den Boden geworfen hatte. Für das ältere Ehepaar und den Kapitän konnte ich nichts tun.

Wir warteten. Immer noch kein Schuss. Auch keine Schritte auf dem eisernen Steg. Nur unser eigenes Keuchen war zu hören, unser Wimmern und das Heulen der Kinder. Zwischen uns und der Waffe lag eine Distanz von fast zehn Metern. Jeder einzelne Meter lebenswichtig. Waren wir nun alle dran? Würde der Kerl das riskieren? Warum haute er nicht ab? Er stand an einer belebten Straße, drohte entdeckt, aufgehalten zu werden.

Ich lugte hinter dem Tisch hervor. Der Steg lag verlassen da. Keine Spur mehr von dem Schützen. Eine Passantin hatte den Arm gehoben und zeigte entgeistert Richtung Altstadt.

Er war fort.

»Es ist vorbei!«, rief ich, aber es kam nur ein Krächzen zustande. Also noch einmal: »Es ist vorbei! Er ist weg. Er kommt nicht wieder.« Ich packte die weinende Frau bei den Schultern und schüttelte sie. »Gehen Sie zu Ihren Kindern. Ihnen wird nichts passieren.« Dann zog ich mein Handy, drückte die Wahlwiederholung und richtete mich auf. Das ältere Pärchen stand am Ende des Boots und klammerte sich aneinander. Vom Kapitän war nichts zu sehen.

»Herr Fischer!«, keuchte ich, kaum dass sich der Kommissar gemeldet hatte. »Alarmstufe eins. Mein Informant ist erschossen worden. Der Mörder flüchtig. Hier am Anlegesteg des Solarboots bei der Alten Brücke. Wo sind Ihre Leute?«

»Unterwegs«, erwiderte Fischer bemerkenswert sachlich. »Sollten eigentlich schon dort sein. Notarzt?«

»Ja. Bringen Sie alles mit, was laufen kann. Wir müssen den Kerl kriegen.« Unter mir schwankte es. Fuhren wir etwa los? »Bitte beeilen Sie sich, Herr Fischer. Psychologische Betreuung brauchen wir auch. Ich muss aufhören.«

Ich legte das Handy auf einen Tisch. Wir fuhren tatsächlich. Geräuschlos und langsam. Warum auch immer.

»Anhalten!«, rief ich in Richtung Steuerplatz, wo der Kapitän jetzt zu sehen war. »Was machen Sie denn? Es ist vorüber, hören Sie nicht?« Dann riss ich mir die Jacke vom Leib und sprang in den Fluss.

Das Wasser war grauenhaft kalt. Allerdings spürte ich die Kälte erst mit Verzögerung. Ich war nicht bei Sinnen, dachte nur an den Ticketverkäufer. Als ich den Kopf aus dem Wasser hob, schwamm er neben mir, Gesicht nach unten. Von der Geldkassette nichts zu sehen. Ich drehte ihn auf den Rücken und versuchte, seinen Oberkörper zu stützen. Das gelang auch. Und jetzt? Wie ging es weiter? Die Kaimauer: roter Sandstein, mindestens zwei Meter hoch. Unüberwindlich. Das Wasser fasste mit all seiner Kälte nach mir, ein Schraubstock für meine Glieder. Da klagten sie immer über die Flusserwärmung durch die Kraftwerke neckaraufwärts, aber wenn es darauf ankam, war nichts davon zu spüren.

Ich paddelte hektisch herum, tausend Gedanken fuhren mir durch den Kopf, sogar Christine kam mir kurz in den Sinn, die sich jetzt in der warmen Sonne Roms räkelte, und wo blieben eigentlich Fischers Leute? Das Solarboot war mittlerweile so weit vom Ponton entfernt, dass sich die beiden Taue, mit denen es befestigt war, bedrohlich spannten. Hoffentlich kam der Kapitän rechtzeitig zur Besinnung.

Endlich entdeckte ich eine flache Stelle unterhalb der Alten Brücke, etwa zwanzig Meter entfernt. Dorthin musste ich kommen. Ich griff dem bewusstlosen Ticketverkäufer unter beide Achseln und zog ihn hinter mir her. Nicht eben die elegante DLRG-Methode, aber es funktionierte. Über mir machten sich die ersten Schaulustigen bemerkbar. Einer wollte sogar zu mir hinunterspringen, aber ich wehrte ihn ab. Als ich die Flachstelle erreicht hatte, war die Schar der Gaffer und Helfer auf mindestens zehn angewachsen. Sie zogen den blutenden Ticketverkäufer an Land und mich gleich hinterher. Ich krabbelte zur nächsten Sandsteinmauer und fror. Zu mehr war ich nicht fähig.

Die Augen schließen. Den Kopf an die Steinmauer lehnen. An nichts mehr denken. Mir war alles gleich.

Jemand rüttelte an mir. Jemand zog mir den klatschnassen Pulli über den Kopf. Ich wehrte mich nicht, half aber auch nicht mit. Das Unterhemd wurde mir ausgezogen, Schuhe und Strümpfe ebenso. Ich bekam eine Jacke umgelegt, eine zweite und dann noch eine. Nur meine Hose trug ich noch. Ich musste lachen, als ich an die klammen Hosenbeine von vorhin dachte. Was hätte ich jetzt für eine klamme Hose gegeben!

»Hat wohl Spaß gemacht, die kleine Schwimmeinlage?«, hörte ich jemanden sagen.

Ich öffnete die Augen.

Vor mir stand der Rottweiler und grinste. Es war ein herausforderndes Grinsen, aber es kaschierte nur seine Unsicherheit. Er wusste nicht, wie er mich behandeln sollte: als Ärgernis wie üblich, als Opfer oder als Lebensretter. Oder als der Schuldige an dem ganzen Schlamassel.

»Wo ist Ihr Chef?«, fragte ich.

»Im Anmarsch. Muss jede Sekunde hier sein.«

»Und der Killer? Haben Sie ihn erwischt?«

»Machen Sie Witze? Wir haben keine Beschreibung von dem Mann, wissen nicht, wohin er geflüchtet ist. Wir haben hier nur verstörte Passanten, einen Toten und einen Verletzten.«

Ich zuckte die Achseln. Natürlich, sie waren zu spät gekommen. Greiner und Sorgwitz kamen immer zu spät. Und es war nicht einmal ihre Schuld.

Eine Sirene näherte sich aus Westen. »Das wird der Krankenwagen sein«, meinte Greiner. »Sie werden gleich behandelt.«

»Ich brauche bloß trockene Sachen. Die sollen nach dem Ticketverkäufer schauen.«

Er trollte sich.

Die folgende Viertelstunde erlebte ich wie unter einem Schleier. Ganz allmählich wich das Adrenalin aus meinem Körper, ich begann zu zittern. Das Flachstück am Neckar wurde bis zum letzten Meter zugeparkt. Gestützt von zwei Sanis, kletterte ich in einen Krankenwagen, nahm auf einer Trage Platz, wurde versorgt und bemuttert. Gegen die Infusion, die sie mir legen wollten, wehrte ich mich erfolgreich. Irgendein schlauer Mensch brachte mir gesüßten heißen Tee vom Dönerladen in der Steingasse; das war alles, was ich brauchte. Die Jacken wurden durch Laken und Decken ersetzt, und als ich erst einmal keine nassen Sachen mehr anhatte, fühlte ich mich besser. Ich setzte mich aufrecht, um durch die offene Tür des Wagens das Treiben rund um die Anlegestelle verfolgen zu können. Das Solarboot lag wieder still am Ponton, die Taue hatten gehalten. Um die Passagiere kümmerten sich mehrere Polizeibeamte. Kommissar Fischer erschien und musterte mich mit zusammengekniffenen Augen. Dann gab er mir einen Schulterklaps und brummte, ich solle erst einmal zu mir kommen. Ich nickte. Der Platz um die Leiche des Frettchens wurde großräumig abgesperrt.

Eingehüllt in meine Deckenberge, sah ich zu, wie der tote Körper begutachtet, vermessen, fotografiert wurde. Der eine Schuss aus kürzester Entfernung hatte dem Kleinen die Stirn auseinandergerissen und einen Teil der oberen Schädelplatte gleich mit. Wer machte hier eigentlich sauber, sobald die Leiche abtransportiert war? Gab es für solche Arbeiten ausgebildete Leute? Und wie nannte man sie? Leichenrestebeseitiger, Blutwegputzer? Oder überließ man diese Arbeit den Krähen, den Käfern und Würmern?

Drüben, auf der anderen Neckarseite, ließ sich ein Reiher im Gebüsch nieder. Die Zweige schwankten, als der schlanke Vogel auf ihnen landete. Zwei Frauen mit Kinderwagen spazierten den Leinpfad entlang, wurden von einem Jogger überholt. Von uns nahmen sie kaum Notiz.

Diese Seite, jene Seite. Dazwischen der Fluss. Eben noch hatte das Frettchen am Kai gestanden und Zeitung gelesen. Oder so getan, als läse es Zeitung. Jetzt war es drüben, auf der anderen Seite. Kein Geld, keine Flucht, kein Nix mehr. Nur noch das große Nix. Das leere, echolose Nix, das auf uns alle wartet. Der Kleine hatte sein Portemonnaie gezückt: seine letzte Handlung. Zum Zahlen war er nicht mehr gekommen. Er hatte Schritte gehört und sich umgedreht. Ein Mann mit Schal. Das Mündungsfeuer eines schweren Revolvers. Nix.

Der eiserne Steg quietschte leise, wenn ihn einer der Spurensicherer betrat. Von hier unten sah ich nur einen Teil der Leiche. Das Gesicht, beziehungsweise das, was davon übrig geblieben war. Und die linke Hand, die über den Steg hinaus in die Luft ragte. Immer wieder suchte ich die Augen des Toten, irgendetwas zwang mich dazu. Schlechtes Gewissen wahrscheinlich.

»Na, glaubst du mir jetzt, Schnüffler?«, hörte ich das Frettchen sagen. »Kapierst du endlich, wie viel meine Informationen wert waren? Hoffentlich tut es dir leid, dass du mich ausgelacht hast. Das macht man nämlich nicht: andere Menschen auslachen. Verstehst du?«

Nein, lachen würde ich nie wieder über den Kleinen, ganz bestimmt nicht. Ich hätte spüren müssen, dass er die Wahrheit sagte. Seine Angst hätte es mir verraten müssen. Stattdessen hatte ich mir einen Spaß daraus gemacht, mit ihm zu spielen. Es war ein Fehler gewesen. Ein amateurhafter, tödlicher Fehler.

Und nicht mein einziger. Wenn ich es mir recht überlegte, hatte ich ausnahmslos Fehler begangen. Der erste und entscheidende Fehler war die Annahme von Petazzis Auftrag, so sah es zumindest Robert Usedom. Als Nerius den Artikel über mich in die Neckar-Nachrichten setzte, drohte ich ihm Prügel an, und was geschah? Prompt meldete sich der Informant. Den ich dann so lange hinhielt, bis er aufflog. Meine eigenen Nachforschungen, mein Besuch bei Maike und Anna: ergebnislos. Weil ich Usedom provozierte, bekam Petazzi ein Glas Weißwein ins Gesicht. Und zwischendrin warf ich meiner Exfrau die falschen Sachen an den Kopf. Dass ich mich von ihr getrennt hatte, war möglicherweise der größte Fehler von allen gewesen.

Ich war ein Versager. Keine Widerrede. Selbst der Ticketverkäufer hätte es wahrscheinlich ohne mich an Land geschafft. Auf Fischers Gardinenpredigt freute ich mich schon.

Mir fiel nur eine Sache ein, bei der ich richtig gelegen hatte. Ich hatte Petazzi gesagt, dass ich seine Theorie für Unsinn hielt. Und weil das stimmte, war mein Auftrag beendet. Der Italiener konnte nach Hause fahren. Ciao. Mit dem Tod des Frettchens war erwiesen, dass es die Arische Front gab und dass sie den Anschlag auf dem Uniplatz verübt hatte. Da biss keine Maus, auch keine italienische und so weiter. Finito, basta. Wer genau diese Rassenfanatiker waren und für welche Weltherrschaft sie kämpften, würde der Verfassungsschutz ermitteln. Der Mohr, und das war ich, hatte seine Schuldigkeit getan. Noch so ein Stück, das in Italien spielte. Mit echt italienischen Auftragskillern. Die gab es in Heidelberg nicht, es gab auch keine Verschwörung gegen Petazzi und damit keine Möglichkeit für ihn, dem Tod seiner Tochter nachträglich einen

Sinn aufzupfropfen wie einer Giftflasche einen fest schließenden Korken.

Flasche war das Stichwort. Ich war eine Flasche. Wenn ich jetzt eine Flaschenpost mit einem Gruß an Christine in den Neckar warf, wann erreichte die Rom?

Nein, es ging mir nicht gut. Ich fror nicht mehr, aber meine Gedanken schwappten von einer Schädelwand zur anderen, das schlechte Gewissen plagte mich, mein Kreislauf spielte verrückt. Ich sehnte mich nach einem Bier im Englischen Jäger, wie ich es seit Ewigkeiten nicht mehr genossen hatte. Seit einer knappen Stunde, um genau zu sein.

Ein schwer beladener Frachter zog sanft an uns vorüber. Seine Bugwelle brachte das Solarboot ins Schlingern. Oben auf der Alten Brücke hatten sich Grüppchen von Schaulustigen eingefunden, Kameras und Handys gezückt. Wo waren sie gewesen, als der Mörder durch die Altstadt flüchtete? Warum hatten sie ihm kein Bein gestellt, damit er der Länge nach auf das Kopfsteinpflaster und die Waffe gleich mit …?

Es war gut, dass es niemand gewagt hatte. Der Typ hätte ein Blutbad angerichtet. Das zweite innerhalb von wenigen Tagen. Aber schon im nächsten Moment wusste ich, dass das nicht stimmte. Der Mörder vom Uniplatz und der vom Neckar waren verschiedene Personen. Stämmig der eine, hoch aufgeschossen der andere. Mehr ließ sich nicht über sie sagen.

Sie nannten sich die Arische Front, okay. Ihr Aussehen verbargen sie hinter Motorradhelmen, hinter Bärten und im Schatten von Schirmmützen. Vielleicht waren sie von Kopf bis Fuß mit Hakenkreuztätowierungen übersät, vielleicht hielt man sie für brave Bürger, wenn man ihnen in der Fußgängerzone begegnete. Eine dumpfe Schlägertruppe waren sie jedenfalls nicht, sondern gut organisiert. Das Frettchen konnte ein trauriges Lied davon singen. Sie hatten Lunte gerochen, als der Kerl herumschnüffelte, nachfragte, Nervosität zeigte. Sie hatten ihn beim Packen erwischt, beim Telefonieren, beim Horchen an Türen. Heute waren sie ihm gefolgt. Und als sie mich in das Solarboot steigen sahen, mussten sie mit aller Macht verhindern, dass der Kleine mit mir sprach.

Es gab sie also wirklich.

Und sie waren zum Äußersten entschlossen.

Der Krankenwagen begann leicht zu schaukeln, als Kommissar Fischer einstieg und mir Gesellschaft auf der Trage leistete.

»Der Neckar ist viel sauberer als früher«, sagte er. »Grämen Sie sich also nicht, wenn Sie Wasser geschluckt haben sollten.«

»Nein«, sagte ich. »Ich gräme mich nicht.«

Er verzog den Mund, knibbelte heftig an seiner Nase, dann kramte er ein Päckchen Zigarillos aus seiner Jacke hervor und reichte mir einen. Auch ein Feuerzeug hatte er parat.

»Danke«, sagte ich.

»Sie haben einen aus dem Wasser gefischt und die Kinder beschützt. Heute dürfen Sie ruhig ein bisschen stolz auf sich sein. Auch wenn es schwerfällt.«

Ich sog den Rauch tief ein und schüttelte den Kopf.

»Es ist nicht Ihre Schuld, dass der Mann erschossen wurde, Herr Koller. Er hätte zu uns kommen sollen.«

»Wie geht es den Kindern?«

»Sie sind in guten Händen.« Er zündete sich ebenfalls einen Zigarillo an. »Die Kollegen vom BKA werden bald hier sein. Ich habe denen gesagt, dass Sie noch ein paar Minuten zum Durchschnaufen brauchen. Danach wird es allerdings einen Interviewmarathon geben, machen Sie sich darauf gefasst.«

»Schon mein Vater sagte immer: Red drüber, mein Junge, dann fühlst du dich besser. Alte Pfarrerweisheit.«

»Kann ich irgendetwas für Sie tun?«

»Mir ein paar Kleider besorgen. Und noch so ein Glas Tee, wenns geht. Außerdem habe ich meine Jacke auf dem Solarboot gelassen. Mit 50.000 Euro drin.«

Einer der Sanitäter sah uns in seinem Wagen rauchen und setzte zu einer Beschwerde an. Ein Blick des Kommissars ließ ihn verstummen.

»Gut«, sagte Fischer, nachdem er meine Wünsche per Handy weitergegeben hatte. »Ich habe mir den Ablauf schon von verschiedenen Seiten schildern lassen. Deshalb nur ein paar kurze Fragen. Sollte in dem Boot der Deal über die Bühne gehen?«

Ich nickte.

»Konnten Sie vorher mit dem Mann sprechen?«

»Kein Wort. Er wollte gerade zusteigen, als der Schuss fiel.«

»Sahen Sie den Mörder kommen?«

»Nein, ich schaute in dem Moment woanders hin. Er muss ganz in der Nähe gewartet haben. Es ging alles so schnell.«

»Und beschreiben können Sie ihn genauso wenig wie die übrigen Zeugen?«

»Groß und schlank. Vollbart. Leichter Mantel in Dunkelgrau, brauner Schal und Schirmmütze. Und er ist Linkshänder.«

»Immerhin.« Fischer paffte nachdenklich vor sich hin. »Das Motiv scheint ja eindeutig zu sein.«

»Auf Hochverrat steht die Todesstrafe. Ich glaube, das Frettchen kannte seinen Mörder.«

»Wer?«

»Mein Informant.«

»Er heißt übrigens Specht. Rüdiger Specht. In Mannheim gemeldet. Er hatte seinen Ausweis dabei.«

Ich lachte bitter. Ein Frettchen, das auf den Namen Specht hörte! Schon spaßig, was sich das Leben so einfallen lässt.

»Sagt Ihnen der Name was?«

»Nein. Er erwähnte einen Verwandten bei der Truppe, einen Cousin oder so was. Da sollten Sie ansetzen.«

»Haben wir schon. Als ich den Kollegen in Mannheim seinen Namen durchgab, wussten die gleich Bescheid. Einer seiner Brüder, ein gewisser Ansgar Specht, hat eine ellenlange Vorstrafenliste. Auch politischen Kram.«

»Bei dem sind Sie richtig. Das ist Ihre Arische Front.«

»Nicht so schnell, Herr Koller«, wehrte er ab. »Die haben garantiert vorgesorgt. Würde mich nicht wundern, wenn die Jungs alle ausgeflogen wären.«

»Sie kriegen die schon«, murmelte ich und sah dem Rauch meines Zigarillos nach. Der Sanitäter von vorhin kam und brachte mir trockene Kleider. Billigware, aber neu. Langsam begann ich mich anzuziehen.

Fischer musterte mich mit verkniffener Miene. »Nehmen Sie eine Auszeit, wenn das hier vorbei ist. Sie haben es sich verdient. Weitere Ermittlungen haben sich ja nun erübrigt. Oder glauben Sie, Ihr Italiener hält immer noch an seiner Theorie vom gezielten Anschlag fest?«

»Vom Anschlag auf seine Tochter? Nein, so verrückt wird er nicht sein. Trotzdem, er hat alles richtig gemacht. Dank seiner Initiative ist der Fall geklärt.«

»Natürlich, und die deutschen Beamten müssen nur noch eine Handvoll Irrer verhaften«, blaffte er und sog heftig an seinem Glimmstängel. »Mehr nicht. Ein Kinderspiel! Da kann man gar nichts falsch machen.«

Achselzuckend griff ich nach der Hose und zog sie an.

»Wie auch immer, Sie arbeiten jetzt brav mit meinen Kollegen zusammen, und anschließend legen Sie für ein paar Tage die Beine hoch, verstanden? Junge Leute wie Sie glauben, sie könnten alles wegstecken, und hinterher sind sie ein Fall für den Seelenklempner. Widersprechen Sie mir nicht, ich habe genug Krankheiten, um das beurteilen zu können.«

Nun musste ich doch grinsen.

»Dabei dachte ich einen Moment lang«, sagte er, »wir müssten der Petazzi-Theorie nachgehen. Aber das hat sich ja nun erledigt.«

»Wie meinen Sie das?«

Er erhob sich. »Sie hatten mir doch den Floh mit der Funkverbindung ins Ohr gesetzt. Den Stöpsel im Ohr in mein Ohr gesetzt, wenn Sie so wollen. Jedenfalls hat mir die Zeugin Forsberg, die Sängerin dieser Musikgruppe, vorhin bestätigt, dass der Attentäter verkabelt war. Da baumelte etwas zwischen Helm und Jacke, sagt sie.«

»Also doch.« Ich starrte ihn verblüfft an.

»Sie stand als Einzige nahe genug an dem Mann dran, um das Kabel zu bemerken. Als ich sie anrief und danach fragte, fiel es ihr wieder ein. Der Schütze scheint tatsächlich in Kontakt mit seinen Kumpanen gestanden zu haben.«

»Und warum?«

»Um das Signal zu erhalten, wann ein günstiger Augenblick zum Losschlagen war. Was auch immer man unter günstig verstehen mag. Jedenfalls nicht, um Beatrice Petazzi zu ermorden. Nach einer Verbindung zwischen ihr und diesen Neonazis brauchen Sie erst gar nicht zu suchen.«

»Das habe ich auch nicht vor«, murmelte ich.

»Gut.« Er schaute zur Tür, hinter der ein Mann in Zivil stand. »Sind Sie bereit, Herr Koller? Für die Fragen meiner Kollegen?«

Ich nickte. Diese Ersatzkleider machten eine Vogelscheuche aus mir. Die Hose war zu weit, der Pulli schlabberte. »Ein Tipp noch, Herr Fischer. Schicken Sie die Spurensicherung auf das Nebengebäude der Mensa, das mit dem Flachdach. Gut möglich, dass dort ein Komplize des Attentäters seinen Standort hatte.«

Er zog die Brauen zusammen und sah mir nach, wie ich dem Zivilen zu dessen Wagen folgte. »Aber morgen machen Sie Urlaub, verstanden? Sonst erzähle ich meiner Frau, was Sie für einer sind!«

13

»Heidelbergs prominenter Privatermittler«, strahlte Fatty, als er mich sah. »Und das in meiner bescheidenen Hütte!« Dann stutzte er. »Was hast du denn für komische Sachen an, Max?«
»Kann ich reinkommen?«
»Klar. Wir glotzen gerade ein bisschen. Lust auf einen Krimi?«
Ich schüttelte den Kopf und trat ein. Fatty wohnt in einem Mietshaus aus den dreißiger Jahren, das bis vor Kurzem hässlich, feucht und zugig war. Dann wurde es von oben bis unten neu gestrichen, und nun ist es hübsch, feucht und zugig. Was mit der Miete passierte, brauche ich nicht eigens zu erwähnen. Als der Hausbesitzer im Frühjahr das Bundesverdienstkreuz erhielt, wurde sein Einsatz für die städtische Wohnkultur und speziell für den Außenanstrich seiner Häuser in Bergheim gewürdigt. Beim Heidelberger Herbst saß er am Tisch des Oberbürgermeisters, und wenn er sang, flog seinen Nebenleuten so manche Plombe aus dem Gebiss. Fatty fand ihn für einen Kapitalisten ganz nett; er hatte halt keine Lust, schon wieder auf Wohnungssuche zu gehen.

Im Wohnzimmer meines Freundes lief der Fernseher. Eva hielt die eine Hälfte des Sofas besetzt und winkte mir mit ein paar Chips zu.
»He, schön, dass du mal reinschaust! Setz dich, wir rücken.«
»Danke«, sagte ich. »Wenn ich mich dazusetze, bricht das Sofa zusammen.«

»Sollen wir die Kiste ausstellen? Oder magst du mitschauen?«

Auf dem Bildschirm knutschte ein Pärchen lange und innig. So lange und innig wie nur im Fernsehen. Ich stand da, die Hände in den Hosentaschen, und sah den beiden zu. Dann gab es einen Schnitt, und ein Typ mit alberner Verbrechervisage stapfte breitbeinig durch eine dunkle Gasse. In der Hand eine Knarre.

»Nee«, sagte ich und drehte mich weg. »Keine Lust heute. Guckt ihr, ich lese was oder hole mir was zu trinken.«

»Quatsch, wir machen aus«, meinte Fatty. »Ist doch nur ein blöder ...«

»Nein!«, unterbrach ich ihn heftig. »Schaut weiter. Ich komm schon zurecht.«

Die beiden wechselten überraschte Blicke.

»Du hast doch immer einen Schnaps von deiner Oma da, oder?«, fragte ich Fatty.

»Ja, klar. In der Küche.«

Als ich mit der Flasche ins Wohnzimmer zurückkam, saßen die zwei stirnrunzelnd auf dem Sofa; Eva knabberte an einem Chip, Fatty spielte mit der Fernbedienung. »Stelle ich halt den Ton leise«, murmelte er.

Ich nahm mir einen Stuhl und setzte mich so, dass ich den Bildschirm nicht sah. Oma Sawatzkis Kümmelschnaps musste früher über die harten schlesischen Winter hinweghelfen, also würde er auch die Bilder von zerplatzenden Frettchenschädeln fortspülen. Wenn man nur genug davon zu sich nahm. Mein erster Schluck ließ Fattys Kinnlade herunterfallen.

»Ist was passiert?«, stotterte er. »Gehts dir nicht gut? Gibt es ein Problem mit Christine?«

»Alles in Ordnung. Christine ist gesund, ich bin gesund. Hab schließlich im Neckar gebadet. Kommissar Fischer sagt, ich bin ein Held, aber das hätte ich auch gesagt, wenn ich Fischer wär und nicht ich. Ich bin nämlich ein Versager. Prost.« Ja, Prost – und ein Hoch auf die Sawatzki-Omas dieser Welt!

»Besser, wir trinken mit«, schlug Eva vor. »Sonst spricht er gleich nicht mehr unsere Sprache.« Sie stand auf und holte drei Gläser aus der Küche. Ich schüttelte den Kopf, als sie mir eins reichte.

»Gläser machen nur Ärger«, erklärte ich. »Wenn du nicht aufpasst, schüttet dir einer ein Glas Wein in die Fresse, schwupp. Mit Flaschen passiert das nicht so leicht.«

»Stimmt«, sagte Fatty. »Gut, dass wir darüber geredet haben. Wolltest du uns sonst noch etwas erzählen? Hat es vielleicht mit deinem Fall zu tun?«

»Nein. Eher nicht. Ich verkehre jetzt mit Schriftstellern. Das kann nicht jeder von sich behaupten. Mein Schriftsteller schreibt übrigens mit der Panzerfaust. Das kann erst recht nicht jeder von sich behaupten. Und er heißt wie eine Insel. Oder Halbinsel, ich war noch nie dort.«

»Helgoland?«, rief Eva. »Rügen? Mainau?«

»Mainau ist gut. Trotzdem heißt er anders. Vielleicht schreibt er über meinen letzten Fall. Oder ich tue es. Soll gesund sein. Mein letzter Fall ist übrigens noch warm. Nein, jetzt ist er kalt. Kalt wie der Neckar im September. Gegessen, aus, vorbei. Signor Petazzi wird mich zum Ehrenbürger Padaniens ernennen und mir viele Mille Lire zahlen. Aber ich nehme nur Euros.«

»Der Fall ist geklärt? Sind die Nazis verhaftet?«

»So gut wie fast. Fehlt nur noch der Zugriff.« Ich streckte meine rechte Hand aus. Das Licht des Fernsehers fiel auf ihren Rücken; man sah es nur nicht, es war zu schwach.

»Nun erzähl schon!«, rief Fatty. »Lass dir doch nicht alles aus der Nase ziehen, du Idiot.«

Also erzählte ich Idiot. Vom Anruf des Frettchens gestern Mittag, vom Treffen in der OEG und seinen Forderungen. Als ich zu der Szene am Neckar kam, nahm Eva Fatty die Fernbedienung aus der Hand und schaltete die Glotze aus.

»Sie haben mich den ganzen Nachmittag befragt«, schloss ich. »BKA, Verfassungsschutz, alle. Irgendwann wusste ich selbst nicht mehr, was genau passiert war. Ob ich sah, wie der Schuss fiel, oder ob ich ihn nur hörte und dafür Spechts Kopf platzen sah. Ob ich all die Einzelheiten gleich beim ersten Mal wahrnahm oder mir hinterher zusammenreimte. Mir wäre es ja egal. Aber die wollten alles exakt wissen.« Ich nahm noch einen Schluck. Oma Sawatzkis Schnaps brannte nur ein ganz klein bisschen, was ich schade fand. Ich brauchte einen richtigen Rachenputzer, Gedächtnisputzer.

»Puh«, sagte Fatty und schaute Eva an. »Unappetitliche Geschichte. Ich bin noch nie mit dem Solarboot gefahren, und ich weiß nicht, ob ich es jemals tun werde.«

»Ich bin auch nicht damit gefahren«, sagte ich. »Als der Kapitän ablegen wollte, war ich schon im Neckar. Mein Ticket ist sowieso futsch. Ertrunken. Völlig aufgeweicht.«

»Und dieser Typ hat einfach so geschossen? Wie der auf dem Uniplatz?«

»Ausgeholt und geschossen. Nicht gezögert, nicht gewackelt. Glaube ich jedenfalls. Hab ihn ja in der Sekunde davor gar nicht gesehen. Du hast eine tolle Oma, Fatty. Wie alt ist sie eigentlich?«

»92«, antwortete er düster.

»Und trinkt jeden Abend ein Gläschen Schnaps? Klar, muss ja. Ohne wird man nicht so alt.«

»Ist dein Fall jetzt beendet?«, fragte Eva.

»Sieht so aus.«

»Was wirst du Petazzi sagen?«

»Danke für das Honorar. Und Entschuldigung, dass wir Deutschen nicht besser auf unsere Nazis aufpassen können. Ist doch ein Skandal, so was. Aber jetzt kümmert sich Kommissar Fischer darum, und alles wird gut. Wenn sie ihn lassen.«

»Meinst du, sie kriegen diese Typen?«

»Klar.«

»Das darf nicht wahr sein!«, rief Fatty. »Wenn ich mir das vorstelle, dass da ein brauner Killer am Neckar rumspaziert, während du auf dem Boot sitzt. Was da hätte passieren können!«

»Es ist was passiert.«

»Ja, aber dir!«

»Ach so.« Ich dachte an die Mündung des kurzen Revolvers, der in meine Richtung gezielt hatte. Ein kleines rundes Nix. Ein schwarzes Loch, hinter dem sich eine neue Galaxie auftat. Oder nix.

Schnell weitertrinken.

Am nächsten Tag erzählte mir Fatty, wie dieser Abend geendet hatte. Irgendwann war es mir gelungen, mich aus meinem Stuhl zu stemmen. »Runter mit euch«, sagte ich und schwankte dabei so stark, dass die beiden bereitwillig ihre Plätze räumten. Kaum war das Sofa frei, fiel ich darauf und schlief ein. Fatty brachte mir noch eine Decke und zog mir die Schuhe aus. Bis hierhin dürfte sein Bericht der Wahrheit entsprechen, denn morgens wachte ich in Strümpfen und ordentlich verkatert auf seinem Sofa auf.

Nur das mit der Schnapsflasche stimmte nicht. Die hatte ich keinesfalls allein ausgesoffen.

Ich fand sie in der Küche, auf der Arbeitsplatte stehend. Leer. Daneben ein Zettel und eine Packung Aspirin. »Hoffentlich reichen sie«, hatte Fatty geschrieben. »Wir sind bei der Arbeit. Melde dich mal!«

Ich gönnte mir ein kleines Frühstück aus einer Handvoll Tabletten, die ich mit viel Wasser hinunterspülte. Dann fuhr ich langsam nach Hause zurück. Unter bewölktem Himmel schimmerte der Neckar schiefergrau. In der Brückenstraße kaufte ich mir die aktuelle Ausgabe der Neckar-Nachrichten. Auf dem Gepäckträger meines Rads war immer noch der Papierstapel festgeschnallt, den mir Usedom gestern Mittag gegeben hatte. Ich nahm ihn ebenso mit hoch in meine Wohnung wie meine trockenen Kleider, die mir ein Polizeibote in einem Karton vor die Tür gestellt hatte.

Oben blätterte ich erst einmal die Zeitung durch. ›Tödliche Schüsse am Neckar‹, lautete die Überschrift auf Seite eins, und im Lokalteil wurde wild spekuliert: Ging es um Drogen? Um Schutzgeld? War es eine Hinrichtung? Eine Auseinandersetzung zwischen ausländischen Clans? Oder gab es einen Zusammenhang mit dem Attentat vom vergangenen Wochenende? Lauter Fragen, keine Antworten. Die Polizei hielt sich bedeckt, worüber sich die Redakteure der Neckar-Nachrichten bitterlich beklagten. Es handelte sich um dieselben, die am Montag die Arische Front ins Spiel gebracht hatten, und aus ebendiesem Grund waren ihre Krokodilstränen ein schlechter Witz. Natürlich bekamen die beiden keine Informationen mehr von den Behörden. Eine unbekannte Person, wahrscheinlich männlichen Geschlechts, schießt – einmal? mehrmals? – auf eine andere Person, deren Identität der Polizei bekannt ist, die aber aus ermittlungstaktischen Gründen ... Richtig, die Zeugenaussagen werden noch ausgewertet. Eines lässt sich bereits zum jetzigen Zeitpunkt mit Sicherheit behaupten: Das Opfer war zweifelsfrei männlichen Geschlechts. Danke für Ihre Aufmerksamkeit.

Auch von mir stand in dem Artikel kein Wort. Nur dass einer der Bootspassagiere in den Neckar gesprungen sei, um den Ticketverkäufer zu retten. Recht so. Über meinen

Namen konnte schließlich eine Verbindung zum Anschlag vom Uniplatz hergestellt werden. Kommissar Fischer musste es diebische Freude bereitet haben, die beiden Pressefuzzis abblitzen zu lassen.

Bevor ich den Rest der Zeitung las, machte ich mir einen Kaffee. Es gab jede Menge zu tun an diesem Tag, und ich hatte zu nichts Lust.

Am dringendsten war ein Anruf bei meinem Auftraggeber. Ich schlich eine Weile durch die Wohnung und beging Alibihandlungen, bevor ich Nerius' Nummer wählte. Renate Urban meldete sich. Ihr Mann sei in aller Frühe mit Signor Petazzi nach Berlin geflogen, um erst in der Nacht zurückzukommen.

»Macht nichts«, sagte ich. »Vielleicht ist es ganz gut, noch einen Tag zu warten. Richten Sie ihm aus, dass der Fall aus meiner Sicht geklärt ist. Alles Weitere berichte ich Petazzi morgen selbst.«

»Mit seiner Tochter hatte der Anschlag nichts zu tun, richtig?«

»Richtig.«

»Er wird es irgendwann akzeptieren. Ansonsten alles in Ordnung bei Ihnen? Sie klingen etwas bedrückt, wenn ich das sagen darf.«

»Liebeskummer.«

»Oh!« Sie lachte verlegen, dann wünschte sie mir gute Besserung und legte auf.

Wieso glaubte sie mir nicht? Hatte ein Privatflic kein Anrecht auf Liebeskummer? Alles auf dieser Welt war ungerecht verteilt, das Geld, die Arbeit, der Kummer, die Freude.

Die Anhänglichkeit übrigens auch. Als eben der Kaffee auf meine Verdauung durchschlug, läutete das Telefon. Ich ging dran, und das war ein Fehler.

»Robert Usedom. Wollte mal hören, ob gestern alles glattging nach Ihrem plötzlichen Aufbruch.«
»Ja.«
»Hatte der Anruf etwas mit Ihren Ermittlungen zu tun?«
»Ja.«
»Und? Waren es diese Neonazis?«
»Das wird wohl morgen in der Zeitung stehen.«
»Ach so, natürlich. Was geht mich die Geschichte auch an. Ich hatte ja nichts mit den Opfern zu tun. Hatte praktisch keine Beziehung zu einer gewissen Beatrice Petazzi.«
Jammerlappen, fuhr es mir durch den Kopf. Typisch Schriftsteller! Laut sagte ich: »Ich bin kein Auskunftsbüro, Herr Usedom. Habe mich sogar verpflichtet, den Mund zu halten, bis die Täter gefasst sind. Außerdem muss ich aufs Klo. Das liegt am Kaffee, und den habe ich getrunken, weil die Nacht kurz und der gestrige Tag anstrengend war. Jetzt wollen Sie natürlich wissen, warum er so anstrengend war. Nun, das könnte an meinem gestrigen Bad im Fluss liegen. Das hat es sogar schon heute in die Neckar-Nachrichten geschafft.«
Pause. »Meinen Sie die Schießerei am Neckar? Bei der dieser Drogendealer umkam?«
»Drogendealer, genau. Vielleicht auch Informationsdealer. Neudeutsch für Hochverräter. Für Aussteiger aus der Neonaziszene.«
»Und da waren Sie dabei?«
»Es wäre eine nette Szene für Ihr nächstes Buch. Vielleicht ein bisschen zu viel Action, nichts für schwache Nerven. Aber ich kenne einige, die so etwas gerne lesen.«
Er schwieg.
»Ich weiß schon«, sagte ich. »Ihnen liegen solche Revolverszenen nicht. Sie waren mal fast militant, jetzt predigen Sie

Versöhnung. In Ihren Büchern wird diskutiert und nicht geschossen, interessante Menschen machen sich interessante Gedanken und wälzen schwere Probleme. Da geht es um Zukunftsentwürfe und den Dialog verwundeter Seelen, um das Recht und die Pflicht des Einzelnen, alle paar Seiten hebt der strenge Papa Gesellschaft seinen Zeigefinger, Wörter wie Verantwortung und Rechenschaft hängen gerahmt an der Wand. Dauernd gibt es Zitate und Anspielungen und Hommagen an Ihre literarischen Vorbilder, jeder zweite Satz ist unverständlich und damit eine Aufforderung ans Feuilleton, die Interpretationsmaschinerie anzuwerfen. Schwere Kost, schön schwer. Da passt so eine schmutzige Hinrichtung unter Ariern nicht hinein. Stimmts?«

»Was ist denn mit Ihnen los?«

»Ich habe fünf oder sechs Aspirin geschluckt. Die Acetylsalicylsäure verätzt meine Synapsen, da rede ich immer dummes Zeug.«

»Haben Sie eines meiner Bücher gelesen?«

»Nö.«

»Hätte mich auch gewundert. Gegen Revolverszenen habe ich nichts, Herr Koller, solange sie zum Konzept gehören. Und in die Schublade der raunenden Ästheten lasse ich mich noch lange nicht stecken. Mir geht es immer um die Abbildung gesellschaftlicher Wirklichkeit, literarisch vermittelt natürlich.«

»Na, dann los, schreiben Sie! Das hier ist gesellschaftliche Wirklichkeit: Leute bringen einander um, Leute schießen einander die Schädeldecke weg. Im Hotel Vier Jahreszeiten bestellt einer gerade Kalbsbries mit Frankfurter Soße, während 50 Meter entfernt zermatschtes Hirn auf den Neckar klatscht. Beim Heidelberger Herbst haben Tausende ihren Spaß und kippen sich einen hinter die Binde, bis ein Maskierter den Uniplatz rassenrein schießt. Eine der beliebtesten Kneipen in der Stadt soll dichtgemacht werden, weil irgendein Bauträger Profit wittert. Das ist brutal, das ist absurd, aber es ist gesellschaftliche Wirklichkeit.«

»Ach?«, fragte er pikiert. »Darüber soll ich schreiben?«

»Ja, natürlich. Warum nicht? Oder schreiben Sie über mich. Ich bin sozusagen das Paradepferd Ihrer Wirklichkeit. Ich habe kein Geld und keine Frau mehr, ich bin Studienabbrecher, warte auf seriöse Aufträge und vertreibe mir die Zeit mit Saufen. Ich bin genervt von mir selbst, und um das nicht zugeben zu müssen, quassele ich den lieben langen Tag über andere. Nur bei Ihnen mache ich eine Ausnahme, aber das kommt davon, wenn man dringend aufs Klo muss.«

»Gute Idee. Irgendwann schreibe ich einen Text über Sie. Versprochen.«

»Um Gottes willen. Warum habe ich das nur gesagt? Vielleicht machen Sie sich schon heimlich Notizen.«

»Keine Angst«, lachte er. »Wenn es so weit ist, gebe ich Ihnen rechtzeitig Bescheid. Im Übrigen ist es seltsam, dass Sie unser Gespräch auf das Schreiben gebracht haben. Genau darüber wollte ich mit Ihnen reden.«

»Übers Schreiben?«

»Ich habe Ihnen doch mein Manuskript gegeben.«

»Ach, das. Tut mir leid, ich hatte gestern nicht die geringste Möglichkeit, einen Blick hineinzuwerfen.«

»Es wäre mir lieb, wenn Sie es tun würden. Ich brauche Ihre Einschätzung. Sehen Sie, es handelt sich um eine Erzählung, die seit ein paar Wochen in den Neckar-Nachrichten erscheint. Zehn Folgen, immer in der Wochenendbeilage.«

»Ein gutbürgerliches Nachrichtenorgan druckt die Erzählung eines früheren Revoluzzers ab? Sie scheinen ganz schön etabliert zu sein, Herr Usedom.«

»Hören Sie auf. Heutzutage gibt sich jede Zeitung liberal,

die etwas auf sich hält. Davon abgesehen, werden die Neckar-Nachrichten keine Freude an meinem Text haben, sobald er erst einmal komplett erschienen ist.«

»Große Keule, was? Eine Abrechnung mit Gott und der Welt?«

»Lesen Sie es einfach.«

»Und was soll ich damit? Ich bin kein Reich-Ranicki.«

»Aber Deutsch können Sie. Und Sie haben ein offenes Ohr für die Vorgänge in der Stadt. Es ist zwar eine Erzählung, aber sie hat eine gewisse gesellschaftliche Brisanz. Da gibt es genau die Revolverszene, die Sie sich in meinen Texten nicht vorstellen können. Mehr will ich dazu gar nicht sagen. Schauen Sie sich das Ding einfach an, es ist nicht sehr lang.«

»Ich werde es versuchen.«

»Beatrice hat den Text auch gelesen.«

»Und? Wie fand sie ihn?«

Wieder lachte er. »Nicht gut. Sogar ziemlich schlecht. In solchen Dingen war sie geradeheraus. Sie konnte meinen Büchern generell nicht viel abgewinnen. Höchstens aus historischer Perspektive. Beatrice gehörte zu einer anderen Generation, die unsere Fragen, die Fragen der siebziger und achtziger Jahre, als veraltet empfand. Widerstand gegen die Staatsgewalt: Das ist für Jugendliche von heute, die den Staat niemals repressiv erlebt haben, kein Thema mehr. Denen geht es um anderes. Um Fragen der Globalisierung, ökologische und ökonomische Probleme.«

»Ich weiß nicht, worum es Jugendlichen geht. Aber wenn Sie das sagen, wird es stimmen. Bei Ihrem guten Draht zum Nachwuchs.«

»Neidisch?«

»Nö.«

»Gut, dann lesen Sie bitte meine Erzählung. Am besten heute noch.«

Endlich gelang es mir, ihn abzuwimmeln. Ich rannte zum Klo, um still vor mich hinzubrüten. Wollte mich der Kerl jetzt täglich sprechen oder treffen? Ich hatte immer geglaubt, Schriftsteller seien zurückgezogene Leute, die mit ihrer Zeit haushielten. Gut, Usedom war in einer beschissenen Situation: Er hatte seine beste Freundin verloren, ein Mischwesen aus Tochter, Geliebter und Gesprächspartnerin, und er verlor sie ein zweites Mal, wenn Petazzi mit seiner Vernebelungstaktik Erfolg hatte. Usedom brauchte jemanden zum Reden. Zum Schreiben würde er erst später, mit etwas Abstand kommen. In einem Jahr vielleicht oder einem halben würde er zur Feder, zur Schreibmaschine, zum Laptop greifen und eine seiner traurigen Geschichten verfassen: über einen Vogel, dem man die Flügel gestutzt, über eine Fee, der man das Lachen geraubt hatte. Ich konnte mir seine Erzählungen nicht anders als traurig vorstellen. Wer sich an der gesellschaftlichen Wirklichkeit abarbeitete, schrieb kämpferisch oder traurig, und Usedom hatte das Kämpfen eingestellt. Daher gab ich auch nichts auf seine Ankündigung, einen wie mich zur Grundlage eines Textes zu machen. Höchstens eines lustigen. Das Traurige liegt mir nicht, ich bin entweder frustriert oder wütend. Als es mit mir und Christine aus war, bekamen ihre Briefe meine Wut zu spüren: Ich verbrannte sie in der Spüle. Die beiden folgenden Tage verbrachte ich im Englischen Jäger. Die Nacht dazwischen auch. Erst danach merkte ich, welche Erleichterungen das Leben allein bot. Ich wurde immer zufriedener. Bei Christine war es genau umgekehrt: Sie flüchtete nach Waldhilsbach und bereut unsere Trennung seither von Tag zu Tag mehr. Traurig ist sie natürlich auch. Ein Fall für Robert Usedom.

Hatte zuletzt nicht jemand behauptet, er habe das Trauern verlernt? Richtig, Usedom selbst. Ach, das passte schon. Seine Texte trauerten statt seiner. Das war doch der Sinn von Literatur: Sublimation. Einer der wenigen Fachbegriffe, die mir von meinem Psychologiestudium noch in Erinnerung sind. Vom Fragment meines Psychologiestudiums, um exakt zu sein.

Ich drückte den Spülknopf, tat all das, was man sonst noch nach ausgiebigem Stuhlgang tut, und verließ die Toilette. Wie sublimierte ich eigentlich, wenn ich schon nicht trauerte? Gute Frage. Ich hatte keine Lust, sie zu beantworten.

Stattdessen rief ich Marc Covet in der Redaktion an. Im Hintergrund hörte ich den dicken Lothar lachen; die Hundeaffäre schien ausgestanden.

»Ganz schlecht«, brummte Covet. »Bin mitten in der Endredaktion eines Artikels. Vielleicht heute Abend?«

»Nur ein paar kurze Auskünfte. Was fällt dir spontan zu dem Namen Robert Usedom ein?«

»Wie kommst du auf den?«

»Ein neuer Bekannter. Also?«

»Geläuterter Linksterrorist, jetzt Autor. Keine große Nummer, auch als Schriftsteller eher zweite Wahl. Aber nicht blöd. Habe ihn mal bei einer Podiumsdiskussion zu 1968 und den Folgen erlebt, da war er der Einzige, der nicht in Selbstbeweihräucherung verfiel.«

»Hast du etwas von ihm gelesen?«

»Nein, nur über ihn. Besprechungen seiner Bücher. Ich glaube, der Mann hat es nicht leicht. Erst sah man in ihm nur den Bombenleger, der einen auf Poet macht, inzwischen interessiert sich für seine Art der Literatur kein Mensch mehr.«

»Sag das nicht. In deiner Zeitung erscheint gerade sein neuestes Werk.«

»Wie bitte? Das wüsste ich.«

»Jeden Samstag eine Folge.«

»Ach so, in unserer Wochenendbefindlichkeitsbeilage. Die lese ich nicht.«

»Solltest du aber. Dann könntest du mir nächstes Mal mehr über ihn verraten. Wie er literarisch einzuschätzen ist zum Beispiel.«

»Seit wann interessiert dich das? Apropos Terrorist: Gibt es irgendeine Verbindung zwischen dem Toten vom Solarboot und dem Uniplatz-Attentat, von der du weißt?«

»Ich dachte, du hättest keine Zeit zum Quatschen.«

»Gibt es oder gibt es nicht?«

»Gibt es. Aber behalte es für dich, sonst komm ich in Teufels Küche.«

»Keine Angst. Das Gefühl, mehr zu wissen als unsere neuen Investigativstars, reicht mir völlig, um diesen Tag mit einem Lächeln auf den Lippen zu beenden. Machs gut!«

Ja, machs gut, du auch. Ich bemühte mich. Irgendwann würde es klappen. Ich überlegte, ob ich mich abends mit Marc treffen sollte, um ihm die Geschichte von gestern haarklein zu erzählen, aber noch so ein Besäufnis konnte ich mir nicht leisten. Außerdem hatte ich gestern Vormittag Rindfleisch gekauft, das verarbeitet werden wollte. Ich legte es in Rotwein, Koriander, Zitronengras und Knoblauch ein und stellte es beiseite. Die Aussicht auf ein Abendessen ganz für mich allein hob meine Stimmung.

Aber schon der nächste Anruf ließ sie wieder sinken. Kommissar Fischer, griesgrämig wie eh und je, informierte mich, was der Schlag gegen die Arische Front gebracht hatte. Nämlich nichts. Sieben Mitglieder der Gruppe waren mittlerweile namentlich bekannt, sie stammten aus dem gesamten Rhein-Neckar-Kreis, und sie waren alle ausgeflogen, als ihre Wohnungen in der Nacht gestürmt wurden.

»Wieso erst nachts?«, fragte ich. »Ging das nicht ein bisschen schneller?«

»Nein, ging es nicht!«, bellte Fischer und bekam einen Hustenanfall. »Wir mussten schließlich erst ermitteln, welche Personen zu der Gruppe gehörten. Oder gaben Sie mir eine Liste mit allen Namen?«

»Sie hatten den Bruder von Specht.«

»Ach, und Sie meinen, wir hätten Däumchen gedreht? Spechts Wohnung wurde sofort ausgehoben. Gegen 14 Uhr, falls Sie es genau wissen wollen. Da war der Kerl längst über alle Berge. Seine Kumpane wahrscheinlich auch. Sie brauchen sich keine Sorgen zu machen, wir kriegen die. Ist bloß eine Frage der Zeit.«

»Ihr Wort in Gottes Ohr.«

Er stöhnte.

»Alles klar, Herr Fischer? Was schmerzt diesmal? Wieder das Herz?«

»Die Milz. Wenn es ganz schlimm um mich steht, meldet sich die Milz. Und wissen Sie, was das Schlimmste ist? Dass meine Frau, der ich andeutungsweise geschildert habe, was passiert ist, nun denkt, Ihnen allein hätten wir die Enttarnung der Gruppe zu verdanken.«

»Der natürliche Instinkt des Weibes.«

»Dann hoffen Sie mal drauf, dass der Staatsanwalt auch eine Frau ist.«

»Welcher Staatsanwalt?«

»Falls untersucht wird, ob Sie sich bei der Kontaktaufnahme mit Specht korrekt verhalten haben. Rennt mit 50.000 durch die Gegend, ohne uns zu informieren!«

»Ich habe Sie informiert, Herr Fischer!«

»Vielleicht zu spät.«

»Da waren Sie gestern aber anderer Meinung.«

»Gestern schmerzte meine Milz auch noch nicht. Schmerzen schärfen das Denkvermögen.«

»Von wegen. Weil Sie so scharf nachdenken, schmerzt Ihre Milz.«

Unzufrieden beendeten wir das Gespräch.

Ich warf mich in meinen Fernsehsessel und blätterte die Neckar-Nachrichten durch. Dass die Zeitungslektüre meine Laune nicht heben würde, verstand sich von selbst. Aber mir fiel nichts Besseres ein. Außer dem Üblichen: mich aufs Rad schwingen, den Frust aus den Gliedern treten. Später vielleicht. Später.

Die Berichterstattung über den Anschlag vom letzten Samstag hatte an Intensität nachgelassen. Dafür überließ man Volkes Stimme das Feld: eine ganze Seite Leserbriefe zu dem einen beherrschenden Thema. Der Anschlag, seine Folgen, seine Ursachen. Endlich gab es Antworten. Es wurde erklärt, wie es zu dem Attentat kommen konnte, wer eine Mitschuld daran trug, wo die Politik zu lax gewesen war, weshalb sich die Jugend radikalisierte. Fehlende Werte wurden beklagt, fehlende Vorbilder, fehlende Erziehung. Fanatiker, wo man auch hinschaute. Al-Qaida und Arische Front – alles dasselbe. Turbanträger und Neonazis, Surensänger und Hakenkreuzler – eine Soße. Da galt es dazwischenzuhauen. Mit der flachen Hand, dem Hammer, dem großen Besteck. Jeder Brief ein Aufschrei, jeder Satz eine Parole. Nach Stammtischmanier: Faust geballt und Zeigefinger im Anschlag.

»Irgendwann musste es so kommen«, schrieb einer.

Ich legte die Zeitung beiseite und starrte an die Decke. Spießbürgeransichten, zu Leserbriefen geronnen – so konnte man es sehen. Man konnte es aber auch anders sehen. Man konnte behaupten, dass sich hinter all dem wirren Geschreibsel der eine, wiederkehrende Wunsch verbarg: eine Erklärung für das Unerklärbare zu finden. Ein naiver, aber verständlicher Wunsch. Auch ich hätte gerne eine Erklärung gefunden, jemand wie Flavio Petazzi zahlte sogar viel Geld dafür. Dabei wussten wir beide, dass es sie nie geben würde. Niemand würde je in die Köpfe dieser Nazis hineinschauen können, kein Richter, kein Sozialarbeiter, kein Schriftsteller.

An anderen Tagen wäre mir das egal gewesen. Heute nicht. Warum eigentlich nicht? Die Menschheit hatte den 11. September überstanden, hatte die Massaker in Ruanda, Kambodscha und Vietnam überstanden und sogar den größten Weltenbrand aller Zeiten, den die Fackeln unserer Großväter entfacht hatten. Längst hatten wir uns daran gewöhnt, den Völkermord zum Frühstück serviert zu bekommen. Genozid im Kongo – reichst du mir bitte die Erdbeermarmelade, Schatz? Vorm »Tatort« verkohlte Bürgerkriegsleichen, nach den Bundesligaergebnissen eine Massenhinrichtung in China. Multitasking im 21. Jahrhundert. Was vermochten da ein paar Mannheimer Deppen mit einer MP?

Ja, komisch, was vermochten die? Ich fand keine Antwort, weil ich müde wurde. Und weil ich müde wurde, schlief ich ein. Mitten am Nachmittag. Auf meinem Fernsehsessel, die Beine ausgestreckt. Als ich aufwachte, war es bereits dunkel. Mein rechter Arm war ein einziges Nadelkissen. Ich hatte darauf gelegen und war aufgewacht, weil er eingeschlafen war. So seltsam das klingt.

Ehrlich gesagt, fand ich es überhaupt nicht seltsam. Nicht, wenn man es mit dem Traum verglich, den ich eben durchlebt hatte. Der war vielleicht seltsam!

Der Traum ging so: Ich erwachte vom Geklimper eines Westernklaviers. Der Oberbürgermeister hatte zu einer Pressekonferenz im Saloon Old Heidelberg geladen. Er saß an einem langen Tisch, neben ihm Petazzis Leibwächter, Tischfußball-Kurt, Beatrice und die üppige Greta. Jeder hatte eine Schnapsflasche vor sich. Die Männer trugen Cowboyhüte, von der Decke baumelte ein Strick, der zu einer Schlaufe gebunden war.

Dann schwangen die Saloontüren auf, und herein walkte der Sheriff, ein bärbeißiger Kerl mit Backenbart und einem Kurpfälzer Löwen auf dem Hemdsärmel. Seine Stimme erinnerte an eine alte Fahrradklingel, aber man verstand, was er sagen wollte, denn er zeigte auf mich und auf den Strick, und im Hintergrund lachte sich das Klavier kaputt.

»Hängt ihn!«, schrie es in meinem Rücken, und als ich mich umdrehte, drückte sich die ganze Stadt in den engen Saloon. »Aufhängen, den Vaterlandsverräter!«

»Ich hab nix gemacht!«, rief ich. »Nix!«

Da lachte der Sheriff und fletschte seine Zähne, wie es meine Freunde Greiner und Sorgwitz nicht schöner hingekriegt hätten. Schwupp, hatte er eine Aktentasche in der Hand, und schwupp, zog er ein Bündel von Papieren hervor. »Das hier«, schrie er Fahrrad klingelnd, »ist das Manuskript eines unveröffentlichten Romans, der aus Heidelberg einen Ort des Verbrechens macht und aus seinen Bewohnern eine Rotte von Sündern. Schundliteratur, klingeling! Ein Machwerk. Und der Autor«, er zeigte auf mich, »steht mitten unter uns.«

»Hängt ihn!«, schallte es von allen Seiten.

»Ich kann überhaupt nicht schreiben!«, protestierte ich. »Nur quasseln.«

»Hängt ihn!«

»Bitte nicht!«, rief Greta. »Ich habe noch viel mit ihm vor.«

»In den Dreck zieht er dieses unser Land!«, heulte der Fahrradklingel-Sheriff. »Verbreitet Lügen über unsere Spießbürgergemeinschaft, und deshalb ist der Strick noch zu schade für ihn. An den Spieß mit ihm!«

»An den Spieß!«, johlte die Menge, da stürzte mein Freund Marc Covet nach vorne und versuchte mit dem Ruf »Das ist von mir!«, dem Redner das Manuskript zu entreißen. Der Sheriff wehrte sich, Tischfußball-Kurt zeigte Marc die Rote Karte, Greta giggelte, der Saal tobte. Während der Oberbürgermeister und der Leibwächter Armdrücken machten, griff ich nach einer Schnapsflasche, die sich unversehens in eine Pistole verwandelte. Ich zielte. Auf wen, weiß ich nicht, aber wohin ich die Waffe auch richtete, immer war Beatrice Petazzi im Weg. Still und ernst sah sie mich an. Von irgendwoher flehte Usedom: Tun Sies nicht, tun Sies nicht. Ich tue es nicht, sagte ich, aber das ging im allgemeinen Lärm unter. Mein rechter Arm schmerzte. Im nächsten Moment rollte Renate Urban einen hüfthohen Sockel herein. Auf einem Schildchen stand: Schnapsflasche, polnisch. Kaum hatte ich die Pistole auf den Sockel gelegt, ging das Klaviergeklimper in Streichquartettmusik über, und der Sheriff wurde wegen zu lauten und behördlich nicht genehmigten Fahrradgeklingels verhaftet. Von einem Hilfssheriff in Schal und Schirmmütze. Als er ihn abführte, fing alles zu klatschen an.

Nur Beatrice Petazzi blieb die ganze Zeit über still und ernst an ihrem Platz sitzen.

14

Ich hatte gegessen, hatte getrunken, hatte sogar einen Sender gefunden, der weder Volksmusik noch einen Kochkurs brachte. Was ich nicht hatte: Lust auf Besuch. Pünktlich um neun ging meine Türklingel.

Ein paar Sekunden lang blieb ich vorm Fernseher sitzen, aber niemand nahm das Klingeln zurück, kein gnädiges Schicksal strich das Geräusch mit einer Geste des Bedauerns aus meinem Leben. Es war neun Uhr, und jemand hatte an meiner Wohnungstür geläutet.

Sturm geläutet, um exakt zu sein. Ich schaltete die Glotze aus.

»Ich störe gerade, was?«, grinste Usedom, als er im Türrahmen stand. »Aber sagen Sie einfach, wenn Sie nix zu trinken dahaben. Ich will nämlich nicht stören.« Er kniff die Augen zusammen, fixierte meinen Fernsehsessel und steuerte ihn wagemutig an. Fast hätte er ihn um einen halben Meter verfehlt, schlug jedoch im letzten Moment einen Bogen und bekam die Lehne zu fassen. »Hoppla«, sagte er und ließ sich hineinplumpsen.

Da saß er, der Herr Schriftsteller. Breit grinsend. Und ich? War an der Tür stehen geblieben, die Klinke in der Hand.

»Ich bin Privatdetektiv«, sprach ich in den Flur hinaus, »kein Babysitter.« Der Flur antwortete nicht.

Hinter mir rülpste Usedom laut. Ich schloss die Tür und ging zu ihm.

»Das ist praktisch«, sagte er, »dass Ihre Haustür unten immer aufsteht. Praktisch ist das.«

»Dachte ich bis heute auch. Was wollen Sie?«

Er starrte mich mit offenem Mund an. »Reden«, sagte er, als sei es ihm gerade erst eingefallen. »Genau, reden.«

»So wie gestern und vorgestern. Und morgen und die komplette nächste Woche, vermute ich. Falls Sie bis dahin wieder nüchtern sind.«

»Nüchtern?«, lachte er und wischte das Wort mit einer Hand weg. »Was ist das: nüchtern? Wer hat das erfunden? Braucht man das?«

Leise begann ich zu fluchen. Womit hatte ich das verdient? Was für einen Narren hatte dieser Mensch an mir gefressen? An einem höchstens viertelgebildeten Detektiv, der sich für alte Revoluzzergeschichten wenig und für Romane überhaupt nicht interessierte? Ich hatte ihm doch deutlich signalisiert, dass ich auf seine Gegenwart verzichten konnte.

»Wir zwei«, sagte er und unterstrich seine Worte mit einer großzügigen Handbewegung, »wir zwei haben mehr gemeinsam, als Sie denken.«

»Ach? Finden Sie unangemeldeten Besuch auch so lästig?«

»Nicht, wenn er …« Er überlegte. Kratzte sich an der unrasierten Wange, bewegte den Unterkiefer hin und her. Dann stutzte er, um mich erstaunt zu fragen: »Warum stehen Sie eigentlich die ganze Zeit? Setzen Sie sich doch!«

Dabei blickte er mich so entwaffnend an, dass ich lachen musste. Es war ein eher hilfloses Lachen, aber ihn freute es.

»Na also«, strahlte er. »Wusste ich doch, dass Sie gut drauf sind. Das soll auch so sein, weil, ich muss mit Ihnen reden. Über meine Dings, Sie wissen schon.«

Was sollte ich tun? Um einen Betrunkenen aus der Wohnung zu werfen, fehlte mir heute die Kraft. Meine Schroffheit machte Usedom nichts aus. Er schien überhaupt in seiner eigenen, versponnenen Welt zu leben. Irrlichternd zwischen Naivität und Altersstarrsinn, ein Mensch der Widersprüche. Kindlicher Blick und graue Locken. Schmales Gesicht, aber zarte Bäckchen. Seine Augen weit auseinanderstehend, die Nase ein kurioses Lesezeichen. Er trug wieder seinen leichten Mantel, darunter Hemd und Cordhose sowie gute, fast elegante Lederschuhe. Jazzmusiker hätte er sein können, das Mundstück eines Saxofons zwischen den dünnen Lippen, die Augen geschlossen, den Rücken leicht gekrümmt. Dann hätte er jetzt vielleicht einen Auftritt, und ich wäre vor ihm gefeit.

War ich aber nicht. Ich ging in die Küche, fand eine angebrochene Flasche Whisky und im Kühlschrank ein Bier. Ein Glas, Flaschenöffner, zurück zu Usedom. Gierig griff er nach dem Whisky, doch ich drückte ihm das Bier in die Hand.

»Geben Sie mir eine faire Chance, Ihren Level zu erreichen«, sagte ich.

»Das ist Talisker. Mein Lieblingswhisky.«

»Aber Sie sind nicht mein Lieblingsschriftsteller.«

»Bier ist auch okay«, sagte er versöhnlich und nuckelte an der Flasche. »Übrigens, Sie können ruhig weiteressen. Kein Problem, ich gucke zu oder esse was mit. Macht mir nichts aus.«

»Ich habe schon gegessen.«

»Ach so. War gut?«

Ich nickte.

»Riecht auch gut. Fleisch?«

Ich sah ihn scharf an. Vergeblich versuchte er, meinem Blick standzuhalten. Er geriet regelrecht ins Schlingern dabei, sein Kopf begann auf dem dünnen Hals hin und her zu eiern.

»Warum gucken Sie denn so?«, murmelte er.

»Jetzt hören Sie mir mal zu, Sie komischer Vogel. Seit zwei Tagen passen Sie mich an den unterschiedlichsten Orten ab, um mit mir zu quatschen. Ob ich das auch möchte, juckt Sie nicht. Ich verstehe ja, dass Sie in Ihrer Situation jemanden zum Reden brauchen. Aber dafür bin ich der Falsche. Ich kannte Beatrice nicht, mein Interesse an Ihrem Mädchen ist rein beruflicher Natur. Über Ihre Romane weiß ich erst recht nichts zu sagen, tut mir leid. Wir können gerne im Englischen Jäger ein Bierchen zusammen trinken, alles andere sollten wir lassen.«

»Gut«, nickte Usedom. »Ein offenes Wort. Sehr gut. Ich habe verstanden. Deshalb ...« Er stellte die Flasche auf den Boden, rappelte sich auf und streckte mir seine Hand hin. »Robert«, sagte er. »Ab jetzt du und für immer. Das als Erstes.«

»Muss das sein?«

»Ach, nun hab dich nicht so. Wir sitzen doch im selben Boot.«

»Ja, in einem schwankenden, das gleich untergeht.«

Kichernd nahm er wieder Platz. »Ich bin der Ältere und darf dir das Du anbieten. Altes Gesetz. So, und jetzt zu deinem Dings. Zu dem, was du gerade sagtest. Wie war das noch mal im Mittelteil? Nee, war 'n Witz, ich weiß ja, was du meinst. Pass auf, Max, du kennst doch die Frauen.«

Ich verdrehte die Augen.

»Klar kennst du die. Maria hat mir erzählt, wie es zwischen dir und Christine steht. Das wird schon wieder. Mit mir und Beatrice war es ganz anders. Zum Beispiel waren wir nie im Bett miteinander. Nur fast. Sie wollte das nicht. Ich auch nicht, klar. Also natürlich wollte ich, bin ja auch nur ein Mann, aber sie war so jung, und ich alter Ochse ... Was wollte ich eigentlich sagen?« Er nahm die Bierflasche vom Boden und betrachtete sie nachdenklich. »Jedenfalls war es klasse mit ihr, so oder so. Du verstehst das, Max, weil, du bist keiner von diesen Spießern.« Er verstand mein Schmunzeln falsch und fuhr begeistert fort: »Nicht wahr, du und ich, wir sind die Einzigen hier, die keine Spießer sind. Die Einzigen in der ganzen Stadt! Denk nur an die Fratzen, die samstags die Hauptstraße verunstalten. Oder die Typen auf Petazzis Schnittchenparty, all das bürgerliche Gesocks hinter seinen Jugendstilfassaden – da sind wir anders, was?«

Achselzuckend spülte ich meinen Rachen mit Talisker. Mir war egal, wo ich meinen Whisky trank, hinter einer Bretterwand oder einer Jugendstilfassade.

»Von denen kapiert keiner, warum man mal mit einer Panzerfaust hantiert hat. Warum man in seinem Leben Fehler machen muss. Die sehen nur den Weg vor sich, den Papa und Mama für sie gebahnt haben, und ganz hinten poliert der Bestatter schon mal ihren Sarg. So siehts aus, Max!« Seine Worte unterstreichend, schwenkte er die Flasche großzügig durch die Luft und verschüttete etwas Bier.

»Beatrice gehört wohl nicht zu Ihrer Spießerkategorie?«

»Sehr richtig!«, rief er. »Absolut ins Schwarze. Ich meine, verstanden hat sie nicht, warum ich das damals gemacht habe. Da war sie anders drauf. Waffen und Sprengstoff, das fand sie alles scheiße. Aber sie hat versucht, es nachzuvollziehen, verstehst du? Sie hat mich gefragt, gelöchert. Aufschreiben sollte ich es. So, dass ich es auch kapiere, sagte sie immer wieder. Also hab ichs getan.«

»Ich dachte, das hätten Sie ohnehin in den letzten 20 Jahren. Roman für Roman.«

»Nee.« Er schüttelte heftig den Kopf. »Hab ich nicht. Hab mich immer gedrückt. Immer knapp dran vorbei. Klar, das Thema spielte mit rein, war in jedem Text dabei. Sub- … Wie heißt das? Subkutan, genau. Trotzdem, die reine Vermeidungsstrategie. Hast du auch so einen Hunger?«

Ich schwieg.

»Was ist? Hab ich was Falsches gesagt?«

»Ich habe schon gegessen.«

»Ich weiß. Und es war lecker, sagtest du. Ist noch was übrig?«

»Ein Teller«, brummte ich. »Höchstens.«

»Du hast doch meine Erzählung gelesen, Max. Hast du?«

»Noch nicht.«

»Macht nichts. Pass auf: Während ich esse, liest du sie. Einverstanden? Und dann fahren wir.«

»Wohin?«

»Sag ich dir nachher. Weißt du, ich muss was essen, sonst kann ich nicht Auto fahren.«

»Ich habe kein Auto.«

»Aber ich«, grinste er.

»Du bist mit dem Auto gekommen, du Irrer? In deinem Zustand?«

Er hob die Flasche. »Auf unser Du, Max! Hat ja lange gedauert, bis du so weit warst.«

Ich schloss die Augen. Dieser Typ machte mich fertig.

Immerhin, die nächste halbe Stunde hielt er seinen Mund. Er futterte, ich las. Ich hatte gelogen, als ich von einem Teller sprach; die Reste ergaben noch drei Portionen, und er verputzte sie alle. Ab und zu brummte er zufrieden vor sich hin, ab und zu nippte ich an meinem Whisky. Seine Geschichte gefiel mir bedeutend weniger, als ihm mein Essen schmeckte. Aber vielleicht hatte ich nur keine Ahnung von Literatur.

»Lecker«, meinte er einmal. »Bei dir komme ich öfter zum Essen vorbei. Hey, war 'n Witz.« Er wollte sich schier ausschütten vor Lachen.

Ich hatte noch ein paar Seiten vor mir, als er den Teller beiseite stellte und sich den Mund am Ärmel abwischte.

»Fertig?«, fragte er.

»Nicht ganz.«

»Wo bist du?« Er stand auf und sah mir über die Schulter. »Ah, da. Los, wir fahren. Den Rest kannst du im Auto lesen.«

»Ich steige in kein Auto, das du fährst.«

»Warum nicht?«

»Schon wegen dieser Frage, Saufnase.«

Der Blick, den er mir schenkte, war weniger empört als verwundert. Auch wenn ihn die Mahlzeit ernüchtert haben sollte und er kaum noch schwankte, hatte er bestimmt eine ordentliche Ration Restalkohol im Blut. »Okay«, sagte er, »dann fährst halt du.«

Fuhr halt ich. Ich hatte zwar keine Ahnung, wohin es gehen sollte, und noch weniger wusste ich, warum ich den Kerl nicht einfach aus meiner Wohnung schmiss, aber ich setzte mich ans Steuer, als er zehn Minuten später seinen roten Ford Taunus aufschloss. Unser Aufbruch hatte sich etwas verzögert, weil Usedom im Überschwang seiner Freundschaft zum einzigen Nichtspießer der Stadt seine Bierflasche umgetreten hatte, die auf dem Boden stand. Er wunderte sich ein bisschen, dass ich ihm ganz nach Spießermanier einen Lappen in die Hand drückte und befahl, das Bier aufzuwischen; seine Euphorie litt jedoch nicht darunter.

Fuhr halt ich. Ich drehte den Zündschlüssel, der Motor sprang mit heftigem Fauchen an.

»Zum Heiligenberg«, murmelte Usedom, in sein Manuskript vertieft.

»Mitten in der Nacht? Was sollen wir da?«

»Das sehen Sie dann schon. Du, meine ich. Entschuldigung. Und jetzt hör zu.«

Während ich Handschuhsheim ansteuerte, begann Usedom, mir den Rest seiner Erzählung vorzulesen. Er konzentrierte sich. Rau klang seine Stimme an mein Ohr, viel rauer als sonst. So passte sie wenigstens zum Dunkel und zur Kälte der Nacht.

zitternd kniet robert nieder und legt den kopf der kreatur in seinen schoß. seine finger beginnen zu kraulen, inständig, beschwörend fast. der kopf ist unversehrt, aufgesperrt die schnauze. halb geschlossene augen, zwischen den lefzen die lange, helle zunge. ein tropfen hängt an der schwarzen hundenase. wie warm sich das fell noch anfühlt, wie lebendig. doch aus dem aufgerissenen bauch des hundes quillt blut, verklebt seine haare, nässt den asphalt. seine pfoten sind angezogen: ein tier, bereit zum wegrennen, erstarrt mitten in der bewegung, eingeholt vom schnelleren tod.

robert sieht auf. sieht den großen nebel steigen.

»Dieser Robert«, sagte er, »da denkt natürlich jeder, das bin ich. Bin ich aber nicht. Das ist bloß eine Figur, die so heißt wie ich. Wie der Autor, der sich die Figur ausgedacht hat, klar? Die Leute kapieren das leider nicht. Man kann es ihnen noch so oft erklären.«

»Die Leute sind halt Spießer.«

»Genau.«

Kopfschüttelnd folgte ich den Straßenbahnschienen Richtung Norden. Natürlich war Robert Robert, da konnte er mir erzählen, was er wollte. Typische Schriftstellerfeigheit. Sie schrieben sich den Frust von der Seele, provozierten, stichelten, traten nach, nur um am Ende das Etikett »Roman« vorne draufzukleben. Schon hatten sie mit der ganzen Sache nichts mehr zu tun. Rollenprosa, Erzählermeinung. Wasche meine Hände in Unschuld. Darauf pfiff ich.

»Roberts Vater ist ja auch ganz anders als deiner, stimmts?«, sagte ich.

»Hm«, machte er.

Da hatten wirs. Usedom konnte deshalb so gut mit Beatrice, weil ihn der alte Petazzi an seinen eigenen Vater erinnerte. Und der größte Unhold von allen war Roberts Vater, also der aus der Erzählung. Der schikanierte seinen Sohn nach Strich und Faden, seine Frau ebenfalls, die in Nibelungentreue trotzdem zu ihm hielt, ein alter Nazi war er auch noch und beruflich erfolgreich obendrein. Für Robert blieb nur die Opferrolle. Armselig, wie er nach den Gesetzen der Literatur zu sein hatte, bekam er nirgendwo ein Bein auf den Boden, in der Schule nicht, im Verein nicht und bei den Mädchen erst recht nicht. Dabei drückte Usedom gar nicht auf die Tränendrüse, er schilderte die Dinge knapp und sachlich, und deshalb lag Roberts unglückliche Kindheit Gott sei Dank längst hinter uns, als wir Handschuhsheim erreichten. Jetzt also die Sache mit dem Hund. Und dem Nebel.

eingeschlossen in den großen nebel, tunkt robert zwei finger seiner rechten hand in das warme blut des hundes und fährt sich damit über die stirn. von der stelle geht energie aus: ein brennen, lodern. seine stirn wird zum zentrum neuer entschlussfähigkeit. es ist, als seien die kräfte des tieres auf ihn übergegangen. er wiederholt die geste und netzt beide backen mit blut. anschließend zieht er sein t-shirt aus, um den hund darin einzuwickeln. das kleidungsstück, schnell vollgesogen, ist zu klein für das tier. dennoch hofft robert, für den schutz seines toten gefährten auf der weiterreise ins jenseits etwas getan zu haben.

Mit dem Hund hatte es Folgendes auf sich: Er war Robert eines Tages zugelaufen, mehr Dreck als Tier, und der Junge hatte natürlich sofort einen Narren an ihm gefressen. Seelenverwandtschaft, was sonst. Ein Köter, so herrenlos und räudig wie Robert selbst. Nun war er wenigstens nicht mehr einsam auf seinem Kreuzweg. Der führte die beiden von einem Schlamassel zum nächsten, immer eine Sprosse weiter die Lebensleiter hinab. Gerade wenn Robert glaubte, er spüre festen Boden unter den Füßen, bekam er wieder einen

Stiefel ins Kreuz, und es ging eins tiefer. Hatte er mal eine Freundin, fand die einen Besseren und ließ ihn fallen. Man hätte Mitleid mit dem Knaben haben müssen, wäre er nicht so ein verkorkster Charakter, der Konflikte durch Weghören oder Weglaufen löste. Meistens Letzteres. Gut, dass ihm wenigstens sein Hund folgte. Solange er den besaß, war Robert noch nicht am Ende der Leiter angekommen.

der nebel ist endlos, alles verschwimmt. robert richtet sich auf. allein ist er und fühlt sich doch stark und hart wie nie zuvor. er lädt den toten hund auf seine schultern. noch immer ist das fell warm, und warmes blut rinnt ihm in den nacken. seine schritte teilen den nebel, er geht langsam über die straße, zur stillgelegten schlosserei, an niedrigen holzbaracken vorbei, überquert einen hof, an dessen rändern sich der abfall türmt, dann eine sumpfige wiese, erreicht den fluss, der von weiden und pappeln gesäumt ist. dort legt er das tier an den fuß eines schrundigen baumstamms, legt es auf wurzeln, bedeckt es mit zweigen. der fluss ruht träge in seinem bett, träge und unheimlich. robert bleibt lange am ufer stehen, wartet auf ein ereignis, das nicht eintritt, wartet, bis der nebel so dicht wird, dass er in seinem ohr zu sprechen beginnt.

»Bitte?«, entfuhr es mir. »Ich habe noch nie erlebt, dass Nebel spricht.«

»Ich schon«, antwortete Usedom pikiert.

»In deiner Drogenzeit?«

»Danach auch.«

Ich zuckte die Achseln. Freiheit des Dichters, okay. Aber Nebel sprach nicht. Jedenfalls nicht der, den ich kannte. Viele Dinge sprachen, denen man es nicht zutraute: Der Regen plauderte, Laub flüsterte, der Wind klagte, Stürme heulten. Nebel nicht. Musste eine Privaterfahrung sein, von der Usedom da zehrte.

Wir folgten der steil ansteigenden Mühltalstraße und bogen vor der Waldschranke rechts in den Chaisenweg. Die Scheinwerfer des Fords erfassten Buchenstämme und Unterholz, dann wieder den löchrigen Asphalt der Straße. Usedom blickte nur kurz von seinem Manuskript auf.

Auf so einer einsamen Straße war es, dass Roberts Köter von einem Lkw überfahren wurde. Es musste ja so kommen – um einmal den Leserbrief aus den Neckar-Nachrichten zu zitieren. Robert hatte ihn nicht gelesen, sonst hätte er besser auf das Tier aufgepasst. Dass der Lkw für ein Lebensmittellager fuhr, in dem Robert zu Beginn seines Abstiegs gearbeitet hatte, vervollständigte das Unglückspuzzle.

stimmen im ohr, blutmale auf stirn und wangen, kehrt robert zurück. im haus, auf der treppe, begegnet er einer nachbarin, die erschreckt ausweicht. er betritt sein zimmer, öffnet den kleiderschrank und entrollt ein handtuch, das auf dessen boden liegt. darin zwei revolver.

später wird es heißen, ein verrückter sei mitten in der nacht die hauptstraße auf und ab patrouilliert, in jeder hand eine waffe, mit blutverschmiertem gesicht. ein verrückter. niemandem aber wird auffallen, denn kein zeuge kommt nahe genug an robert ran, dass der junge die lippen bewegt während seiner einsamen wanderung durch die stadt. er antwortet den stimmen, die er hört, er spricht mit ihnen, fragt sie, was er tun soll, warum er es tun soll, fragt nach dem sinn des sinnlosen, und die stimmen sagen es ihm: weil sich der mensch den menschen untertan macht. weil dies gesetz ist. weil jeder danach lebt und stirbt. so lautet das gesetz, und das blut der kreatur ist seine schrift. später wird es heißen, er müsse sich stark gefühlt haben mit den beiden geladenen revolvern, doch in wahrheit entspringt roberts stärke allein den frischen tätowierungen auf stirn und wange.

der erste, den er niederschießt, ist ein kinobesucher, der im nachhauseschlendern seine freundin um die hüfte fasst. die frau, an der schulter getroffen, wird zu einem knäuel von schreien. achtlos geht robert an ihr vorbei. er hat keine munition zu verschwenden. dann ein unvorsichtiger älterer passant, der die schüsse gehört, ihre bedeutung aber nicht verstanden hat. er wird in den unterleib getroffen und windet sich noch minutenlang auf dem pflaster. einen radler erwischt eine kugel im vorüberfahren. er stürzt heftig aufs gesicht, kann sich jedoch in sicherheit bringen. aus dem zweiten stock eines wohnhauses schaut eine frau in schlafkleidung. sie bekommt, seltener fall von roberts präzisionsarbeit, eine kugel in die stirn, genau zwischen die augen. robert trägt ein unterhemd, seine alten jeans und turnschuhe ohne socken. sein t-shirt liegt zu füßen eines baumstamms am fluss; es dient einem toten straßenköter als leichenhemd.

danach ist die nächtliche hauptstraße gespenstisch leer. niemand wagt sich ins freie. die polizei rückt an, braucht aber geraume zeit, bis sie sich ein bild der lage gemacht hat. robert schreitet derweil die straße ab. er hat keinen blick für die toten, die er zurückgelassen hat, keinen blick und kein ohr für die verletzte, schreiende frau an der seite ihres sterbenden freundes. er hört lediglich die stimmen, die ihn durch die nacht dirigieren, die ihn mechanisch, kaltblütig, wölfisch handeln lassen. vereinzelt noch lugen köpfe um straßenecken, denen er einen schuss nachschickt. er trifft nicht mehr. dann haben sicherheitskräfte den straßenzug weiträumig umstellt. robert ist allein.

Mit einer Handbewegung bedeutete mir Usedom zu halten. Wir hatten den Heiligenbergturm erreicht, der nach Süden, auf die Altstadt blickt. Ich fuhr den Ford rechts ran und stellte den Motor ab. Es war totenstill hier oben.

zehn minuten später – todesschützen haben inzwischen

dächer erklommen, spezialeinsatzkräfte arbeiten sich dunkle gassen entlang – sind gedämpfte schüsse aus dem innern eines hauses zu hören. es handelt sich um jenes kino, in dem das zu beginn getroffene pärchen eine vorstellung besucht hat. die spezialeinheiten verschaffen sich zugang, finden eine erschossene kassiererin in ihrem blut, eine vor schmerzen ohnmächtige platzanweiserin und, in reihe eins des großen saales, den schützen, der die verbliebene munition dazu benutzt hat, die leinwand des kinos so zu zerschießen, dass die fetzen, die seitlich und von oben herunterhängen, nicht größer sind als ein handteller. bei seiner verhaftung werden ihm der unterkiefer und zwei finger der linken hand gebrochen. außerdem schlägt man ihm mehrfach ins gesicht, so dass sich blut aus seiner nase mit dem des toten hundes vermischt.

am nächsten tag wird öffentlich verlesen, wer zu roberts opfern zählt: der juniorchef eines alteingesessenen textilgeschäftes; seine verletzte lebensgefährtin, angestellte in einem sportstudio; der hausmeister eines gymnasiums; ein schwerverletzter student der jurisprudenz; eine hausfrau, die für ihre ehrenamtlichen tätigkeiten weithin bekannt war; die kinokassiererin, kurz vor vollendung ihres dreißigsten dienstjahres; und die lebensgefährlich verletzte platzanweiserin, die sonst in einer go-go-bar jobbte. drei monate später wird robert während des transports vom sicherheitstrakt des gefängnisses in die psychiatrische abteilung hinterrücks erschossen. täter unbekannt; die staatsanwaltschaft ermittelt.

als nachtrag bleibt die erwähnung, dass der fahrer des am stadtrand gelegenen lebensmittellagers, befragt, woher die große delle an der stoßstange seines lkw stamme, antwortete, das wisse er nicht; dass selbiges lager am gleichen abend von der zentrale eine unerwartet große menge reifer bananen zugewiesen bekam; und dass sich die konsumenten der stadt in den folgenden tagen mit konkurrenzlosen tiefpreisen für costaricanische bananen über den verlust ihrer mitbürger hinwegtrösten konnten.

Usedom faltete die Blätter zusammen, legte sie auf das Armaturenbrett und betrachtete mich mit einer seltsamen Mischung aus Triumph, Ergebenheit und Furcht.

»Und?«, murmelte er. »Was sagst du?«

Ich sagte erst einmal gar nichts, sondern atmete tief ein und blies die Backen auf. Nach einigen Sekunden ließ ich die Luft pustend entweichen. »Glückwunsch, Robert«, meinte ich.

»Sonst nichts?«

»Wenn es dir darum ging, dich ins Gespräch zu bringen, kann man nur gratulieren. Perfekte PR.«

»Und du glaubst, das wollte ich?«

»Ich nicht. Aber der Rest der Menschheit.«

»Klar. Jeder wird denken, ich wolle mit meiner Story Kapital aus dem Attentat schlagen. Dabei habe ich die Erzählung vor Monaten geschrieben. Sie ist ja auch schon erschienen, bis auf den Schluss.«

»Aber gerade der ist es, der den Anschlag vorwegnimmt. Und dass er jetzt erst abgedruckt wird, wirkt natürlich zynisch. Warum hast du die Neckar-Nachrichten nicht gebeten, ein bis zwei Wochen mit der Veröffentlichung zu warten?«

»Dann erinnert sich doch keiner mehr an die ersten Folgen. So einfach ist es nicht, Max. Außerdem habe ich den Anschlag nicht vorweggenommen. Amokläufe gab es vorher und wird es in Zukunft geben. Unabhängig davon, was wir Autoren schreiben.«

»Und diese Erzählung ist für dich so eine Art Vergangenheitsbewältigung? Ausgelöst durch Beatrice?«

»Wenn du es so nennen willst, ja. Wie gesagt, es geht nicht um mich …«

»Sondern um Robert, Robert.«

»Um einen, dem die sozialen Sicherungsseile gekappt werden. Eins nach dem anderen. Und irgendwann: bumm!« Er öffnete die Beifahrertür und stieg aus. »Komm, ich will dir was zeigen.«

Tolle Idee. Es war stockfinster draußen, nur von unten schimmerten die Lichter der Altstadt herauf.

»Bei dir unterm Sitz müsste eine Dings rumliegen, eine Taschenlampe.« Er warf die Tür zu.

Es war eine Stablampe, und sie funktionierte sogar, wenn man sie schüttelte. Ich stieg aus und leuchtete in das blasse Schriftstellergesicht. Abwehrend hielt sich Usedom die Hand vor die Augen.

»Da rüber«, sagte er und ging voran. »Zum Turm.«

Hier oben im Wald war es mindestens fünf Grad kälter als in der Stadt. Der schmale Aussichtsturm lag direkt vor uns. Bei Tag sah er aus wie klassisches Schachspielzubehör: stabiler Sockel, runder Sandsteinleib und oben eine hübsche Zinnenhaube. Bloß um die Hüften fehlte ein bisschen Speck. Usedom erklomm als Erster die Stufen, die auf den Sockel führten.

»Schau, da!« Er zeigte nach oben.

Der Strahl meiner Lampe erfasste eine Gedenktafel aus rotem Sandstein: »Entworfen von ... ausgeführt von ...« Dann ein paar Namen, Jahreszahlen. Ein Teil der Inschrift war unleserlich.

»Hier haben wir die Panzerfaust ausprobiert«, sagte Usedom. »Mit Übungsmunition natürlich, mitten in der Nacht. Siehst du die abgeplatzten Stellen? Das war ich, aus fünfzig Metern Entfernung.«

»Du willst diese Tafel im Dunkeln getroffen haben?«

»Sie war angestrahlt, was glaubst du? Damals habe ich mich stark gefühlt. Wer stark ist, denkt nicht nach. Komm, wir gehen hoch.« Er stieg weiter. Vom terrassenartigen Sockel führte eine Wendeltreppe ins Innere des Turms. Oben angekommen, empfing uns kühler Ostwind, der für eine sternklare Nacht sorgte. Die Augen hatten sich mittlerweile so an die Dunkelheit gewöhnt, dass man fast auf das Licht der Lampe hätte verzichten können. Aber dann wären einem die Burschenschaftsembleme auf der Mauer entgangen: Graffiti der Korporierten, die hier wohl so manchen Zapfenstreich abhielten.

»Prost!«, sagte Usedom. »Auf dich, Max!«

Der Kerl hatte doch tatsächlich eine Flasche Whisky in der Hand. Weiß der Himmel, wann er die eingesteckt hatte! Als er trank, brach sich der Strahl der Taschenlampe im grünen Glas der Flasche.

»Talisker ist mein Lieblingswhisky«, sagte er und reichte sie mir. »Ehrlich!«

Ich tat ihm den Gefallen und trank mit. Heute war ich sein Opfer, sein Sparringspartner, ein willenloses Objekt. Immer, wenn er mir über wurde, wenn ich ihn gerne aus der Wohnung, aus dem Auto oder vom Turm befördert hätte, kam mir das Frettchen in den Sinn. Keine Ahnung, warum. Ich sah Spechts Hand zum Geldbeutel greifen, den Geldbeutel zücken. Seine letzte Handlung. Sein letzter Gedanke: Reicht das Kleingeld? Schon seltsam, wie sich mancher von uns aus der Welt verabschiedet.

Der Mann mit dem Schal und der Mütze hatte nicht auf mich geschossen. Getroffen hatte er mich trotzdem. Ich zog die Schultern nach oben. Die Windböen ließen einen frösteln.

»Kannst du dir das vorstellen, Max?«, fragte Usedom, ein Kichern unterdrückend. »Dass wir das Schloss beschießen wollten?«

Ich knipste die Lampe aus und sah hinüber, auf die andere Seite des Tals, wo die berühmteste Ruine der Welt in einer

Wolke orangegelben Lichts schwebte. »Beschießen? Von hier aus?«

»Ach was, doch nicht von hier oben. Von drüben aus dem Wald. Ungefähr so, wie es die RAF später mit diesem General machte, als sein Wagen am Karlstor hielt.« Er nahm mir die Flasche aus der Hand und bediente sich. Unter uns lag der östliche Teil der Altstadt mit Karlstorbahnhof, Rathaus und Marktplatz. Der Blick nach Westen wurde durch den Wald begrenzt. »Und wahrscheinlich«, fuhr er fort, »wäre unser Sturm auf das Schloss genauso fehlgeschlagen wie das RAF-Attentat. Ganz sicher sogar. Wir hatten ja keinen Plan, nur ein paar spinnerte Ideen und den Wunsch, etwas Spektakuläres zu machen.«

»Das ist euch gelungen. Auch ohne Schloss.«

Er zuckte die Achseln.

»Wo passierte das Unglück mit der Bombe?«

»In Michaels Wohnung beim Bismarckplatz. Schneidmühlstraße.«

Dieser Teil der Stadt lag hinter Bäumen versteckt. Wenn ich mich nach links beugte, konnte ich die Neue Aula sehen, erfasst vom Licht der Laternen auf dem Uniplatz. Usedom, der weiter rechts stand, die Whiskyflasche in der Hand, hatte keine Sicht auf die Stelle, an der Beatrice verblutet war. Eine Weile schwiegen wir. Die Luft roch frisch und würzig. Einzelne Verkehrsgeräusche drangen aus dem Tal zu uns. Ab und zu knackte etwas im Wald.

»Deine Story«, beendete ich schließlich die Gesprächspause, »Beatrice mochte sie nicht?«

»Nee«, sagte er und schüttelte den Lockenkopf. »Zu viel Gewalt, zu viel Trostlosigkeit. Sie fand den Text plakativ.«

»Ehrlich gesagt, ich auch.«

»Ja, meinetwegen. Manchmal ist man halt plakativ. Gewisse Themen erzwingen das geradezu. Ich meine, was ist das Grundübel unserer Gesellschaft? Die Ungleichheit. Nicht was du denkst. Du denkst ans Geld, aber Geld ist bloß eine abstrakte Größe. Der eine fährt Porsche, der andere einen Audi 80. Na und? Solange wir ein bisschen Spielraum für unsere Bedürfnisse haben, ist alles im Lot. Aber wenn wir sehen, dass da einer Macht hat, Macht über andere, die Macht, unsere Spielräume einzuschränken – dann stimmt was nicht. Schau her.« Er packte mich am Arm und wedelte mit der Flasche durch die Luft. »Schau, Max. Da unten wohnen Leute. Ein paar Tausend. Millionäre, Normalbürger, Geringverdiener. Sagen wir, du hast nichts auf der Pfanne. Es reicht gerade zum Leben. Aber dein Nachbar schwimmt im Geld. Gehst du dann hin und machst den Aufstand? Machst du nicht. Nicht, solange er dich respektiert, solange ihr euch auf Augenhöhe begegnet. Aber plötzlich merkst du, dass der Kerl dich verachtet. Dass du nur noch Bürger zweiter Klasse bist. Dass er sein Geld benutzt, um seine Machtposition auszubauen, und seine Macht, um noch mehr Geld zu scheffeln. Du fühlst dich ihm ausgeliefert. Du bist überflüssig, wirst nicht mehr gebraucht. Alle vier Jahre ein Alibikreuzchen, das wars. Bestimmen tun eh die anderen. Wenn es so weit ist, Max, dann implodiert das System.«

»Vielleicht. Vielleicht auch nicht.«

»Es ist so!«, rief er. Ich sah das Weiße in seinen Augen leuchten und den matten Silberglanz seiner Locken. Sein Atem roch nach Alkohol. »Ich sage dir, wir müssen die Macht in unserem Land gerechter verteilen, sonst wird es immer Anschläge, Amokläufe, Revolutionen geben. Latenter Bürgerkrieg, das ist die Gefahr. Ich habe es doch erlebt, damals. Wir waren keine Arbeiterkinder, keine armen Schlucker. Wir waren Bürgersöhne, unsere Eltern haben uns das Studium finanziert. Trotzdem wollten wir das System aus den Angeln heben, und warum? Weil wir uns ausgeliefert fühlten. Einem

Staat, der uns nicht an seinen Entscheidungen beteiligte, der Diktaturen unterstützte, der Atomwaffen lagerte, der von Wirtschaftsinteressen gesteuert wurde. Dieser Hochmut, uns alle im Namen der Demokratie für solche Verbrechen einzuspannen – das war nicht mehr zu ertragen, das hat unseren Widerstand herausgefordert.«

»Hochmut klingt verdammt moralisch.«

»So ist es auch gemeint! Früher dachte ich, das System hat Schuld. Oder das Geld. Aber es ist mehr. Es geht um ein Ding, was da drin sitzt.« Er trommelte mit einem Finger gegen meine Brust. »Da sitzt es und macht böse Jungs aus uns, sobald wir die Gelegenheit dazu haben. Das Ding hat auch einen Namen: Superbia. Eine der Todsünden, verstehst du? War schon im Mittelalter in und gilt heute noch. Hochmut, Stolz, Machtstreben. Wenn wir das nicht ändern, fahren wir gegen die Wand. Zack!« Er riss die Flasche an den Mund, aber ich nahm sie ihm weg.

»Allein trinken ist auch eine Todsünde«, sagte ich.

»Ja, mach dich nur lustig. Ich weiß, was ich sage. Ich habe meinen Dante gelesen. Der wusste genau, was in uns frisst, was uns hinunterzieht in die Hölle, was wir überwinden müssen. Superbia, avaritia, luxuria: die unheilige Dreieinigkeit der Todsünden.«

»Und nun für Nichtlateiner, bitte schön?«

Er hielt mir seinen Daumen vor die Nase. »Todsünde Nummer eins: avaritia. Auf deutsch Geiz, Habgier, Geldsucht.« Zum Daumen gesellte sich der Zeige-, später der Mittelfinger. »Zweitens: luxuria. Ausschweifung, Unkeuschheit, Wollust. Drittens: superbia. Den Rest kannst du vergessen. Aber diese drei, die kriegen wir so schnell nicht los. Geld, Sex und Macht: Das sind Archetypen, die haben wir eingesogen mit der Muttermilch. Die stecken in jedem drin, genetisch bedingt.«

»Geld, Sex und Macht«, schmunzelte ich. »In dieser Reihenfolge?«

»Da gibt es keine Reihenfolge. Aber am verheerendsten, ganz klar, die Nummer drei. Siehe Petazzi.«

»Dantes Landsmann.«

»Korrekt. Wusstest du, dass Dante zum Tode verurteilt wurde, weil er sich mit den Mächtigen im Lande anlegte?«

»So wie ein gewisser Robert Usedom vor 30 Jahren?«

»Sehr schmeichelhaft«, lachte er und klopfte mir auf die Schulter. »So besoffen kann ich gar nicht sein, dass ich mich mit einem Dante vergleichen würde. Außerdem ist Flavio Petazzi der Stifter der Florentiner Dante-Medaille. Ekelhaft, was? Aber das nur nebenbei.«

»Wenn man so will, haben sich auch die Jungs von der Arischen Front mit den Machthabern angelegt. Sogar speziell mit Petazzi.«

»Das stimmt.« Seine Miene verdüsterte sich, soweit ich das bei diesen Lichtverhältnissen erkennen konnte. »Ich sage ja, das Leben ist zynisch. Gott ein Spieler.«

»Gott?«

Er kam näher. »Max, bitte gib mir noch einen Schluck. In meinem Kopf rast alles durcheinander, mir geht es nicht gut. Und Talisker ist wirklich mein Lieblings…«

»Ich weiß. Aber der letzte Schluck ist für mich.« Ich setzte an und trank. Usedom sah mir mit weit aufgerissenen Augen zu. »Hier«, sagte ich und reichte ihm die Flasche. »Ein kleiner Rest ist noch übrig.«

»Danke. Wir können auch bei Maria noch einen trinken. In unserer Lieblingskneipe. Liegt ja praktisch auf dem Nachhauseweg.«

»Im Cacciatore inglese, wie?«

Er setzte die Flasche, die schon an seinen Lippen klebte, wieder ab und schüttelte den Kopf. »Nix inglese. Englisch bedeutet nicht aus England, sondern engelisch, wie ein Engel. Ein Engel, der über die Kneipe wacht. Was hätte ein britischer Jäger da verloren? Apropos ...« Mit der linken Hand zog er ein gefaltetes Blatt Papier aus der Hosentasche und reichte es mir.

»Was ist das? Schon wieder eine deiner Storys?«

»Nicht von mir. Von Beatrice. Ihre Traumerzählung, ich habe sie übersetzt. Bitte lies sie.« Er kippte sich den Rest Talisker hinter die Binde, dann holte er aus und warf die leere Flasche in hohem Bogen vom Turm.

»Du bist auch kein echter Revoluzzer mehr«, sagte ich.

15

Einst war ich Kind unter vielen Kindern. Als Schwestern und Brüder lebten wir gemeinsam im Hügelland, fern der Städte. Meine Geschwister liebten mich, und ich liebte sie. Ging es durch die Wälder, lief ich voran. Niemand kannte die Wege besser als ich.

Einmal aber verirrten wir uns. Ich war krank und verlor den Weg. Die Geschwister wollten umkehren, doch es war zu spät. Sie baten mich, langsamer zu gehen, doch wer langsam geht, stirbt. Sie hofften auf Hilfe, doch dem Menschen da draußen wird nicht geholfen. Wir wanderten bis zum Untergang der Sonne. Dann rasteten wir auf dem Gipfel eines Berges, aßen und tranken nichts.

Am nächsten Morgen aber sahen wir um uns herum das ganze Land von Wolken bedeckt und jenseits der Wolken, in heiliger Ferne, das Meer. Keiner von uns war je dort gewesen. Ein Weg wand sich den Berg hinab. Silbrig glänzend wie Schlangenhaut teilte er die Wolken und brachte uns sicher nach Hause.

Der Zorn meines Vaters verrauchte, sobald er uns sah. Geschwind lud er Gäste ein, rief nach Musik, ließ Speisen und Getränke auffahren. Es wurde getanzt und gesungen, den ganzen Tag hindurch. Das Licht vieler Fackeln vertrieb die Nacht. Meine Geschwister lachten, froh über ihre Rückkehr. Nur ich blieb stumm.

Mein Vater kam auf mich zu und fragte mich, warum ich nicht tanzte.

Ich aber schwieg.

Willst du meinen Wein nicht trinken?, fragte er. Verachtest du uns und unsere Freude?

Ich aber schwieg.

Erzürnt packte er mich am Arm und zerrte mich aus dem Kreis der Feiernden. Er führte mich hinaus in seinen Garten, wo starke Fackeln loderten. Wir schritten blühende Beete und Büsche entlang, seine Hand zeigte mir, was er gepflanzt und angelegt hatte. Wunderbare Blumen gab es dort, die entsetzlich dufteten, Bäume von erschreckendem Wuchs und Gräser voller Gift.

Gefällt dir das?, fragte er mich drohend. Gefällt dir, was ich aus eigener Kraft errichtet, mit eigenen Händen gestaltet habe? Ich schüttelte den Kopf.

Da verfluchte er mich und schickte mich fort.

Lange lief ich umher, viele Wege ging ich. Nicht aber den Weg auf den Gipfel, den nur findet, wer sich verirrt. Endlich verließ ich das Hügelland und wandte mich der Ebene zu. Ich betrat fremde Städte und lernte zu heilen. Ärztin wurde ich, und viele kamen zu mir, um sich pflegen und trösten zu lassen. Denn nur wer krank ist, kann andere heilen.

So gingen die Jahre ins Land.

Eines Tages erfuhr ich vom Tod meiner Mutter. Ich kehrte zurück ins Hügelland, zum Haus meines Vaters. Der Garten lag verbrannt und verwahrlost, alle Blumen verdorrt, die Bäume gefällt, die Pfade verwildert. Ich sah meine Geschwister einen Sarg umstehen. Stumm ließen sie mich ein in ihren Kreis. Auch mein Vater stand da und dankte mir für mein Kommen. Noch einmal wurde der Sarg geöffnet, und ich weinte über dem bleichen Gesicht meiner Mutter.

Am Abend saßen wir schweigend beieinander. Nur mein Vater sprach über die Verstorbene. Edel und kalt waren seine Worte, und sie gefielen mir nicht.

Um Mitternacht führte er mich durch sein Haus. Er zeigte

mir jedes Zimmer, Prunkgemächer und Lichthöfe, Tanzsaal und Bibliothek. Seine Augen schimmerten im Glanz der Marmorböden, und sein Antlitz war hart wie das Palisanderholz der Täfelung.

Ob ich hier einziehen wolle, fragte er. Ich verneinte.

Erglühend wiederholte er: ob ich hier einziehen wolle!

Und schlug mir ins Gesicht und verbannte mich aus seinem Haus.

Nun war ich elender als zuvor. Ich wanderte ohne Ziel, lebte in den Wäldern, mied die Menschen. Kranke verlangten nach mir, Sterbende hofften auf mich. Wie aber sollte ich helfen, wenn ich meinen eigenen Vater nicht von seinem Zorn heilen konnte?

Und so floh ich in die Einsamkeit.

Eines Tages stand ich wieder auf dem Berg, der die Wolken überragt. Weit am Horizont funkelte das Meer, und der Weg der silbernen Schlange führte mich an seine Küste. Dort lag ein prächtiges Schiff vor Anker, das einem reichen Mann gehörte. Niemand wagte es zu betreten, denn eine furchtbare Krankheit wütete an Bord.

Ich ließ mich zu dem Schiff bringen. Verfault war seine Ladung, schwarz das Korn, grau das Fleisch. Auf mein Geheiß wurden die Luken geöffnet und alles ins Meer gekippt, die verrotteten Früchte, die vergorenen Getränke. Da trat der Herr des Schiffes auf mich zu. Ich erkannte meinen Vater, krank und vernichtet. Weinend umarmte er mich und bat um Vergebung.

Auch ich vergoss Tränen.

Das Blatt raschelte leise, als Wolfgang C. Nerius es mir zurückgab.

»Was ist das?«, fragte er. »Woher haben Sie das?«

»Gefällt Ihnen der Text?«

»Weiß nicht. Bisschen kitschig. Märchenhaft.«

»Und Ihnen?«

»Ich«, sagte Renate Urban lächelnd, »schließe mich dem Urteil meines Mannes natürlich an.«

Wir saßen im hinteren Raum ihrer Galerie. Draußen regnete es, der Innenhof lag verlassen da. Bei meiner Ankunft war der kleine Luca noch wach gewesen. Während er in den Mittagsschlaf gesungen wurde, hatten Nerius und ich im Schatten der polnischen Trauerskulpturen das Finanzielle geklärt. Der Fall, da waren wir uns einig gewesen, hatte als abgeschlossen zu gelten. Fehlte nur noch mein Bericht. Kurz danach war Renate Urban nach unten gekommen, vor sich ein Tablett mit einer Teekanne, drei Tassen und Kandiszucker.

»Ostfriesentee bei Ostfriesenwetter«, hatte sie geschmunzelt. Ihr Schmunzeln war in Verwunderung übergegangen, als ich Beatrices Traumerzählung zückte und um eine Einschätzung bat.

Von wem die Geschichte stammte, hatte ich nicht erwähnt.

»Und?«, hakte Nerius nach. »Worum handelt es sich nun bei diesem Text?«

Vorsichtig nippte ich an meinem Tee. »Ich habe ihn von einem Bekannten. Er ist Schriftsteller, mit einem besonderen Faible für Trauerarbeit. Für die Bewältigung der Vergangenheit, wenn Sie so wollen.«

»Stilistisch würde ich sagen: 19. Jahrhundert.«

»Sie müssen es wissen. Aber nun mal inhaltlich: Was verrät uns dieser Text über das Verhältnis der Erzählerin zu ihrem Vater?«

Die beiden wechselten Blicke. »Warum wollen Sie das wissen?«, fragte Nerius alarmiert.

»Weil mich dieser Punkt interessiert. Es ist zwar eine Erzählung, aber womöglich erlaubt sie Rückschlüsse auf reale Gegebenheiten. Nun bin ich in solchen Dingen kein Experte. Sie dagegen haben beide beruflich mit Kunst zu tun und können mir bestimmt bei der Interpretation helfen.«

»Wie heißt der Schriftsteller?«

»Sie werden ihn kaum kennen.« Und als Nerius weiter misstrauisch schaute, fügte ich an: »Es handelt sich bloß um einen Gefallen, um den ich Sie bitte. Mehr nicht.«

»Den können wir wohl kaum abschlagen«, sagte die Urban. »Wenn dich Herr Koller schon bittet, Wolfgang, anstatt dir an die Gurgel zu gehen.« Sie warf mir einen unschuldigen Blick zu, den ich lächelnd erwiderte.

»Na gut«, sagte er und nahm das Blatt zur Hand. »Was wird das für ein Verhältnis sein? Ein gebrochenes, von Angst geprägtes. Die Erzählerin verweigert dem Vater die Anerkennung für seine Leistungen, dafür jagt er sie fort.«

»Sie hätte gerne ein Zuhause«, ergänzte seine Frau, »das sie bei ihrem Vater nicht findet.«

»Ja, sie flieht, kehrt aber immer wieder zurück. Und am Ende kommt es zu einer Versöhnung.«

»Findest du? Wenn, dann ist sie ziemlich fragwürdig, diese Versöhnung.«

»Warum? Weil die Schiffsladung vernichtet ist?«

»Weil der Vater vernichtet ist. Erst nachdem er seine Existenz verloren hat, finden die beiden zueinander. Echte Versöhnung sieht für mich anders aus.«

Er zuckte die Achseln und schwieg.

»Man fragt sich doch«, sagte ich, »warum das Verhältnis zwischen Vater und Tochter so verkorkst ist. Warum die beiden nicht zueinander kommen.«

Zunächst sprach niemand. Erst als Nerius merkte, dass wir beide, seine Frau und ich, ihn anschauten, fühlte er sich zu einer Antwort gedrängt. »Da kann man nur raten«, sagte er. »Sie verweigert sich, er rastet aus. Keine Ahnung, warum.«

»Der Garten, das Haus?«

»Sie hat damit nichts am Hut. Weshalb auch immer.«

»Vielleicht, weil sie generell mit materiellem Besitz wenig am Hut hat.«

»Meinen Sie? Dann interpretieren Sie mal fröhlich weiter. Ich bin anscheinend nicht der geeignete Mann dafür.« Er faltete das Blatt zusammen und reichte es mir.

»Eine Sache noch«, sagte ich, ohne einen Finger zu rühren. »Ein Vater, der seiner Tochter Gewalt antut. Der sie in seinen blühenden Garten führt, der ihr sämtliche Räume seines Hauses zeigt: Lässt das nicht auch eine andere Interpretation zu?«

»Welche?«, sagte Nerius.

Ich wandte mich seiner Frau zu, die ernst dasaß, beide Hände an ihrer Tasse.

»Missbrauch«, sagte sie.

»Ach, Quatsch!«, rief er. »Davon steht kein Wort in diesem Text.«

»Natürlich nicht«, sagte ich. »Wäre der Missbrauch beschrieben, müsste man nicht interpretieren. Vielleicht steht er zwischen den Zeilen. Um Gewalt geht es jedenfalls.«

»Aber Gewalt heißt nicht automatisch Missbrauch. Das ist alles Spekulation. Wir können tausend Dinge in diese Geschichte hineinlesen, die nie intendiert waren.« Sein Handy klingelte. Er stand auf, murmelte eine Entschuldigung und nahm das Gespräch im Hinausgehen entgegen.

Seine Frau drehte die Tasse in ihren Händen. Dann sah sie auf und fragte mich: »In welcher Beziehung steht dieser Text zu den Petazzis?«

Ich beschränkte meine Antwort auf eine unbestimmte Geste, denn schon kam der Kunsthistoriker zurück und reichte ihr das Handy. »Für dich«, brummte er. »Hab den Namen nicht verstanden.«

Nun war sie es, die aufstand und uns allein zurückließ. Ich wartete, bis sie außer Hörweite war, dann setzte ich meine Tasse ab und sagte: »Okay, Herr Nerius. Jetzt mal unter uns. Unter uns Männern. Hatten Sie was mit Beatrice Petazzi?«

Das saß.

»Was?«, hauchte er und glotzte mich an. Sein Gesicht: ein einziges Fragezeichen.

Ich verkniff mir ein Lachen. In diesem Moment hätte er gut in die Skulpturensammlung seiner Frau gepasst. ›Ohne Titel IV‹. Oder ›Kinnbart nach Blitzeinschlag‹ – so in der Art.

»Kommen Sie«, sagte ich, »darum ging es dem alten Petazzi doch in Wahrheit. Er wollte wissen, ob sein bester Mann was mit seiner Tochter hatte, und ich sollte es herausfinden.«

»Das ist nicht wahr«, flüsterte er.

»Nein? Gut, habe ich mich geirrt. Falls er mich doch fragen sollte, könnte ich ihm diesbezüglich Entwarnung geben. Der liebe Herr Nerius, würde ich sagen, hat sich strikt an Ihre Anweisung gehalten. Hat sie sogar übererfüllt. Sobald er sah, dass Ihre Tochter nicht auf der Straße nächtigen musste und sich eigenständig Brötchen kaufen konnte, brach er den Kontakt ab. Sofort. Komplett. Bloß keine Hilfestellung, die als Parteinahme ausgelegt werden könnte. Als Parteinahme für die Tochter und gegen den Vater.«

Nerius schluckte. »Wovon reden Sie eigentlich?«

»Von Ihnen und Ihrer Art, Probleme aus dem Weg zu gehen. Wissen Sie, Herr Nerius, Sie sind mir sympathischer, als Sie glauben. Oder sagen wir: sympathischer, als ich selbst dachte. Egal. Eins jedenfalls finde ich zum Kotzen: Ihren windelweichen Opportunismus. Ihre Katzbuckeleien vor einem Gott namens Petazzi, Ihre Angst, das Falsche am falschen Ort zu äußern. Sie tun, als wären Sie bloß ein Spurenelement, ein Mikroorganismus, ein Nichts. Man könnte sich stundenlang mit Ihnen unterhalten, ohne auch nur einen klaren Satz, ein klares Bekenntnis zu hören.«

»Im Gegensatz zu Ihnen«, spöttelte er. Seine Stimme klang heiser.

»Genau. Sie bringen ja nicht einmal das Elementare eines Vater-Kind-Konflikts auf den Punkt. Missbrauch? Aber nie im Leben! Die beiden versöhnen sich doch! Friede, Freude, Eierkuchen. Das ist Ihre kleine, heile Welt, Herr Nerius, und natürlich spielt es keine Rolle, dass ich das so sehe. Nicht die geringste! Aber etwas anderes spielt eine Rolle: Ihre Frau sieht es genauso.«

»Was?«, fuhr er auf.

»Ihre Frau hofft seit Jahren auf einen Satz von Ihnen, der einmal nicht ausweicht, der keine Haken schlägt, der nicht versucht, es allen recht zu machen. Wenn Sie es allen recht machen wollen, machen Sie es keinem recht. Kleine Warnung aus dem Hause Koller, Nerius: Sie verlieren Ihre Frau, wenn Sie so weiterwursteln.«

»Sie haben wohl den Arsch offen!«, rief er, zitternd vor Wut. »Meine Frau geht Sie überhaupt nichts an! Überhaupt nichts, verstehen Sie! Und unsere Ehe schon mal gar nicht! Was erlauben Sie sich?«

»Wenn ich Buchmacher wäre, würde ich auf Ihre Scheidung setzen«, sagte ich verächtlich.

Wie von der Tarantel gestochen sprang er auf. Einen Moment lang lag eine Prügelei in der Luft. Sein hübsches Gesicht war fleckig, der Adamsapfel bewegte sich auf und ab. Er röchelte und musste sich mit einer Hand den Kragen lockern, um zu Atem zu kommen. Die andere zeigte derweil auf mich.

»Sie erbärmlicher, gottverdammter Schuft!«, presste er hervor. »Wagen Sie es noch einmal, etwas über meine Frau und mich zu sagen. Ich will Sie hier nicht mehr sehen. Hauen Sie ab!«

Ich rührte mich nicht.

»Hauen Sie ab!«, brüllte er, um im nächsten Moment zur Tür zu blicken, hinter der seine Frau verschwunden war.

»Peace«, sagte ich und grinste. »Sind wir nun quitt?«

»Wie bitte?«

»Ich schlage vor, wir sind es. Denken Sie an den Artikel über mich in den Neckar-Nachrichten. Da haben Sie sich in meine Arbeit eingemischt, ohne mich zu fragen. So wie ich mir eben erlaubt habe, mich in Ihr Leben einzumischen. Wollte mal sehen, ob man Sie nicht doch provozieren kann. Und ich bin froh, dass es mir mit der Erwähnung Ihrer Frau gelungen ist. Es spricht für Sie.«

Fassungslos starrte er mich an. Sein Gesicht glühte. Die linke Hand, als sei sie selbstständig geworden, machte sich noch immer am Hemdkragen zu schaffen.

»Nun lassen Sie sich nicht so schnell den Wind aus den Segeln nehmen!«, lachte ich. »War das schon alles? Hauen Sie mir wenigstens noch ein paar Schimpfwörter um die Ohren. Na, los! Bevor Ihre Frau zurückkommt.«

»Den Teufel werde ich«, knirschte er. »Sie können mich mal. Wissen Sie eigentlich, wie lächerlich Sie sind?«

»Manchmal, ja.«

Schweigend starrten wir uns in die Augen. Sein Atem ging schwer. Langsam nahm er wieder Platz. Aus seiner Jacke fischte er ein Taschentuch und wischte sich damit über die Stirn.

»Ich bin froh, dass unsere Zusammenarbeit beendet ist«, murmelte er. »Und dass sie nur kurz dauerte.«

Ich schwieg.

Dann kam Renate Urban zurück. Ob das Lächeln, das um ihre Lippen spielte, dem Gebrüll ihres Gatten oder dem Telefonat galt, war nicht zu entscheiden.

»Noch jemand Tee?«, fragte sie und setzte sich.

Nerius schüttelte stumm den Kopf. Ich ließ mir eine zweite Tasse einschenken.

»Ja«, meinte sie, »das war wirklich ein interessanter Anruf. Sagt dir der Name Robert Usedom etwas, Wolfgang?«

»Nein.«

»Er behauptet, er sei Schriftsteller und ein guter Freund von Beatrice Petazzi gewesen. Außerdem bedauert er die Weißweinattacke auf Flavio letzten Mittwoch.«

»Was?«, machte Nerius, während sein Blick von mir zu seiner Frau sprang. »Das ist doch kein Zufall, Herr Koller.«

»Ist es auch nicht. Ich habe dem Mann geraten, sich bei Ihrer Frau zu entschuldigen.«

»Wieso bei meiner Frau und nicht ...«

»Nicht bei Ihnen? Weil sie die Gedenkfeier veranstaltet hat. Weil es ihre Galerie ist. Weil sie den gesellschaftlichen Schaden hatte. Bei Signor Petazzi wird er sich ebenfalls entschuldigen, falls er es noch nicht getan hat.«

Nerius schluckte. »Am Mittwoch sagten Sie, der Mann hieße Peter Müller und Sie würden ihn nicht kennen.«

»Inzwischen kenne ich ihn. Er meldete sich am Tag darauf und nannte mir seinen richtigen Namen.«

»Und er«, sagte Renate Urban, »hat diesen Text hier geschrieben?«

»Geschrieben nicht. Er hat ihn übersetzt. Das Original ist italienisch und stammt von Beatrice Petazzi.«

»Dachte ich mir«, knurrte ihr Mann. »Missbrauch! Ihnen hats wirklich ins Gehirn geschissen.«

Seine Frau sah ihn verwundert an.

»Ist doch wahr«, ereiferte er sich. »Was zieht der hier für eine alberne Show ab! Anstatt seinen Auftrag zu erfüllen, versucht er krampfhaft, dreckige Wäsche zu waschen. Hauptsache, er kann Flavio und Beatrice schlimme Dinge nachsagen.«

»Das Verhältnis zwischen den beiden war schlecht«, sagte Renate Urban. »Daran gibt es nichts zu rütteln. Ich habe euch gleich gesagt, dass sich so etwas nicht verheimlichen lässt.«

»Aber mit Missbrauch hat es nichts zu tun!«, rief er. »Verdammt noch mal, wo leben wir hier eigentlich? Flavio hat die Trennung von seiner Frau nie überwunden und einen Teil dieser Kränkung auf Beatrice projiziert. Außerdem steht er rund um die Uhr in der Öffentlichkeit. Alles andere ist Humbug und Verleumdung.«

»Von Verleumdung kann keine Rede sein«, sagte ich. »Ich habe Sie beide nur um Rat gefragt, wie dieser Text zu verstehen ist. Vermutlich verschleiert er ebenso viel, wie er verrät. Ich käme nie auf den Gedanken, Petazzi Missbrauch seiner Tochter vorzuwerfen. Nicht auf Grundlage von Beatrices Erzählung. Trotzdem verstehe ich sie als Hilferuf eines Mädchens, das sich von seinem Vater nie verstanden fühlte. Würden Sie dem zustimmen?«

Nerius sah mich kalt an. Dann schüttelte er stumm den Kopf.

»Und warum nicht? Weil Sie selbst sich dann fragen müssten, warum Sie diesen Hilferuf konsequent überhört haben. Wie alle, die vor dem großen Petazzi kuschen.«

Er lachte wütend auf, aber seine Frau kam ihm mit der Antwort zuvor. »Jetzt übertreiben Sie, Herr Koller«, sagte sie. »Erstens kuschen wir nicht. Und zweitens lernten wir Beatrice erst in Heidelberg kennen. Hilferufe aus Italien sind von hier aus nur schwer zu vernehmen.«

»Mag sein.« Ja, wenn Renate Urban gewusst hätte, dass ich sozusagen Experte für die Schwierigkeiten transalpiner Kommunikation war!

»Außerdem«, ergänzte ihr Mann, »wehre ich mich grundsätzlich dagegen, diesen Text auf Beatrices Situation zu übertragen. Ihre Mutter ist nicht tot, sondern hat sich aus dem Staub gemacht. Sie hat keine Geschwister, und Ärztin ist sie auch nicht. Für mich ist die Geschichte bloß Ausdruck einer gewissen Stimmung, voller romantischer Bilder und romantischem Vokabular, fertig. Mit ihrem Vater hat das nichts zu tun.«

»Natürlich sind es Bilder«, sagte ich. »Und Bilder stehen für etwas. Eine Ärztin heilt Wunden, die andere geschlagen haben. Vielleicht fühlte sich Beatrice als Ärztin, die ...«

»Blödsinn! Sie kannten sie überhaupt nicht.«

»Gut«, nickte ich. »Lassen wir es dabei.« Ich schwenkte meine Tasse mit dem letzten Schluck Tee und unaufgelösten Kandiszuckerstückchen darin.

»Darf ich den Text behalten?«, fragte die Galeristin.

»Gerne. Ich habe mir eine Kopie gemacht. Signor Petazzi bekommt auch eine.«

»Heute Abend im Tricolore«, sagte Nerius schroff und stand auf. »Mit Ihrem Abschlussbericht. Aber bitte ohne literarische Blindgänge.«

»Wie Sie wünschen.«

Ich blieb noch ein Weilchen bei Renate Urban sitzen. Über den Fall und die Petazzis sprachen wir nicht mehr. Ich fragte sie nach ihrer nächsten Ausstellung, sie mich nach meiner Exfrau. Wahrscheinlich lag es daran, dass keine rechte Plauderstimmung aufkommen wollte. Da konnten ihre Augen noch so grün funkeln.

Außerdem bekam mir der Tee nicht. Als ich durch den Regen nach Hause fuhr, wurde mir abwechselnd heiß und kalt. Wie bei einer aufziehenden Grippe. Vielleicht revoltierte mein Kreislauf auch bloß gegen die abendlichen Dauergelage.

Vor meiner Haustür traf ich einen durchnässten Briefträger und einen räudigen Köter, der ihm folgte. Der eine drückte mir einen Brief in die Hand, der andere kleckerte auf den Gehsteig. Gemeinsam trollten sie sich.

»Haben Sie auf den Umschlag geheult?«, rief ich dem Briefträger nach und deutete auf die von einzelnen Tropfen verwaschene Schrift Christines. Er schüttelte den Kopf und zeigte nach oben. Typisch. Die Leute standen nicht zu ihren Problemen. Musste mal wieder Petrus herhalten.

Ich schloss auf und ging nach oben. Eine kurze Nachricht auf meinem Anrufbeantworter: Maike wollte mich um fünfzehn Uhr in einer Marktplatzkneipe treffen. Sonst nichts. Der Brief lag auf meinem Tisch. Ich hatte einen Bericht zu schreiben, ich hatte mich auszukurieren, und ich hatte noch einige andere Dinge zu tun. Die tat ich aber nicht. Ich öffnete den Brief.

»Lieber Max«, schrieb Christine, »es ist mein erster Abend in Rom, und ich habe mir vorgenommen, ihn zum Schreiben zu nutzen. Ohne zu wissen, wie ich beginnen soll. Natürlich, der Anfang ist immer das Schwerste. Man will etwas loswerden, aber nicht gleich im ersten Absatz, man sucht nach der richtigen Tonlage, lässt sich von diesem und jenem ablenken.

Von den Straßengeräuschen zum Beispiel, die durchs offene Fenster hereindringen. Die Schritte auf dem Pflaster, die Gespräche, der Verkehr. Ich hatte ganz vergessen, wie laut und lebhaft Trastevere sein kann. Ein Bienenstock, gerade am Abend. Etwas neidisch macht mich das schon. Ich wäre gerne auch so entspannt wie die Menschen hier, so genießerisch und großspurig. Auf dem Kapitolshügel standen heute Mittag die Brautleute Schlange, ließen sich filmen und fotografieren. Knutschten vor den Brunnen, räkelten sich auf den Treppen oder gleich auf dem Dach eines Jeeps. Im Hintergrund die Reisegruppe aus Deutschland, alle Münder offen. Was da gelästert wurde! Über die italienischen Machos und ihre Püppchen mit Handtaschen, über ihren Balztanz, ihre Sonnenbrillen und gegelten Haare. Ich genoss den Anblick. Lasst doch die Leute Theater spielen, dachte ich. Kostüme, Schminke, einstudierte Gesten – das gehört in Rom einfach dazu. Hin und wieder wird es sie schon geben, diese Momente, in denen sogar die Darsteller glauben, sie meinten, was sie spielten.

Hinterher Besuch des Thermenmuseums. Und wieder ein Defilee von Schauspielern: Kaiser, Konsuln, Diktatoren, Götter. Jeder hatte seine Pose, seinen bühnenmäßigen Gesichtsausdruck. Ich musste natürlich an Dich denken, an die Rollen, die Du so gerne spielst, aber es ist etwas anderes, wenn man von einer Person vor allem die Sprüche im Ohr hat, als wenn da lauter stumme Statuen herumstehen. Ich schloss die Augen und versuchte, mir Dich vorzustellen, als römische Statue, in Senatorentracht. Gar nicht so einfach. Als Du endlich vor mir standest, fehlte etwas: die Tiefenwirkung. Du warst so flach geraten, so zweidimensional. Also ging ich um Dich herum, doch kaum stand ich hinter Dir, hatte ich vergessen, wie Du von vorne aussahst. Und dabei blieb es. Egal, welche Deiner Seiten ich in den Blick nahm, immer fehlte die gegenüberliegende, die das Bild vervollständigt hätte. Du warst eine Statue ohne 3-D-Effekt.

Sollte ich mich darüber ärgern? In diesem Moment tat ich es nicht. Bei Dir weiß ich wenigstens, dass Du aus Fleisch und Blut bist und kein toter, marmorner Cäsar, mag der noch so sehr seine Körperlichkeit zur Schau stellen. Vielleicht muss das ja so sein: Vielleicht sehen wir andere Menschen immer nur zweidimensional. So überlegte ich, als ich im Thermenmuseum auf einer Bank saß, müde von der Zugfahrt und ein wenig traurig.

Apropos Fahrt: Als ich heute Morgen im Liegewagen erwachte, dachte ich sofort an Dich. Wie sich überhaupt mit jedem zurückgelegten Kilometer das Gefühl einstellte, Dir näherzukommen. Aus dem Zug stiegen wir sozusagen gemeinsam. Mit dem abwesenden Max im antiken Rom: eine hübsche Vorstellung. Aber keine Sorge, auf der Rückfahrt werde ich Dich wieder loslassen. Oder vielmehr: Du wirst Dich wieder von mir entfernen, Stück für Stück. Das beruhigt Dich doch, oder?

Und damit zu uns. Ich muss mit Dir über unsere Beziehung reden, und weil ich es nicht kann, schreibe ich Dir. So wie ich mich von Dir und Heidelberg entferne, weil ich Dir andernfalls nicht näherkomme. Du lässt es ja nicht zu. Unser Verhältnis beruht auf Paradoxien, das habe ich schon gelernt. Wenn Du nichts sagen möchtest, redest Du wie ein Wasserfall. Und wenn es um die wichtigen Dinge geht, schweigst Du. Du hasst Nähe, aber ohne kannst Du auch nicht leben. Wie wäre es mit Nähe durch Distanz? Ich denke an eine Fernbeziehung in der gleichen Stadt. Ob in derselben Wohnung oder nicht, spielt dabei keine Rolle. Die Zeiten, in denen mir das wichtig war, sind vorbei, glaub mir das. Ebenso die Zeiten, in denen ich etwas von Dir wollte. Man bekommt ohnehin nicht das, was man von Dir will. Man bekommt immer etwas anderes. Gut, will ich halt das andere.

Nein, im Ernst, ich möchte wieder mit Dir zusammen sein. Nach Deinen Spielregeln, nicht nach meinen. Wir müssen uns nicht jeden Tag sehen, müssen Herd und Bett nicht teilen, ganz wie Du magst. Ich habe es aufgegeben, etwas von Dir zu erwarten. Nur Dich, sonst nichts. Keine Bedingungen, keine Wünsche, keine Ansprüche, keine Forderungen, keine Einschränkungen, nichts. Nur Dich. Dir müsste es leichtfallen, Dich herzugeben. Du gehörst ja niemandem. Und aus Egoismus wirst Du Dich nicht behalten wollen, oder? Das Leben ist zu kurz, dass wir all unsere Egoismen ausleben. Nach dem Tod sind wir lange genug allein.

Überleg Dir das, Max. Ich weiß, wie schnell Dir das Wort Nein über die Lippen geht. Nein zu sagen, ist einfach. Das kann jeder. Aber Ja zu sagen, wenn man nicht gerade betrunken ist und in einem Bierzelt sitzt, ein Bekenntnis abzulegen, sich angreifbar zu machen, jemandem Blumen zu schenken – das erfordert Mut. Ich weiß, was Du sagen willst. Vergiss die Blumen. Sie sind mir eingefallen, weil neben mir auf dem Tisch eine Vase mit Sonnenblumen steht, die mir nickend beim Schreiben zusehen. Fehlt nur noch, dass sie Kommentare abgeben. Du bist der Einzige, der mir nie Blumen geschenkt hat, Max. Alle anderen, mit denen ich seither zusammen war, haben es getan. Vergiss die Blumen. Du weißt, wie ich es meine.

Das Dumme an Briefen ist, dass ihre Sätze etwas anderes sagen, als der Schreiber möchte; das Gute an ihnen ist, dass der Leser etwas anderes versteht, als die Sätze sagen. Mit ein wenig Glück treffen sich Leser und Schreiber so über Umwegen. Um Dir sagen zu können, wie nahe Du mir gehst, bin ich so weit wie möglich weggefahren. Das ist meine/ Deine Art, Dir entgegenzukommen: durch Entfernung. Jetzt weißt Du, dass ich einen neuen Anfang mit Dir will. Nicht mit dem Max Koller von früher, dem Ehemann einer gewissen Christine Markwart, sondern mit dem jetzigen. Mit dem zweidimensionalen, der mir seine abgewandte Seite entzieht.

Schreib mir, Max. Oder schreib mir nicht. Am Sonntag komme ich zurück. Ich kann warten. Vielleicht lassen sich die entscheidenden Dinge im Leben klären, ohne dass man über sie redet.

Jedenfalls: Entscheide Dich.«

16

Es war wohl doch eine Grippe. Zu den Kreislaufbeschwerden gesellten sich Kopfschmerzen. Jeder Tritt in die Pedale kostete Überwindung. Am Neckar überholte mich eine rüstige Alte auf ihrem Hollandrad. Eine Weile genoss ich ihren Windschatten, dann ließ ich mich zurückfallen. Hinterradlutschen bei einer Rentnerin, das ging nicht. Nicht einmal in meinem Zustand.

»Ihr könntet mich ruhig ein wenig bemitleiden!«, rief ich den Ruderern zu, die sich hinter der Theodor-Heuss-Brücke flussaufwärts kämpften. »Vier gegen einen, das kann ja nichts werden!« Meter um Meter nahmen sie mir ab.

An der Alten Brücke endete die Zeitlupenwettfahrt. Vom Heidelberger Traditionskopfsteinpflaster durchgerüttelt, erreichte ich den Marktplatz und stellte mein Rad vorm Tartuffe ab.

Als ich die Kneipe betrat, raubte mir die angestaute Intelligenz den Atem. Sofort verstärkte sich mein Kopfweh. Professoren schlürften hier Kaffee mit ihresgleichen. Halbe Seminare bevölkerten die Tische. Der Lateiner debattierte mit dem Linguisten, Mediävisten dozierten im Stehen. Noch beim Pinkeln pflegte man interesseloses Wohlgefallen. Mein Freund Marc Covet behauptete, im Tartuffe gebe es eine Getränkekarte auf Altgriechisch. Selbst die Rosinenbrötchen sahen irgendwie gescheit aus.

Ich setzte mich auf einen Barhocker an die Theke und massierte meine Schläfen. Den momentanen Durchschnitts-IQ hatte ich glatt halbiert. Auch äußerlich konnte ich nicht mit den Gästen mithalten. Ins Tartuffe ging schließlich nicht jeder. Man durfte nicht zu gut und nicht zu schlecht aussehen, sondern einzig und allein: interessant. Wer hierherkam, hatte etwas. Etwas Ungewöhnliches, einen Spleen, einen hübschen Makel, etwas Irreguläres oder einfach einen offenen Hosenlatz, egal. Hauptsache, man konnte darüber sprechen, Theorien entwickeln, Gedankengebäude errichten. Und für die Pausen zwischen den Sätzen einen Pernod.

Die Frau hinterm Tresen hatte auf jeden Fall etwas Besonderes: hellblondes Kurzhaar und eisblaue Augen.

»Hallo, Detektiv«, sagte sie.

»Hallo, Maike. Wusste gar nicht, dass du hier arbeitest.«

»Nur ausnahmsweise. Ich habe Beas ausstehende Dienste übernommen. Was trinkst du?«

»Gute Frage. Irgendwas Nichtalkoholisches.«

»Kaffee, Wasser, Saft, Tee?«

»Bloß keinen Tee. Ein Bier, bitte.«

Sie lachte und griff nach einem Glas. Als sie mir das Tartuffe als Treffpunkt nannte, dachte ich natürlich nicht daran, dass sie hier kellnern könnte. Beatrice hatte das getan, das wusste ich.

»Ich habe früher hier gearbeitet«, sagte sie, »und Bea den Job vermittelt. Im Tartuffe nehmen sie gerne ausländische Studentinnen.«

»Und nun machst du ihren Job?«

»Nur noch heute und morgen. Ist doch Ehrensache.« Sie schlug mit der flachen Hand gegen den Zapfhahn und ließ Bier in das Glas laufen.

»Keine Radtour am Wochenende?«, grinste ich.

»Nein«, entgegnete sie rüde. Sie sah sich um und nahm eine Bestellung auf, um mir anschließend mein Bier zu reichen. »Was ist mit diesem Naziverein? In der Zeitung stand, es gab eine Razzia in Mannheim, aber alle waren ausgeflogen.«

»Die werden geschnappt, keine Angst. Ist bloß eine Frage der Zeit. Beas Tod geht tatsächlich auf ihr Konto.«

Sie kniff die Lippen zusammen. In ihren Augen schimmerte es verdächtig. Als sie meinen Blick sah, funkelte sie mich böse an.

»Hör zu«, sagte sie. »Ich habe noch Sachen von Bea gefunden. Deshalb habe ich dich angerufen.«

»Ihr Zimmer war doch leer.«

»In unserem Fachschaftsschrank. Den hatte ich völlig vergessen. Es ist auch nicht viel, aber ganz interessant.« Sie langte unter den Tresen und zog eine prall mit Papieren gefüllte Plastiktüte ans Tageslicht.

»Unterlagen? Was für welche?«

»Schau sie dir an.« Schon war sie wieder am anderen Ende des Tresens verschwunden, um einen Pfeifenraucher im Cordjackett zu bedienen. Neben mir stand plötzlich eine Brünette mit Brille, die ihre Stupsnase so hoch reckte, wie es gerade noch schicklich war. Das hatte sie auch nötig, sie reichte mir nämlich höchstens bis zur Brust. Während sie in der Getränkekarte blätterte, nahm ich die Papiere aus der Tüte und breitete sie vor mir aus. Stirnrunzelnd rückte die Brünette etwas zur Seite.

In der Hauptsache bestand das Konvolut aus Kopien: Zeitschriftenartikel, Auszüge aus Büchern, Zeitungsmeldungen. Dazwischen ausgedruckte Internetseiten, hin und wieder Handschriftliches, ein paar Fotos. Die Texte waren sorgfältig durchgearbeitet: Es gab Unterstreichungen und Hervorhebungen, Kommentare und Ergänzungen, alle von derselben Hand.

Von Beatrices Hand, denn wer sonst hätte seine Randbemerkungen in Italienisch verfasst?

»Romanist?«, fragte Miss Stupsnase mit einem interessierten Blick auf die Blätter.

»Nee, Psychologe«, sagte ich.

»Heavy.« Sie nickte anerkennend. Mir fiel auf, dass sie verdammt viele Karos an ihrem Körper trug. Ihr Rock, das Halstuch, die Strümpfe, alles kariert. Sogar ihre Haarschleife hatte ein Tartanmuster.

Ich stützte einen Ellbogen auf den Tresen und begann, die Unterlagen durchzublättern. Um nicht dauernd nach meinem Bier greifen zu müssen, zog ich ein Schälchen mit Würfelzucker heran und spielte mit einem der Würfel. Nebenbei und ganz unabsichtlich. Miss Stupsnase bestellte einen Kirschlikör.

»Und Chilicracker«, sagte sie. »Die superscharfen, ja?«

Es war nicht leicht, einen Überblick über Beatrices Sammlung zu erhalten. Von einer Ordnung konnte keine Rede sein, außerdem war der größere Teil der Texte in Englisch oder Italienisch abgefasst. Ein deutscher Zeitungsartikel war allerdings aufschlussreich: Er beschrieb die Verflechtung von Politik und Wirtschaft in Italien am Beispiel Flavio Petazzis.

Ich winkte Maike heran.

»Bist du das Zeug mal durchgegangen? Gibt es da einen roten Faden?«

»Das meiste sind Artikel über Firmen ihres Vaters. Wo er überall seine Finger drin hat. Offenbar wusste sie das nicht. Ein Teil der Kopien könnte aus ihrem Seminar über Globalisierung stammen. Interessant ist das hier.« Sie tippte auf eine Handvoll Blätter, die von einer Heftklammer zusammengehalten wurden. »Da geht es um einen Chemieunfall in der Nähe von Como. Vor einigen Jahren war das, in einer Lackfabrik, die ihrem Vater gehört.«

»In Como?« Christine hatte mir am Telefon davon erzählt. Ich ging die Papiere durch. Berichte italienischer Zeitungen von 1999, ein kurzer Artikel aus National Geographic, schlecht kopierte Fotos. Und ganz hinten einige handschriftliche Namen und Telefonnummern.«»Weißt du noch mehr?«

»Ich hab das Zeug nur überflogen. Italienisch ist nicht gerade meine Stärke. Die Zeitungsmeldungen betreffen den Unfall selbst, außerdem Gerichtsurteile mit Entschädigungszahlungen und all dem Kram. Wenn ich es richtig verstanden habe, hat sich in Como eine Selbsthilfegruppe gegründet. Anwohner, die an Spätfolgen des Unfalls leiden und noch einmal vor Gericht gehen wollen.«

»Vielleicht gehören die Telefonnummern zu ihnen.«

»Möglich.«

»In jedem Fall hat Beatrice recherchiert. Sie wollte wissen, was damals passiert ist.«

Sie nickte.

Ich schob ihr mein leeres Glas hin. »Machst du mir noch eins?«

»Keinen Tee?«, lächelte sie.

»Nächstes Mal vielleicht. Dass sie das Material im Auftrag ihres Vaters sammelte, können wir wohl ausschließen. Aber warum hat sie es im Fachschaftsschrank aufbewahrt?«

»Weil es praktischer war, denke ich mir. In unserem Fachschaftsraum steht ein PC mit Internetzugang und Drucker. Und vielleicht wollte sie zu Hause nicht an den Alten erinnert werden.«

»Hat sie je davon gesprochen, dass sie gegen ihren Vater vorgehen wollte? Dass sie einen Plan hätte oder zumindest den Wunsch, mit ihm abzurechnen?«

»Nein.«

»Keine Andeutung?«

Sie schüttelte den Kopf.

»Um heißes Material wird es sich bei diesen Unterlagen kaum handeln. Ich meine, wenn das alles öffentlich zugänglich ist, oder?«

Sie sah mich an. Mit einem Blick, der mir durch Mark und Bein ging. »Ich weiß, warum du fragst«, sagte sie. »Du überlegst, ob das Zeug ausreicht, um ... na ja, um als Motiv für einen gezielten Mord an Bea zu dienen.«

Ich nickte.

Maike stützte beide Hände auf die Theke. Sie trug ein weißes, eng anliegendes T-Shirt. Ihre blassen Lippen waren nicht geschminkt, das kurze Blondhaar verlieh ihr ein jungenhaftes Aussehen. Wenn man einmal in ihre Augen blickte, kam man nicht mehr von ihnen los.

»Es gibt kein Motiv für einen Mord an Bea«, sagte sie leise. »Niemand auf dieser Welt hätte einen Grund gehabt, ihr etwas anzutun. Dafür war sie viel zu ...« Sie brach ab und wischte sich mit einer Hand über die Augen. Doch da war es schon passiert. Eine einzige Träne, polarkalt wahrscheinlich, war von ihren Wimpern getropft, war hart auf der Theke aufgeschlagen und in winzige Bestandteile zerplatzt. Maike wandte sich ab und zapfte mein Bier zu Ende. Mit raschen, energischen Bewegungen. Sie stellte das Glas vor mich und verschwand in der Küche.

Dort, wo sie gestanden hatte, glänzte es feucht auf dem Tresen. Feuchte Tresen sind das Normalste der Welt. Aber nicht dieser. Ich hob das Glas Bier, das mir Maike gezapft hatte, andächtig an den Mund und leerte es in einem Zug. Dann fingerte ich wieder an einem Zuckerwürfel herum.

Leises Krachen, dem ein schwacher Chiliduft folgte, rief mich in die Gegenwart zurück. Wenn ich weiterhin so schnell trank, würde ich nur noch Karos sehen. Also rasch Beatrices Unterlagen durchgeschaut, nur so, nur um der Pflicht Genüge zu tun. Ich verstand eh kaum die Hälfte, und das Gekritzel der Verstorbenen war beim besten Willen nicht zu entziffern.

Maike kam zurück, das Gesicht hart wie immer. Sie wollte an meinem Platz vorbeigehen, als ihr das leere Glas ins Auge fiel. »Ist das ein Rekordversuch?«, fragte sie. »Oder hast du mit jemandem gewettet?«

Ich beugte mich vor. »Wenn der Typ«, raunte ich ihr zu, »dieser bescheuerte Typ, der vor dir am Tresen sitzt, noch eins bestellt, schmeiß ihn raus. Hochkant. Ich bitte dich drum.«

»Warum? Meinst du, er wird ausfällig?«

»Schlimmer: sentimental. Am Ende behauptet er noch, die Bedienung im Tartuffe wäre der einzige Lichtblick an einem rabenschwarzen Tag, und ohne sie hätte er sich längst in den Neckar gestürzt.«

»Depp!«, fauchte sie und drehte sich um, zur Spüle. Ein paar Sekunden lang sah ich nur ihre Schultern, schmal, fast knochig, und ihren Hinterkopf über dem ausrasierten Nacken. Dann stellte sie beiseite, was sie gerade in der Hand hielt, und wandte sich mir wieder zu. »Entschuldigung«, sagte sie. »War nicht so gemeint. Solche Komplimente möchte man ja mal zwei Bier vorher hören.«

»Du hast recht. Ich arbeite dran.«

»Magst du noch eins?«

»Lieber nicht. Was macht eigentlich Anna?«

»Anna? Wie kommst du auf die? Die sitzt zu Hause, stresst mit ihrem Kerl rum oder hat längst Versöhnung gefeiert.«

Ich nickte und widmete mich meinen Zuckerwürfeln. Ja, wie kam ich eigentlich auf Anna? Klarer Fall von Übersprunghandlung. Anna hätte ich zum Beispiel fragen können, ob ihre Mitbewohnerin immer allein zu Radtouren aufbrach. Auf welche Sorte von Männern Maike stand und ob sie auch einen abgehalfterten Privatflic mit Beziehungsproblemen akzeptieren würde. Aber brauchte es dazu eine Anna? Die Antwort war auch so klar.

»Ich geh dann mal«, sagte ich. »Danke für die Unterlagen. Magst du sie zurückhaben?«

Sie schüttelte den Kopf. »Du wirst besser wissen, was damit anzufangen ist.«

»Bedienst du nicht doch noch ab und zu hier? Ich würde dann mal vorbeischauen, vielleicht. Tschüss, Maike. Ach so, was kriegst du?«

»Das Bier geht aufs Haus. Verrate mir lieber, was das wird, wenn es fertig ist.«

Sie zeigte auf das gute Dutzend Zuckerwürfel, das säuberlich nebeneinander auf der Theke lag. Jeder Würfel hatte eine leicht abgeflachte Ecke.

»Ich war das nicht«, murmelte ich. »Das ist eine moderne Art der Trauerarbeit, ich erklärs dir ein andermal.«

»Cool«, sagte die Karierte mit dem Näschen. »Ihr Psychologen habts echt drauf.«

Ich nickte und ging.

Gegenwind auch bei der Rückfahrt. Das Neckartal als doppelströmiger Windkanal, mittendrin ein angeschlagener Privatflic auf einem aerodynamisch fragwürdigen Gefährt. Die zwei Bier hatten mein Gesamtbefinden keine Spur verbessert, im Gegenteil. Als ich endlich zu Hause anlangte, war mir klar, dass ich etwas unternehmen musste. Ich stellte mein Rad ab, überquerte die Straße und fragte in der Apotheke nach einem Mittel gegen Weltschmerz und Unwohlsein.

»Wie wärs mit Erkältungstee?«, schlug die Apothekerin vor, die mich und meine Marotten kennt. »Wird gern genommen in diesen Tagen.«

»Bloß nicht. Geben Sie mir was Verbotenes, Unvernünftiges. Heute Abend muss ich wieder auf dem Damm sein.«

Im Gehen öffnete ich die Packung, warf zwei Pillen ein und wunderte mich über ein scharfes Knacken. Ich hatte das Zeug doch geschluckt und nicht gekaut? Kurzer Blick nach unten, Entwarnung: Ich war, knick-knack, auf irgendwelche Schalen getreten. Vogelfutter auf dem Bürgersteig. Immer noch besser als die schmierige Hinterlassenschaft des räudigen Briefträgerfreundes vorhin.

Mitten auf der Straße hielt ich inne. Seit wann knacken Vögel Pistazien?

Marsch, kehrt, Max Koller. Ja, es waren Pistazienschalen, die da auf dem Gehsteig zwischen Apotheke und Litfaßsäule lagen. Zu Dutzenden. Pistazienschalen. Knick-knack.

Ich sah mich um. Gegenüber, im zweiten Stock, meine Wohnung. Hier die Apotheke. Eine Kreuzung. Unbelebte, stille Straßen in einem stillen Wohngebiet. Ab und zu ein Passant, Ausbund der Normalität. Den ganzen Vormittag hatte es geregnet. Aber die Pistazienschalen waren trocken und hart. So hart, dass sie unter meinen Füßen geknackt hatten. Also waren sie frisch. Also hatte der Pistazienesser nach dem Regen hier gestanden. Heute Mittag zum Beispiel. Und jetzt war er fort.

Auch auf dem Flachdach über dem Uniplatz hatte jemand Pistazien geknabbert. Wurde das nun Mode? Im Tartuffe gab es Chilicracker. Bei Fatty Chips, im Englischen Jäger Salzstangen. Wer stand auf Pistazien?

Langsam überquerte ich die Straße, betrat das Haus. Zum ersten Mal, seit ich hier wohnte, überkam mich das Bedürfnis, die Eingangstür abzusperren. Ich widerstand ihm.

Oben in meiner Wohnung legte ich mich aufs Bett und dachte nach. Zwischendurch stand ich immer mal wieder auf, um aus dem Fenster zu spähen, das zur Kreuzung hinausging. Niemand zu sehen. Schlapp fühlte ich mich nicht mehr. Vielleicht wirkte die Chemie schon. Noch ein Blick aus dem Fenster. Niemand, natürlich nicht.

Irgendwann warf ich Christines alten Computer an und schrieb den Abschlussbericht für Petazzi. Meine Gedanken schweiften ständig ab, aber es musste sein. Beatrices Vater zahlte mir das mit Abstand höchste Honorar, das ich je erhalten hatte. Und das für nicht einmal vier Ermittlungstage.

Kurz vor sechs legte ich ein kleines Nickerchen ein. Natürlich nicht, ohne die Straßenseite gegenüber kontrolliert zu haben. Als ich erwachte, waren meine Kopfschmerzen verschwunden. Hunger hatte ich auch. Zunächst aber ein Gang zum Fenster.

Im Schatten der Litfaßsäule stand einer. Ob er Pistazien knackte, konnte ich nicht erkennen. Ich wollte nicht, dass er mich am Fenster sah. Er war schlank und groß und trug eine Wollmütze. Keinen Bart.

Ich ging in die Küche und schmierte mir ein paar Brote. Räumte ein bisschen auf, zupfte die Tischdecke zurecht, goss meinen struppigen Ficus. Alibihandlungen. Die Zeit totschlagen, bis es sich wieder lohnte, ans Fenster zu treten und nach dem Unbekannten zu schauen.

Er war immer noch da.

Ich griff nach dem Telefon und wählte Fattys Nummer. Für eine Beschattung war mein dicker Freund immer zu haben, auch am Samstag.

»Nee«, sagte er. »Heute nicht. Ich habe gerade alle Hände voll zu tun. Evas Geburtstag nächste Woche, verstehst du?«

»Okay. Ist auch nicht ungefährlich, die Sache.«

»Ehrlich? Da kann ich dich ja kaum im Stich lassen. Worum gehts?«

»In einer guten Stunde treffe ich mich mit Petazzi in einem Nobelschuppen. Tricolore heißt das Ding. Sollte der Typ mir dahin folgen, folgst du ihm. Vorsicht, Vorsicht, Vorsicht! Und keine Alleingänge, klar?«

»Klar wie abgestandenes Hefeweizen, du Diktator.«

Das war also abgemacht. Privatdetektive müssen teamfähig sein, darauf beruht das Geheimnis ihres Erfolgs. Ich zwang mich, den Bericht für Petazzi zu Ende zu schreiben, druckte ihn aus und heftete ihn ab. Keine weiteren Kontrollblicke. Fatty würde es schon richten. Vielleicht wartete der Typ dort unten nur auf seine Freundin. Wenn nicht, würde ich es erfahren.

Kurz vor acht verließ ich das Haus, in meinem Rucksack zwei Mitbringsel für Petazzi. Ich sah weder den Mann mit der Wollmütze noch Fattys Mini. Trotzdem fühlte ich mich beobachtet.

Das Tricolore lag in der Weststadt, nicht weit von Maikes und Annas WG. Es war berühmt für seinen einbruchssicheren Weinkeller und seine tief dekolletierten Kellnerinnen. Und für seinen Koch. Der hatte vor 15 Jahren seinen damaligen Chef mit einem Schlachtermesser durch das Restaurant gejagt, weil der eine abfällige Bemerkung über sein Ossobuco gemacht hatte. Seitdem war das Tricolore immer ausgebucht, werktags wie am Wochenende.

Von Schlachthofstimmung konnte heute keine Rede sein. Die Atmosphäre feierlich, man sprach und speiste gedämpft. Taxierende Blicke trafen mich, signalisierten Abwehr und Mitleid. Aber welche Überraschung, als mich Signor Petazzi höchstpersönlich empfing, als er seine Wackelpuddingbeine in die Senkrechte brachte und mir ein Lächeln schenkte, das an Huld kaum zu überbieten war! Ja, da staunten sie, die Austernschlürfer und Wachtelpuler! Wolfgang Nerius strich seine Krawatte glatt und übte sich in stummer Beflissenheit, während Luigis Betonkörper uns drei vor allzu neugierigen Blicken abschirmte.

»Herr Koller«, ließ sich Petazzis samtweiche Stimme auf Deutsch vernehmen. »Wie geht es Ihnen?« Er streckte mir seine warme, schlaffe Hand entgegen. Danke gut und Ihnen danke ebenfalls. Schön dass Sie, möchten Sie nicht, gerne. Zitternd nahm er wieder Platz. Ich reichte ihm meinen Bericht. Eine Ecke des Umschlags war geknickt, aber seit Frau Urbans Vortrag ließen sich auch Eselsohren als gewollte Irritation ihres Schöpfers erklären.

Sein Leibwächter schnipste nach einer Kellnerin und zeigte auf mich. Ich bekam eingeschenkt: eine rote Pfütze am Grund einer Riesenkugel. Sie würde schneller verdunsten, als ich trinken konnte.

»Ich danke Ihnen«, sagte Petazzi, nun wieder auf Italienisch und von Nerius verdolmetscht. Nachdenklich wog er den Bericht in seinen Händen. »Ich danke Ihnen sehr. Es sind keine einfachen Tage für mich. Ich hatte gehofft, im Tod meiner Tochter einen Sinn sehen zu können. Es hätte meinen Schmerz erträglicher gemacht. Das ist nun nicht möglich, leider. Ich muss der Wahrheit ins Gesicht blicken, und diese Wahrheit ist hart, roh und gemein.«

Ich nickte. Blütenschön entsprossen die Sätze Nerius' Mund. Selbst Begriffe wie roh und gemein vermochte er so zu formen, dass sie ihre Bedeutung verloren und zu Edelsteinen unseres Wortschatzes wurden.

»Morgen früh reisen wir ab. Wir haben die Erlaubnis bekommen, den Leichnam meiner Tochter mit uns zu führen. Ich werde sie in unserer Gruft zur Ruhe betten.« Immer noch starrte er auf den Schnellhefter in seinen Händen. So, als habe er gerade den letzten Band der Petazzi'schen Familienchronik in Empfang genommen.

»Zur Ruhe betten?«, fragte ich Nerius. »War das seine Formulierung?«

Nerius schwieg.

»Ich hoffe, Sie hatten keine Unannehmlichkeiten bei Ihren Ermittlungen«, sagte Petazzi und hob abrupt den Kopf. »Es tut mir leid, falls wir Sie bei der Schießerei am Neckar in eine missliche Lage gebracht haben.«

»Oh, keine Sorge«, grinste ich. Unannehmlichkeiten! Schon Robert Usedom hatte dieses Wort nach seiner Weißweinattacke bemüht. »In meinem Beruf gerät man automatisch in missliche Situationen.« Ich überlegte kurz, ob ich den dreien von Spechts Kopf erzählen sollte, der zur Hälfte im Neckar gelandet war, aber ich ließ es bleiben. Der zartbesaitete Leibwächter hätte am Ende über den Tisch gereihert.

»Es freut mich, dass Sie es so sehen«, nickte der Italiener. »Ich werde Sie und Ihre Arbeit empfehlen. Sollte mich einer meiner zahlreichen Geschäftspartner im süddeutschen Raum nach einem zuverlässigen Privatermittler fragen, werde ich Ihren Namen nennen.«

Nach diesen Worten trat Stille ein. Dass die Reihe an mir war, sie zu durchbrechen, sagten mir die Blicke der drei. Ich hatte mich höflichst zu bedanken, gemeinsam würden wir abschließend das gute deutsch-italienische Verhältnis betonen, noch einmal am Wein nippen, und dann: arrivederci! Auf Nimmerwiedersehen.

»Vielleicht sollten Sie sich das überlegen«, sagte ich. »So zuverlässig bin ich nämlich gar nicht. Hat Ihnen Herr Nerius nicht von Beatrices Erzählung berichtet, die mir in die Hände gefallen ist?«

Die Tonlage des Kunsthistorikers wurde eine Nuance frostiger, als er übersetzte. Petazzi hingegen deutete ein Lächeln an, das sich an seiner Oberlippennarbe brach. Er verzichtete auf eine Antwort. Dafür reagierte sein Leibwächter. Gelangweilt griff er in die Innentasche seines Jacketts und reichte mir einen Umschlag. Er enthielt zwei Blätter: das Original von Beatrices Erzählung sowie eine Entschuldigung des Schriftstellers für seinen Auftritt in der Galerie Urban. Gezeichnet: Robert Usedom, Adresse, Telefonnummer.

»Sehr gut«, sagte ich. »Waren Sie schon dort, Luigi? Haben Sie ihm die Dichtergriffel lang gezogen?«

Der Koloss richtete eine kurze Frage an seinen Chef, der bloß mit den Schultern zuckte. »Es war eine Freude, mit Ihnen zusammenzuarbeiten«, sagte Luigi, ausdruckslos wie eine Betonmischmaschine. »Nun möchten Sie sicher den freien Samstagabend genießen, Herr Koller.«

»Um Gottes willen, das klingt ja bedenklich. Haben Sie den Mann geviertelt? In Weißwein mariniert? Oder was sonst?«

Er verzog nicht einen Gesichtsmuskel. »Wenn wir«, sagte er und nickte in Richtung Petazzi, »uns jemals um solche mickrigen Kreaturen wie diesen Kindskopf gekümmert hätten, wären wir niemals so weit gekommen, wie wir es jetzt sind. Solche Typen sind der Dreck unter unseren Zehennägeln.«

»Stolze Worte«, nickte ich. »Sind Sie überhaupt befugt, in der Gegenwart Ihres Chefs das Wort ›wir‹ in den Mund zu nehmen?«

Luigi schwieg. Nerius kontrollierte seine Fingernägel. Beatrices Vater schenkte mir ein weiteres Lächeln und sagte: »Danke und auf Wiedersehen, Herr Koller.« Auf Deutsch.

Ich beugte mich zu meinem Rucksack hinunter und entnahm ihm die Tüte, die mir Maike gegeben hatte. »Bitte schön«, sagte ich. »Ich habe noch was für Sie.«

Keiner rührte einen Finger. Die Unterlagen lagen auf dem Tisch, umrahmt von vier Gläsern. Niemand sprach. Außer mir.

»Der Unfall damals in Como soll neu aufgerollt werden, habe ich gehört. Angeblich bekamen nicht alle Opfer, was ihnen zustand. Keine gute Presse für einen, der als Pate Padaniens gilt. Da werden wohl wieder ein paar Köpfe rollen, was? Aber Ihre PR-Abteilung wird es schon richten, für

Berlusconis Sender sind solche Dinge eh kein Thema, und in Italien wächst das Gras schneller als anderswo. Ich bin kein Politiker, kein Umweltaktivist und kann mit dem Zeug nichts anfangen. Was Beatrice damit plante, weiß ich nicht. Nehmen Sie es als Abschiedsgruß an einen Vater, dem die Pflege von Garten und Haus wichtiger war als seine Tochter.«

Ich kippte das bisschen Rotwein in einem Zug hinunter. Die drei Ölgötzen saßen stumm um den Tisch und würdigten mich keines Blickes. Zeitlupenhaft näherte sich Petazzis Hand den Unterlagen, um das oberste Blatt mit spitzen Fingern anzuheben. Nach drei Sekunden ließ sie es wieder fallen. Seine Miene zeigte nicht die Spur einer Regung.

»Noch Fragen? Einwände, Kommentare? Nein?«

Sie schwiegen, alle drei.

Ich erhob mich, schloss den Rucksack, hängte ihn mir über die Schulter. »Gute Reise. Grüßen Sie mir Florenz und Ihre Palazzi. Wenn ich mal schnell einen Doktortitel brauche, wende ich mich an Sie.«

Sie sagten immer noch nichts. Ließen sich einfach nicht provozieren. Wollten nur noch ihre Ruhe. Drei schweigende Männer im Tricolore.

Ich verließ das Lokal. Draußen atmete ich tief durch.

17

Fatty kam am nächsten Morgen um kurz vor halb acht. Mosernd. Unausgeschlafen.

»Mitten in der Nacht«, brummte er. »Und das am Sonntag! Du glaubst doch nicht, dass der Typ jetzt schon auf den Beinen ist. Der liegt brav in der Koje und schnarcht.«

»Eben drum.« Ich hatte mir den Wecker auf sieben Uhr gestellt und die Straße unter meinem Fenster seither nicht aus den Augen gelassen. Alles war ruhig geblieben. Keine Menschenseele zu sehen.

»Und was hast du vor?«

»Den Spieß einmal umdrehen. Heute beschatte ich ihn.«

»Soll heißen, du folgst ihm von seinem Hotel hierher. Dann steht ihr beide da unten und langweilt euch zu Tode.«

»Ich sicher nicht. Abwarten, was passiert. Magst du einen Kaffee?«

Mein dicker müder Freund nickte und tauschte Autoschlüssel gegen Kaffeetasse.

»Aber pass auf«, sagte er, »Gertrud macht Zicken beim Anlassen.«

Gertrud lautet der Name seines Minis, und der ist älter als ich. Beziehungsweise sie.

»Zickige Weiber kann ich gerade gar nicht gebrauchen.«

»Es gibt einen Trick. Drück beim Starten mit dem Knie kräftig gegen das Radio, dann springt sie an.«

»Gegen das Radio? Nicht gegen den Tankdeckel?«

Gähnend schüttelte er den Kopf.

»Na gut. Erzähl mal, was gestern passiert ist.«

Fatty stellte die Tasse beiseite, streckte beide Arme aus und ließ die Fingergelenke knacken. »Gestern? Ist ja ewig her.«

»Mehr Kaffee?«

»Nee. Ich brauche meinen Magen noch. Gestern, lass mal überlegen. Richtig, das war so: Als du anriefst, war ich gerade dabei, Eva etwas für den Geburtstag zu basteln. Aus Streichhölzern. Ziemlich kompliziert.« Nachdenklich betrachtete er seine kurzen Wurstfinger. »Und was tue ich? Lasse alles stehen und liegen und stürze aus dem Haus. Die Pflicht. Wenn die Pflicht ruft, gibt es bei mir kein Halten mehr. Es sei denn, Gertrud streikt. Und das tat sie. Sprang einfach nicht an. Die musste sich ganz schön was anhören, von wegen Vorwürfe und so. Das könne sie mir nicht antun, sagte ich. Und dir erst recht nicht. Keine Reaktion. Ich drücke hier, ich drücke da – nichts.«

»Fatty, ich muss los. Bisschen schneller, wenns geht.«

»Geht nicht. Nicht um diese Zeit. Also, du weißt Bescheid. Mit dem Knie gegen das Radio. Schwupp, sprang sie an. Als ich hier war, fuhr ich einmal an der Apotheke vorbei, sah den Mister auch gleich und suchte mir einen schönen Parkplatz. So. Und dann?« Er sah mich herausfordernd an.

»Dann?«

»Warten. Das große, ewige Warten. Zusehen, wie die Zeit verrinnt. Wie sich die Blätter verfärben. Wie die Sonne untergeht. Mein Gott, hat der Typ einen langweiligen Job, dachte ich mir. Er sich bestimmt auch. Nach einer Weile wechselte er den Standort, später setzte er sich in einen Wagen. Ich dachte schon, er fährt los. Von wegen, der wollte bloß ein wenig Luftveränderung. Mann, war ich froh, als du endlich aus dem Haus kamst.« Er nahm einen Schluck Kaffee. »Wenn ich wenigstens etwas Lektüre dabeigehabt hätte! Aber nichts, nur den Zugfahrplan von Heidelberg. Den kann ich jetzt auswendig.«

Ich stellte mich wieder ans Fenster und schaute hinaus. Eine menschenleere, sonntäglich stille Straße. »Und? Ist er mir gefolgt?«

»Klar, bis zum Tropicana.«

»Tricolore.«

»Sag ich doch. Du hattest es gut mit deinem Fahrrad, aber wir! Zwei freie Parkplätze in der Weststadt – ein Ding der Unmöglichkeit. Er stand auf einem Behindertenplatz, ich in einer Einfahrt. Mir war nicht klar, wie das enden sollte. Ihm zum Glück noch weniger. Nach zehn Minuten machte er sich vom Acker.«

»Weißt du, warum?«

»Wahrscheinlich dachte er, du würdest dort essen. Großes Gelage mit den Italienern. Ich dachte es ja auch, und erst, als ich zu Hause deine Nachricht abhörte, war mir klar, dass du nicht lange dort gewesen sein konntest.«

»Wohin fuhr er?«

»Nach Hause, ins Bettchen. Aktuelles Sportstudio oder so.«

»Und wie heißt sein Zuhause?«

»Hotel Clara«, sagte Fatty zufrieden. »In der Kußmaulstraße. So eine versteckte, unauffällige Pension, nicht weit vom Englischen Jäger. Ideal, wenn man was zu verbergen hat. Zum Beispiel sich selbst.«

»Ist mir nie aufgefallen, das Haus. Aber erzähl weiter.«

»Im Prinzip war es das. Er fuhr seinen Wagen in den Hof und ging ins Hotel. Fertig. Ich wartete eine Viertelstunde, ging noch mal die Gleisbelegung zwischen 14 und 15 Uhr durch, und da nichts weiter passierte, verdünnisierte ich mich. Als ich eben am Hotel vorbeifuhr, stand der Wagen noch an derselben Stelle.«

»Gut. Kannst du den Kerl beschreiben? Von hier oben habe ich nur sehen können, dass er groß und schlank war.«

»Sogar sehr schlank, regelrecht hager. Hohe Stirn, soweit man das unter seinem Wollkäppi erkennen konnte. Brille, hellbraune Wildlederjacke, Jeans. Etwa 40, würde ich sagen.«

»Kein Bart?«

»Nein.«

»Also ist er weder der Schütze vom Uniplatz noch der vom Bootsanleger. Entweder Neonazi Nummer drei oder ein ganz anderer.«

»Was für ein anderer?«

»Wenn ich das wüsste. Wirkte er irgendwie italienisch?«

»Absolut nicht. Stockdeutsch.«

»Und sein Wagen?«

»Ein weißer Opel Kadett. Alt, aber gepflegt.«

»Hast du dir das Kennzeichen gemerkt?«

Kopfschütteln.

»Mann, Fatty, das ist doch die einfachste …«

Er lachte und reichte mir einen Zettel. »Aufgeschrieben hab ichs mir. Wofür hältst du mich eigentlich?«

»Für den besten Aushilfsbeschatter, den diese Welt und so weiter. Okay, ich ziehe los. Bleib hier, wenn du magst, allerdings kann ich nicht sagen, wann ich zurückkomme.«

»Ich muss nach Hause, Max. Das Geschenk für Eva, du weißt schon.«

Das Streichholzkunstwerk, natürlich. Ich überließ ihm meine Ersatzschlüssel, damit er sich ein Rad aus dem Keller holen konnte. Irgendwann im Laufe des Tages würden wir unsere Fahrzeuge wieder tauschen.

»Nimm dir was zu lesen mit!«, rief er mir hinterher. »Am besten den Großen Brockhaus.«

Ich schnappte mir die Zeitung von gestern und verließ die Wohnung. Unten empfing mich Sonntagmorgenstimmung wie aus dem Bilderbuch. Das Viertel schlummerte im weißlichen Licht der Sonne. Ein Mann mit Brötchentüte schlenderte vorbei, an seiner Hand tanzte ein Mädchen. Zwei Joggerinnen liefen plaudernd und Fersen werfend zum Neckar hinunter.

Vorsorglich schritt ich die Kreuzung einige Meter in alle Richtungen ab. Nichts Auffälliges. Kein Kadett, kein Mann mit Mütze. Ich stieg in Fattys Mini und fuhr los.

Dass Gertrud keine Zicken gemacht hatte, fiel mir erst unterwegs auf. »Friedhelm, Friedhelm«, murmelte ich kopfschüttelnd. Autos muss man zu behandeln wissen. Wahrscheinlich wehrte sich Gertrud nur gegen die Gewichtszunahme ihres Halters. Sie war schließlich ein Mini und kein Straßenkreuzer.

In anderer Hinsicht hatte mein dicker Freund allerdings recht gehabt: Das Hotel Clara machte wirklich nicht viel her. Ein dreistöckiger Klinkerbau ohne Mätzchen, vom Zahn der Zeit beknabbert, mit umzäuntem Vorgärtchen, einer Durchfahrt zum Hof und einem ovalen Hinweisschild am schmiedeeisernen Tor. Gediegen nannte man so etwas wohl. Vor allem aber: unauffällig. Ich stellte den Mini eingangs der Kußmaulstraße ab und wartete.

Irgendwo schlug eine Kirchturmuhr. Ich kontrollierte die Zeit: eine Minute nach acht. Entweder ging meine Armbanduhr vor oder der Kirchturm nach. Im Zweifelsfall hat immer die Kirche recht. Beim nächsten Kontrollblick war es drei nach acht. Beziehungsweise zwei bei Pfarrers. Nichts los in Neuenheim. Eine Oma mit Hund kam vorbei. Die Oma nickte mit dem Kopf, der Hund pinkelte gegen einen Verteilerkasten, dann wurde weitergetrottet.

Das Piepsen meines Handys ließ mich zusammenfahren. Eine SMS von Christine: ›Sitze im Zug, freue mich auf HD. Und dich.‹ Na, toll. Meine Ex wollte also abgeholt werden. Sicher hatte sie mir ihre Ankunftszeit irgendwann einmal aufnotiert. Und noch sicherer hatte ich den Zettel verschlampt.

Ich legte das Handy auf die Ablage und kurbelte die Scheibe der Fahrertür hinunter. Noch war die Luft kühl, aber ein weiterer schöner Herbsttag kündigte sich bereits an. Scheibe wieder nach oben. Bei Gertrud ging das alles manuell. Wie ein Kerl von der Statur Fattys hinter dieses Steuer passte, würde mir immer ein Rätsel bleiben.

Ich gähnte. Wieder ließ sich eines dieser joggenden Würstchen in bunter Funktionspelle blicken. Die Bestzeit im starren Blick, preschte er durch die Kußmaulstraße und bog ab in die Bergstraße. Noch ein paar Meter, dann würde er am Englischen Jäger vorbeikommen. Vielleicht hatte Maria schon die Fenster zum Lüften geöffnet und ihre Kühlschränke neu befüllt. Die wenigsten ihrer Gäste legten auf dem Gang zum Sonntagsfrühschoppen einen Umweg über den Gottesdienst ein.

Hoppla, schon wieder musste ich gähnen. Da war bestimmt der Jogger dran schuld. Ich versuchte mir vorzustellen, was passieren würde, sobald mein Beschatter auftauchte. Ich würde ihm folgen, klar. Zum Brötchenholen, zum Spaziergang am Neckar oder zu meiner Wohnung, wie Fatty es vorausgesagt hatte. Dass er sich konspirativ mit seinen Komplizen treffen würde, war nicht zu erwarten. Aber wenigstens ein Bild von dem Mann bekommen, wenigstens eine Ahnung, in welche Schublade er gehörte. Der Schütze vom Uniplatz konnte er nicht gewesen sein, denn der war deutlich kleiner. Eher schon der Mörder des Frettchens, allerdings hatte der einen Bart getragen.

Na ja. Müßig zu spekulieren. Mir blieb nichts, als zu warten.

Was hatte Fatty eigentlich zu lesen dabei? Im Handschuhfach fand ich den Zugfahrplan. Den hatte er auswendig gelernt, also musste ich das nicht tun. Vielleicht die Adressen sämtlicher Mini-Cooper-Vertragshändler in der Region? Dann doch lieber die Neckar-Nachrichten von gestern, die mit der Wochenendbeilage. Ich war gespannt, ob nach der Lektüre von Usedoms Erzählung ein Schrei der Empörung durchs Neckartal hallen würde. Fenster runter, Ohr nach draußen – kein Schrei. Ah, sie hatten endlich Marc Covets Artikel über diesen Aktienjongleur gebracht. Auf dem Foto schaute er genauso dämlich drein wie ich am Mittwoch. Das war aber auch schon unsere einzige Gemeinsamkeit. Weder besaß ich ein Penthouse in der Weststadt noch eine private Golfanlage in Cornwall und schon gar keine skandinavische Lebensgefährtin. Den Vorstandsvorsitzenden der Deutschen Börse AG hatte ich auch nicht zum Rücktritt gezwungen. Ja, der Duft des Erfolgs. Lecker, lecker. Fast gönnte man ihn dem Kerl, so sympathisch kam er in Covets Porträt rüber.

Trotzdem machte mir eine Sache zu schaffen. Stirnrunzelnd ließ ich die Zeitung sinken und schaute aus dem Fenster. Da war was. Ein Name, den ich schon einmal ...

Im nächsten Moment lag die Zeitung im Fußraum.

Schlaf nicht ein, Max! War das da vorne ein weißer Kadett, oder war es keiner? Schlüpfte aus der Hofeinfahrt, Blinker links, raus auf die Kußmaulstraße und vor zur Bergstraße. Dort verschwand er Richtung Neckar. Und ob das ein Kadett war!

Ich warf den Motor an und verließ die Parklücke mit Vollgas. Von wegen Zicken, Gertrud war folgsam wie ein Dressurpferd. In der Bergstraße angekommen, sah ich den Kadett etwa 100 Meter vor mir. Unmöglich zu sagen, wer am Steuer saß. Ein Mann, ja, und er war allein. Auf Abstand bedacht, folgte ich ihm. Am Ende der Straße bog er ab und ordnete sich an der Ampel links ein, Richtung Innenstadt.

Zwei Fahrzeuge ließ ich vor, um nicht direkt hinter dem

Unbekannten zu stehen. Es wurde Grün, wir erreichten die Theodor-Heuss-Brücke, der Verkehrsfluss nahm ein wenig zu. Zügig passierten wir den Bismarckplatz. Gut so, mein Junge. Schau nach vorne, kümmere dich nicht um das, was hinter dir geschieht. Dann nach rechts in die Bergheimer Straße, immer geradeaus bis zur Montpellierbrücke. Ich suchte hinter einem Geländewagen Schutz, stoppte, als der abbog, und ließ einen Kleintransporter überholen. Wir überquerten die Bahngleise, hielten uns wieder links. Der Kadett wurde langsamer. Es ging an Autohändlern und einem Bordell vorbei, an heruntergekommenen Häuserblocks und einem Wasserturm. Auffällig viele amerikanische Wagen parkten hier, die Hauseingänge waren graffitibesprüht.

Dann endete die Jagd. Der Opel hielt vor einer weiteren Gebrauchtwagenhandlung. Ich zog vorbei, ohne die Geschwindigkeit zu verringern, und scherte erst 200 Meter weiter vor einem parkenden Lkw ein. Über den rechten Außenspiegel hatte ich den Kadett im Blick.

Zunächst passierte nichts. Genau wie ich schien der Unbekannte zu warten. Oder er tat etwas, was von hier aus nicht zu erkennen war. Es dauerte fast fünf Minuten, bis er ausstieg: schlank, hochaufgeschossen, in der Hand einen Lederkoffer. Irgendwie sah er anders aus als vorhin. Er ging ein Stück in Fahrtrichtung, dann wandte er sich nach rechts und verschwand in einer kleinen Sackgasse.

Was tun? Wenn ich wissen wollte, was er vorhatte, musste ich hinterher. Riskant war das. Er kannte mich. Sobald er mich sah, wusste er, dass ich ihm folgte. Und ich wusste, dass die Jungs von der Arischen Front bereit waren, für ihre Tarnung zu morden.

Aber sitzen bleiben? Unmöglich. Ich stieg aus und arbeitete mich im Schutz parkender Autos zu der Sackgasse vor. Als ich sie endlich erreicht hatte, spähte ich mit klopfendem Herzen um eine Hausecke.

Da stand er. Mister X. Vielleicht 50 Meter entfernt, am Ende der Sackgasse. Vor einem schäbigen Mehrparteienhaus mit gallig grüner Fassade. Und er trug einen Vollbart.

Der Mörder des Frettchens.

Ich sah, wie er einen kleinen Gegenstand aus der Tasche zog und die Haustür aufschloss. Er trat ein und war verschwunden.

Stille herrschte in der Sackgasse.

Mein Herz schlug heftiger als zuvor. Der Mörder vom Bootsanleger und mein Beschatter waren identisch, also doch. Was ein falscher Bart alles ausmachte. Er trug auch seine Schirmmütze und den Schal. Wie vor drei Tagen, als er Rüdiger Specht erschoss.

Ob er wieder auf Menschenjagd ging?

Ich wartete. Nervös, unentschlossen. Hinein ins Haus konnte ich nicht. Den Wagen unter die Lupe nehmen? Warum? Was sollte das bringen? Viel zu gefährlich. Also weiter warten. Weiter nervös sein.

Kommissar Fischer musste informiert werden. Ich tastete nach meinem Handy. Es lag im Wagen. Prima lag es da!

Zurücklaufen? Und wenn er in der Zwischenzeit herauskam? Mit einem Kumpel zum Beispiel?

Nicht zurücklaufen, Max. Stehen bleiben.

Ich sah auf die Uhr. Die Minuten verstrichen. Drei Stockwerke zählte das Haus. Der Putz fleckig, das Dach schadhaft. Kein konkreter Hinweis, wer hier leben könnte.

Und wenn Mister X zum Frühstücken hier war? Man plauderte, kochte Kaffee nach, plötzlich war Mittag vorbei, und vor der Tür hatte sich ein unentschlossener Privatflic beim Warten einen Wolf geholt.

150 Meter bis zu Gertrud, 150 Meter zurück. Wie lange

würde ich brauchen? Zwei Minuten? Es würde sich lohnen. Der Kommissar musste benachrichtigt werden.

Aber ich ging nicht. Ich wartete noch ein bisschen. Gleich würde ich ...

Da kam er. Der Mörder. Die Haustür wurde geöffnet, und er trat heraus.

Fast hätte ich einen Fluch ausgestoßen. Der Bart war ab! Kein Bart, keine Schirmmütze, sogar den Mantel hatte er ausgezogen. Dafür war sein Koffer prall gefüllt. Was sollte diese Maskerade?

Schon wollte ich zum Mini zurück, als ich innehielt. Der Mann blieb an der Tür stehen. Nach einem Blick auf die seitlich angebrachten Namensschilder drückte er eine der oberen Klingeln.

Nun begriff ich gar nichts mehr.

Gemeinsam warteten wir, der Unbekannte und ich. Er läutete ein zweites Mal. Dann beugte er sich nach vorne, um an der Gegensprechanlage zu lauschen. Eine Unterhaltung begann. Ich sah, wie er gestikulierte, wie er die Lippen bewegte. Hörte sogar einzelne Wortfetzen, verstand aber nichts.

Gebannt beobachtete ich dieses seltsame Schauspiel. Warum läutete der Kerl an einem Haus, das er soeben mit einem Schlüssel betreten hatte?

Gespräch beendet. Mister X drehte sich um und ging. Im Gehen zog er ein Handy hervor und tippte eine Nummer ein.

Das war das Letzte, was ich sah. Ich nahm beide Beine in die Hand und rannte los.

150 Meter! Das Risiko war zu groß. Vielleicht schaffte ich es bis zu Fattys Mini, vielleicht nicht. Ich brach ab und kauerte mich zwischen zwei parkende Autos. Mein Atem ging schnell. Kurzer Blick zurück. Da kam er auch schon.

Es musste ein kurzes Telefonat gewesen sein. Er steckte das Handy ein, schaute nach links und rechts, dann ging er zu seinem Kadett, startete und fuhr los.

Ich wartete in meinem Versteck, bis der Wagen außer Sicht war. Die nächste Entscheidung stand an: ihm nach oder hierbleiben? Aber diesmal gab es nicht viel zu entscheiden. Sein Vorsprung war bereits zu groß. Wenn er vorne an der Czernybrücke eine grüne Ampel erwischte, würde ich ihn niemals einholen. Mit etwas Glück erwischte ich ihn vorm Hotel Clara wieder.

Also zurück zur Sackgasse. Wie vorhin spähte ich zunächst um die Hausecke. In der Tür stand einer. Ein schwammiger Typ mit langen Haaren. Er sah in meine Richtung, verzog das Gesicht, kratzte sich am Bauch. Dann nahm er einen Einkaufsprospekt von einem Stapel, der vor der Tür lag, und ging lesend ins Haus zurück.

Der nächste Sprint stand an. Ich erwischte die Haustür, als sie eben ins Schloss fallen wollte. Eine Hand am Türrahmen, wartete ich, bis sich meine Atmung beruhigt hatte. Links die Klingelleiste mit sechs Namensschildern. Ganz oben ›Schwarz‹, darunter ›Klemm‹. Geräuschlos trat ich ein. Zwei Stockwerke über mir wurde eine Tür zugeworfen.

Im Hausflur roch es säuerlich. Ein Kinderwagen stand herum, an der Wand kündete ein großes Anschlagbrett von Bestimmungen und Bußgeldern. Ich stieg eine Treppe mit stumpfen Marmorstufen nach oben in den zweiten Stock. Zwei Türen. Auf der linken ein Zettel mit dem Namen ›Schwarz‹, rechts kein Hinweis. Ich legte ein Ohr an die rechte Tür und lauschte. Nichts. Totenstille. Der Unbekannte hatte eine der oberen Klingeln betätigt, so viel hatte ich aus der Entfernung gesehen. Und er hatte Antwort erhalten. Wenn nicht aus dieser Wohnung, dann aus der nebenan.

Ich läutete bei Schwarz. Schlurfende Geräusche, dann öffnete der aufgeschwemmte Typ von eben. Er war höchstens mittelgroß, hatte kleine, gerötete Augen und ein gespaltenes Kinn. Was er über der Stirn an Haaren verlor, machte er im Nacken durch Länge wett. Vom Kämmen und Waschen hielt er offenbar wenig, vom Färben umso mehr. So ein Nachname verpflichtete.

»Was gibts?«, fragte er misstrauisch.

»Ist das Ihr Besuch, der vor meiner Einfahrt steht? Der soll schleunigst seinen weißen Kadett wegfahren.«

»Hä?«, machte er. »Ist der immer noch da?«

»Nein«, grinste ich. »Aber ich bin da. Max Koller, Privatdetektiv. Ich würde Ihnen gerne ein paar Fragen stellen.«

Der Kerl starrte mich an. Wie ein Neonazi wirkte er nicht. Eher wie einer, der unter Neonazis ganz rasch Probleme bekommen würde. Seine rechte Hand fuhr zum Bauch, um sich in der Nabelregion zu kratzen. Zwei Hemdknöpfe standen offen und ließen mich gekräuselte Härchen sehen.

»Verstehe ich nicht«, sagte er. »Wieso Privatdetektiv?«

»Ich arbeite eng mit der Polizei zusammen und muss wissen, wer der Mann war, der eben bei Ihnen war.«

»Welcher Mann?«

»Der mit dem weißen Kadett.« Und als er zögerte, fügte ich hinzu: »Herr Schwarz, ich weiß, dass er bei Ihnen geläutet hat. Ich verfolge den Mann schon seit Tagen. Die Polizei ist informiert.«

»Ich kenne den nicht!«, rief er. »Ich hab nichts mit dem Kerl zu schaffen!«

»Er war bei Ihnen.«

»War er nicht. Er hat nur geklingelt.«

»Und was hat er dann eine Viertelstunde hier im Haus gemacht?«

»Keine Ahnung! Bei mir jedenfalls nichts. Wieso war

der im Haus? Ich kapier das nicht.« Seine Stimme wurde schrill.

»Gut«, sagte ich und schob ihn zur Seite. »Reden wir drinnen weiter.« Zu meiner Überraschung leistete Herr Schwarz keinen Widerstand. Ich betrat eine Wohnung, in der es nach alten Kippen und abgestandenem Essen roch. Wie es hier ohne das offen stehende Fenster gerochen hätte, wagte ich mir nicht auszumalen. Das Sofa war mit Flaschen und Zeitschriften zugemüllt, halb gefüllte Kartons standen im Weg herum, auf dem Fernseher lag eine leere Pizzaschachtel. In der Küche linkerhand sah es nicht besser aus. Den Blick ins Schlafzimmer ersparte ich mir.

»Was will denn die Polizei hier?«, hörte ich Schwarz hinter mir jammern.

»Ihre Aussage, was sonst. Wir beide können ja schon einmal üben. Erzählen Sie mir, was der Mann von Ihnen wollte und warum er bei Ihnen geläutet hat. Und vor allem, wie er heißt.«

»Weiß ich nicht.«

»Aber Sie wissen, wie er aussieht?«

»Ja, so ein langer Kerl mit Bart.«

»Wann haben Sie ihn gesehen, wenn nicht eben?«

»Vor einer Woche oder so.«

»Und was wollte er?«

Der Klops hob die Schultern. »Ganz harmlos. Er musste dringend mit dem Klemm von nebenan reden, aber der war nicht da. Deshalb kam er zu mir. Ich sollte ihn anrufen, wenn der Klemm wieder da wäre. Hat mir 'n Hunni dafür gegeben.«

»Dafür, dass Sie ihn benachrichtigen?«

»Erst mal fürs Aufpassen. Ich sagte ihm, dass ich es mitkriege, wenn der Klemm heimkommt. Den zweiten Hunni wollte er mir geben, sobald er mit dem Klemm gesprochen hat.« Er zeigte auf einen Zettel, der neben dem Telefon lag. Darauf war eine Handynummer vermerkt.

»Und das war vor einer Woche? Wann genau?«

Er überlegte. »Letzten Sonntag.«

»Okay, weiter.«

»Das Komische war: Der Klemm kam nicht nach Hause. Tagelang nicht. Bis heute Morgen in aller Frühe, da habe ich ihn gehört. Obwohl er leise war. Und da rief ich den Kerl an.«

»Ohne seinen Namen zu kennen?«

»Wenns um einen Hunni geht, brauche ich keinen Namen. Würden Sie genauso tun.«

»Und dann?«

»Der Klemm war da, ich habs ganz genau gehört. Vorhin war mir sogar, als hätte er Besuch. Irgendwann klingelt es nebenan, zweimal, es passiert aber nichts. Dann klingelt es bei mir, der Typ steht unten vor der Haustür und sagt, der Klemm ist nicht da und ob ich ihn verarschen wollte. Da sage ich, nee, ich weiß ganz sicher, dass der da ist, der würde nur nicht aufmachen, aber da sagt der Typ bloß, ich will ihn verarschen, und den Hunni könnte ich mir sonst wohin schieben. Sagt der echt.«

»Das wars? Mehr nicht?«

»Nee.«

»Und Sie sind sicher, dass dieser Klemm in seiner Wohnung war?«

»Auf jeden Fall. Vor einer halben Stunde habe ich ihn nebenan sprechen hören. Ob am Telefon oder mit einem Besucher, weiß ich nicht.«

»Interessant.« Ich sah Schwarz scharf an. »Bevor der Mann mit den hundert Euro bei Ihnen läutete, betrat er das Haus mit einem Schlüssel und blieb etwa 15 Minuten. Wussten Sie das?«

»Was?« Schwambo riss die Äuglein auf. »Mit 'nem Schlüssel? Warum klingelt der dann bei mir?«

Das fragte ich mich auch. Der Mörder des Frettchens besaß einen Haustürschlüssel. Und der passte garantiert auch zu einer der Wohnungen. Nur zu welcher? Ich begann, mir Sorgen um Schwambos Nachbarn zu machen. »Haben Sie einen Schlüssel zu Klemms Wohnung?«

»Ich? Nee.«

»Gibt es irgendeine Möglichkeit hineinzukommen?«

»Klingeln halt.«

»Darauf wäre ich jetzt nicht gekommen.« Ich steckte den Zettel mit der Handynummer ein und verließ die Wohnung. Während ich bei Klemm läutete, klopfte und freundliche Aufforderungen durchs Schlüsselloch schickte, erklärte mir Schwarz, dass sein Nachbar erst vor einem Vierteljahr eingezogen und extrem kontaktscheu sei. Mehr als gegrüßt habe man sich nicht.

»Gut«, meinte ich schließlich. »Wir brechen sie auf.«

Der Dicke fing an zu schwitzen. »Aufbrechen?«

»Wir müssen rein. Da drin regt sich nichts.«

»Moment. Probieren Sies lieber über den Balkon.«

Der Balkon von Schwarz befand sich keine zwei Meter neben dem Klemms. Es waren identische kleine Balkone mit Betonboden und Zinkverkleidung, und man konnte problemlos vom einen zum andern hüpfen. Solange man nicht nach unten schaute. Ich kletterte über Schwambos Bierkästen auf das Geländer und hielt mich an der Regenrinne fest. Klemms Balkon stand glücklicherweise leer.

Bis zum Erdboden waren es vielleicht sieben Meter. Hinter mir pfiff die Lunge von Herrn Schwarz.

Ich dachte: bloß nicht denken, Max, und kaum hatte ich das gedacht bzw. nicht gedacht, war ich drüben. Wie sehr meine Knie zitterten, merkte ich erst bei der Landung. Das

Blut hämmerte in meinem Kopf. Egal. Hauptsache, ich war auf Klemms Balkon.

Rechts die Balkontür. Ich sah hindurch und wusste, was ich zu tun hatte.

»Warum zieht der jetzt seine Jacke aus?«, hörte ich Schwambo schnattern. Und dann: »Nein! Sie können doch nicht ...«

Das Splittern von Glas ließ ihn verstummen. Ich wickelte die Jacke von meiner Faust, griff durch die zerstörte Scheibe und öffnete die Tür von innen.

Ich betrat einen hässlichen braunen Teppichboden, den gleichen wie in der Nachbarwohnung. Nur dass bei Schwarz kein Toter auf dem Boden lag. Er war klein und kräftig, das Haar kurz, der Schädel bullig. Mund und Augen standen offen, er lag auf dem Rücken, und in der Hand hielt er eine Pistole mit Schalldämpfer. Aus einem kleinen Loch in der rechten Schläfe sickerte Blut.

Von dem Toten abgesehen, war die Wohnung leer. Ich schaute kurz in Küche und Schlafzimmer, bevor ich die Wohnungstür öffnete und Schwarz einließ. Der Dicke sah den Toten, fing an zu schwanken und hielt sich an einem Stuhl fest.

»Ach du Schande!«, stöhnte er.

»Ist das Klemm?«

Er nickte, hielt sich die Hand vor den Mund und stürzte ins Bad, wo er die Kloschüssel umarmte. Ich schloss die Tür hinter ihm.

Seine und Klemms Wohnung waren spiegelsymmetrisch angelegt. Wohnzimmer, Schlafzimmer, kleine Küche und Bad. Selbst die Steckdosen saßen an derselben Stelle. Der Unterschied bestand in der Pizzaschachtel. Was bei Schwarz versifft und unordentlich war, war bei seinem Nachbarn sauber und aufgeräumt. Die reinste Kommissstube! Alles an seinem Platz, alles picobello. Bis auf den toten Hausherrn.

Die Einrichtung: spärlich. Und das war noch untertrieben. Ein einziges Regal für eine Handvoll Bücher. Im Schlafzimmer drei, vier Garnituren Kleidung. Kein Fernseher, keine Stereoanlage, nicht einmal ein Telefon. Das hier war kein Platz zum Leben, sondern zum Unterkriechen. Ein toter Briefkasten in XXL, Stützpunkt für jemanden, der woanders hingehörte.

Die Toilettenspülung rauschte. Schwambo kam aus dem Bad gewackelt, schlotterte, fiel fast hin. Ein langer Speichelfaden hing aus seinem Mund. »Was ist da los?«, krächzte er. »Hat er sich umgebracht?«

»Könnte man meinen. Soll man auch meinen. Aber wenn Sie mich fragen, hat Ihr 100-Euro-Spender da nachgeholfen.«

Entsetzt starrte er mich an. Versuchte vergeblich, sich gegen einen Gedanken zur Wehr zu setzen, der seine wenigen grauen Zellen bestürmte. »Wie? Sie glauben, der Typ hat nur gewartet, bis Klemm wieder da ist, um ihn ... um ihn umzulegen? Deswegen sollte ich ihn informieren?«

Ich nickte.

»Aber da kann ich doch nichts dafür!«, heulte er los, zerrte wild an seinem Hemd herum, dass es endgültig aus der Hose rutschte und seinen weißen, behaarten Bauch freilegte.

»Ist ja gut!«, herrschte ich ihn an. »Reißen Sie sich zusammen!«

Er bemühte sich. Mit mäßigem Erfolg. Ich schickte ihn raus, in seine Wohnung. Wenn der Typ auf Klemms Teppichboden kotzte, würde uns die Kriminaltechnik steinigen.

Ich beugte mich über die Leiche. Natürlich war es Mord. Welcher Selbstmörder benutzte einen Schalldämpfer, um den lieben Nachbarn am Sonntagmorgen nicht zu stören? Sie würden es dem Killer schon noch nachweisen. Für mich blieb hier nichts mehr zu tun. Ich verließ die Wohnung, lehnte die Tür aber nur an.

Fischers Privatnummer war in meinem Handy gespeichert, und das lag im Mini. Ich bat Schwarz, die Polizei zu alarmieren. »Und fassen Sie bloß nichts an, verstanden?«

Er nickte, eine gebogene Fluppe zwischen den Zähnen. »Ich setze da keinen Fuß mehr rein«, murmelte er. »Nie mehr!«

»Ich mache mich jetzt auf die Suche nach dem Mörder«, sagte ich und reichte ihm meine Karte. »Hier, die Polizisten werden fragen. Ich melde mich von unterwegs. Richten Sie ihnen das aus, ja?«

Stumm glotzte er auf die Karte. Die Haare fielen ihm fettig über die Ohren.

»Hallo«, rief ich, »jemand zu Hause?«

»Ja, ja«, nickte er hastig. »Ich mache alles, was Sie sagen.«

18

Eine Zigarette hätte ich jetzt auch gut vertragen können. Als ich an Gertruds Steuer saß, wischte ich mir erst einmal den Schweiß von der Stirn. Es war immer noch Sonntagmorgen, immer noch lag die Stadt ruhig und verschlafen da. Aber ein Mann war gestorben. Und ein anderer auf der Flucht. Ich drehte den Zündschlüssel, hörte jedoch nur ein sanftes Schnurren.

Zunächst glaubte ich, der Fehler liege bei mir. Eine zweite Drehung; immer noch nichts. Dann fielen mir Fattys Worte ein.

»Verdammt, Gertrud«, fluchte ich. »Nicht jetzt!«

Aber das honiggelbe Zuckerpüppchen setzte sich erst in Bewegung, nachdem ich beim Anlassen kräftig gegen das Radio gedrückt hatte. Mit dem Knie, wie Fatty es empfohlen hatte. Ich gab Gummi und hoffte, dass Gertrud das als Strafe auffassen würde.

Auf dem Weg zurück in die Stadt wählte ich Kommissar Fischers Privatnummer. Er war wach und hatte gefrühstückt. Trotzdem hielt ihn das nicht davon ab, mir den Marsch zu blasen.

»Was sind das für Alleingänge, Koller? Das hier ist kein Abenteuerspielplatz, verstehen Sie? Und warum rufen Sie nicht die Bereitschaft?«

»Die ist informiert. Der Nachbar des Ermordeten müsste sich schon gemeldet haben.«

»Müsste!«

»Ja, wenn er nicht wieder über der Kloschüssel hängt. Schicken Sie mir bitte einen Streifenwagen zum Hotel Clara nach Neuenheim. Ich versuche herauszufinden, ob der Mörder auf seinem Zimmer ist oder was er vorhat.«

»Und was soll ich tun, Ihrer Meinung nach? Die Sonntagszeitung lesen?«

»Finden Sie heraus, wer dieser Klemm ist. Ob er zur Arischen Front gehört. Sobald ich was Neues über seinen Mörder weiß, melde ich mich bei Ihnen. Bis nachher.«

Ich fuhr eben über die Czernybrücke. Einen Blick nach rechts, Richtung Südstadt, konnte ich mir nicht verkneifen. Irgendwo dort hinten musste jetzt eine Wolke heiligen Zorns in die Höhe steigen und ein Fluch durch die Rheinebene hallen: K-O-L-L-E-R ...!

Als ich in die Kußmaulstraße einbog, schlug es Viertel vor zehn. Alles lag still und friedlich. Neue Omas mit neuen Hunden trippelten die Straße entlang, die Luft hatte sich erwärmt, ein schöner Herbsttag lag vor uns. Im Schritttempo rollte ich am Hotel Clara vorbei und hielt Ausschau nach dem Auto des Mörders. Aber weder am Straßenrand noch im Innenhof war der weiße Kadett zu sehen.

Ich stellte Gertrud ab und betrat das Hotel. An der Rezeption saß ein Greis mit blank poliertem Schädel und vergnügte sich an den Horrormeldungen der Bild-Zeitung. Frisch gewienert auch die Messingaufsätze seiner Uniform, eine Uraltklamotte mit Fransen, Troddeln und Abzeichen. Hinter ihm an der Wand wartete die dazugehörige Mütze auf ihren Einsatz. Eine halbrunde Lesebrille mit Goldkettchen vervollständigte die imposante Aufmachung.

»Guten Morgen, der Herr«, krächzte er, ohne die sonntägliche Busenparade aus der Hand zu legen.

»Guten Morgen.« Ich fischte eine meiner großartigen Visitenkarten aus dem Geldbeutel und hielt sie ihm vor die Brille. »Ob Sie mir wohl eine Auskunft geben könnten?«

Mit gespitzten Lippen las er, was auf der Karte stand.

»Max Koller. Privatdetektiv.« Er nickte. »Sie standen in der Zeitung.«

»Stimmt. Bei Ihnen wohnt, vermutlich seit einer Woche, ein Herr, der einen weißen Kadett fährt. Groß, schlank, hohe Stirn.«

»Der Mann oder der Kadett?«

Ich sah ihn an. Von einem Menschen seines Alters erwartete man keine Kalauer. Vielleicht war es auch gar keiner, jedenfalls verzog er keine Miene.

»Könnten Sie mir sagen, wie dieser Gast heißt und wie lange er noch bleiben will?«

Wieder nickte der Alte. »Ein verrückter Name«, sagte er. »Unmöglich, sich den zu merken.« Die Zungenspitze im Mundwinkel, schlug er die Seiten seiner Zeitung nach hinten zusammen. Er tat es mit so viel Schwung, dass ihm die Brille von der Nase rutschte. Anschließend faltete er das Blatt in der Mitte und zog den Falz mit angefeuchteten Fingern nach. Die Zeitung wurde zur Seite gelegt, die Brille wieder aufgesetzt. Dann langte er unter den Tresen nach dem Gästebuch des Hotels. Er blätterte vor, blätterte zurück und fuhr dabei mit dem Zeigefinger die Einträge entlang. Der Finger schien noch etwas feucht zu sein, denn die obersten der mit Füller geschriebenen Namen verwischten leicht.

»Ich habe Zeit«, sagte ich. »Bloß an Silvester müsste ich wieder zu Hause sein.«

Er nickte, drehte das Buch um 180 Grad und schob es mir hin. Sein knochiger Finger wies auf einen Eintrag, der in ausladend verschnörkelter Schrift vorgenommen worden war.

»Hermann von Kant«, las ich. »Möckmühl. Das ist er?«

»Der Mann, ja. Nicht der Kadett.«

Laut Gästebuch war er am Dienstag dieser Woche eingetroffen. Er bewohnte ein Einzelzimmer mit Dusche, und er nahm Frühstück. Wenn die Angaben von Schwarz stimmten, war Mister X schon am Wochenende in der Stadt gewesen. Vermutlich hatte er seine Unterkunft aus Sicherheitsgründen gewechselt.

»Danke«, sagte ich. »Ist er im Haus?«

Kopfschütteln. »Abgereist.«

»Wann?«

Der Alte schob den Ärmel der Uniform zurück, um einen Blick auf seine Armbanduhr zu werfen. »Vor drei Minuten.«

»Wie bitte? Vor drei Minuten? Er war eben noch da?«

»Als Sie kamen, ist er gerade hinten raus.«

»Warum hinten?«

»Vielleicht wollte er eine Begegnung mit Ihnen vermeiden.«

»Sie meinen, er hat mich gesehen?«

»Das kann ich nicht beurteilen.«

»Und wohin wollte er?«

Der Alte hob die Schultern. »Wenn man das wüsste! Vorhin, von unterwegs, rief er mich an und bat um zwei Taxis. Eines sollte ihn hierher bringen, das andere ihn um zehn vor dem Hotel abholen.«

»Aber wohin dieses Taxi fahren sollte, sagte er nicht?«

»Nein.«

»Mist.«

Plötzlich grinste der Alte über beide Backen. Es sollte pfiffig wirken, dieses Grinsen, und das tat es auch.

»Was gibts? Hab ich was verpasst?«

»Bevor Herr von Kant nach oben ging, um seine Sachen zu holen, war er kurz im Internet.« Er zeigte ans Ende des Raumes, wo ein altersschwacher PC vor sich hinsummte. »Und kurz danach überkam mich das unbändige Verlangen nachzusehen, welche Seiten er aufgerufen hat. Wissen Sie, wir haben kaum Gäste, da sucht man sich seine Beschäftigung.

Leute mit seltsamen Namen kommen einem gleich seltsam vor.«

»Ja, und? Was waren das für Seiten?«

»Er hat sich eine ICE-Verbindung nach München herausgesucht. Für Viertel vor elf, wenn ich mich recht erinnere.«

»Sie sind unbezahlbar. Vielen Dank!« Ich schüttelte dem Alten die Hand und eilte nach draußen. Im Gehen wählte ich Fischers Nummer.

»Sie schon wieder?«

»Sind Sie am Tatort? Der Mörder ist unter dem Namen Hermann von Kant abgestiegen und flüchtet per Zug.« Das Handy in der Rechten, stieg ich in den Mini. Zum Starten nahm ich es in die andere Hand. »Wahrscheinlich nimmt er gegen 10.45 Uhr einen ICE nach München.« Ich drehte den Zündschlüssel, doch zu mehr als einem sanften Schnurren mochte sich Gertrud nicht bequemen. Wieder bockig, die Kleine. Während ich dem Kommissar Kants Beschreibung durchgab – mit und ohne Bart –, betätigte ich erneut den Anlasser. Nichts.

»Was glauben Sie, wie viele Leute ich noch zur Verfügung habe?«, beschwerte sich Fischer. »Am Sonntagmorgen!«

»Wir müssen den Kerl aufhalten. Alles andere ist zweitrangig. Trotzdem, ein Streifenwagen hier am Hotel Clara wäre nicht schlecht. Wir treffen uns am Bahnhof. Dort erkläre ich Ihnen alles.« Ich warf das Handy auf die Ablage und wollte den Mini nach bewährtem Muster starten, als die Beifahrertür aufgerissen wurde.

»Keine Bewegung, mein Junge«, sagte eine ruhige Stimme. »Das ist eine Pistole, und sie ist geladen.«

Ich erstarrte.

Der Mörder stieg zu. Der Mörder des Frettchens, der Mörder Klemms, der Pistazienfuzzi namens Hermann von

Kant. Meine rechte Schläfe begann zu kribbeln. Genau dort, wo die Mündung der Pistole auf die Haut traf. Ganz entspannt saß der Lange neben mir und hielt mir seine Waffe an den Kopf. Richtig, er war ja Linkshänder, wie ich seit unserer Begegnung am Anleger wusste.

»Ich will Sie nicht aufhalten, Herr von Kant«, hörte ich mich sagen. »Ihr Zug geht demnächst.«

Verdammt, klang ich cool. Hoffentlich empfand er es ebenso. Hoffentlich sah er nicht, wie sich meine Hände um das Steuer des Minis klammerten, dass die Knöchel weiß wurden.

»Diese senile Plaudertasche«, lachte er. »Fahren Sie los, Koller. Ohne Hektik. Nicht zu schnell und nicht zu langsam. Ich lotse Sie.«

Ich rührte mich nicht. Selbst wenn ich gewollt hätte, wäre es in diesem Moment nicht gegangen.

»Vorwärts«, zischte er und gab mir einen kleinen Stoß mit der Pistole. »Keine Mätzchen.«

»Ihre Waffe macht mich nervös.«

Er zog sie ein Stück zurück. Das Kribbeln blieb. Ich nahm die rechte Hand vom Steuer, drehte den Zündschlüssel und gab Gas.

»Wehe, du springst an, Gertrud«, dachte ich. »Wehe, du springst jetzt an …«

Ein fröhliches Schnurren. Stille. Ich liebte dieses Auto.

»Sie sollen losfahren, sagte ich.«

»Erst mal können. Das ist nicht mein Wagen, und er macht schon den ganzen Morgen Zicken.«

Ich versuchte es ein zweites Mal. Wieder nichts. Ich drehte den Schlüssel, Gertrud schnurrte, und neben mir wurde jemand unruhig.

»Sie wollen mich verarschen!«

»Will ich nicht. Ich habs doch schon probiert, bevor Sie einstiegen.«

»Treten Sie überhaupt die Kupplung?«

»Was hat denn das mit dem Anlasser zu tun?«

»Finger weg!« Er rammte mir die Pistole wieder gegen die Schläfe, fummelte selbst am Zündschlüssel herum und gab Kommandos. »Gas, Koller! Mehr Gas!«

Ich drückte das Gaspedal durch. Gertrud heulte auf, der Anlasser schnurrte, der Motor blieb stumm. Innerlich frohlockte ich. Gertrud hielt zu mir. Ich war nicht allein.

»Wie sind Sie denn hierhergekommen?«, brüllte der Lange mich an.

»Ganz normal. Aber als ich eben losfahren wollte, ging nichts mehr. Der Wagen gehört einem Freund, was soll ich machen.«

Er schwieg. In seinem Gesicht zuckte es. Lieber nicht hinsehen. Einen kurzen Moment lang stand mir meine eigene Beerdigung vor Augen, mit Christine, die als Erste vortrat, um eine Schaufel Erde auf meinen Sarg zu werfen. Wie wohl die Schlagzeilen der Neckar-Nachrichten lauten würden? Und ob sie Covet den Nachruf schreiben ließen?

»Wenn Sie mich jetzt umlegen«, sagte ich, »bringt Ihnen das gar nichts. Die Polizei weiß Bescheid und wird gleich hier sein. Kommissar Fischer ist über alle meine Schritte informiert.«

»Ach? Und was wollen Sie ihm am Bahnhof dann noch erklären? Schwacher Versuch, Herr Koller. Ihr Problem ist, dass Sie Ihr Wissen nicht mit anderen teilen wollen. Falls Sie überhaupt etwas wissen.«

»Oh, ich weiß nicht alles, das stimmt. Zum Beispiel weiß ich nicht, auf wen Sie es beim Heidelberger Herbst in Wahrheit abgesehen hatten.«

Das war ein Schuss ins Blaue, doch er saß. Ich merkte es am nachlassenden Druck gegen die Schläfe, am Schweigen von Kants, an seiner leicht erhöhten Atemfrequenz.

»Sieh an«, sagte er schließlich, und ich verstand ihn kaum,

weil er plötzlich lispelte. »Da macht sich einer so seine Gedanken. Fast müsste man beeindruckt sein.«

»Na ja«, machte ich leichthin und nahm die Hände vom Steuer. »Sie haben es mir ...«

»Lassen Sie die Hände da!«, befahl er. Und dann, ruhiger: »Okay, ein Blödmann sind Sie nicht, Koller. Haben da was rausgekriegt, auf das keiner kam. Und wissen Sie, was Sie sich davon kaufen können? Einen Sargnagel.«

»Wie gesagt, Kommissar Fischer ist unterrichtet.«

»Und ich bin Mutter Teresa. Los, versuchen Sie noch einmal zu starten. Ohne Tricks.«

Ich tat ihm den Gefallen, und er verschlang meine Bewegungen mit den Augen. Am Resultat änderte sich nichts.

Da begann er zu schimpfen. Heftig. Es war Sonntag, Zeit für einen Kirchgang, aber Hermann von Kant fluchte das Blaue vom Himmel herunter.

»Vorsicht!«, zischte er und senkte die Pistole ein wenig, als zwei schicke Radlerinnen gegen die Einbahnstraße auf uns zukamen. Eines der Mädchen sah sogar zu uns herüber, aber welches Zeichen hätte ich ihr geben können? Welches hätte sie verstanden?

»Nehmen wir doch Ihren Wagen«, sagte ich. »Oder haben Sie den schon entsorgt?«

Er schwieg und sah auf die Uhr.

»Sonntags sind die Bahnen pünktlich, Herr von Kant. Wenn Sie mich nicht vom Hotel aus gesehen hätten, hätten wir beide ein Problem weniger.«

»Ich habe Ihre gelbe Bonsaikarosse gesehen. Die fiel mir schon gestern Abend auf. Bescheuert, so einen Wagen zu nehmen.«

»Auch nicht bescheuerter, als den lieben langen Tag Pistazien zu futtern.«

»Was?«

»Sie haben ja sogar auf dem Dach neben der Mensa genascht, Sie Amateur.«

Aus den Augenwinkeln sah ich, wie sein Blick starr wurde. Amateur war wohl so ziemlich das Schlimmste, was man ihm an den Kopf werfen konnte. Fester als zuvor presste sich die Pistolenmündung gegen meine Schläfe.

»Seien Sie ruhig ein bisschen stolz auf sich«, sagte er langsam. »Ich gönne es Ihnen. Es wird eine Ihrer letzten Empfindungen hier auf Erden sein.«

»Warum haben Sie mich eigentlich beschattet? Wegen der Meldung in den Neckar-Nachrichten?«

»Ja. Und aus Langeweile. Aus purer Langeweile. Ich hatte ja nichts zu tun. Bloß zu warten, bis Klemms Nachbar, diese fettige Schwarte, sich meldete. Untätig rumsitzen ist nicht mein Ding. Ich will immer alles unter Kontrolle haben. Und Sie schienen der Einzige zu sein, der in eine andere Richtung dachte als die Öffentlichkeit. Diesem Italiener ging es nur um seine Tochter. Aber wenn Sie versuchten, denjenigen zu finden, der in Wahrheit hinter dem Anschlag steckte, konnten Sie mir gefährlich werden. Zumindest solange Klemm untergetaucht und ich noch in der Stadt war. Also habe ich einige Ihrer Schritte überwacht.«

»Und woher wussten Sie, dass Specht Kontakt mit mir aufgenommen hatte? In der OEG saßen Sie nicht.«

»Ich wurde informiert und löste das Problem auf meine Weise.«

»Informiert? Von Ihren arischen Freunden?«

Er ließ ein verächtliches Schnauben hören. »Das sind nicht meine Freunde.«

»Was sonst? Geschäftspartner?«

»Schon eher. Ich habe die Jungs angeheuert.«

»Wie kommen Sie dazu, mit Neonazis Geschäfte zu machen?«

»Das interessiert Sie natürlich«, lachte er. »Und wissen Sie, was? Ich werde es Ihnen erzählen, Koller. Damit Sie im Nirwana etwas zum Nachdenken haben.«

Den gegenüberliegenden Bürgersteig streunte ein Penner entlang. Ich kannte ihn vom Sehen, er ließ sich manchmal im Englischen Jäger blicken. Auch von Kants Augen suchten unablässig die Straße ab.

»Ich hatte über einen Schulfreund Kontakt zu der Truppe«, sagte er. »Kurios, was für Zufälle es im Leben gibt. Wenn das unser alter Klassenlehrer wüsste! Es war übrigens ein humanistisches Gymnasium. Nun, meine Auftraggeber suchten eine Handvoll entschlossener Männer, denen man die Verantwortung für den Anschlag aufladen konnte. Eine politische Gruppierung war ideal, schon wegen des Ablenkungsfaktors. Ich bot meinem Schulfreund eine Summe, die er nicht ablehnen konnte. Seine Jungs waren sofort Feuer und Flamme. Sie gründeten die Arische Front.«

»Und um wen ging es in Wirklichkeit? Wer sollte das eigentliche Opfer sein?«

Er zögerte. »Sagen wir: jemand, der meinen Auftraggebern in gewisser Weise gefährlich wurde. Zu gefährlich.«

»Ich dachte, Sie könnten mir alles verklickern, jetzt, da ich mit einem Bein im Grab stehe.«

»Könnte ich. Aber vielleicht lasse ich es lieber.« Da war es wieder, dieses Lispeln, das die sonst so korrekte Aussprache von Kants untergrub. »Nicht einmal mein Schulfreund wusste, um wen es sich handelte. Ich machte ihm klar, dass die Aktion beiden Seiten nutzen würde: dem politischen Anliegen seiner Gruppe und dem Privatinteresse meiner Auftraggeber. Seine Jungs erfuhren nicht einmal das. Für sie war ich der Chef, der den Zeitpunkt des Losschlagens bestimmte.«

»Und dann hat Ihnen Klemm alles vermasselt.«

»Was für ein Versager! Mein Schulfreund schwor auf ihn. Eine Killermaschine, behauptete er, ein absolut emotionsloser Typ. Die Idealbesetzung für den Anschlag. Und was macht der Idiot? Bekommt plötzlich Panik und stürmt los.«

»Sie hatten ihm das Kommando noch gar nicht gegeben?«

»Nein, natürlich nicht. Erst sah alles gut aus. Er ließ sich lotsen wie eine Marionette, bis hinter die Bühne. Aber als ich ihm mitteilte, dass er noch einen Moment warten müsse, gab es kein Halten mehr. Dabei hatten wir den Vorgang zigmal durchgesprochen.« Er schüttelte den Kopf. »Was für ein sinnloses Gemetzel!«

»Hätte es nach Ihrem Plan weniger Opfer geben sollen?«

»Nein, wieso? Die Zahl der Opfer interessierte mich nicht. Vier, zehn, zwölf – egal. Hauptsache, die Zielperson war darunter.«

»Hauptsache«, echote ich. Hauptsache und Nebensache, so einfach war das. Vier, zehn, zwölf – egal. Morden nach Zahlen. Das Leben ein Rechenexempel, der Mensch eine Ziffer.

Aber es half ja nichts, die Augen zu schließen und sich auf einen anderen Planeten zu wünschen. Wollte ich nicht zu Kants Opfern summiert werden, musste ich weiterquasseln. Immer weiter: weil es den Mörder ablenkte und weil ich lebte, solange ich quasselte. »Verstehe«, sagte ich laut. »Als Sie merken, dass Klemm zu früh in die Menge schießt, brüllen Sie in Ihr Funkgerät, um ihn zu stoppen. Er erschrickt, fasst sich an den Helm und haut ab.«

»Ganz ruhig!«, zischte er. »Keine überflüssige Bewegung.«

Jemand ging auf unserer Straßenseite an Gertrud vorbei. Kant hielt mir die Pistole in den Nacken. Ich fragte mich, wann Fischers Streifenwagen endlich eintreffen mochte.

»Hinterher«, fuhr er fort, »lief wieder alles nach Plan.

Klemm wurde in Sicherheit gebracht, und da er seinen Kollegen vermutlich nichts von seinem Versagen erzählte, hielten die den Anschlag für geglückt. Ich sagte auch nichts, sondern verschwand wie vereinbart am selben Abend aus der Stadt. Zum Schein. Klemm muss geahnt haben, dass ich mit ihm abrechnen wollte. Jedenfalls ließ er sich nicht mehr blicken, eine ganze Woche lang nicht. Bis heute Morgen.«

Schade, dass Klemm nicht Saueressig hieß. Da hätte Kants Sprachfehler noch hübscher geklungen. Immer öfter rutschte ihm die Zunge zwischen den Vorderzähnen durch. Ein lispelnder Killer, was es nicht alles gab. Die Straße im Auge behalten, einen Fluchtplan entwerfen und gleichzeitig sprechen – zu viel für einen gewöhnlichen Kriminellen, der so gern Richter und Gott spielte.

»Und dann funkten Sie mir dazwischen«, sagte er. »Pech für Sie. Ohne Ihre Einmischung wäre alles glattgegangen. Klemms Tod hätte wie ein Selbstmord ausgesehen oder wie eine Abrechnung unter Neonazis. Mir ist nichts nachzuweisen. Meinen Schulfreund habe ich in der Hand, und sonst kennt keiner meinen Namen. Außerdem: erst mal kriegen, sobald ich im Ausland bin.«

»Die Sache hat nur zwei Schönheitsfehler. Erstens: Ihre Zielperson lebt.«

»Noch. Dank meiner Vorsichtsmaßnahmen kann der Anschlag wiederholt werden.«

»Zweitens: Die Polizei muss jeden Moment eintreffen. Geben Sie auf, Sie Pseudophilosoph.«

Er lachte. »Sie sind ein Witzbold. Allerdings kein guter. Und vor allem einer ohne Zukunft.«

»Halten Sie Ihr Faschingskostüm von vorhin vielleicht für witziger?«

»Kleine Sicherheitsvorkehrung, was glauben Sie? Falls

mir im Haus jemand begegnen sollte. Kein Mord ohne Bart, das ist mein Motto.«

»Und der Schlüssel? Hat Klemm Ihnen den gegeben?«

»Natürlich nicht, Sie Schlaumeier. Er wusste nichts davon. Hätte er sonst seine Wohnung betreten? Ich habe ihn mir schon vor Wochen nachmachen lassen, heimlich.«

»Weil Sie von vornherein planten, ihn umzulegen, stimmts?«

»Ruhe!«, schnarrte er plötzlich. Ich schwieg und horchte. Nichts.

»Stimmts?«, wiederholte ich.

»Ruhe!«

Und dann hörte ich es auch: den Verkehr der Brückenstraße in unserem Rücken, ferne Kirchenglocken, eine meckernde Autohupe ... und, sehr weit weg, aber sich langsam nähernd, ein Martinshorn.

Eine herrliche Hintergrundmelodie, fand ich.

Kant biss sich auf die Lippen. Das Heulen wurde lauter. Dabei konnte es sich kaum um den angeforderten Streifenwagen handeln. Warum sollte er sich mit Blaulicht und Martinshorn nähern? Später, viel später las ich in der Montagsausgabe der Neckar-Nachrichten, dass es in der Uferstraße einen Unfall gegeben hatte, und das verletzte Mädchen wunderte sich, als es von mir einen Blumenstrauß und ein Kilo Schokolade geschickt bekam. Und das, obwohl ihr Bein längst geheilt war.

An jenem Sonntagmorgen wusste ich nichts von dem angefahrenen Mädchen und der Mörder erst recht nicht. Unser beider Atem ging schneller.

»Raus!«, schnauzte er mich an. »Machen Sie in aller Ruhe die Tür auf, Koller, und steigen Sie aus. Keine Faxen, verstanden?«

»Das bringt doch nichts. Es ist aus, sehen Sie das nicht?«

»Von wegen. Raus!« Schweißperlen standen auf seiner Stirn.

Ich öffnete die Tür und schälte mich langsam aus dem Wagen. Bei ihm dauerte das Ganze nicht halb so lange. Kaum war er auf meiner Seite angelangt, hatte ich die Pistole im Rücken. Er warf die Fahrertür zu und dirigierte mich zum Hotel. »Da rüber!«, sagte er heiser.

Die Kußmaulstraße war menschenleer. Ich hätte kotzen mögen, aber sie war menschenleer. Gemeinsam betraten wir die Hofeinfahrt, er immer einen halben Schritt hinter mir. Ein letzter Blick aus den Augenwinkeln: Die Straße lag verlassen da. Im Innenhof des Hotels parkten drei Autos. Eine Katze streunte vorbei.

»Weiter!«

Der Hof endete an einer schütteren Hecke und einem altersschwachen Maschendrahtzaun. Dahinter begann jenes Baugelände, das Maria so viel Kummer bereitete. Irgendwo linker Hand musste der Englische Jäger liegen. Große Erdhügel waren aufgeworfen, ein Bagger stand herum, aber zu sehen war natürlich niemand. Dem Hörensagen nach ruhte auch während der Woche bisweilen die Arbeit.

Kant suchte das Gelände mit den Augen ab. Als er niemanden entdeckte, holte er aus und trat einen der Zaunpflöcke aus Holz um.

»Los, weiter!«, befahl er und gab mir einen Stoß in den Rücken.

Mit den Füßen drückte ich den Zaun zu Boden und ging voran, er hinterher. Das Gelände war auf allen Seiten von Häuserzeilen umstanden; eines der vielen Karrees in Neuenheim, die mit Hamsterkäfigen für die Kleinfamilie zugepflastert werden. Nachverdichtung hieß der Vorgang in der Stadtverwaltung. Vergoldeselung in der Bauwirtschaft.

Wir stiegen über herumliegende Bretter und Metallteile.

Der Boden war vom Regen aufgeweicht. Plastikplanen raschelten unter meinen Schuhen.

»Ist ja gut«, protestierte ich, als mich mal wieder Kants Pistole piesackte. »Wohin wollen Sie denn noch?«

Er schwieg.

So allmählich wurde meine Lage prekär. Wenn er mich hier umlegte, zwischen Sandhügeln und Kiesbergen, würde es niemand bemerken. Selbst ein Schuss würde ohne Effekt in dem Karree verhallen. Es knallte, man schaute kurz aus dem Küchenfenster, sah die gewohnten Baugruben, Erdaushube, Fahrzeuge, aber nicht den Mann, der hinter einem Bagger kauerte, nicht den Toten, der im Matsch lag. Fenster zu. Der Sonntagsbraten rief.

»Hier lang!«

Vor uns gähnte eine Grube. Ich blieb stehen. Das Fundament des zukünftigen Stadthauses war gegossen, die Kellerwandung hochgezogen. Sehnsüchtig wartete der Bau auf die Bodenplatte des Erdgeschosses. Das Regenwasser der letzten Tage stand überall, an einigen Stellen mehr als knöchelhoch. Sollte Marias Widerstand für das Stocken der Arbeit verantwortlich sein?

Im selben Moment hörte ich ein Geräusch, das mich nach hinten sehen ließ. Dabei drehte ich unwillkürlich den Kopf zur Seite, und das war mein Glück. Wie ein Geschoss krachte die Faust des Mörders gegen meinen Schädel, erwischte mich aber nicht mit voller Wucht. Trotzdem war der Schmerz heftig. Ich geriet ins Straucheln und fiel.

In meinem Rücken gähnte die Baugrube.

Von dem Schlag war ich so benommen, dass ich nicht einmal schrie. Zumindest kann ich mich an keinen Schrei erinnern. Ich erinnere mich lediglich an das Dröhnen in meiner Schläfe, an die Hilflosigkeit während des Falls und den Aufprall auf dem Kellerboden. Wasser spritzte.

Wie ein Zementsack lag ich da. Bewegungsunfähig vor Schmerz. Der Rücken, der Kopf, die Hüfte, alles tat weh. Meine Kleider sogen sich voll Wasser. Ich glaubte vergessen zu haben, wie man atmet. Dunkelheit um mich herum.

Wo blieb der Gnadenschuss?

Wieder spritzte Wasser. Kant musste zu mir herabgesprungen sein. Na also. Brings hinter dich, Mörder. Aber mach schnell.

Er machte es nicht schnell. Er machte es auf seine eigene, durchdachte Weise. Ich spürte einen harten Gegenstand auf der Wange, der mein Gesicht ins Wasser drückte. Einen Gegenstand, der nach Leder roch. Und es war dieser Geruch oder das kalte Wasser, was mir meine Lebensgeister zurückgab. Von Kant wollte mich ersäufen wie einen räudigen Hund, ohne sich die Hände schmutzig zu machen. Mensch, den Koller hats auf dem Heimweg vom Englischen Jäger in eine Baugrube gebrezelt, würde es heißen. Und dort ist er ersoffen, sternhagelvoll, wie er war. Ersoffen mit null Promille im Blut, ja. Aber was zählte eine Autopsie gegen eine schöne Legende?

Ich bekam keine Luft mehr. Ich hatte seinen dreckigen Schuh in der Fresse. Ich war keinen Pfifferling wert.

Aber ich hatte einen Verbündeten: den Überraschungseffekt. Mit all meiner verbliebenen Kraft griff ich nach Kants Bein und riss es herum. Klassisch ausgehebelt nannte man das. Klatsch, lag er neben mir im Wasser. Die Pistole sonst wo, vielleicht unbrauchbar. Er kam auf die Knie, die Miene verzerrt, aber da stand ich schon über ihm und versetzte ihm einen rechten Haken, der seine Zahnreihen neu sortierte. Kants Gesichtsausdruck nach diesem Schlag werde ich nie vergessen. In seinen Pupillen der Blick des Verlierers.

Ein Sieger war ich trotzdem nicht. Ich hatte mir zu viel zugemutet. Mir wurde schwarz vor Augen, die Beine sackten weg. Mit der Schulter lehnte ich mich gegen die Wand, um nicht wieder im Wasser zu landen.

Kant wollte meine Lage ausnutzen und rappelte sich auf. Ein Tritt mit meinem linken Fuß fuhr so knapp an seinem Kinn vorbei, dass er gleich wieder hinfiel. Unser Kampf wurde zum Wrestling-Spektakel. Ich sah ihn an seiner Manteltasche herumfummeln. Hatte er die Pistole doch nicht verloren?

Lieber nicht auf die Antwort warten. Ich gab Fersengeld.

Heizungskeller, Abstellraum, Waschküche, Hobbyraum – ich machte sie alle durch. Linksrum, rechtsrum, Gänge entlang, durch Türöffnungen hindurch. Wo ging es nach oben? Ein Schuss knallte. Ich war eine nasse Ariadne im Neuenheimer Labyrinth, und Minotaurus trug eine Waffe.

Endlich ein Treppenaufgang. In drei Sätzen war ich oben. Mein Kopf drohte zu zerspringen. Unten sah ich von Kants Mantel durch die Kellerräume wehen. Bloß weg von hier! Ich rannte in die nächstbeste Richtung, durch den Matsch der Baustelle, an einem Betonmischer vorbei, stolperte und raffte mich wieder auf.

Ein zweiter Schuss. In meinen Ohren vervielfältigte er sich zur Maschinengewehrsalve, doch ich rannte weiter. Schlug einen Haken. Duckte mich. Machte mich ganz klein.

Da vorne, die Grenze des Baugeländes. Wieder der Maschendraht. Mannshoch. Ich sprang.

Wie genau ich über den Zaun kam, weiß ich nicht. Ich weiß auch nicht, welcher Instinkt mich gerade zu jener Stelle der Umzäunung führte. Jedenfalls landete ich auf der anderen Seite auf allen vieren, sah Blut an meinen Händen, fühlte am rechten Arm einen ziehenden Schmerz – und hätte doch laut jubeln können.

Ich war gerettet. In Sicherheit. Im Paradies. Ich befand

mich auf der Rückseite des Englischen Jägers. Wenige Meter noch, und ich betrat den einzigen Ort dieser Welt, der Ruhe und Frieden garantierte, Schutz und Wärme und billiges Bier. Hier konnte mir nichts passieren.

Leider war Hermann von Kant anderer Meinung. Ich sah ihn hinter dem Betonmischer auftauchen, nass wie ich, mit blutverschmiertem Gesicht, aber entschlossen. Er hatte noch ein paar Kugeln, und die waren für mich bestimmt. Der Maschendraht würde ihn nicht aufhalten.

Also weiter. Ich stürzte die kleine Treppe an der Rückseite der Kneipe nach oben, riss eine Tür auf und stand in Marias Küche. Der vertraute Geruch von Frittieröl umfing mich. Ein Blick zurück; von Kant nahm gerade Anlauf für den Sprung über den Zaun. Ich stieß die Tür zur Gaststube mit der Schulter auf, rutschte aus und schlitterte der Länge nach durch den Englischen Jäger.

Maria schrie.

Ich ebenfalls.

Aber auch sonst geschah eine ganze Menge. Es war so viel, dass man zur Beschreibung der Einzelereignisse länger braucht als diese selbst. Und die Frage, wann genau der Englische Jäger morgens öffnet, ist damit auch noch nicht beantwortet. Als ich in die Kneipe stürzte, war es zehn nach zehn und der Frühschoppen in vollem Gang.

Maria schrie also, ihre Gäste sprangen von den Stühlen.

Meine Rutschpartie endete vor der Eingangstür, die im selben Moment von außen geöffnet wurde. In einem Buster-Keaton-Film wäre ich natürlich weitergeschlittert, durch die Tür und hinaus auf die Straße; weil es aber kein Film war, starrten mich die drei Neuankömmlinge entsetzt an und ich sie. Bevor ich erkennen konnte, was der Vorderste in der Hand hielt, war ich schon wieder auf den Beinen, um mich im hintersten Winkel der Kneipe zu verkriechen.

»Er hat 'ne Pistole!«, brüllte ich, warf einen Stuhl um, stieß gegen den Stammtisch, stolperte und brach am Ende auf einer Bank zusammen. Das Letzte, was ich sah, war ein mir bekanntes Gesicht.

Von nun an hörte ich nur noch: das Gezeter Marias, die Rufe ihrer Gäste, Türenknallen, Stühlerücken.

»Weg da!«, schrie jemand mit der Stimme Robert Usedoms. Richtig, es war sein Gesicht gewesen.

Wieder flog eine Tür auf, brüllte einer los. Gläser klirrten.

Wo blieb der Mörder?

Ich richtete mich ein letztes Mal auf. Im Englischen Jäger zu sterben, hatte was. Hoffentlich sah Christine das genauso.

In der Tür zur Küche erschien Hermann von Kant. Ich schloss die Augen. Es war gut so. Alles war gut.

Ich hörte einen Schuss und gleich darauf einen zweiten. Dann schwanden mir die Sinne.

19

Der Geschmack von Whisky brachte mich wieder unter die Lebenden. Jemand stützte meine Schulter, ein anderer hielt mir ein Glas an die Lippen, weitere Jemande standen um mich herum. Im ersten Moment glaubte ich, in die Hose gemacht zu haben, aber wahrscheinlich rührte das Nässegefühl am ganzen Körper von dem Bad im Kellerlabyrinth her. Nur die Flüssigkeit, die an meinem rechten Arm entlanglief, war kein Wasser.

»Wo bleibt das Verbandszeug?«, hörte ich Usedom rufen.

»Schaff dir endlich einen gescheiten Whisky an, Maria«, murmelte ich.

Die glatzköpfige Wirtin betrachtete das Glas in ihrer Hand und schüttelte den Kopf. »Wieso? Kost mich vier Euro die Flasch.«

»Und wann spendierst du die Zehn-Euro-Flasche? Erst bei einem Kopftreffer?«

»Du bist nicht getroffen«, antwortete Usedom. »Du hast einen Kratzer am Arm, und dein Schädel sieht auch nicht koscher aus.«

Richtig, wir zwei waren ja neuerdings per Du. Seit unserer letzten Begegnung an gleicher Stelle war verdammt viel passiert. Ich sah mich um. Meine Jacke hing über einem Stuhl, Hose und Schuhe starrten vor Schmutz.

»Komm, trink noch ein Schluck«, mahnte Maria. Ich nahm ihr das Glas aus der Hand und leerte es in einem Zug.

»Wenn ich tot wäre«, sagte ich und schüttelte mich,

»würde ich testamentarisch bestimmen, dass du nur noch Talisker oder Lagavulin ausschenken darfst. Aber ich bin nicht tot. Wieso eigentlich nicht?«

»Wege ihm.« Maria deutete auf Usedom.

»Quatsch«, sagte der und zeigte mit dem Daumen hinter sich. »Eher wegen dem da.«

Vor der Tür des Englischen Jägers lag einer am Boden. Hermann von Kant war es nicht. Zwei Kneipengäste kümmerten sich um den Mann.

»Kapier ich nicht«, sagte ich. Usedom half mir aufzustehen. Ich hielt mich an einem Tisch fest, bis sich mein Kreislauf stabilisiert hatte. Maria kam mit einer Handvoll geblümter Servietten, um mir das Blut wegzuwischen. Es war wirklich bloß ein Kratzer, eine Erinnerung an meinen Sprung über den Zaun. Kants Kugeln hatten mich verfehlt. Für einen eiskalten Killer war er ein verdammt schlechter Schütze. Traf möglicherweise nicht einmal im Innern eines Mini. Höchstens den Mini.

»Ist der Notarzt alarmiert?«, fragte einer von der Tür her.

»Ja«, antwortete Usedom, um grimmig hinzuzufügen: »Aber wir haben ihm gesagt, dass er sich nicht zu beeilen braucht.«

Der Mann auf dem Boden stöhnte.

Ich trat zu dem Grüppchen hin. Einer der beiden Helfer war der Obdachlose, der vorhin durch die Kußmaulstraße gestromert war. Der andere gehörte zu Marias Stammgästen. Ihr Samaritertum in allen Ehren, aber mehr als gute Ratschläge und Erinnerungen an eigene Wunden aus der Jugendzeit brachten sie nicht zustande. Der Mann, der sich zwischen ihnen krümmte, trug heute einen Anzug statt schwarzer Ballonseide. Trotzdem erkannte ich ihn. Er hatte einen Pferdeschwanz und eine große Narbe am Hals.

»Na, Mister Security?«, begrüßte ich ihn. »Interessante Art, den Boden zu wischen.«

Er sah auf, Panik im Blick. »Die spinnen hier«, keuchte er. »Alle!«

»Das stimmt. Aber niemand von uns liegt im Weg rum. Nur Sie. Gibt es einen Grund dafür?«

Keine Antwort. Der Schmerz presste ihm die Kiefer zusammen. Ich ging zu Usedom zurück.

»Kann mir jemand erklären, was passiert ist?«, sagte ich und ließ mich auf die Bank fallen.

»Ich wills versuchen«, grinste der Schriftsteller.

»Wer braucht zu trinke und was?«, rief Maria durch die Gaststube. »Heut alles auf Haus.« Sie nahm die Bestellungen in Empfang, schenkte ein, teilte aus. Die Helfer bekamen ihre Belohnung, Narben-Ede einen kalten Waschlappen. Und zwar mitten ins Gesicht.

»Mir reicht das hier«, sagte ich und griff zur Whiskyflasche. Seit der einen Scheibe Brot zum Frühstück hatte ich nichts zu mir genommen. Kein Wunder, dass mir der Alkohol sofort ins Blut schoss. Die Schmerzen an Kopf und Gliedern verabschiedeten sich, ein wolkiges Nach-mir-die-Sintflut-Gefühl zurücklassend.

»Wer war dieser Typ mit der Knarre?«, wollte Usedom wissen. »Der hinter dir her war?«

»Der Drahtzieher des Anschlags. Aber erzähl mir lieber, warum der Securitymann hier liegt. Ich habe keinen blassen Schimmer, was passiert sein könnte.«

»Gern. Prost!«

Weinschorleglas stieß gegen Whiskyflasche. In der Ferne war wieder einmal ein Martinshorn zu hören.

»Also«, begann Usedom. »Wir sitzen hier ganz friedlich an unseren Tischen, an nichts Böses denkend. Plötzlich: Auftritt Max Koller durch die Küche. Jeder Meteorit könnte sich ein

Beispiel daran nehmen. Großes Geschrei. Gleichzeitig wird die Vordertür aufgerissen, und herein stürmt der Narbenotto mitsamt Verstärkung. Drei schwere Jungs. Allgemeine Verwirrung. Du rappelst dich auf, springst über Tische und Bänke, zeigst hinter dich. Er hat eine Waffe, rufst du. Wir glotzen synchron zur Küche, und da steht so ein langer Kerl, Blut im Gesicht, eine Pistole in der Hand.«

»In der linken.«

»Kann sein. Jedenfalls steht er da, und alle wissen: Der meint es ernst.«

»Oh Gott.« Ich schloss die Augen. Erst jetzt wurde mir klar, in welche Gefahr ich die Besucher meiner Lieblingskneipe gebracht hatte. Ich hörte, wie das Martinshorn draußen lauter und lauter wurde, bis der Notarztwagen vorm Englischen Jäger hielt. Zwei Sanitäter betraten die Gaststube.

»Moin«, sagte der eine. »Ist das der Verletzte?«

»Der tut nur so!«, rief ein Stammgast. »Aber wenn Sie schon mal da sind, schauen Sie nach seiner Narbe.«

Der Securitymann winselte, als er auf den Rücken gedreht wurde. Ich weiß nicht, ob Verletzte immer so zackig behandelt werden oder ob die beiden Sanitäter ihren Patienten nicht mochten. Mit ihm tauschen wollte ich jedenfalls nicht. »Wie ging es weiter?«, fragte ich Usedom. »Mein Verfolger kam durch die Küche, sagtest du.«

»Genau. Er steht da, die Knarre in der Hand, und ihm gegenüber, im Eingang, unser Freund vom Bau. Der sieht die Pistole und kennt nur eine Reaktion: Er zieht seine eigene.«

»Nein!«

»Na klar. Das heißt, er will sie ziehen, da hat der andere schon gefeuert.«

»Und hat ihn getroffen.«

»Er wird es überleben.«

»Streifschuss«, sekundierte der eine der beiden Sanis.

»Kein Grund zur Besorgnis.« Hinter ihm ging erneut die Tür. Es waren zwei Streifenbeamte, Augen wie Mühlräder. Sie kratzten sich im Nacken, rückten ihre Mützen zurecht, griffen zum Handy.

»Noch einen Dornfelder, Maria!«, rief der Penner vergnügt.

»Und für die zwei von der Staatssicherheit einen Korn.«

»Da war ein zweiter Schuss«, sagte ich. »Wer hat den abgefeuert?«

Usedom kniff die Augen zusammen und ließ den Rest Weinschorle in seinem Glas kreisen. »Ich«, antwortete er.

»Du? Womit?«

»Ich hätte nie gedacht, dass das gute Stück einmal Verwendung finden würde.« Er zog einen kleinen Revolver aus der Innentasche seines Sakkos und legte ihn vor sich. »Das ist er. Gekauft 1978. Unbenutzt bis auf den heutigen Tag. Von Trainingsschüssen abgesehen.«

»Seit wann schleppst du einen Revolver mit dir rum? Und warum?«

»Gute Frage«, sagte er nachdenklich. »Ein Relikt meiner Vergangenheit. Ich habe es einfach nicht übers Herz gebracht, ihn wegzuwerfen. Und nach dem Auftritt des Securitytypen letzten Donnerstag dachte ich mir, nimm ihn lieber mit, wenn du den Englischen Jäger besuchst.«

»Nicht übers Herz gebracht«, äffte ich ihn nach. »Du bist vielleicht witzig! So ein Gerät muss gepflegt sein, gewartet und ausprobiert, sonst versagt es dir im entscheidenden Moment seine Dienste.«

»Wenn du das sagst«, grinste er.

»Und ob ich das sage«, knurrte ich. »Da predigt der Kerl Gewaltlosigkeit, und dann das! Die Überzeugungskraft des geschriebenen Wortes – dass ich nicht lache! Idiot.«

Sein Grinsen wurde schwächer. »So ähnlich hat es Beatrice auch einmal formuliert. Du kannst mir glauben, ich war selbst am erstauntesten über meine Reaktionsschnelligkeit. Kaum hatte der Typ geschossen, schoss ich ebenfalls.«

»Und? Getroffen?«

»Am Griff der Küchentür ist Blut. Der Kerl wird über die Baustelle geflüchtet sein. Hätte ich ihn verfolgen sollen?«

»Bloß nicht. Ich sehe schon die Schlagzeilen vor mir: ›Exterrorist schießt Mann über den Haufen.‹ Erspar dir das. Außerdem ist der Kerl gefährlich. Trotz seines Namens.«

»Wie heißt er denn?«

»Er nennt sich Hermann von Kant. Habe ich mich eigentlich schon bedankt? Dann tu ichs jetzt. Danke, Robert.«

Wieder klirrten Flasche und Glas gegeneinander.

»War mir ein Vergnügen«, sagte er und wies zur Tür. »Als Gegenleistung könntest du ein gutes Wort für mich einlegen. Kein Waffenschein, verstehst du?«

Der Raum füllte sich. Zu den Gästen, der Wirtin, dem Verletzten, den Sanitätern und den beiden Streifenbeamten trat Kommissar Fischer, seine zwei Wadenbeißer im Schlepptau. Als er mich sah, verfinsterte sich seine Miene. Einen Zigarillo zwischen den Lippen, näherte er sich. Widerwillig, wie es schien. Kommissar Greiner trat dem Narbenmann versehentlich auf die Finger und bekam einen Anschiss von den Sanis.

»Nur angenommen«, raunzte mich Fischer an, »ich wollte vollständige und detailgenaue Aufklärung über die hiesigen Vorgänge, dann wende ich mich an Sie, richtig? Sie sind wie immer der Einzige, der hier den Überblick hat.«

»Diesmal nicht. Den Showdown habe ich mir eben selbst erzählen lassen.«

»Ach nein? Dann haben wir beide den Höhepunkt verpasst? Wie bedauerlich.«

»Wollen Sie ein Bier? Oder einer Ihrer Kollegen?«

»Nein. Schießen Sie los und fassen Sie sich kurz.«

»Schießen ist ein gutes Stichwort. Sie erinnern sich an letzten Donnerstag? Als ich Ihnen von den Einschüchterungsmaßnahmen gegen den Englischen Jäger erzählte? Heute kam der Mann zurück.«

Fischer sah entsetzt auf Narben-Ede. »Und deshalb ballern Sie ihn nieder? Sind Sie wahnsinnig geworden?«

»Für so etwas habe ich meine Leute«, winkte ich ab. »In diesem Fall den Mörder von Klemm und Specht. Er war mir in die Kneipe gefolgt, und als er auf unseren bewaffneten Sicherheitsmann traf, kam es zum Schusswechsel.«

»Wie bitte?«

»Ja, es ist wahr. Mein Verfolger wurde ebenfalls getroffen und flüchtete hinten raus. Er nennt sich Hermann von Kant, seine Beschreibung haben Sie ja. Vorhin trug er zur Abwechslung keinen Bart. Vielleicht hofft er immer noch, den ICE nach München zu erreichen.«

Fischer starrte mich an. »Ich verstehe kein Wort. Klemms Mörder ist wo?«

»Möglicherweise auf dem Weg zum Bahnhof. Er versucht abzuhauen. Und er ist verletzt.«

»Du meine Güte.« Fischer schüttelte sich. »Greiner, Sorgwitz, Sie kümmern sich um diesen von Kant. Fahren Sie zum Bahnhof, aber seien Sie vorsichtig. Hat er seine Waffe noch?«

Ich nickte. Die beiden Jungkommissare sahen sich an, als seien sie zum Spüldienst abkommandiert. Sorgwitz setzte zu Widerspruch an. »Denken Sie daran«, kam ich ihm zuvor, »er hat einen falschen Bart. Und nichts mehr zu verlieren. Sein Zug geht um 10.45 Uhr nach München.«

Nun glotzten sie in meine Richtung. Das half ihnen aber auch nichts. Fischer verscheuchte sie, wie man junge

Hunde zum Spielen schickt, dann ließ er sich Feuer für seinen Zigarillo geben.

»Wenn ein einziges Wort Ihres Berichts nicht stimmt, Koller, bringe ich Sie hinter Gitter. Ich kann keine Großfahndung einleiten, nur um ...«

»Herr Fischer«, unterbrach ich ihn. »Die Lust auf Spielchen ist mir vergangen, das können Sie mir glauben. Dieser von Kant ist ein Killer. Er steckt hinter dem Anschlag vom Uniplatz.«

»Der Kopf der Arischen Front?«

»Nein, ein Profi. Er hat die Neonazis engagiert, um den Anschlag wie ein politisches Attentat aussehen zu lassen. In Wahrheit ging es um etwas ganz anderes.«

Fischer fiel fast der Zigarillo aus dem Mund.

»Ich weiß, Sie glauben mir nicht, aber es ist so. Kant hat es mir selbst erzählt. Klemm wurde von ihm per Handy zur Bühne dirigiert, schoss aber zu früh. Der Anschlag ist gescheitert. Wem er eigentlich galt, weiß ich leider nicht. Mit Politik hat die Sache jedenfalls nichts zu tun.«

»Und das wollen Sie alles von diesem Kant erfahren haben?«, rief der Kommissar schwer atmend.

»Ja, das war seine Art, mir den Abgang zu versüßen. Auf dem Baugelände hinter der Kneipe wollte er mich so umlegen, dass es wie ein Unfall aussah, aber ich konnte fliehen. Bis hierher. Und wenn der Typ mit dem Pferdeschwanz nicht seine Waffe gezogen hätte, könnte ich Ihnen all das nicht erzählen.«

Es machte Plumps, als sich Fischer in einen Stuhl fallen ließ. »Ist sie das?«, ächzte er und zeigte auf Usedoms Revolver. »Ich meine, die Waffe des Verletzten?«

»Nein, die gehört ... keine Ahnung, vielleicht einem seiner Kumpels, die mit ihm hier waren.«

»Noch mehr von der Sorte?«

»Ja, aber die haben sich längst verzogen. Oh, da ist ein

Whiskyfleck auf dem Griff.« Ich nahm den Revolver und wischte ihn sorgfältig an der Tischdecke ab. Fischer lief rot an. Usedom auch. »So, jetzt ist er wieder sauber. Egal, wer von Kant angeschossen und vertrieben hat – ich bin ihm jedenfalls dankbar.«

Der Kommissar schloss die Augen und atmete tief durch. Endlich hörte auch das Gestöhne im Englischen Jäger auf. Narben-Ede verließ die Stätte seiner größten Niederlage auf einer Trage. Dem einen Sani steckte Maria ein Fläschchen für unterwegs in die Tasche.

Fischer öffnete die Augen. »Es kann nicht sein, dass Sie akut vom Rinderwahnsinn befallen sind, Herr Koller?«

»Ich war noch nie so klar wie heute. Dieser von Kant ist der Schlüssel zu dem gesamten Fall. Ihn müssen wir kriegen, um an die Hintermänner heranzukommen. Setzen Sie den gesamten Verfassungsschutz in Bewegung.«

»Das war schon immer mein Traum«, murmelte er. »Und was mache ich, wenn sie mich nächste Woche in Frührente schicken? Meine Frau wird mir die Augen auskratzen.«

»Die Sie übrigens ganz lieb von mir grüßen möchten, Herr Kommissar. Bitte vor dem Kratzen.«

Nach Fischers Gesichtsausdruck zu schließen, hätte er mir am liebsten die Whiskyflasche über den Schädel gezogen. Aber der hatte ja schon genug Schrammen. Er stand auf, rief einen der Schutzpolizisten zu sich und erteilte ihm halblaute Anweisungen.

»Du bist mir echt einer«, sagte ich zu Usedom. »Sitzt mit 'ner Knarre im Englischen Jäger rum. Einmal Terrorist, immer Terrorist, was?«

»Jetzt wirst du undankbar.«

»Das macht der Whisky. Sag mal, gibt es schon Reaktionen auf den Schluss deiner Erzählung gestern in den Neckar-Nachrichten?«

»Nicht eine einzige. Ich habe vorhin extra in der Redaktion angerufen. Nichts. Sieht so aus, als könnte man den Leuten in diesen Zeiten alles vorsetzen.«

»Klar, ist ja nur Literatur.«

Er zuckte die Achseln.

Kommissar Fischer kam zurück. »Mir gefällt das nicht«, brummte er. »Greiner und Sorgwitz mit so einer vagen Beschreibung zum Bahnhof zu schicken, gefällt mir einfach nicht. Zu gefährlich.«

»Für wen?«, fragte ich.

»Dieser von Kant ist verletzt, sagten Sie. Wo genau und wie schwer?«

»An der Schulter«, antwortete der Schriftsteller. »Dort habe ich ... dort wurde er wohl getroffen. Wie schwer, kann ich nicht sagen.«

»Darf ich fragen, wer Sie sind?«

»Robert Usedom«, stellte ich vor. »Autor, Gesprächspartner und Weißweinexperte. Außerdem ein Kenner der jüngeren Heidelberger Geschichte.«

»Ich war mit einem der Opfer befreundet«, ergänzte Usedom. »Beatrice Petazzi.«

Fischer nickte. »Könnten Sie mich zum Bahnhof begleiten, Herr Koller? Mit dem Schlamassel hier werden die Kollegen schon fertig, und Sie sind der Einzige, der den Mörder identifizieren kann. Wir müssen nur noch auf einen Wagen warten.« Er sah auf die Uhr.

»Wir können meinen nehmen«, sagte Usedom. »Er steht vor der Tür, und ich habe von Kant auch gesehen.«

»Gut, danke.«

Wir brachen auf. Einmal in der Senkrechten, begann ich zu schwanken wie ein Matrose und musste mich an der Whiskyflasche festhalten. Eine innige Umarmung mit Maria, Dank für die geblümten Servietten, die den Blutfluss gestillt hatten, dann waren wir draußen. Usedoms Ford war mindestens dreimal so alt wie Gertrud, sprang aber sofort an. Bis zur Abfahrt des Zuges blieben noch etwa zehn Minuten.

Zwischen den Telefonaten, die der Kommissar unterwegs führte, fütterte ich ihn mit weiteren Details. Über Klemm, wie ich zu dessen Wohnung gekommen war, was mir Schwambo Schwarz erzählt und wie mich von Kant überrascht hatte.

»Warum ist Klemm erst jetzt zurückgekommen?«, fragte Fischer.

»Aus Angst. Er wusste, dass er Mist gebaut hatte. Vielleicht war noch Geld in der Wohnung oder ein gefälschter Pass. Bei seinen Freunden konnte er sich nicht verstecken, die waren ja selbst auf der Flucht. Irgendwann musste er zurück.« Ich entkorkte Marias Whiskyflasche, die sich wundersamerweise immer noch in meinen Händen befand, und nahm einen Schluck.

»Wenn Sie so weitermachen, reden wir in der Ausnüchterungszelle weiter«, knurrte Fischer.

»Eine Wurststulle wäre mir auch lieber. Haben Sie eine? Na also!«

»Am Bahnhof spendiere ich Ihnen eine Laugenbrezel.«

Usedom brauchte keine zehn Minuten bis zum Hauptbahnhof. Er brachte den Ford auf einem Taxiplatz zum Stehen, wir stürmten hinaus. Ich hatte Mühe, den Anschluss zu halten.

»Ehrlich gesagt«, rief ich Fischer hinterher, »bezweifle ich, dass der Kerl mit dem Zug abhaut.«

»Und falls doch«, lautete die Antwort, »sollten wir vorsichtig sein. Halten Sie sich hinter mir.«

»Kein Problem!«, keuchte ich.

Im Bahnhofsgebäude herrschte mäßiger Betrieb. Wir blieben neben einem Zeitungsstand stehen und sahen uns um. Über uns leuchtete die große Abfahrtstafel.

»Gleis 7«, brummte Fischer. »Dann mal los.« Im selben Moment meldete sich sein Handy. Wir warteten.

»Du hättest ihm meinen Revolver nicht geben sollen«, flüsterte Usedom. »Ohne fühle ich mich so nackt.«

Ich schwieg. Gedankenverloren drückte ich ein Eselsohr aus der aktuellen Ausgabe des Manager Magazins.

»Was?«, brüllte Fischer. Und dann, das Handy einsteckend: »Sie haben ihn. Kommen Sie, Greiner und Sorgwitz haben den Kerl.« Er stürmte voraus, Richtung Gleise. Nie wieder würde ich diesem Mann das Gejammer über seinen Gesundheitszustand abnehmen. Ich schnappte mir die Zeitschrift und folgte ihm.

»Wie wärs mit zahlen?«, rief Usedom neben mir.

»Später.«

Gleis 7. Der ICE nach München wartete abfahrbereit. Gegenüber war ein weiterer nach Dortmund angekündigt. Auf dem Bahnsteig heillose Aufregung. Die Türen des Zugs standen sperrangelweit offen, Reisende hingen darin, klebten hinter den Scheiben, glotzten sich die Augen aus dem Kopf. Das Objekt ihrer Neugier: Kommissar Sorgwitz. Fischers Kampfhund kniete vor dem Treppenaufgang, das Gesicht rot vor Anstrengung, konzentriert bis in die Igelhaarspitzen. Unter ihm lag einer platt auf dem Bauch, Sorgwitzens Dienstwaffe im Genick.

Wir stoppten, unfreiwillig. Auf der Treppe hatte sich ein Stau gebildet, den niemand aufzulösen vermochte, auch Kollege Greiner nicht. Der Rottweiler ruderte mit den Armen, dirigierte, drohte, flehte, schüchterte ein – vergebens. Der raunende Menschenklumpen wurde einmal durchgewalkt, um den Durchgang am Ende genauso zu verstopfen wie vorher.

»Greiner?«, brüllte Kommissar Fischer von oben. »Alles in Ordnung?«

»Alles in Ordnung, Chef! Wir haben ihn!«

»Sind Sie sicher, dass es der richtige Mann ist?«

»Was?«

»Ob Sie sicher sind, dass Sie den Richtigen erwischt haben!«

Greiner nickte und hob den Daumen. Hinter ihm schaute Kommissar Sorgwitz kurz auf und rief: »Hier, Chef! Das hat ihn verraten.« Mit der Linken riss er seinem Opfer die Perücke vom Kopf und schwang sie wie einen Skalp.

Fischer warf mir einen alarmierten Blick zu. Langsam schüttelte ich den Kopf. Er schloss die Augen.

»Was ist?«, rief der Rottweiler.

»Er hatte einen falschen Bart«, antwortete ich. »Kein Toupet.«

Selbst auf die Entfernung sah ich, wie Greiners Kinnlade einen Zentimeter nach unten glitt. Der Kampfhund hielt noch immer die Perücke in die Höhe. Erst als ihm sein Kollege etwas zuflüsterte, ließ er sie fallen. Mit der frei gewordenen Hand begann er, am Bart des Mannes zu zupfen. An der Backe, am Hals, am Kinn, überall. Der Mann jaulte jämmerlich.

»Lassen Sie uns durch«, sagte Kommissar Fischer heiser und drängte sich durch die Gaffer. Die machten nun bereitwillig Platz, vor allem die Bartträger. In kürzester Zeit hatten wir den Bahnsteig erreicht.

»Das ist jetzt komisch«, stotterte Kommissar Greiner. »Weil … Als der Kerl uns sah, machte er sofort die Fliege.«

»Er wird was geahnt haben«, sagte ich.

Der Kampfhund malträtierte den Mann zwar nicht mehr, hielt ihn aber nach wie vor mit seiner Waffe in Schach. Wenn seine Halsschlagader jetzt nicht platzte, würde sie es nie tun. Seine Gesichtsfarbe spielte ins Violette. Der Glatzkopf wimmerte.

»Ist das von Kant?«, fragte Fischer, nur der Form halber.

Usedom und ich verneinten synchron. Der Mann, den Sorgwitz erlegt hatte, war groß, aber nicht schlank. Eher ein wenig feist. Er trug einen hellen Mantel und ein Toupet, sein Bart war echt. Von Kant dagegen hatte noch den Großteil seiner Haare gehabt. Und gewimmert hätte er auch nicht.

»Stehen Sie auf, Sorgwitz!«, sagte Fischer und grapschte nach seinen Zigarillos.

Der Kampfhund rührte sich nicht. Er sah auf sein Opfer nieder, auf dessen schweißglänzenden Hinterkopf, auf die Pistole in seiner Hand. Erst nach quälend langen Sekunden nahm er die Waffe beiseite und steckte sie ein. Steifbeinig erhob er sich. In seinem Gesicht zuckte es.

»Feuer!«, brummte Fischer. Das Wort war kaum ausgesprochen, als ihm der Rottweiler schon sein Feuerzeug unter den Zigarillo hielt. Der ganze Bahnsteig sah dem Kommissar zu, wie er mit geschlossenen Augen inhalierte, den Stumpen aus dem Mund nahm und ausatmete. Eine würzige Wolke umhüllte das orangefarbene Rauchverbotsschild. »Sie«, sagte Fischer zu Greiner, »sorgen dafür, dass diese Leute verschwinden. Sie, Sorgwitz, helfen dem Mann auf und entschuldigen sich bei ihm. Und Sie«, er senkte die Stimme, während er sich Usedom und mir zuwandte, »erklären mir bitte, wie ich die Jahre bis zu meiner Pensionierung überstehen soll.«

»Mit Humor«, antwortete der Schriftsteller.

»Sie gehen einfach nicht in Pension«, sagte ich.

Fischer schüttelte den Kopf und tastete seinen Bauch ab. Schweigend sah er seinen Untergebenen zu, wie sie ihren Pflichten nachkamen. Während der Zug nach München den Bahnhof verließ, schaffte es Greiner tatsächlich mit sanfter Gewalt, einen Großteil der Neugierigen zu verjagen. Sorgwitz, dem der Schweiß in Strömen vom Gesicht rann, streckte seinem Opfer die Hand hin, um ihm aufzuhelfen, was eine erneute Wimmerorgie zur Folge hatte. Auch seine knirschend hervorgebrachte Entschuldigung führte nicht zum erwünschten Ergebnis. Erst als Fischer den Kampfhund zur Seite winkte, hob der Mann den Kopf. Ängstlich zwinkernd schaute er sich um.

»Deutschland, Bullenstaat!«, skandierte einer der Gaffer und flüchtete rasch treppaufwärts.

»Tut mir leid«, sagte Fischer. »Ein bedauerliches Missverständnis.«

Der Mann schluckte und setzte sich zitternd auf. Er sah seine Perücke neben sich liegen, griff nach ihr und stülpte sie sich über. Dem gesuchten von Kant ähnelte er überhaupt nicht. Er war ein massiger Typ mit einem breiten, umständehalber aschfahlen Gesicht.

»Meine Brille«, jammerte er. »Hat jemand meine Brille gesehen?«

Robert Usedom hob sie vom Boden auf. Beide Gläser waren gesplittert.

»Den Schaden übernehmen selbstverständlich wir«, sagte Fischer. »Ich möchte Sie bitten mitzukommen. Wir brauchen Ihren Namen und Ihre Adresse.«

Der Mann setzte die kaputte Brille auf. »Warum? Was habe ich getan?«

»Nichts. Sie sahen bloß einem gesuchten Schwerverbrecher ähnlich.« Er schaute den Bahnsteig entlang. »Zum Verwechseln ähnlich.«

»Wo ist mein Koffer? Und meine Blumen?«

Sein Gepäck fand sich einige Meter entfernt, unversehrt. Bloß der Strauß roter Rosen machte nicht mehr viel her, zerzaust und zerfleddert, wie er war.

»Die müssen Sie mir auch ersetzen. Die waren für« – er verschluckte sich fast – »für eine Bekannte.«

»Sorgwitz«, sagte Fischer, »sehen Sie zu, dass Sie einen offenen Blumenladen finden, und kaufen Sie dem Mann zehn rote Rosen. Nein, fünfzehn. Und sollten Sie mit einer Quittung ankommen, schicke ich Sie zum Polizeipräsidenten.«

Wortlos drehte sich der Kampfhund auf dem Absatz um. Nicht einmal Greiners kollegialer Schulterklaps konnte ihn mit der Welt versöhnen.

»Warum wollte mir dieser Mensch den Bart ausreißen?«, klagte sein Opfer, immer noch kalkweiß. »Was habe ich nur verbrochen?«

Bevor der Kommissar antworten konnte, kam eine Frau die Treppe heruntergestöckelt. Stretchhosen, bauchfreies rosa Top unter der Lederjacke, blonde Strähnen in der Wildkatzenmähne. »Aber Pupserchen!«, rief sie. »Wie siehst du denn aus? Bitte entschuldige die Verspätung. Hat dich deine Frau so zugerichtet?«

»Nein, die Männer da«, sagte der vermeintliche von Kant und drückte ihr einen verschämten Kuss auf das Wangenrouge. »Ich erklärs dir später.«

»Du armes, armes Pupserchen«, trällerte sie und rückte sein Toupet zurecht. »Ob wir das noch mal hinkriegen, wir zwei?«

Kommissar Fischer räusperte sich. »Das schaffen Sie bestimmt. Herr Greiner, würden Sie die Herrschaften nach oben begleiten? Lassen Sie sich Namen und Adressen geben. Und alles bitte recht freundlich.« Greiner nickte, nahm Pupserchens Koffer und geleitete das Pärchen zur Treppe.

Als sie verschwunden waren, atmete Fischer tief durch. Usedom unterdrückte ein Grinsen, ich blätterte nachdenklich im Manager Magazin.

»Wenn von Kant tatsächlich hier war«, sagte Fischer, »wird er längst einen anderen Fluchtweg eingeschlagen haben. Aber das soll nicht meine Aufgabe sein. Sondern die der Verfassungsorgane. Ich bin bloß ein kleiner Polizist, der sich am Sonntag an seinen Schreibtisch setzen darf, um den dämlichsten Einsatzbericht zu schreiben, der ihm jemals untergekommen ist.«

»Den triumphalsten Bericht, meinen Sie wohl«, erwiderte ich. »Überlegen Sie mal: Der Fall ist geklärt, der Drahtzieher ermittelt. Mit seiner Verletzung hat von Kant keine Möglichkeit zu entkommen.«

»Sie sind ein unverbesserlicher Optimist. Uns fehlen jegliche Beweise für das Anschlagsszenario, das er Ihnen aufgetischt hat. Er wird alles leugnen.«

»Das stimmt.«

Aufstöhnend hielt er sich die Seite. »Warum sagen Sie, dass es stimmt? Warum sagen Sie nicht, das wird schon, Herr Kommissar? Verstehen Sie nicht, dass ich ein wenig Beistand in diesen Tagen brauche? Sie sagen, es stimmt, und sofort meldet sich meine Milz.«

»Ihre Milz? Hier?« Ich tippte mittig auf seinen Bauch.

»Natürlich die Milz. Die Schmerzen strahlen ab. Wenn wir wenigstens wüssten, auf wen es von Kant abgesehen hatte. Dann wären wir einen entscheidenden Schritt weiter. So taugt die ganze Geschichte höchstens für einen Roman. Oder was meinen Sie, Herr Autor?«

Usedom zuckte mit den Achseln. »Realität sollte meiner Meinung nach Realität bleiben und Fiktion Fiktion.«

»Apropos«, sagte ich. »Es gibt da noch einige Unterlagen, die Beatrice über ihren Vater gesammelt hat. Ich habe sie dir kopiert. Zu einem Roman taugen sie auch nicht, aber als Erinnerung.«

»Ich bin gespannt.«

»Gut«, sagte Fischer und warf seinen Zigarillostummel auf die Bahngleise. »Beziehungsweise schlecht. Wir sollten jetzt aufbrechen und Pupserchen erlösen. Beim Kollegen Greiner weiß man nie. Der steht auf diese Leopardenweiber.« Er drehte sich um und schritt zur Treppe.

»Herr Fischer!«, rief ich. »Würde es Ihre Laune und Ihren Gesundheitszustand bessern, wenn Sie den Namen des eigentlichen Anschlagsziels wüssten?«

»Keine Sorge«, gab er über die Schulter zurück. »Ich werde einen Aufruf in die Neckar-Nachrichten setzen: Wer sich für das wahre Opfer hält, bitte melden.«

»Es gibt einen besseren Weg.«

Er war schon auf halber Höhe. »Und der wäre?«

»Fragen Sie Max Koller.«

Der Kommissar blieb stehen. Eine Hand am Geländer, blickte er nach oben, kratzte sich am Kinn, blickte zu uns herunter. Dann drehte er sich um und kam die Treppe herab.

»Gut«, brummte er. »Ich frage Sie: Wer wars?«

Usedom sah mich gespannt an.

»Der da«, sagte ich und hielt beiden die Zeitschrift unter die Nase. Auf dem Titel posierte ein gut aussehender junger Mann in Sakko und Jeans, eine Weltkugel lässig in der Hand.

»Der da«, nickte Fischer. »Natürlich, wer sonst. Wenn Sie sich den Kicker geschnappt hätten, wäre Michael Ballack das Opfer. Jetzt ist es also ein gewisser Adrian Manteuffel.«

»Krieg der Manager«, las Usedom. »Bei solchen Aufmachern könnte ich kotzen.«

»Vielleicht stimmt er in diesem Fall«, meinte ich. »Sagt dir der Name Manteuffel nichts?«

»Doch. Über den stand gestern etwas in der Zeitung. Ein Aktienspekulant, der Großunternehmen frontal angreift.«

»Angreift ist das richtige Wort. Passend zur Überschrift. Im Zuge der Finanzkrise hat er sich eine ganze Reihe von

Firmen unter den Nagel gerissen, hält die Aktienmehrheit bei Skoda, kontrolliert die Deutsche Börse AG über seine Hedgefonds. Und jetzt plant er aktuell die Übernahme einer der größten deutschen Banken. Ein Spekulationsgenie, sagen die einen. Ein brutaler Finanzhai, die anderen.«

»Und?«, mischte sich der Kommissar ungeduldig ein. »Was hat der mit unserem Fall zu tun?«

»Er besitzt ein Penthouse in der Weststadt. Und er war vor einer Woche auf dem Uniplatz.«

Beide starrten mich verblüfft an. »Woher weißt du das?«, fragte Usedom.

»Ich weiß es nicht. Es ist aber sehr wahrscheinlich.« Ich blätterte in dem Heft herum. »Herr Fischer, erwähnten Sie nicht zuletzt eine Zeugin namens Forsberg? Eine Schwedin, Sängerin dieser Odenwaldband.«

Er nickte.

»Auch in Marc Covets Artikel fiel ihr Name. Hier sind die beiden.« Ich zeigte auf ein Foto, das Manteuffel und die Frontfrau der Fidelen Odenthäler an Bord einer Motorjacht zeigte.

»Sie meinen, er hat das Konzert seiner Freundin besucht?«

»Ich würde darauf wetten. Laut Manager Magazin lässt sich unser Jungspund zwischen zwei Börsencrashs gerne in der Disco blicken. Wahrscheinlich wollte er seiner Liebsten eben einen Strauß Rosen auf die Bühne werfen, als die Ballerei losging.« Ich wies auf Pupserchens Blumen, die geknickt auf dem Bahnsteig lagen.

»Das müsste von Kant gewusst haben.«

»Halten Sie das für ausgeschlossen? Ich nicht.«

»Aber warum kommt der Junge dann nicht zu uns? Er muss doch gemerkt haben, dass der Anschlag ihm galt.«

»Muss er? Da bin ich anderer Meinung. Stellen Sie sich

vor, Sie stehen irgendwo im Publikum, als plötzlich ein Irrer auf die Bühne stürmt und blindlings um sich schießt. Kämen Sie da auf den Gedanken, der Anschlag sei missglückt und Sie das eigentliche Opfer?«

»Wenn ich ein millionenschwerer junger Hüpfer wäre, ja.«

»Das bezweifle ich. Vergessen Sie nicht, was es für eine Anmaßung bedeutet, der Öffentlichkeit mitzuteilen: Fort mit den vier Toten, in Wirklichkeit ging es um mich. Nur um mich! So egozentrisch muss man erst einmal sein.«

»Für einen wie Petazzi kein Problem«, warf Usedom ein.

»Genau. Und das ist der Unterschied. Petazzi leidet längst unter Verfolgungswahn. Der wird jedes zweite Attentat weltweit auf sich beziehen. Manteuffel hat sich bestimmt auch seine Gedanken gemacht. Aber plötzlich spricht jeder von den Neonazis, es gibt ein Bekennerschreiben, die Polizei konzentriert sich auf diese eine Spur – da erledigt sich die Vorstellung, man selbst könnte das Anschlagsziel gewesen sein, ganz schnell.«

»Möglich«, brummte Fischer. »Diesem Manteuffel werde ich mal auf den Zahn fühlen.«

»Aber wer waren die Auftraggeber des Anschlags?«, fragte Usedom.

»Keine Ahnung. Wenn es diesen Krieg der Manager oder der Unternehmen wirklich gibt, hat Manteuffel jede Menge Feinde. Den Firmenpatriarchen, dessen Lebenswerk zerschlagen wurde. Den Aufsichtsrat, der sich um Einfluss und Geld gebracht sieht. Die Regierung, deren Land Manteuffel in den Ruin ritt.«

»Und dafür riskiert man vier oder mehr Opfer?«

»Je mehr Opfer es gibt, desto besser können sich die Auftraggeber hinter ihnen verbergen.«

»Das ist nicht mehr meine Welt«, grummelte Fischer. »Das nicht.«

Ich reichte ihm das Heft. »Hier drin finden Sie bestimmt jede Menge von Kandidaten. Lesen Sie gründlich. Und bezahlen Sie bitte für mich oben am Zeitungsstand.«

»Kommen Sie nicht mit?«

»Gleich. Geben Sie mir fünf Minuten, damit ich durchschnaufen kann.«

»Ich sollte meinen Wagen wegfahren«, sagte Usedom. »Die Taxifahrer werden mich steinigen.«

Beide verabschiedeten sich.

Ich stand eine Zeit lang auf dem Bahnsteig herum, müde, angeekelt, leer. Auf der Zunge einen unangenehmen Whiskygeschmack. Zu meinen Füßen lagen Pupserchens Rosen. Ich hob sie auf und setzte mich auf die Treppenstufen.

Reisende gingen in beiden Richtungen an mir vorbei. Koffer wurden geschleppt, Kinder an der Hand gezerrt. Ich beachtete sie nicht. Ich dachte auch an nichts, genoss bloß die laue Luft und die unregelmäßigen schwachen Windstöße. Die Geräusche waren interessant: das Klappern des Schuhwerks, das Gebrumm der Lautsprecher, das Ächzen ein- und abfahrender Züge. Ich schloss die Augen und lauschte.

Eine Durchsage. Der verspätete ICE aus Basel zur Weiterfahrt nach Dortmund. Bewegung auf Gleis 8. Wann war ich das letzte Mal weggefahren? Über Mannheim oder Frankfurt hinaus? Musste Jahre her sein. Einfahrt des Zuges. Ich sollte zusteigen und abhauen, auf diese irischen Inseln, von denen Leander immer schwärmte. Einen ICE kapern. Den Zugführer mit meinem Whiskyatem außer Gefecht setzen. Zur Weiterfahrt nach Dublin bitte einsteigen!

Türen öffneten sich. Ich stellte mir vor, wie Leute ausstiegen, den Bahnsteig wechselten, in ein neues Leben fuhren. Alle Züge standen still, unter ihnen bewegte sich die Erdkugel. Wo einer den Bahnhof verließ, blieb Leere zurück. Immer noch hielt ich die Augen geschlossen.

»Max! Das ist ja eine Überraschung!«

Ich riss die Augen auf. Christine!

»Woher wusstest du, wann ich ankomme?«, rief sie.

Ich stand auf. Etwas wacklig. Ihre Umarmung war heftig wie nie. Als sie mich losließ, glänzten ihre Augen.

»Hallo«, murmelte ich.

»Sind die für mich?« Sie zeigte auf die Rosen neben mir und fing an zu lachen. »Frisch aus dem Mülleimer oder was? Entschuldigung, war nicht so gemeint.« Sie hob sie auf, um das floristische Häuflein Elend ausgiebig zu würdigen. »Ehrlich, das sind die schönsten Rosen, die du mir jemals ... Sind ja auch die ersten, nicht wahr?«

»Sieht so aus.« Der Rest meiner Antwort fiel einem nicht enden wollenden Kuss zum Opfer. Christine sah prima aus. Rom hatte es tatsächlich geschafft, sie rundum zu bräunen.

»Wie gehts dir?«, fragte ich.

»Gut, danke. Und du? Seit wann trinkst du denn schon vor dem Mittagessen? Du stinkst nämlich ganz schön nach Schnaps.«

»Besondere Vorkommnisse verlangen ..., egal. Ich erzähle es dir später.«

»Du hast meinen Brief gekriegt«, sagte sie, plötzlich ernst.

»Geht es darum? Wir müssen nicht darüber reden. Auch später nicht.«

»Nein. Das heißt, doch. Ich erzähle dir, warum ich den Whisky brauchte.« Ein Pfiff des Schaffners ertönte. »Sag mal, Christine ...«

»Ja?«

»Hast du Lust wegzufahren? Jetzt gleich?«

»Gleich?« Sie lachte. »Ich bin gerade angekommen. Aus Rom, falls du das vergessen hast.«

»Trotzdem. Lass uns noch mal einsteigen. Für ein paar Tage bloß.«

»Wieso das denn?«

»Erklär ich dir nachher. Komm!« Ich nahm ihren Koffer und ihre Hand und zog sie zu dem abfahrbereiten ICE.

»Aber du hast doch gar keine Sachen dabei. Und wohin willst du überhaupt fahren?«

»Irland. Ich entführe den Zug. Wohin auch immer.« Wir sprangen in den Wagen und hätten fast eine Schaffnerin umgerissen.

»Jetzt sind sie endgültig hinüber«, sagte Christine und sah fatalistisch auf das Bündel gerupfter Rosen in ihrer Hand. »Max Koller, du bist verrückt.«

Die Zugtüren schlossen sich.

ENDE

Marcus Imbsweiler im ...

Marcus Imbsweiler
Verwandte auf dem Mars
Eine Familie in Geschichten

ISBN 978-3-936950-58-8
182 Seiten, Paperback, 12,90 €

14 kleine, leichtfüßige Geschichten, mit denen er den Leser in die Familienbande aufnimmt, oft mit zwinkerndem Humor, wie wir ihn auch schon aus seinen Krimis kennen. Rhein-Neckar-Zeitung

Marcus Imbsweiler
König von Wolckenstein
Teil 1 der Wolckenstein-Chronik

ISBN 978-3-936950-57-1
432 Seiten, Hardcover, 22,90 €

Ein herrlich humoristisches Buch über das typisch deutsche Kleinbürgertum. Denn eines wird ganz schnell deutlich: Wolckenstein ist überall. 20 cent

*Im Herbst 2009 erscheint
Teil 2 der Wolckenstein-Chronik!*

www.conte-verlag.de

*Weitere Krimis finden Sie auf den
folgenden Seiten und im Internet:
www.gmeiner-verlag.de*

MARCUS IMBSWEILER
Schlussakt
....

467 Seiten, Paperback.
ISBN 978-3-89977-781-9.

SCHLUSS MIT DEM THEATER
Mord im Heidelberger Stadttheater: Während einer Opernaufführung wird die Garderobiere Annette Nierzwa erwürgt. Man findet sie im Zimmer von Bernd Nagel, dem Geschäftsführer des Philharmonischen Orchesters, der ihr Geliebter war.

Daraufhin betrauen gleich zwei Personen den Privatdetektiv Max Koller mit Nachforschungen: der Journalist Marc Covet, der alles daran setzt, seinen Freund Nagel zu entlasten und die betuchte Opernliebhaberin Elke von Wonnegut, die sich um den Ruf Heidelbergs als Musikstadt sorgt.

Die Indizien sprechen gegen Nagel: Er hat kein Alibi, die Beziehung zu Annette war nicht frei von Konflikten. Aber ist dem zögerlich-glatten Geschäftsführer ein Mord zuzutrauen?

Koller lässt nicht locker. Er will diesen Fall lösen und wird ihn lösen!

MARCUS IMBSWEILER
Bergfriedhof
....

419 Seiten, Paperback.
ISBN 978-3-89977-742-0.

VON DER VERGANGENHEIT EINGEHOLT Der Heidelberger Bergfriedhof. Auf dem Grab eines Kriegsopfers liegt eine Leiche. Privatdetektiv Max Koller steht vor einem Rätsel. Sein geheimnisvoller Auftraggeber, der ihn mitten in der Nacht an diesen Ort beordert hat, will ihn plötzlich mit allen Mitteln von weiteren Nachforschungen abhalten. Und auch der Tote ist am nächsten Morgen spurlos verschwunden.

Die Neugier des Ermittlers ist geweckt. Kollers Spur führt in die Heidelberger High Society. Und allmählich wird ihm klar, dass sein Gegenspieler viel mehr zu verbergen hat als nur eine Leiche.

Wir machen's spannend

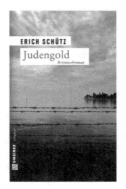

BURGER / IMBSWEILER / SCHÖBEL (Hrsg.)
Tödliche Wasser

327 Seiten, Paperback.
ISBN 978-3-8392-1024-6.

WASSER-LEICHEN Ohne Wasser kein Leben. Gäbe es auf unserem Planeten kein Wasser mehr, dann würde alles Leben verschwinden. Kein Wunder, dass für Wasser getötet wird – und manchmal auch mit Wasser. Wie in der vorliegenden Krimisammlung.

Zwei Getränkeproduzenten bekämpfen sich umbarmherzig, ein See färbt sich blutrot, auf einem Konzert unter dem Motto »Wasser ist Menschenrecht« kommt es zur Katastrophe, ein Serienmörder nutzt das kühle Nass auf höchst ungewöhnliche Weise ...

18 bekannte Krimiautorinnen und -autoren haben sich zusammengefunden und das Lebenselixier der Menschheit zum Thema ihrer ebenso spannenden wie abwechslungsreichen Kurzgeschichten gemacht. Ein Hochgenuss!

ERICH SCHÜTZ
Judengold

424 Seiten, Paperback.
ISBN 978-3-8392-1015-4.

JÜDISCHES GOLD Leon Dold ist Journalist. Als er am Bodensee für einen Dokumentarfilm recherchiert, stößt er auf einen Fall von Goldschmuggel und eine Geschichte, die schon im Dritten Reich begann: Jüdisches Kapital wurde damals in die Schweiz verschoben; ein Zugschaffner namens Joseph Stehle spielte offensichtlich eine tragende Rolle, auch ein Schweizer Bankhaus war involviert. Jetzt soll es gewaschen nach Deutschland zurückgebracht werden.

Auf der Suche nach den Hintergründen stößt Leon auf unglaubliche Machenschaften und verstrickt sich immer tiefer in den brisanten Fall: Eine Organisation, die Verbindungen in höchste Geheimdienstkreise zu haben scheint, von deren Existenz jedoch niemand etwas wissen will, streckt ihre tödlichen Fänge nach ihm aus ...

Wir machen's spannend

Das neue KrimiJournal ist da!
**2 x jährlich das Neueste
aus der Gmeiner-Krimi-Bibliothek**

In jeder Ausgabe:

- Vorstellung der Neuerscheinungen
- Hintergrundinfos zu den Themen der Krimis
- Interviews mit den Autoren und Porträts
- Allgemeine Krimi-Infos
- Großes Gewinnspiel mit ›spannenden‹ Buchpreisen

*ISBN 978-3-89977-950-9
kostenlos erhältlich in jeder Buchhandlung*

KrimiNewsletter
Neues aus der Welt des Krimis

Haben Sie schon unseren KrimiNewsletter abonniert?
Alle zwei Monate erhalten Sie per E-Mail aktuelle Informationen aus der Welt des Krimis: Buchtipps, Berichte über Krimiautoren und ihre Arbeit, Veranstaltungshinweise, neue Krimiseiten im Internet, interessante Neuigkeiten zum Krimi im Allgemeinen.
Die Anmeldung zum KrimiNewsletter ist ganz einfach. Direkt auf der Homepage des Gmeiner-Verlags (www.gmeiner-verlag.de) finden Sie das entsprechende Anmeldeformular.

Ihre Meinung ist gefragt!
Mitmachen und gewinnen

Wir möchten Ihnen mit unseren Krimis immer beste Unterhaltung bieten. Sie können uns dabei unterstützen, indem Sie uns Ihre Meinung zu den Gmeiner-Krimis sagen! Senden Sie eine E-Mail an gewinnspiel@gmeiner-verlag.de und teilen Sie uns mit, welches Buch Sie gelesen haben und wie es Ihnen gefallen hat. Alle Einsendungen nehmen automatisch am großen Jahresgewinnspiel mit ›spannenden‹ Buchpreisen teil.

Wir machen's spannend

Alle Gmeiner-Autoren und ihre Krimis auf einen Blick

ANTHOLOGIEN: Tödliche Wasser • Gefährliche Nachbarn • Mords-Sachsen 3 • Tatort Ammersee (2009) • Campusmord (2008) • Mords-Sachsen 2 (2008) • Tod am Bodensee • Mords-Sachsen (2007) • Grenzfälle (2005) • Spekulatius (2003) **ARTMEIER, HILDEGUND:** Feuerross (2006) • Katzenhöhle (2005) • Drachenfrau (2004) **BAUER, HERMANN:** Karambolage (2009) • Fernwehträume (2008) **BAUM, BEATE:** Ruchlos (2009) • Häuserkampf (2008) **BECK, SINJE:** Totenklang (2008) • Duftspur (2006) • Einzelkämpfer (2005) **BECKMANN, HERBERT:** Die indiskreten Briefe des Giacomo Casanova (2009) **BLATTER, ULRIKE:** Vogelfrau (2008) **BODE-HOFFMANN, GRIT / HOFFMANN, MATTHIAS:** Infantizid (2007) **BOMM, MANFRED:** Glasklar (2009) • Notbremse (2008) • Schattennetz • Beweislast (2007) • Schusslinie (2006) • Mordloch • Trugschluss (2005) • Irrflug • Himmelsfelsen (2004) **BONN, SUSANNE:** Der Jahrmarkt zu Jakobi (2008) **BOSETZKY, HORST [-KY]:** Unterm Kirschbaum (2009) **BUTTLER, MONIKA:** Dunkelzeit (2006) • Abendfrieden (2005) • Herzraub (2004) **BÜRKL, ANNI:** Schwarztee (2009) **CLAUSEN, ANKE:** Dinnerparty (2009) • Ostseegrab (2007) **DANZ, ELLA:** Kochwut (2009) • Nebelschleier (2008) • Steilufer (2007) • Osterfeuer (2006) **DETERING, MONIKA:** Puppenmann • Herzfrauen (2007) **DÜNSCHEDE, SANDRA:** Friesenrache (2009) • Solomord (2008) • Nordmord (2007) • Deichgrab (2006) **EMME, PIERRE:** Pasta Mortale • Schneenockerleklat (2009) • Florentinerpakt • Ballsaison (2008) • Tortenkomplott • Killerspiele (2007) • Würstelmassaker • Heurigenpassion (2006) • Schnitzelfarce • Pastetenlust (2005) **ENDERLE, MANFRED:** Nachtwanderer (2006) **ERFMEYER, KLAUS:** Geldmarie (2008) • Todeserklärung (2007) • Karrieresprung (2006) **ERWIN, BIRGIT / BUCHHORN, ULRICH:** Die Herren von Buchhorn (2008) **FOHL, DAGMAR:** Das Mädchen und sein Henker (2009) **FRANZINGER, BERND:** Leidenstour (2009) • Kindspech (2008) • Jammerhalde (2007) • Bombenstimmung (2006) • Wolfsfalle • Dinotod (2005) • Ohnmacht • Goldrausch (2004) • Pilzsaison (2003) **GARDEIN, UWE:** Die Stunde des Königs (2009) • Die letzte Hexe – Maria Anna Schwegelin (2008) **GARDENER, EVA B.:** Lebenshunger (2005) **GIBERT, MATTHIAS P.:** Eiszeit • Zirkusluft (2009) • Kammerflimmern (2008) • Nervenflattern (2007) **GRAF, EDI:** Leopardenjagd (2008) • Elefantengold (2006) • Löwenriss • Nashornfieber (2005) **GUDE, CHRISTIAN:** Homunculus (2009) • Binärcode (2008) • Mosquito (2007) **HAENNI, STEFAN:** Narrentod (2009) **HAUG, GUNTER:** Gössenjagd (2004) • Hüttenzauber (2003) • Tauberschwarz (2002) • Höllenfahrt (2001) • Sturmwarnung (2000) • Riffhaie (1999) • Tiefenrausch (1998) **HEIM, UTA-MARIA:** Wespennest (2009) • Das Rattenprinzip (2008) • Totschweigen (2007) • Dreckskind (2006) **HUNOLD-REIME, SIGRID:** Schattenmorellen (2009) • Frühstückspension (2008) **IMBSWEILER, MARCUS:** Altstadtfest (2009) • Schlussakt (2008) • Bergfriedhof (2007) **KARNANI, FRITJOF:** Notlandung (2008) • Turnaround (2007) • Takeover (2006) **KEISER, GABRIELE:** Gartenschläfer (2008) • Apollofalter (2006) **KEISER, GABRIELE / POLIFKA, WOLFGANG:** Puppenjäger (2006) **KLAUSNER, UWE:**

Wir machen's spannend

Alle Gmeiner-Autoren und ihre Krimis auf einen Blick

Pilger des Zorns • Walhalla-Code (2009) • Die Kiliansverschwörung (2008) • Die Pforten der Hölle (2007) **KLEWE, SABINE:** Die schwarzseidene Dame (2009) • Blutsonne (2008) • Wintermärchen (2007) • Kinderspiel (2005) • Schattenriss (2004) **KLÖSEL, MATTHIAS:** Tourneekoller (2008) **KLUGMANN, NORBERT:** Die Adler von Lübeck (2009) • Die Nacht des Narren (2008) • Die Tochter des Salzhändlers (2007) • Kabinettstück (2006) • Schlüsselgewalt (2004) • Rebenblut (2003) **KOHL, ERWIN:** Willenlos (2008) • Flatline (2007) • Grabtanz • Zugzwang (2006) **KÖHLER, MANFRED:** Tiefpunkt • Schreckensgletscher (2007) **KOPPITZ, RAINER C.**: Machtrausch (2005) **KRAMER, VERONIKA:** Todesgeheimnis (2006) • Rachesommer (2005) **KRONENBERG, SUSANNE:** Rheingrund (2009) • Weinrache (2007) • Kultopfer (2006) • Flammenpferd (2005) **KURELLA, FRANK:** Der Kodex des Bösen (2009) • Das Pergament des Todes (2007) **LASCAUX, PAUL:** Feuerwasser (2009) • Wursthimmel • Salztränen (2008) **LEBEK, HANS:** Karteileichen (2006) • Todesschläger (2005) **LEHMKUHL, KURT:** Nürburghölle (2009) • Raffgier (2008) **LEIX, BERND:** Fächertraum (2009) • Waldstadt (2007) • Hackschnitzel (2006) • Zuckerblut • Bucheckern (2005) **LOIBELSBERGER, GERHARD:** Die Naschmarkt-Morde (2009) **MADER, RAIMUND A.**: Glasberg (2008) **MAINKA, MARTINA:** Satanszeichen (2005) **MISKO, MONA:** Winzertochter • Kindsblut (2005) **MORF, ISABEL:** Schrottreif (2009) **MOTHWURF, ONO:** Taubendreck (2009) **OTT, PAUL:** Bodensee-Blues (2007) **PELTE, REINHARD:** Inselkoller (2009) **PUHLFÜRST, CLAUDIA:** Rachegöttin (2007) • Dunkelhaft (2006) • Eiseskälte • Leichenstarre (2005) **PUNDT, HARDY:** Deichbruch (2008) **PUSCHMANN, DOROTHEA:** Zwickmühle (2009) **SCHAEWEN, OLIVER VON:** Schillerhöhe (2009) **SCHMITZ, INGRID:** Mordsdeal (2007) • Sündenfälle (2006) **SCHMÖE, FRIEDERIKE:** Fliehganzleis • Schweigfeinstill (2009) • Spinnefeind • Pfeilgift (2008) • Januskopf • Schockstarre (2007) • Käfersterben • Fratzenmond (2006) • Kirchweihmord • Maskenspiel (2005) **SCHNEIDER, HARALD:** Erfindergeist • Schwarzkittel (2009) • Ernteopfer (2008) **SCHRÖDER, ANGELIKA:** Mordsgier (2006) • Mordswut (2005) • Mordsliebe (2004) **SCHUKER, KLAUS:** Brudernacht (2007) • Wasserpilz (2006) **SCHULZE, GINA:** Sintflut (2007) **SCHÜTZ, ERICH:** Judengold (2009) **SCHWAB, ELKE:** Angstfalle (2006) • Großeinsatz (2005) **SCHWARZ, MAREN:** Zwiespalt (2007) • Maienfrost • Dämonenspiel (2005) • Grabeskälte (2004) **SENF, JOCHEN:** Knochenspiel (2008) • Nichtwisser (2007) **SEYERLE, GUIDO:** Schweinekrieg (2007) **SPATZ, WILLIBALD:** Alpendöner (2009) **STEINHAUER, FRANZISKA:** Wortlos (2009) • Menschenfänger (2008) • Narrenspiel (2007) • Seelenqual • Racheakt (2006) **SZRAMA, BETTINA:** Die Giftmischerin (2009) **THÖMMES, GÜNTHER:** Das Erbe des Bierzauberers (2009) • Der Bierzauberer (2008) **THADEWALDT, ASTRID / BAUER, CARSTEN:** Blutblume (2007) • Kreuzkönig (2006) **VALDORF, LEO:** Großstadtsumpf (2006) **VERTACNIK, HANS-PETER:** Ultimo (2008) • Abfangjäger (2007) **WARK, PETER:** Epizentrum (2006) • Ballonglühen (2003) • Albtraum (2001) **WILKENLOH, WIMMER:** Poppenspäl (2009) • Feuermal (2006) • Hätschelkind (2005) **WYSS, VERENA:** Todesformel (2008) **ZANDER, WOLFGANG:** Hundeleben (2008)

Wir machen's spannend